KB086314

50가지 그림자

심연 1

Fifty Shades Darker

FIFTY SHADES DARKER

The author published an earlier serialised version of this story online with different characters as "Master of the Universe" under the pseudonym Snowqueen's Icedragon.

50가지 그림자

심연 1

Fifty Shades Darker

E L 제임스 지음 | 박은서 옮김

시공사

Z와 J를 위해
언제나 무조건적인 사랑을 보내며

감사의 말

사라, 케이, 제이다에게 큰 마음의 빚을 졌습니다. 내게 해준 모든 일에 감사해요.

또한, 이 난국에 들어와 잡다한 일을 정리해준 캐슬린과 크리스티에게도 크나큰 감사를 보내요.

당신도 고마워요, 나일. 남편이자 연인, 가장 좋은 친구가 되어준 사람(대부분은요).

내가 이 작업을 시작한 이후로 만날 수 있었던 전 세계의 훌륭하고 훌륭한 여성들을 향해 큰 환성을 보냅니다. 이젠 제 친구가 되어주신 분들이죠. 에일, 알렉스, 에이미, 안드레아, 앤젤라, 아주세나, 뱁스, 비, 벨린다, 벳시, 브랜디, 브릿, 캐롤라인, 캐서린, 던, 그웬, 해나, 재닛, 젠, 질, 캐시, 케이티, 켈리, 리즈, 맨디, 마가렛, 나탈리아, 니콜, 노라, 올가, 팸, 폴린, 레이나, 레이지, 라이카, 리안, 루스, 스테프, 수지, 타샤, 테일러, 우나. 또한 온라인으로 만났던 재능 있고 재미있으며 따뜻한 여성들(남성들)에게도 감사합니다. 말 안 해도 누군지 아시겠죠.

히스먼과 관련된 모든 일들에 대해서 모건과 젠에게 고마움을 전합니다.

그리고 마지막으로 담당 편집자인 재닌, 고마워요. 정말 끝내줘요. 그게 다랍니다.

프롤로그

그 사람이 돌아왔다. 엄마는 잔다. 아니면 또 아프다.

나는 부엌 식탁 아래 웅크리고 숨어 있다. 손가락 사이로 엄마가 보인다. 소파에 누워 잠들어 있다. 한 손은 끈적한 녹색 깔개에 닿아 있다. 그 사람은 반짝이는 쇳덩어리가 달린 커다란 장화를 신고 엄마 위에 서서 고함을 지른다.

그 사람이 엄마를 허리띠로 때린다. 일어나! 일어나! 정신 나간 년아. 이 정신 나간 년. 이 정신 나간 년. 정신 나간 년 같으니.

엄마는 흐느낀다. 그만해. 제발 그만해요. 엄마는 비명도 지르지 않는다. 엄마는 몸을 웅크린다.

난 손가락으로 귀를 막는다. 눈을 감는다. 소리가 그친다.

그자가 몸을 돌린다. 부엌 안으로 쿵쿵 들어오는 장화가 보인다. 그자는 아직도 허리띠를 들고 있다. 나를 찾으려 한다.

그는 몸을 수그리고 씩 웃는다. 고약한 냄새가 난다. 담배와 술이 섞인 냄새.

여기 있었군, 꼬마 새끼가.

소름끼치는 비명에 그는 잠에서 깼다. 젠장! 땀에 흠뻑 젖었고 심장이 쿵쿵 뛴다. 망할, 뭐지? 침대에 똑바로 일어나 앉으며 두 손에 머리를 묻는다. 망할. 다시 돌아왔군. 비명을 지른 건 나야. 그는 고른 숨을 들이쉬며 마음속과 코에서 싸구려 버번 냄새와 고약한 카멜 담배 냄새를 몰아내려 한다.

1

크리스천과 작별한 후 사흘째이자 첫 출근 일을 무사히 버텼다. 출근을 하니 신경을 다른 데 쏟을 수 있어 차라리 반가웠다. 새로운 얼굴들과 업무, 잭 하이드 씨를 맞아 처리하느라 정신없는 가운데 시간이 훌쩍 날아갔다. 잭 하이드 씨…… 그는 내 책상에 기대어 나를 내려다보며 미소 지었다. 푸른 눈이 반짝였다.

"아주 잘했어요, 아나. 우리 좋은 팀이 되겠는데."

어쨌든 나도 입술을 위로 올리며 미소 비슷한 표정을 지어낼 수는 있었다.

"괜찮으시다면 퇴근하고 싶은데요."

"물론이지. 5시 30분이니까. 내일 봐요."

"안녕히 가세요, 잭."

"잘 가요, 아나."

가방을 챙겨들고 어깨에 재킷을 걸친 후 문으로 향했다. 바깥으로 나가 시애틀의 초저녁 공기 속에서 깊은 숨을 들이마셨다. 그래도 가슴 속의 빈자리를 채울 수는 없었다. 토요일 아침부터 생겨난 빈자리는 내 상실을 일깨워주는 고통스러운 구멍이었다. 고개를 수그리고 발끝만 바라보면서 버스 정류장까지 걸어갔다. 내 낡은 비틀, 사랑하는 완다 없이 지낸다는 게 어떤 건지 생각했다. 혹은 아무도 없이 지낸다는 것이……

그 생각이 더 이상 들어오지 못하도록 급히 문을 닫아버렸다. 안 돼, 그를 생각하지 마. 물론 차 정도는 나도 살 수 있어. 준수한 새 차. 그의 씀씀이가 지나치게 헤펐던 게 아닌가 싶어 입에 쓴맛이 돌았다. 하지만 그 생각도 떨쳐버리고 될 수 있는 한 마음을 멍하고 텅 빈 상태로 유지하려 했다. 그를 생각하면 안 된다. 다시 울음을 터뜨릴 순 없었다. 하물며 훤한 대로에서는.

아파트에는 아무도 없었다. 케이트가 보고 싶었다. 바베이도스에서 차가운 칵테일을 들고 해안가에 앉아 있을 케이트를 상상했다. 소음으로라도 공백을 채우고 누가 옆에 있는 것과 비슷한 기분을 느끼기 위해 평면 텔레비전을 켰지만 소리도 들리지 않고 화면도 보이지 않았다. 자리에 앉아서 벽만 멍하니 바라보았다. 감각이 없었다. 고통 이외에는 아무것도 느낄 수 없었다. 얼마나 오래 이를 견뎌야 하나?

초인종이 울려서 고민에서 퍼뜩 깨어났다. 심장이 쿵 뛰었다. 올 사람이 누구지? 인터폰을 눌렀다.

"스틸 양에게 택배요."

지루한 듯한, 형체 없는 목소리에 실망이 밀려들었다. 내키지 않는 걸음걸이로 아래층에 내려갔더니 커다란 마분지 상자를 든 남자가 껌을 짝짝 씹으면서 현관에 기대 서 있었다. 확인 서명을 하고 택배를 받아 올라갔다. 상자는 거대했지만 놀랄 정도로 가벼웠다. 안에는 줄기가 긴 장미 24송이와 카드가 들어 있었다.

출근 첫날을 축하해.

무사히 보냈기를.

글라이더는 고마워. 배려 많이 했다는 생각이 들더군.
지금은 위풍당당하게 내 책상 위에 한자리 차지하고 있지.

크리스천

활자로 인쇄된 카드를 쳐다보았다. 가슴 속 구멍이 점점 커졌다. 그의 비서가 보냈겠지. 크리스천은 아마도 별로 상관없을 거야. 마음이 너무 아파서 생각할 수가 없었다. 장미를 찬찬히 살펴보았다. 참 예뻐서 차마 쓰레기통에 던져버릴 수가 없었다. 고분고분하게 부엌으로 가서 꽃병을 찾아보았다.

그렇게 일정한 패턴이 생겼다. 아침에 일어나 출근, 울고, 자고. 뭐, 잠을 자려고 노력했다는 말이 정확하겠지만. 꿈속에서도 그에게서 벗어날 수가 없었다. 그레이의 타는 눈빛, 갈 길을 잃은 표정, 환히 빛나는 머리카락이 모두 나를 따라다녔다. 그리고 그 음악…… 음악이 너무 많았다. 어떤 음악도 찾아 들을 수 없었다. 무슨 수가 있어도 음악을 피하려고 무던히 애를 썼다. 심지어 광고에 깔리는 CM송만 들어도 몸이 부들부들 떨렸다.

아무와도 이야기를 나누지 않았다. 엄마나 레이 아빠와도. 지금은 잡담을 나눌 여력이 없었다. 아니, 전혀 바라지 않았다. 나는 혼자 동떨어진 섬이 되었다. 전쟁으로 찢기고 황폐해져 아무것도 자라지 않고 수평선까지 황량한 땅. 그래, 그게 나였다. 직장에서는 사람들을 사무적으로 대할 수 있었지만 그게 다였다. 엄마와 이야기를 한다면 더욱 산산이 부서져버릴 것만 같았다. 그렇지만 이젠 더 이상 부서질 것도 없었다.

밥맛도 뚝 떨어졌다. 수요일 점심시간에는 요거트 한 컵을 간신히 먹었다. 금요일 이후에 먹은 것은 그게 다였다. 카페라테와 다이어트 코크에 새로이 내성이 생겨서 그걸로 버텼다. 나를 지탱해주는 것은 카페인이었지만 그 때문에 초조했다.

잭은 내 주위를 맴돌면서 신경을 거스르며 개인적인 질문을 해댔다. 대체 뭘 바라는 거지? 나는 정중하게 대했지만 적당한 거리를 두었다.

자리에 앉아 잭에게 온 우편물을 훑어보기 시작했다. 단조로운 작업으로 정신을 다른 데 쏟을 수 있어 기뻤다. 이메일이 들어오는 알람이 울리자 나는 재빨리 누가 보냈나 확인했다.

세상에. 크리스천이 보낸 이메일이었다. 아, 안 돼. 여기서는…… 직장에서는…….

보낸 사람: 크리스천 그레이

제목: 내일

날짜: 2011년 6월 8일 14:05

받는 사람: 아나스타샤 스틸

친애하는 아나스타샤,

일하는 데 방해해서 미안해. 직장 생활은 순조롭길 바라. 내 꽃 받았어?

생각해보니 내일은 네 친구의 전시회 개막일이더군. 게다가 아직 차를 살 시간도 없었을 것 같으니 가는 데 오래 걸리겠지. 내가 데려다 줄 수 있으면 좋겠는데. 물론 네가 원한다면.

의향 말해줘.

크리스천 그레이

CEO, 그레이 엔터프라이즈 홀딩스, Inc.

눈물이 고였다. 성급히 자리에서 일어나 화장실로 뛰어가 빈 칸 안으로 피했다. 호세의 전시회. 까맣게 잊고 있었는데 가겠다고 약속했었지. 젠장. 크리스천 말이 맞았다. 거길 어떻게 간다지?

이마를 짚었다. 어째서 호세는 전화를 하지 않았을까? 그 생각을 하니 다른 궁금증이 떠올랐다. 왜 아무도 전화를 하지 않은 거지? 너무 멍하니 있다 보니 휴대전화가 울리지 않았다는 것도 눈치채지 못했었다.

젠장! 나 참 멍청하기도 하지! 전화를 아직도 블랙베리로 돌려놓고 해지하지 않았다. 세상에. 크리스천이 계속 내 전화를 받았겠구나. 블랙베리를 아직도 버리지 않았다면. 그런데 어떻게 내 이메일 주소를 알아냈을까?

그는 내 신발 사이즈도 알고 있었다. 이메일 주소를 알아내는 정도는 식은 죽 먹기겠지.

그를 다시 볼 수 있을까? 참을 수 있을까? 다시 보고 싶은 거야? 나는 눈을 감고 슬픔과 갈망이 내 몸속을 질주해가는 동안 머리를 기울였다. 물론 보고 싶었다.

어쩌면, 어쩌면 마음을 바꿨다고 말할 수 있을지도 몰라. 아니, 아니, 안 된다. 내게 고통을 주면서 즐거움을 느끼는 사람, 나를 사랑할 수 없는 사람과 함께 있을 수는 없어.

괴로운 기억이 마음속을 휙 스쳤다. 글라이딩, 맞잡은 손, 키스, 욕조, 그의 부드러움, 장난기, 생각에 잠겨 나를 쳐다보는 검고 섹시한 시선. 그가 그리웠다. 겨우 닷새 밖에 지나지 않았는데. 영원처럼 느껴지는 고통의 닷새. 밤에 혼자 울다 잠들면서 그때 그렇게 떠나지 말걸 하고 후회했다. 그가 달라지기를, 우리가 함께 있을 수 있기를 바랐다. 이렇게 끔찍하고 벅찬 기분이 얼마나 오래 지속될까? 연옥에 빠진 기분이었다.

두 팔로 내 몸을 감싸고 꼭 껴안았다. 그가 그리웠다. 정말로 그리웠다……. 나는 그를 사랑했다. 그렇게 단순한 문제였다.

아나스타샤 스틸, 여긴 직장이야! 강해져야만 하지만 호세의 전시회에도 가야 했다. 깊은 곳에서 내 안의 여신이 크리스천을 만나고 싶다고 했다. 심호흡을 하고 자리로 돌아갔다.

보낸 사람: 아나스타샤 스틸
제목: 내일
날짜: 2011년 6월 8일 14:25
받는 사람: 크리스천 그레이

안녕, 크리스천.
꽃 보내줘서 고마워요. 참 예뻐요.
그래요, 태워주면 고마울 것 같아요.
고마워요.

아나스타샤 스틸
편집자 잭 하이드의 비서, SIP

전화를 확인해보니, 아직도 블랙베리로 전화를 돌려놓은 상태였다. 잭이 회의 중이라 그 틈을 타 재빨리 호세에게 전화를 걸었다.

"여보세요. 호세, 아나야."

"어이, 이게 누구시더라?"

호세의 어조가 무척이나 따뜻하고 반가워서 다시 한 번 울컥

할 뻔했다.

"길겐 통화 못해. 내일 전시회에 몇 시까지 가면 돼?"

"올 거야?"

호세는 들뜬 목소리였다.

"그럼, 물론 가야지."

호세의 함박웃음을 그리면서 나도 닷새 만에 처음으로 진짜 미소를 띠었다.

"7시 반."

"그럼 그때 봐. 안녕, 호세."

"안녕, 아나."

보낸 사람: 크리스천 그레이

제목: 내일

날짜: 2011년 6월 8일 14:27

받는 사람: 아나스타샤 스틸

친애하는 아나스타샤,

몇 시에 데리러 가면 되지?

크리스천 그레이

CEO, 그레이 엔터프라이즈 홀딩스, Inc.

보낸 사람: 아나스타샤 스틸

제목: 내일

날짜: 2011년 6월 8일 14:32

받는 사람: 크리스천 그레이

전시회는 7시 30분에 시작한대요. 몇 시에 올래요?

아나스타샤 스틸

편집자 잭 하이드의 비서, SIP

보낸 사람: 크리스천 그레이

제목: 내일

날짜: 2011년 6월 8일 14:34

받는 사람: 아나스타샤 스틸

친애하는 아나스타샤,

포틀랜드까지는 거리가 있으니까. 5시 45분에 데리러 갈게.

내일 만날 일이 기다려지는군.

크리스천 그레이

CEO, 그레이 엔터프라이즈 홀딩스, Inc.

보낸 사람: 아나스타샤 스틸

제목: 내일

날짜: 2011년 6월 8일 14:38

받는 사람: 크리스천 그레이

그때 봐요.

아나스타샤 스틸
편집자 잭 하이드의 비서, SIP

아, 맙소사. 크리스천을 만나게 되는구나. 닷새 만에 처음으로 조금이나마 기운이 솟았고, 마음의 가책을 느끼지 않고 그가 어떻게 지냈는지 궁금해할 수 있었다.

그도 내가 그리웠을까? 내가 그리워했던 것만큼은 아니었을 거야. 새 서브를 찾았을까? 그 생각을 하니 너무 고통스러워서 바로 떨쳐버렸다. 잭을 위해 분류해서 처리해야 할 우편물 더미를 보고 크리스천을 마음에서 한 번 더 밀어내버렸다.

그날 밤 침대에 누워 뒤척이면서 잠을 청하려 해보았다. 울면서 잠들지 않기는 오랜만이었다.

마음의 눈으로 마지막으로 내가 떠날 때 보았던 크리스천의 얼굴을 그려보았다. 고통에 찬 그의 얼굴이 어른거렸다. 그는 내가 떠나지 않기를 바랐는데, 참 이상한 일이었다. 우리 관계가 그렇게 막다른 골목에 다다랐는데 더 머무를 이유가 어디 있단 말인가? 우리는 각자 자기 자신의 문제 주위를 돌고 있었다. 나는 처벌을 두려워하고, 그는…… 사랑을 두려워하는 걸까?

모로 돌아누우며 베개를 껴안았다. 벅찬 슬픔으로 마음이 가득 찼다. 그는 사랑받을 만한 자격이 없다고 생각한다. 그는 어째서 그렇게 생각하는 걸까? 그의 성장 과정과 관련이 있을까? 그의 친엄마, 약쟁이 창녀였다고 한 사람과? 나를 괴롭히는 이런 저런 생각에 뒤척이다 마침내 기진맥진해서 선잠에 빠져들었다.

그날은 유난히 느릿느릿 흘러갔고 잭도 유난히 내게 신경을 썼다. 아마도 케이트의 자두색 원피스와 그 애 옷장에서 말하지 않고 빌린 검은 하이힐 부츠 때문이 아닐까 싶었지만 그런 생각을 오래 하고 있을 겨를은 없었다. 첫 월급을 받으면 옷을 사러 가야겠다고 결심했다. 원피스가 이전보다 헐렁해졌지만 모른 척했다.

마침내 5시 30분이 되었다. 재킷과 가방을 들고 초조한 기분을 진정시키려 했다. 이제 그 사람을 만나는 거야!

"오늘 밤 데이트라도?" 잭이 퇴근하는 길에 내 자리를 지나면서 물었다.

"아, 아니요. 딱히 그런 건 아니고요."

그는 한쪽 눈썹을 치켰다. 흥미가 솟는 기색이 역력했다. "남자 친구?"

나는 얼굴을 붉혔다. "아니, 친굽니다. 옛날 남자 친구예요."

"어쩌면 내일은 일 끝나고 술 한잔하고 싶을지도 모르겠는데. 첫 주, 아주 눈부신 활약을 했어요, 아나. 우리 축하해야지."

그는 미소를 지었다. 뭔지 모를, 사람 불안하게 하는 감정이 그의 얼굴을 훽 스쳐서 내 마음도 불편해졌다.

잭은 양손을 주머니에 넣고 양 여닫이문으로 성큼성큼 걸어 나갔다. 멀어지는 뒷모습을 보며 얼굴을 찡그렸다. 직장 상사와 술자리라니, 좋은 생각일까?

나는 고개를 저었다. 먼저 크리스천과 함께 보내는 저녁부터 헤쳐 나가야 했다. 어째서 이러자고 했을까? 마지막으로 화장을 고치러 화장실로 서둘러 들어갔다.

벽에 붙은 커다란 거울 속 모습을 찬찬히 꼼꼼히 살폈다. 평소처럼 창백한 나. 지나치게 큰 눈 주위에는 다크서클이 생겼다.

여위고 불안함에 사로잡힌 모습이었다. 화장법을 제대로 알면 좋았을 거라는 생각이 들었다. 마스카라와 아이라이너를 칠하고 혈색이 돌도록 양 볼을 꼬집었다. 머리카락을 솜씨 있게 등 뒤에 내려오도록 정리하고 심호흡을 했다. 이 정도면 되겠지.

초조하게 미소를 띠며 현관으로 나가 안내 데스크에 있는 클레어에게 손을 흔들었다. 우리 둘은 그간 꽤 친해졌다는 기분이 들었다. 내가 문으로 나갈 때 잭은 엘리자베스와 이야기 중이었다. 그는 활짝 웃으며 서둘러 와서 문을 열어주었다.

"먼저 가요, 아나." 그가 낮은 목소리로 말했다.

"고맙습니다." 나는 당황해서 미소를 지었다.

바깥 보도에는 테일러가 기다리고 있었다. 나는 주저하며 뒤따라 나온 잭을 힐끔 쳐다보았다. 그는 기죽은 표정으로 아우디 SUV를 바라보고 있었다.

뒤로 돌아 뒷좌석에 올라탔다. 거기 그가 앉아 있었다. 크리스천 그레이. 회색 슈트에 타이는 매지 않고 맨 위 단추는 끄른 모습이었다. 회색 눈은 빛을 발했다.

입이 바싹 탔다. 그는 눈부신 모습이었지만 나를 험악하게 노려보고 있었다. 왜?

"마지막으로 식사한 게 언제야?" 테일러가 문을 닫아주자 마자 그가 딱딱거렸다.

이런. "안녕, 크리스천. 네. 나도 만나서 반가워요."

"네 똑똑한 말대꾸는 지금 듣고 싶지 않아. 내 질문에나 대답해." 그의 눈이 타올랐다.

맙소사. "음…… 점심 때 요거트 하나 먹었어요. 아, 바나나도 하나."

"제대로 된 식사를 마지막으로 한 게 언제냐고?" 그가 신랄하게 물었다.

테일러가 운전석으로 들어와 시동을 건 후 자동차 행렬 속으로 섞여들었다.

고개를 들어 보니 잭이 내게 손을 흔들고 있었다. 짙은 유리 속에 있는 나를 어떻게 봤는지는 알 수 없었지만, 나도 손을 흔들었다.

"저건 또 누구야?" 크리스천이 여전히 딱딱대는 목소리로 캐물었다.

"상사예요." 내 옆자리에 앉은 아름다운 남자를 슬쩍 올려다보았다. 그는 입을 엄하게 한일자로 다물고 있었다.

"그래? 마지막으로 식사한 건 언제라고?"

"크리스천, 그건 정말로 당신이 상관할 바가 아니에요." 나는 더욱 대담해진 기분으로 대꾸했다.

"네가 하는 일은 뭐든 내가 상관할 바야. 말해."

아니, 그건 아니지. 짜증이 나서 끙 소리를 내며 눈을 흘겼다. 크리스천은 눈을 가늘게 떴다. 오랜만에 웃음이 났다. 터질 것 같은 웃음을 참느라 무던히 노력했다. 태연한 표정을 지으려고 애쓰는 내 모습에 크리스천의 얼굴이 누그러졌다. 어렴풋한 미소가 아름답게 조각된 입술에 입 맞추듯 떠올랐다.

"응?" 그가 한층 더 부드러운 목소리로 물었다.

"지난 금요일에 먹은 파스타 알라 봉골레요." 나는 속삭였다.

그는 눈을 감았고, 분노인지 후회인지 모를 표정이 그의 얼굴을 스쳤다.

"그렇군." 목소리에는 감정이 없었다. "적어도 2킬로그램은 빠진 것처럼 보여. 그 이후에는 더 빠졌을지도 모르지. 부탁인데, 잘 좀 챙겨 먹어, 아나스타샤." 그가 꾸짖었다.

나는 무릎 위에 놓은 깍지 낀 손을 내려다보았다. 어째서 이 사람 앞에 있으면 항상 말 안 듣는 아이가 된 기분일까?

그는 몸을 틀어 내 쪽을 향했다.

"어떻게 지냈어?" 그는 여전히 부드러운 목소리로 물었다.

음, 아주 엉망으로 지냈죠, 사실……. 나는 침을 꿀꺽 삼켰다.

"잘 지냈다고 말하면 거짓말이겠죠."

그는 날카로운 숨을 들이쉬었다. "나도 그래." 그는 손을 뻗어 내 손을 꼭 잡았다.

"보고 싶었어." 그가 덧붙였다.

아, 안 돼. 피부에 닿은 피부.

"크리스천, 난……."

"아나, 제발. 얘기로 풀자."

울어버릴지도 몰라. 안 돼. "크리스천, 난…… 부탁인데…… 그동안 많이 울었어요." 나는 감정을 조절하려 애쓰며 속삭였다.

"아, 안 되지. 그러면 안 돼."

그는 내 손을 잡아당겼고 나도 모르게 그의 무릎에 앉아 있었다. 그는 두 팔을 내게 두르며 내 머리카락에 코를 묻었다.

"네가 너무 보고 싶었어, 아나스타샤."

품 안에서 빠져나와 거리를 두고 싶었지만 그의 팔이 나를 감싸고 있었다. 그가 자기 가슴으로 꼭 끌어당겼다. 나는 녹아버렸다. 아, 여기가 바로 내가 원했던 자리지.

나는 머리를 기댔고 그는 내 머리카락에 연신 키스했다. 집처럼 포근했다. 그에게서는 리넨과 섬유유연제, 바디워시, 그리고 내가 제일 좋아하는 냄새가 났다. 바로 크리스천의 냄새. 잠시 동안 모든 게 다 잘될 거라는 환상을 누렸고 그 생각이 갈가리 찢겼던 내 영혼을 달랬다.

몇 분 후, 아직 도시를 빠져나가지도 않았는데 테일러가 보도에 차를 댔다.

"자." 크리스천이 나를 무릎에서 내렸다. "다 왔어."

뭐라고?"

"헬리콥터 기착장이야. 이 건물 꼭대기."

크리스천은 설명하듯 건물을 눈으로 가리켰다.

어련하시겠어. 찰리 탱고. 테일러가 문을 열어주었고 나는 차에서 내렸다. 그는 사람을 안심시키는 따뜻한 삼촌 웃음을 지어 보였다. 나도 답례로 미소를 보냈다.

"손수건 돌려드렸어야 하는 건데."

"그냥 두십시오, 스틸 양. 제 성의니 돌려주지 않으셔도 됩니다."

크리스천이 차를 돌아와 내 손을 잡자 나는 얼굴을 붉혔다. 그는 미심쩍은 표정으로 테일러를 보았고 테일러는 아무런 내색하지 않고 무감하게 그를 마주 보았다.

"9시?" 크리스천이 그에게 말했다.

"네, 사장님."

크리스천은 고개를 끄덕이며 몸을 돌려 나를 데리고 양 여닫이문을 지나 장엄한 로비로 들어섰다. 나는 그 손의 느낌과 내 손가락을 감은 길고 능숙한 손가락의 감촉을 한껏 누렸다. 익숙하게 당기는 전류가 또 찾아왔다. 그에게로 끌려가는 나. 태양에 끌리는 이카로스처럼, 이미 벌써 한 번 날개를 태우고 땅으로 떨어졌지만 다시 여기로 날아왔다.

엘리베이터 앞에 이르자, 그가 버튼을 눌렀다. 나는 그를 힐끔 올려다보았다. 그는 예의 수수께끼 같은 미소를 희미하게 띠고 있었다. 문이 열리자 그는 내 손을 놓고 나를 먼저 태웠다.

문이 닫히자 또 용기를 내서 두 번째로 힐끔 쳐다보았다. 그는 시선을 내려 나를 보고 있었다. 우리 사이 공기 중에 그게 떠돌았다. 그 전류가. 손에 잡힐 듯 생생했다. 약동하며 끌어당기는 그 전류의 맛이 느껴질 정도였다.

"아, 세상에." 나는 강렬하게 본능적이고 원초적인 끌림에 흠뻑 젖어 숨을 들이쉬었다.

"나도 느껴." 흐릿한 그의 눈은 강렬했다.

욕망이 내 다리 사이에 무척이나 어둡고 지독히도 진하게 고였다. 그는 내 손을 잡고 엄지손가락으로 내 손가락 관절을 쓸었다. 모든 근육이 내 몸 깊숙한 곳에서 팽팽하고도 맛있게 조였다. 어떻게 그는 아직도 내게 이런 힘을 미치는 걸까?

"입술 깨물지 마, 아나스타샤." 그가 속삭였다.

나는 입술을 놓고 올려다보았다. 그를 원했다. 여기, 당장, 엘리베이터에서. 이런 사람을 어떻게 원하지 않을 수 있겠어?

"네가 그러면 내가 어떻게 되는지 알잖아." 그는 나직이 말했다.

아, 내가 아직도 그에게 영향을 끼치는구나. 내 안의 여신이 닷새 동안 토라져 있다가 이제야 꿈틀했다.

별안간 문이 열리며 마법이 깨졌다. 우리는 옥상에 있었다. 검은 재킷을 입고 있었지만 바람이 몹시 불어서 추웠다. 크리스천은 한 팔로 내 어깨를 감싸 꼭 끌어당겼고 우리는 서둘러 찰리 탱고가 가운데 서 있는 기착장으로 향했다. 헬리콥터 날개가 천천히 돌았다.

검은 정장 차림의, 키가 크고 금발이며 턱이 네모진 남자가 몸을 낮게 수그리고 우리 쪽을 향해 달려왔다. 남자는 크리스천과 악수를 나눈 후 시끄러운 헬리콥터 소리 위로 들리도록 크게 고함을 질렀다.

"준비 다 됐습니다, 사장님. 이제 타셔도 됩니다!"

"점검은 다 했나?"

"예."

"8시 30분에 가지러 올 거지?"

"네."

"테일러가 앞에서 기다리고 있네."

"고맙습니다, 사장님. 포틀랜드까지 안전 비행하십시오. 아가씨도 안녕히 가십시오."

그는 내게 경례했다. 크리스천은 내 손을 잡은 채로 고개를 끄덕이고 몸을 수그리면서 나를 헬리콥터 문으로 데려갔다.

일단 안에 들어서자 그는 끈을 더 조이며 내 안전띠를 단단히 채워주었다. 그는 다 안다는 듯한 표정과 예의 비밀스러운 미소를 내게 보냈다.

"이렇게 하면 제자리에서 움직이지 않겠지."

그는 나지막한 목소리로 말했다.

"너에게 안전띠 매어주는 일이 즐겁더라고. 아무것도 만지지 마."

내 얼굴이 짙은 선홍색으로 물들었다. 그는 헤드폰을 건네주기 전 집게손가락으로 뺨을 살짝 쓸었다. 나도 당신을 만지고 싶어요. 하지만 그러지 못하게 하겠죠. 나는 얼굴을 찡그렸다. 그가 끈을 너무 꽉 맨 바람에 움직일 수도 없었다.

그도 자리에 앉아 안전띠를 매더니 곧 사전 점검을 시작했다. 비행 준비를 척척 해내는 모습이 무척이나 매혹적이었다. 그는 헤드폰을 쓰더니 스위치를 켰다. 회전 날개가 돌아가며 고막이 터질 듯 시끄러운 소리가 들려왔다.

그는 몸을 돌리고 나를 쳐다보았다.

"준비됐어?" 그의 목소리가 헤드폰을 통해 웅웅 울렸다.

"네."

그는 소년 같은 웃음을 지었다. 아. 이 웃음을 보지 못한 지 얼마나 오래되었는지.

"시택 타워, 여기는 찰리 탱고 골프. 골프 에코 호텔. PDX를 통해 포틀랜드 행 이륙 준비 완료. 확인 바람, 오버."

항공 관제사의 형체 없는 목소리가 응답하며 지시를 내렸다.

"로저, 타워. 찰리 탱고 준비 완료. 교신 끝."

크리스천은 스위치 두 개를 켰고 스틱을 잡았다. 헬리콥터는 여유롭고도 부드럽게 저녁 하늘 속으로 날아올랐다.

시애틀과 내 위장이 저 멀리 아래로 떨어져 내리는 듯했다. 눈이 즐거울 정도로 볼거리가 많았다.

"저번엔 새벽을 쫓아갔었는데 이젠 황혼을 쫓아가는군, 아나스타샤."

그의 목소리가 헤드폰을 통해 들려왔다. 나는 깜짝 놀라 몸을 돌리며 그를 향해 입을 떡 벌렸다.

이게 무슨 뜻일까? 어떻게 그렇게 낭만적인 이야기를 할 수 있을까? 그가 미소를 짓자 나도 수줍은 미소를 억누를 수 없었다.

"저녁 해는 물론, 이번엔 볼 게 더 많을 거야." 그가 말했다.

우리가 시애틀을 향해 날아갔던 마지막 날은 어두웠지만, 오늘 저녁은 장관이었다. 말 그대로 이 세상의 것 같지 않은 풍경이었다. 우리는 하늘 높이 솟은 빌딩 사이를 지나 더 높이 높이 올랐다.

"에스칼라가 저기 있군." 그가 한 건물을 가리켰다. "저기 위를 지나면 스페이스 니들(시애틀의 명물인 전망대—옮긴이)이 보일 거야."

나는 목을 쭉 뺐다. "한 번도 못 가봤는데."

"내가 데려가줄게. 저기서 식사도 할 수 있지."

"크리스천, 우린 헤어진 사이예요."

"알아. 그래도 널 데려가서 밥 정도는 사줄 수 있잖아."

그가 쏘아보았다.

나는 고개를 저으면서 반박하지 않기로 했다. "여기 위는 참 아름답네요. 고마워요."

"인상적이지 않아?"

"당신이 이렇게 할 수 있다는 게 인상적이죠."

"스틸 양이 웬일로 아부를 다? 하지만 나야 다재다능하니까."

"저도 익히 알고 있는 바랍니다, 그레이 씨."

그는 나를 보더니 씩 웃음 지었다. 닷새 만에 처음으로 마음이 느긋해졌다. 어쩌면 이것도 그다지 나쁘지 않을지 몰랐다.

"새 직장은 어때?"

"좋아요. 재미있어요."

"상사는 어떤데?"

"아, 괜찮은 사람이에요." 잭 때문에 마음이 불편하다는 말을 어떻게 크리스천에게 할 수 있을까? 크리스천이 나를 흘깃 쳐다보았다.

"뭐, 문제 있어?"

"뻔한 문제 말고는, 별로 없어요."

"뻔한 문제?"

"아, 크리스천. 당신은 가끔 너무 둔하다니까요."

"둔하다고? 내가? 게다가 네 말투가 별로 마음에 들지 않는데, 스틸 양."

"뭐, 그럼 계속 그러시든가요."

미소를 짓듯 그의 입술이 살짝 실룩였다.

"말대꾸 잘하는 똑똑한 입도 그리웠지, 아나스타샤."

나는 숨을 들이쉬었다. 소리를 지르고 싶었다. 나도 당신이 그리웠다고요. 모든 게. 입뿐만 아니라! 하지만 남쪽을 향하는 동안 아무 말 않고 조용히 찰리 탱고의 유리창 너머만 바라보았다. 황혼이 바로 오른쪽에 펼쳐졌고 달아오른 불덩이처럼 커다란 오렌지빛 석양은 지평선 아래 걸렸다. 나는 또다시 태양에 너무 가까이 날아간 이카로스가 되었다.

황혼이 시애틀에서부터 우리를 따랐고 하늘은 천의무봉의 솜씨로 짜낸 옷감처럼 오팔과 분홍, 아콰마린색으로 물들었다. 맑고 산뜻한 저녁이었다. 크리스천이 헬리콥터를 기착장 위에 착륙시킬 때쯤에는 포틀랜드의 불빛이 윙크하듯 깜박거리며 우리를 반겼다. 우리는 3주 전쯤에 왔었던 이상한 갈색 벽돌 건물 꼭대기에 있었다.

오랜 시간이라고는 할 수 없었다. 그래도 마치 평생 동안 크리스천을 알고 지낸 기분이었다. 그는 찰리 탱고의 동력을 줄이고 여러 스위치를 켜서 날개를 멈추었다. 마침내 귓가에 들리는 건 헤드폰을 통해 들리는 내 숨소리뿐이었다. 흠, 잠깐 토머스 탈리스의 음악을 들으며 했던 경험이 떠올랐다. 잠시 얼굴이 창백해졌다. 지금 그런 기억을 더듬고 싶진 않았다.

크리스천이 자기 안전띠를 풀더니 내 안전띠를 풀기 위해 몸을 앞으로 내밀었다.

"여행 즐거웠어, 스틸 양?"

"네. 고마워요, 그레이 씨." 나는 예의 바르게 대답했다.

"음, 그럼 그 친구 사진 보러 가볼까."

그는 내게 손을 내밀었고 나는 그 손을 잡고 찰리 탱고에서 내렸다.

머리가 희끗하고 턱수염을 기른 남자가 활짝 웃으며 우리를 마중하러 나왔다. 이전에 여기 왔을 때 보았던 노인임이 기억났다.

"조." 크리스천은 미소를 띠고는 내 손을 잡은 채 조와 따뜻하게 악수를 나누었다.

"스테판이 가지러올 테니 그때까지 잘 봐줘요. 8시나 9시쯤 가지러 올 테니까."

"그렇게 하죠, 그레이 씨. 아가씨." 그는 나를 보고 고개를 끄덕였다. "차가 아래층에 대기하고 있습니다. 아, 참. 엘리베이터가 고장 났습니다. 계단을 이용하셔야 할 겁니다."

"고마워요, 조."

크리스천은 내 손을 잡았고, 우리는 비상계단으로 향했다.

"그나마 여기가 3층이라는 게 다행이야. 그런 굽이 높은 구두를 신고." 그는 못마땅하다는 듯 중얼거렸다.

무슨 상관이실까.

"이 부츠가 마음에 안 들어요?"

"사실 아주 마음에 들지, 아나스타샤."

그의 시선이 어두워졌다. 그가 뭔가 말할 듯했으나 머뭇거렸다.

"가자. 천천히 내려가야지. 네가 넘어져서 목이 부러지면 안 되니까."

운전기사가 우리를 화랑으로 데려가는 동안, 우리는 아무 말 없이 앉아 있었다. 걱정스러운 마음이 전력을 다해 돌아오고 있었고 찰리 탱고에서 함께 보냈던 시간은 오직 태풍의 눈이었을 뿐임을 깨달았다. 크리스천은 조용히 생각에 잠겨 있었다. 심지어 불길하기까지 했다. 아까까지만 해도 분위기가 더 가벼웠지만 이제는 가라앉았다. 할 말이 무척이나 많았지만 이 여행은 너무 짧았다. 크리스천은 멍하니 생각에 잠겨 창밖을 내다보았다.

"호세는 그냥 친구일 뿐이에요." 나는 나직이 말했다.

크리스천은 몸을 돌려 나를 쳐다보았다. 그의 눈은 어둡고 바짝 경계하고 있어 아무 의미도 전하지 않았다. 그의 입은…… 아, 그의 입은 참으로 사람 마음을 산란하게 만들었고 제멋대로였다. 내 몸에 닿았던 그 입을 떠올렸다. 내 몸 모든 곳에. 피부에 열이 올랐다. 그는 자리에서 꿈틀거리며 얼굴을 찡그렸다.

"예쁜 눈이 퀭하군, 아나스타샤. 부탁인데, 앞으로는 잘 챙겨 먹겠다고 해."

"그래요, 크리스천. 잘 먹고 다닐게요." 자동적으로 상투적인 대답을 했다.

"난 진심인데."

"지금도 그래요?"

목소리에 묻어나는 환멸을 억누를 수가 없었다. 이 뻔뻔스러운 남자 같으니. 지난 며칠 동안 나를 지옥으로 몰아넣고선. 아니, 그 말은 틀렸다. 날 지옥으로 몰아넣은 사람은 나 자신이니까. 아니, 이 사람이었지. 혼란스러워서 고개를 저었다.

"너랑 싸우고 싶지 않아, 아나스타샤. 널 다시 찾고 싶어. 네가 건강했으면 좋겠고." 그는 말했다.

"하지만 아무것도 변한 건 없어요." 당신은 여전히 피프티, 50가지 빛깔의 사람인걸요.

"가는 길에 얘기하자. 지금은 다 왔으니까."

차가 화랑 앞에 멈췄고, 크리스천은 말문이 막힌 나를 놔두고 먼저 나갔다. 그가 차문을 열어주자 나는 차에서 내렸다.

"왜 그러는 거예요?" 생각보다도 더 큰 소리가 나왔다.

"뭘 그래?" 크리스천이 움찔했다.

"그런 말을 하다가 마는 거요."

"아나스타샤. 이제 다 왔어. 네가 오고 싶어 하는 곳에. 이것부터 해치우고 그 다음에 이야기하자. 게다가 난 대로에서 소란 피우는 게 특히 싫어."

나는 주위를 둘러보았다. 그의 말이 맞았다. 지나치게 공적인 공간이었다. 내가 입을 꾹 다물자, 그가 쏘아보았다.

"알았어요." 나는 뚱하게 대답했다. 그는 내 손을 깍지 끼고 건물 안으로 데리고 들어갔다.

우리가 들어간 곳은 개조한 창고였다. 벽돌 벽, 진한 나무 바닥, 하얀 천장, 하얀 파이프. 바람이 잘 통하고 현대적인 공장으로 화랑에는 몇몇 사람들이 와인을 홀짝거리며 호세의 작품을 감상하면서 여기저기 돌아다녔다. 호세가 마침내 꿈을 이룬 것을 본 순간, 나 자신의 문제는 스르르 녹아버리고 말았다. 잘했어, 호세!

"호세 로드리게스의 전시회에 와주신 손님 여러분, 환영합니다."

검은 옷에 선명한 빨간색 립스틱을 바르고 커다란 귀고리를 한 짧은 머리의 젊은 여자가 인사를 했다. 여자는 나를 슬쩍 쳐다보았다. 그런 다음에는 필요 이상으로 오래 크리스천을 바라보더니 다시 내 쪽을 돌아보았다. 심지어 얼굴까지 붉혔다.

나는 이맛살을 찌푸렸다. 이 남자는 내 거야. 아니, 내 거였지. 나는 여자를 험악하게 째려보지 않으려고 무던히 애썼다. 여자는 눈의 초점을 잡더니 다시 깜박였다.

"아, 당신이었네요, 아나. 우린 이 모든 것에 대한 당신 의견도 듣고 싶답니다."

여자는 활짝 웃으면서 내게 브로슈어를 건네더니 음료와 다과가 쌓인 탁자로 안내했다.

"아는 여자야?" 크리스천이 얼굴을 찡그렸다.

마찬가지로 영문을 몰라 고개를 저었다.

그는 주의를 다른 데로 돌리며 어깨를 으쓱했다. "뭘 마실까?"

"화이트와인 한 잔 마실게요. 고마워요."

그는 눈살을 찌푸렸으나 입을 다물고 오픈 바로 향했다.

"아나!"

호세가 사람들 틈을 뚫고 쏜살같이 달려왔다.

세상에! 호세는 정장 차림이었다. 근사한 모습의 호세는 나를 보면서 환히 웃었다. 그는 나를 품에 꼭 껴안았다. 나는 터져 나오려는 눈물을 참는 게 고작이었다. 내 친구, 케이트가 없는 이 상황에서는 호세가 내 유일한 친구였다. 눈에 눈물이 고였다.

"아나, 네가 와줘서 정말 좋다." 호세는 귀에 대고 속삭였다. 그러더니 갑자기 팔 길이만큼 뒤로 물러서 나를 찬찬히 살폈다.

"왜?"

"야, 너 괜찮아? 너, 좀, 이상해 보이는데? 디오스 미오, 너 살 빠진 거야?"

나는 눈물을 참으려고 눈을 깜박였다. 얘까지 이러면 안 되지.

"호세, 난 괜찮아. 그저 네가 잘 되어서 기쁠 뿐이야. 전시회 축하해."

무척이나 익숙한 호세의 얼굴에 새겨진 근심을 보자 목소리가 떨렸지만 간신히 감정을 추슬렀다.

"여기까지 어떻게 왔어?" 그가 물었다.

"크리스천이 데려다 줬어." 갑자기 불길한 기운을 느끼며 대답했다.

"아, 그래." 호세는 풀이 죽더니 나를 놔주었다. "어디 있는데?" 그의 표정이 어두웠다.

"저기, 마실 것 가지러 갔어." 나는 크리스천 쪽으로 고개를 끄덕였고 그가 줄 서 있는 사람과 간단한 인사를 나누는 것을 깨달았다. 크리스천이 눈을 들자 우리의 시선이 얽혔다. 그 짧은 순간, 가늠할 수 없는 감정을 품은 눈으로 나를 바라보는, 믿을 수 없으리만큼 잘생긴 이 남자에게서 눈을 떼지 못했고, 꼼짝도 할 수 없었다. 뜨겁게 타오르는 시선이 내게 꽂혔고 우리는 순간 서로를 바라보며 주위를 잊었다.

맙소사…… 이 아름다운 남자가 내가 돌아오기를 바라고 있어. 몸 아래 깊숙한 곳에서 새벽녘에 피는 나팔꽃처럼 달콤한 기쁨이 서서히 덩굴손을 뻗어나갔다.

"아나!"

호세가 부르는 소리에 정신이 흐트러졌고 나는 다시 현실로 끌려 들어왔다. "네가 와줘서 참 기쁘다. 들어봐, 너한테 미리 해둘 이야기가 있는데……."

갑자기 아까 연설했던 짧은 머리에 빨간 립스틱을 바른 여자가 그의 말을 끊었다.

"호세, 〈포틀랜드 프린츠〉 기자가 보자는데요. 이리 와요."

여자는 내게 정중한 미소를 지어 보였다.

"참 대단하지? 유명세라는 게."

호세가 씩 웃는 바람에 나도 웃을 수밖에 없었다. 호세는 참으로 행복한 모양이었다.

"나중에 보자."

호세가 나의 뺨에 입을 맞추었고 나는 그가 키가 크고 호리호

리한 사진기자 옆에 서 있는 젊은 여자에게로 다가가는 모습을 바라보았다.

사방이 온통 호세의 사진으로 도배가 되어 있었다. 어떤 사진들은 확대되어 커다란 캔버스에 붙어 있기도 했다. 흑백사진도 있고 컬러사진도 있었다. 풍경사진들에는 천상의 아름다움이 있었다. 밴쿠버 근처 호수에서 찍은 사진에는 분홍색 구름이 잔잔한 수면 위에 반사된 이른 아침의 정경이 펼쳐져 있었다. 잠시나마 그 고요함과 평화로움에 황홀해졌다. 근사하기 그지없는 사진이었다.

크리스천이 다가와 화이트와인을 건네주었다.

"눈에 차는 게 있던가요?" 내 목소리는 무척 자연스러웠다.

그는 영문을 모르겠다는 표정으로 나를 쳐다보았다.

"와인 말이에요."

"아니, 보통 이런 유의 행사에선 기대하기 힘들지. 이 친구 꽤 재능 있는데, 그렇지 않아?"

크리스천은 호수 사진을 감상했다.

"그렇지 않았다면 내가 애한테 당신 사진을 찍어달라고 부탁했겠어요?"

내 목소리에는 자부심이 뚝뚝히 묻어났다. 그는 무감하게 사진에서 내 쪽으로 시선을 옮겼다.

"크리스천 그레이 씨?" 〈포틀랜드 프린츠〉 기자가 크리스천에게 다가왔다. "사진 한 장 찍어도 되겠습니까?"

"그러시죠." 크리스천은 찡그린 표정을 감추었다. 나는 물러섰지만 그는 내 손을 잡아 자기 옆으로 끌어당겼다. 사진기자는 우리 둘을 바라보면서 놀라움을 감추지 못했다.

"그레이 씨, 고맙습니다." 기자는 사진을 두어 장 찍었다. "실례지만 성함이……?" 그가 물었다.

"아나 스틸이에요." 나는 대답했다.

"고맙습니다, 스틸 양." 그는 서둘러 가버렸다.

"나, 당신이 데이트 상대와 함께 있는 사진을 찾아보았어요. 하나도 없더군요. 그래서 케이트는 당신이 동성애자라고 생각한 거죠."

크리스천의 입이 미소를 띠듯 실룩였다.

"그래서 그렇게 부적절한 질문을 했던 거로군. 아니, 난 데이트를 하지 않아, 아나스타샤. 너를 빼고는. 너도 그건 알잖아."

그의 목소리가 진지함을 띠며 조용해졌다.

"그럼 이전에는 한 번도 그……." 나는 두리번거리며 듣는 사람이 없나 살폈다. "서브들과 외출한 적이 없나요?"

"가끔은 했지. 하지만 데이트는 아니었어. 쇼핑은 갔었지."

그는 내게서 눈을 떼지 않으며 어깨를 으쓱했다.

아, 그럼 그냥 오락실, 고통의 빨간 방과 그의 아파트에서만 만났다는 건가. 좋아해야 할지 알 수가 없었다.

"너뿐이야, 아나스타샤." 그는 속삭였다.

나는 얼굴을 붉히며 손가락만 내려다보았다. 나름대로 그는 나를 정말로 아꼈다.

"여기 네 친구는 주로 풍경을 찍지, 인물은 별로 없는데. 돌아보자."

나는 그가 내민 손을 잡았다.

사진 몇 개를 지났을 즈음, 남녀 한 쌍이 나를 보고 고개를 끄덕이더니 마치 아는 사람인 양 환히 웃는 것을 깨달았다. 아마도 크리스천과 같이 있기 때문이겠지만 한 젊은 남자는 뻔뻔할 정도로 대놓고 쳐다보았다. 이상하네.

모퉁이를 돌았을 때, 어째서 사람들이 이상한 표정으로 나를 쳐다보았는지 깨달았다. 저 맨 끝 벽에는 일곱 개의 거대한 인물 사진이 있었다. 모두 나였다.

나는 어안이 벙벙해서 그 사진들을 멍하니 바라보았다. 얼굴에서 핏기가 빠져나갔다. 나. 입을 삐죽이고, 웃고, 찌푸리고, 진지하고, 즐거워하는 나. 모두 초근접으로 찍었고, 다 흑백사진이었다.

맙소사! 호세가 집에 놀러 왔을 때나 출사 간다고 해서 내가 운전기사 겸 조수로 따라 나갔을 때 그가 두어 번 카메라로 장난쳤던 게 기억났다. 스냅 샷을 몇 장 찍는 정도로 생각했지, 이렇게 사생활 침해에 가깝도록 솔직한 사진을 찍은 줄은 몰랐다.

크리스천은 꼼짝도 하지 않고 사진을 한 장씩 뚫어져라 보고 있었다.

"나만이 아니었던 것 같군."

그는 입을 꾹 다물며 남이 듣지 못하게 속삭였다.

화가 난 듯했다.

"실례."

그는 잠깐 동안 빛나는 눈으로 내가 꼼짝 못하도록 쏘아보더니 안내 데스크로 가버렸다.

지금은 또 왜 저런담? 그가 짧은 머리 빨간 립스틱 여자와 열띤 대화를 나누는 동안 나는 최면에 걸린 듯 바라보았다. 그는 지갑을 휙 꺼내더니 신용카드를 빼냈다.

어머, 저 사진 한 장 사나 본데.

"어이, 당신이 뮤즈로군요. 저 사진들 정말 죽이는데요."

환한 금발 남자애가 말을 거는 바람에 나는 화들짝 놀랐다. 누가 내 팔꿈치에 손을 대는 느낌이 들어 크리스천이 돌아왔다는 걸 알았다.

"정말 운도 좋으십니다." 금발 남자애가 크리스천에게 말했지만 그는 차갑게 쏘아볼 뿐이었다.

"그렇죠." 그는 음험하게 대답하더니 나를 한쪽으로 끌고 갔다.

"저 사진 한 장 산 거예요?"

"한 장?" 그는 사진에서 눈을 떼지 않고 코웃음을 쳤다.

"더 샀어요?"

그가 눈을 흘겼다. "모두 다 샀지, 아나스타샤. 어떤 낯선 사람이 자기 집에 혼자 앉아 너를 엉큼하게 보는 걸 내가 가만히 볼 수 있겠어?"

웃긴다는 생각이 가장 먼저 떠올랐다. "차라리 자기가 그렇게 보려고요?" 나는 코웃음을 쳤다.

그는 내 대담한 공격에 허를 찔린 듯 내려다보았지만, 내가 보기에는 재미있어하는 기분을 숨기려 하는 듯했다.

"솔직히 말하자면 그렇지."

"변태 같으니."

나는 소리 죽여 입 모양으로만 말하고 웃음을 참느라 아랫입술을 깨물었다.

그의 입이 살짝 벌어지더니 재미있어하는 기색이 뚜렷해졌다. 그는 생각에 잠겨 턱을 쓸었다.

"그 평가를 굳이 반박하고 싶진 않고." 그는 고개를 저었고 눈은 장난기로 부드러워졌다.

"그런 논의를 좀 더 하고 싶긴 하지만, 비공개 합의서에 서명을 했으니까요."

그는 나를 보면서 한숨을 지었다. 그의 눈이 한층 더 짙어졌다. "그 똑똑한 입을 내가 어떻게 하고 싶은지 알긴 하는지." 그는 중얼거렸다.

그의 말뜻을 똑똑히 깨닫고 숨을 헉 들이켰다. "어쩌면 그렇게 무례한 말을." 나는 충격받은 듯한 목소리를 내려고 했고 성공했다. 왜 선을 지킬 줄 모르는 걸까?

그는 재미있다는 듯 싱긋 웃었지만 다음 순간 찡그렸다.

"이 사진 속에서 넌 참 편안해 보이는군, 아나스타샤. 그런 모습을 자주 보지 못한 것 같은데."

뭐? 참 나! 화제를 그렇게 싹 바꾸어버리다니. 밑도 끝도 없이, 농담에서 진지한 이야기로.

나는 얼굴을 붉히면서 손가락을 내려다보았다. 그는 내 머리를 살짝 뒤로 젖혔고 나는 그의 손가락 감촉에 날카롭게 숨을 들이켰다.

"나와 함께 있을 때도 이처럼 편안하면 좋을 텐데." 그가 속삭였다. 모든 장난기가 사라졌다.

내 안 깊은 곳에서 다시 기쁨이 일었다. 하지만 어떻게 이럴 수 있지? 아직 문제는 해결되지 않았는데.

"그러길 바란다면 날 겁주지 마요." 나는 톡 쏘았다.

"넌 의사소통하는 법을 배우고 솔직한 기분을 내게 말해줘야 해."

그도 타오르는 눈으로 되쏘았다.

나는 깊은 숨을 들이쉬었다. "크리스천, 당신은 내가 서브가 되어주길 바라잖아요. 거기에 문제가 있는 거예요. 서브미시브라는 말의 정의에. 내게 이메일로 보내주기까지 했잖아요." 그 문장을 기억하려 잠시 말을 멈추었다. "동의어로 이런 말들이 있지 않았나요. 옮겨보면, '유순한, 순응하는, 복종하는, 승순하는, 수동적인, 체념한, 인내심 있는, 온순한, 길들여진, 정복된'이라고 했죠. 난 당신을 쳐다봐서도 안 되고요. 허락을 내려주기 전에는 당신에게 말을 걸어서도 안 되지요. 그런데 뭘 바라요?"

내가 계속 씩씩대자 그의 미간에 잡힌 주름이 점점 더 깊어갔다.

"당신과 같이 있으면 아주 혼란스러워요. 내가 당신을 거역하지 않길 바라지만, '말대꾸 잘하는 내 똑똑한 입'을 좋아하죠. 당신은 복종을 원하지만 그렇지 않을 때도 있죠. 그래야 나를 벌줄 수 있을 테니까. 당신과 있을 때는 어느 쪽을 택해야 할지 모르겠어요."

그는 눈을 가늘게 떴다. "좋은 지적이야. 언제나처럼, 스틸양." 그의 목소리는 쌀쌀했다. "가자, 뭘 좀 먹게."

"여기 온 지 30분밖에 안 됐어요."

"사진은 다 봤잖아. 저 친구랑 얘기도 했고."

"호세라는 이름이 버젓이 있어요."

"호세와 얘기도 했잖아. 내가 마지막으로 봤을 때 거부하는 네 입에 억지로 혀를 집어넣으려고 했던 그 자식과. 그것도 네가 취해서 정신이 없을 때였지." 그가 으르렁거렸다.

"그렇다고 날 때린 적은 없어요." 나는 내뱉어버렸다.

크리스천이 얼굴을 찡그렸다. 모공마다 분노를 분출하는 듯했다.

"그건 반칙이야, 아나스타샤." 그는 위협적으로 속삭였다.

내 얼굴이 창백해졌다. 그는 차마 억누르지 못하는 분노로 바짝 일어선 머리카락을 두 손으로 훑었다. 나도 그에 맞서 쏘아보았다.

"너한테 뭘 좀 먹일 거야. 지금 내 앞에서 쓰러지기 직전이군. 그 친구 찾아. 우리 간다고 말해."

"부탁인데, 좀 더 있다 가면 안 돼요?"

"아니, 갈 거야. 지금. 작별 인사하고 와."

나는 그를 째려보았다. 피가 펄펄 끓었다. 망할 통제광 씨. 분노는 고마웠다. 눈물을 짜는 것보다야 화를 내는 편이 좋다.

나는 그에게서 눈길을 거두고 호세를 찾아 화랑 안을 둘러보았다. 그는 한 무리의 젊은 여자들과 이야기를 나누는 중이었다. 나는 종잡을 수 없는 이 남자에게서 떨어져 호세에게로 갔다. 나를 여기 데려다 줬다고 해서 그 사람이 하란 대로 해야 해? 대체 자기가 뭐라고 생각하는 거야?

여자들은 호세의 말 하나하나를 놓치지 않고 듣고 있었다. 내가 다가가자 그들 중 하나가 숨을 헉 멈췄다. 초상사진의 주인공임을 알아본 게 분명했다.

"호세."

"아나. 실례합니다, 아가씨들."

호세는 여자들을 향해 씩 웃어 보이고 한 팔을 내게 둘렀다. 어떤 면에서는 재미있었다. 여자들을 능수능란하게 다루는 호세라니.

"기분이 안 좋아 보이네." 그가 말했다.

"나 지금 가야 해." 나는 토라져서 말했다.

"지금 막 왔잖아."

"그러긴 한데, 크리스천이 지금 가야 한대. 사진 정말 멋지다, 호세. 넌 진짜 재능 있어."

그의 얼굴이 환히 밝아졌다. "널 보니까 정말 기쁘다."

그는 곰처럼 나를 포근하게 안고 빙빙 돌렸다. 그 덕에 화랑 저편에 있는 크리스천의 모습을 볼 수 있었다. 그는 얼굴을 찡그리고 있었다. 나는 호세의 팔에 안겨 있기 때문임을 깨달았다. 아주 계산된 동작으로, 나는 두 팔을 호세의 목에 감았다. 그의 눈빛이 한층 더 짙어져 불길할 정도까지 변하더니 천천히 우리를 향해 다가왔다.

"사진 얘기 미리 안 해줘서 참으로 고맙다." 나는 틱틱거렸다.

"어 참. 미안해, 아나. 미리 말해줬어야 하는 건데. 사진은 마음에 들어?"

"음…… 잘 모르겠어." 나는 순간 그의 질문에 허를 찔려 솔직히 대답해버렸다.

"음, 그 사진 다 팔렸다니 마음에 들어 한 사람이 있기는 했나 본데. 대단하지 않아? 네 광고효과가 대단하다." 그가 나를 더 꼭 껴안자 크리스천이 이젠 나를 쏘아보면서 다가왔다. 다행스럽게도 호세는 그 눈길을 보지 못했다.

호세가 나를 놔주었다. "서먹하게 굴지 마, 아나. 아, 그레이 씨. 안녕하십니까."

"로드리게스 씨, 아주 인상적이군요." 그는 얼음같이 차가운 목소리로 말했다. "오래 있지 못해서 유감입니다. 하지만 우리는 시애틀로 돌아가야 해서. 아나스타샤?" 그는 슬며시 '우리'라는 말을 강조하며 내 손을 잡았다.

"안녕, 호세. 다시 한 번 축하해." 나는 그의 뺨에 가볍게 입을 댔다. 그렇지만 미처 깨닫지도 못한 순간에 크리스천이 나를 끌고 건물 밖을 나서고 있었다. 그가 말 없는 분노로 부글부글 끓고 있다는 것을 알았지만, 나도 마찬가지였다.

그는 재빨리 거리 위아래를 훑고서 왼쪽으로 향했다. 그러더니 갑자기 나를 옆 골목으로 끌고 들어가 벽으로 홱 밀어붙였다. 그는 두 손으로 내 얼굴을 잡아 자신의 격렬하고 결연한 눈을 마주보도록 했다.

숨이 멎었다. 그의 입이 내게로 내려왔다. 그가 내게 키스했다. 거칠게. 잠시 우리 이가 부딪쳤고, 다음 순간 그의 혀가 내 입으로 들어왔다.

욕망이 몸속에서 독립기념일 폭죽처럼 폭발했고 나도 그의 열정에 맞추어 같이 키스했다. 두 손으로 그의 머리카락을 꼬아 세게 잡아당겼다. 그는 신음했다. 그의 목 깊은 곳에서 흘러나오는 낮고 섹시한 소리가 내 몸속을 뚫고 진동했고 그의 손은 내 몸을 훑고 내려가 허벅지 위까지 이르렀다. 그의 손가락이 자두색 원피스를 뚫고 내 살로 파고들었다.

나는 지난 며칠간의 분노와 상심을 키스에 다 쏟아부으며 그를 내 몸으로 꽉 끌어당겼다. 이렇게 맹목적인 정열의 순간, 그도 똑같이 하고 있다는 것을 깨달았다. 그도 같은 기분이라는 것을.

그는 갑자기 키스를 멈추고 숨을 헐떡였다. 눈은 욕망으로 번득였고, 벌써 달아올라 내 몸을 쿵쿵 흘러가는 피에 불을 붙였다. 나는 입을 느슨히 벌리고 귀중한 공기를 폐 깊숙이 들이마시려 했다.

"넌. 내. 거. 야." 그는 음절 하나하나를 강조하며 으르렁댔다. 그는 내게서 떨어져 나가더니 마치 마라톤이라도 뛴 사람처럼 허리를 숙이며 두 손으로 무릎을 짚었다.

"무슨 일이 있어도 말이지, 아나."

나는 숨을 헐떡이며 벽에 기대면서 몸에 일어나는 요란한 반응을 잠재우려, 평정한 태도를 찾으려 애썼다.

"미안해요." 일단 숨을 제대로 고를 수 있게 되자 나는 속삭였다.

"당연히 미안해야지. 네가 왜 그랬는지는 나도 알아. 그 사진

작가랑 잘해보고 싶은 거야, 아나? 그 친구는 분명히 너에게 감정이 있지만."

나는 죄책감을 느끼며 고개를 흔들었다. "아니에요. 호세는 그냥 친구예요."

"난 어른이 된 후로 줄곧 극단적인 감정은 피하면서 살았어. 그런데 너…… 네가 내 안에서 완전히 낯선 감정을 끌어내지. 그건 너무나……." 그는 말을 뱉어내려 하면서 얼굴을 찡그렸다. "거슬려."

그는 말을 이었다.

"난 통제를 좋아해, 아나. 하지만 네 옆에 있으면 그건……." 그가 일어섰다. 눈빛이 강렬했다. "증발해버려." 그는 모호하게 손을 흔들다 한 손으로 머리를 쓸어 넘기며 심호흡을 했다. 그는 내 손을 잡았다.

"가자. 얘기 좀 해야 하니까. 넌 뭘 좀 먹어야 하고."

2

그는 나를 작고 아늑한 식당으로 데려갔다.

"이 정도면 되겠지." 크리스천이 투덜거렸다. "우리는 그다지 시간이 많지 않으니까."

내가 보기엔 괜찮은 식당이었다. 나무 의자, 리넨 식탁보, 크리스천의 오락실과 똑같은 진홍색 벽에 제멋대로 놓인 작은 금테 액자들, 하얀 양초들, 하얀 장미가 꽂힌 작은 꽃병들. 배경음악으로 엘라 피츠제럴드가 부드럽게 노래하고 있었다. 이런 것을 사랑이라고 한다는 가사의 노래였다. 무척이나 낭만적이었다.

웨이터는 작은 구석 자리에 놓인 2인용 좌석으로 우리를 안내했다. 나는 그가 하려는 말에 불안감과 궁금증을 함께 느끼며 자리에 앉았다.

"시간이 별로 없으니." 자리에 앉을 때 크리스천이 웨이터에게 말했다. "미디엄으로 익힌 서로인 스테이크 하나 주고, 있으면 베어네이즈 소스를 뿌려서. 감자튀김과 녹색 야채, 여기 있는 것 아무거나 줘요. 와인 리스트도 봅시다."

"알겠습니다, 손님." 크리스천이 냉정하고도 침착한 태도로 효율적으로 주문하자 움찔한 웨이터는 서둘러 가버렸다. 크리스천은 블랙베리를 꺼내 탁자 위에 놓았다. 참, 나는 선택권도 없는 거야?

"내가 만약 스테이크를 좋아하지 않으면요?"

그는 한숨지었다. "말싸움 시작하지 마, 아나스타샤."

"난 어린애가 아니에요, 크리스천."

"그래, 그러면 그렇게 행동하지 말아야지."

뺨을 한 대 맞은 기분이었다. 그래, 아주 언짢고 난처한 대화가 되겠지. 이렇게 낭만적인 분위기에도 그는 마음과 꽃을 바치지는 않는다.

"스테이크를 좋아하지 않으면 어린애가 되는 건가요?" 나는 상처를 감추면서 낮은 소리로 말했다.

"일부러 내 질투심을 유발하는 행동 말이야. 그건 정말 유치한 짓이었어. 친구를 그렇게 오해하도록 만들면서 그쪽 감정이 어떨지는 생각해보지 않았어?"

웨이터가 와인 리스트를 가지고 돌아오자 크리스천은 입을 꾹 다물면서 얼굴을 찡그렸다.

얼굴을 붉혔다. 그 생각은 해보지 못했다. 가여운 호세, 그의 감정을 부채질해서는 안 되는 거였는데. 갑자기 부끄러웠다. 크리스천이 정곡을 찔렀다. 생각 없는 짓이었다. 크리스천은 와인 리스트를 보았다.

"와인 골라보겠어?" 그가 기대하듯 한쪽 눈썹을 치키면서 물었다. 오만함이 그대로 드러나는 표정이었다. 내가 와인에 대해서는 아무것도 모른다는 것을 알면서.

"당신이 골라요." 언짢은 기분을 억누르면서 대답했다.

"바로사 밸리 시라즈 두 잔 줘요."

"음, 저희 가게는 오로지 병으로만 나갑니다, 손님."

"그럼 한 병을 줘요." 크리스천이 딱 잘라 말했다.

"알겠습니다, 손님." 웨이터는 기가 죽어 물러났지만 그 사람 잘못은 아니었다. 나는 변덕스러운 이 남자를 향해 얼굴을 찌푸렸다. 대체 뭣 때문에 기분이 나쁜 거람? 아, 나 때문이겠지. 내 정신 깊은 곳 어딘가에서 내 안의 여신이 졸린 눈을 비비며 일어나 기지개를 켜고 미소를 지었다. 한동안 잠들어 있긴 했지.

"꽤 불만스러워 보이는데."

그는 무감하게 나를 쳐다보았다. "왜 그런지 궁금하군."

"음, 미래에 대한 친밀하고 솔직한 토론을 위해선 먼저 적당한 말투부터 정하는 게 좋겠어요. 그렇지 않아요?"

나는 그를 보고 다정하게 웃어 보였다.

그의 입이 꾹 다물어졌지만 그 다음에는 거의 마지못한 듯 입술이 살짝 들렸다. 미소를 억누르려는 것 같았다.

"미안하군."

"사과는 받겠어요. 게다가 다행스럽게도 우리가 마지막으로 만난 이후에 내가 채식주의자가 되기로 결정한 건 아니란 사실은 알려드리죠."

"제대로 먹은 건 그때가 마지막이니까 그건 이미 명목뿐인 사안 같은데."

"그 말을 또 쓰네요. '명목뿐'이라고."

"명목뿐이지." 그는 입 모양으로 따라했다. 눈은 장난기로 부드러워졌다. 그는 한 손으로 머리를 훑더니 다시 진지한 태도를 취했다. "아나, 마지막으로 우리가 이야기를 나누었을 땐 네가 나를 떠났지. 난 약간 초조해. 너에게 다시 돌아왔으면 좋겠다고 했는데, 넌…… 아무 대답도 하지 않았잖아."

시선은 무척이나 강렬하고 기대에 가득 차 있었지만, 그의 솔직한 태도는 사람의 경계심을 허물어뜨렸다. 이런 말에 뭐라고 대답해야 하나?

지난주는 내 인생 최악의 시간이었고 고통은 말로 형용할 수 없었다. 그 무엇도 이에 비할 수가 없었다. 하지만 현실이 나를 정통으로 내리쳐 숨도 쉴 수 없었다.

"바뀐 건 아무것도 없어요. 난 당신이 원하는 모습이 될 순 없어요."

목구멍에 치미는 덩어리 위로 간신히 말을 밀어냈다.

"네가 바로 내가 원하는 모습 그대로야." 그는 단정적 어조로 말했다.

"아니에요, 크리스천. 난 아니에요."

"지난번에 있었던 일 때문에 기분 나빴지. 내 행동이 어리석었어. 넌…… 너도 그랬지. 어째서 안전신호를 주지 않았어, 아나스타샤?"

그의 어조가 거의 비난하는 투에 가깝게 변했다.

뭐? 참 나, 화제를 바꾸다니.

"대답해."

"모르겠어요. 나는 주체할 수가 없었어요. 당신이 원하는 모습이 되어보려고 했고, 고통을 감당하려고 했어요. 그랬더니 정신이 나가버렸어요. 알잖아요……. 나는 잊어버렸어요."

나는 속삭이면서 부끄러움을 느꼈다. 그러면서 사과하듯 어깨를 으쓱했다.

어쩌면 이 모든 가슴앓이를 피할 수도 있었을 텐데.

"잊어버리다니!" 그는 소름끼친다는 듯 숨을 들이켜더니 탁자 양쪽을 움켜잡고 나를 노려보았다. 그의 눈길 아래서 몸이 움츠러들었다.

젠장! 또, 불같이 화를 내고 있네. 내 안의 여신도 나를 쏘아보았다. 봐, 모두 네가 자초한 거야.

"이래서야 내가 어떻게 너를 신뢰하지?" 그의 목소리는 나직했다. "그럴 수 있겠어?"

웨이터가 와인을 가지고 왔지만 우리는 서로 쏘아보며 앉아 있었다. 푸른 눈 대 회색 눈. 우리 둘 다 말 없는 비난으로 가득 차 있었지만 웨이터는 불필요하게 화려한 손놀림으로 코르크를 따고 와인을 크리스천의 잔에 약간 따랐다. 자동적으로 크리스천이 손을 뻗어 한 모금 마셨다.

"괜찮군." 그의 목소리는 간결했다.

조심스럽게 웨이터는 우리 잔을 채우고 잔을 탁자 옆에 놓은 후 재빨리 물러났다. 크리스천은 그동안 내게서 눈을 떼지 않았다. 먼저 나가떨어진 사람, 눈길을 돌린 쪽은 나였다. 나는 잔을 들어 한 모금을 꿀꺽 삼켰다. 맛은 거의 느낄 수가 없었다.

"미안해요." 갑자기 바보 같은 기분을 느끼며 속삭였다. 내가 떠났던 건 우리 두 사람이 양립할 수 없다고 생각했기 때문이었다. 그런데 지금 그는 내가 말릴 수 있었으리라는 말을 하는 건가?

"뭐가 미안해?" 그는 놀란 듯 물었다.

"안전신호를 사용하지 않아서요."

그는 안심한 양 눈을 감았다. "이 모든 고통을 피할 수 있었을지도 몰라."

"당신은 괜찮아 보이는데요." 실은 괜찮은 것 이상이죠. 당신은 당신답게 보이니까.

"사람 겉모습만 봐선 모르지." 그가 조용히 말했다. "난 결코 괜찮지 않아. 마치 태양이 졌다가 닷새 동안이나 뜨지 않은 기분이야. 아니, 난 여기 끝나지 않는 밤 속에 갇혀 있어."

그가 상심했음을 순순히 인정하자 숨을 쉴 수가 없었다. 맙소사, 나와 같잖아.

"절대 떠나지 않을 거라고, 떠나는 게 더 힘들어진다고 했지만 넌 문밖으로 나갔어."

"내가 언제 절대 떠나지 않을 거라 말했던가요?"

"자면서 그러더군. 그렇게 안심되는 말을 들은 건 참으로 오랜만이었지. 아나스타샤. 그 말에 나는 안도감을 느꼈어."

심장이 죄어왔다. 나는 와인 잔을 들었다.

"날 사랑한다고 말했지." 그가 속삭였다. "그 말은 이제 과거형이야?" 목소리는 나직했고 근심이 묻어 있었다.

"아니, 크리스천, 아니에요."

숨을 내쉬는 그는 참으로 연약해 보였다. "잘됐군." 그가 웅얼거렸다.

그의 고백에 충격을 받았다. 심경의 변화가 일어났구나. 이전에 내가 사랑한다고 말했을 때는 겁에 질렸는데. 웨이터가 다시 돌아와서 씩씩하게 접시를 우리 앞에 놓고서 서둘러 가버렸다.

이 와중에 무슨 음식.

몸 깊은 곳에서는 허기를 느끼고 있었지만 지금 당장은 위가 꼬여들었다. 내가 이제까지 유일하게 사랑한 남자가 건너편에 앉아 우리의 불확실한 미래에 대해 토론하고 있는데 왕성한 식욕이 돋을 리가 없었다. 나는 미심쩍은 듯 음식을 바라보았다.

"부디 도와줘, 아나스타샤. 네가 먹지 않으면 난 너를 여기 이 식당에서 내 무릎 위에 눕혀버릴 테니까. 그건 나의 성적 만족감과는 아무 상관이 없을 거야. 먹어!"

침착하시죠, 그레이. 내 잠재의식이 반달 안경 너머로 나를 쳐다보았다. 그녀는 이 변덕스러운 남자의 뜻에 진심으로 찬성하고 있었다.

"좋아요. 먹을게요. 근질거리는 손바닥은 거둬요."

그는 미소 짓지 않고 계속 나를 쏘아보았다. 마지못해 나는 포크와 나이프를 들고 스테이크를 잘랐다. 입에 군침이 돌 정도로 맛있었다. 허기가 졌다. 정말로 배가 고팠다. 내가 고기를 씹자 그는 눈에 띄게 긴장을 풀었다.

우리는 말없이 저녁을 먹었다. 음악이 바뀌었다. 부드러운 목소리의 여자가 노래를 불렀고 그 가사가 머릿속에서 메아리쳤다. 그가 내 인생에 들어온 이후로 나는 절대 예전과 같지 않았지.

종잡을 수 없는 남자, 피프티를 쳐다보았다. 크리스천은 먹으면서 나를 바라보았다. 허기, 갈망, 근심이 결합되어 그 섹시한 표정 안에 들어 있었다.

"이 노래 누가 부르는 줄 알아요?" 나는 정상적인 대화를 시도해보았다.

크리스천은 먹다 말고 귀를 기울였다. "아니. 하지만 좋은데. 가수가 누구든지."

"나도 마음에 들어요."

마침내 그는 은밀하고 수수께끼 같은 미소를 지었다. 무슨 꿍꿍이인 걸까?

"뭐예요?" 나는 물었다.

그는 고개를 저었다. "다 먹어." 그는 온화하게 말했다.

접시에 놓인 음식의 절반을 먹었다. 더 이상은 먹을 수가 없었다. 이 점을 어떻게 타협하지?

"더 이상은 먹을 수 없어요. 선생님 뜻에 맞게 충분히 먹지 않았나요?"

그는 대답하지 않고 무감하게 쳐다보더니 시계를 흘긋 보았다.

"정말로 배가 불러요." 나는 맛있는 와인을 한 모금 들이켰다.

"곧 가야 해. 테일러가 와 있어. 너도 내일 아침에 출근해야 하니 일찍 일어나야 할 테지."

"당신도 마찬가지고요."

"난 너보다 훨씬 적게 자고도 제대로 활동할 수 있어, 아나스타샤. 적어도 뭔가 먹었으니까."

"그럼 찰리 탱고로 다시 돌아가는 게 아닌가요?"

"아니, 술을 좀 마실지도 모른다고 생각했었거든. 테일러가 우리를 태우러 올 거야. 게다가, 이렇게 해야 몇 시간 동안이나마 너를 차 안에서 독차지할 수 있지. 이야기 말고 뭘 할 수 있겠어?"

아, 그런 계획이었군.

크리스천은 웨이터를 불러 계산서를 가져오라고 한 후 블랙베리를 들어 전화를 한 통 걸었다.

"우리 르 피코탱에 있어. 사우스웨스트 서드 애비뉴." 그는 전화를 끊었다.

그는 여전히 간결하게 통화했다.

"테일러에게 너무 퉁명스럽네요. 사실 대부분 사람들에게 그러지만요."

"나는 그저 용건만 빨리 전할 뿐이야, 아나스타샤."

"오늘 밤에는 용건만 간단히 전하는 게 아닌데요. 아무것도 변하지 않았어요, 크리스천."

"너에게 할 제안이 있어."

"애초에 우리 관계도 제안서로 시작되었잖아요."

"다른 제안이야."

웨이터가 돌아왔고 크리스천은 계산서를 확인하지도 않고 신용카드를 건넸다. 웨이터가 카드를 긋는 동안 그는 나를 의아한 듯 살폈다. 크리스천의 전화가 한 번 진동하자 그는 전화를 들여다보았다.

제안이 있다고? 이제 뭔데? 두어 가지 시나리오가 내 마음속을 스쳐갔다. 납치, 그의 회사에 취직. 아니, 둘 다 말이 되지 않았다. 크리스천은 계산을 끝냈다.

"가자, 테일러가 밖에 와 있어."

일어서자 그가 손을 잡았다.

"난 널 잃고 싶지 않아, 아나스타샤." 그는 손가락 관절에 부드럽게 키스했다. 피부에 닿은 그의 입술 감촉이 몸속에 울려 퍼졌다.

바깥에선 아우디가 대기하고 있었다. 크리스천이 문을 열어주었다. 차에 타자마자 나는 호화로운 가죽 시트에 푹 주저앉았다. 그는 운전석으로 향했다. 테일러가 차에서 나왔고 두 사람은 잠깐 이야기를 나누었다. 두 사람이 평소 하는 방식과는 달랐다. 궁금증이 들었다. 무슨 얘기를 하는 걸까? 잠시 후 둘 다 차로 돌아왔고 나는 크리스천을 바라보았다. 그는 앞만 바라보며 평소처럼 무감한 표정을 짓고 있었다.

잠시나마 그의 옆모습을 살폈다. 쭉 뻗은 코, 조각같이 도톰한 입술, 달콤하게도 이마에 떨어진 머리카락. 이렇게 신처럼 근사한 남자는 분명 내게 어울리는 사람이 아니었다.

부드러운 음악이 차 뒷좌석을 채웠다. 내가 모르는 오케스트라 음악이었다. 테일러는 간간이 흘러가는 차들 사이에 끼어들어 5번 주간 고속도로와 시애틀을 향했다.

크리스천이 자세를 바꾸어 나를 바라보았다. "아나스타샤, 말한 대로 너에게 할 제안이 있어."

나는 불안하게 테일러를 쳐다보았다.

"테일러한테는 안 들려." 크리스천이 확인해주었다.

"왜요?"

"테일러." 크리스천이 불렀다. 테일러는 대답하지 않았다. 다시 불렀지만 여전히 대답은 없었다. 크리스천은 몸을 앞으로 숙여 테일러의 어깨를 톡톡 두드렸다. 테일러는 내가 미처 몰랐던 귀마개를 빼고 돌아보았다.

"네, 사장님?"

"고마워, 테일러. 됐어. 계속 음악 들어."

"예."

"이제 됐어? 테일러는 자기 아이팟을 듣고 있어. 푸치니지. 테일러가 여기 있다는 건 잊어. 나도 그러니까."

"그렇게 해달라고 일부러 부탁했어요?"

"그래."

아. "좋아요. 당신 제안은요?"

크리스천은 갑자기 결연하고 사무적인 표정을 지었다. 맙소사. 우리는 지금 협상을 하는 거야. 나는 집중해서 귀를 기울였다.

"먼저 뭐 하나 물어볼게. 넌 변태 섹스가 전혀 없는 보통의 바닐라 관계를 원하는 거야?"

입이 슬며시 벌어졌다. "변태 섹스요?" 목이 막힌 소리로 되물었다.

"변태 섹스 말이야."

"그런 말을 하다니 믿을 수가 없네요."

"뭐, 했으니까. 대답을 해." 그는 침착하게 말했다.

나는 얼굴을 붉혔다. 내 안의 여신이 한쪽 무릎을 꿇고 두 손을 모아 애원했다.

"난 당신의 변태 섹스도 좋았어요." 속삭이는 소리로 대답했다.

"그렇다고 생각했어. 그러면 싫은 게 뭐야?"

당신을 만질 수 없는 거요. 당신이 내 고통을 즐기는 것. 허리띠가 내려칠 때의 아픔…….

"잔인하고 특이한 벌을 주겠다는 협박요."

"그게 무슨 의미야?"

"음, 오락실에 가면 매와 채찍 같은 게 잔뜩 있잖아요. 그것만 보면 눈앞이 컴컴해질 정도로 겁이 나요. 당신이 그런 걸 내게 쓰는 게 싫어요."

"알았어. 그럼 채찍도 막대도 치우도록 하지. 그런 문제라면 허리띠도." 그는 냉소적으로 말했다.

당황해서 그를 쳐다보았다. "고정 한계를 새로이 정의하겠다는 거예요?"

"그런 건 아니야. 그저 널 이해하려고 하는 거지. 네가 뭘 좋아하고 좋아하지 않는지 더 명확히 이해하려는 거야."

"근본적으로 말이에요, 크리스천. 내가 정말로 감당하기 어려운 건 나를 괴롭히면서 당신이 쾌감을 얻는다는 사실이에요. 내가 임의적 선을 넘었기 때문에 당신이 그렇게 할 거라는 생각요."

"하지만 그건 임의적인 게 아냐. 규칙은 서면으로 작성되어 있으니까."

"그 규칙들이 싫어요."

"전부?"

"아예 규칙이 없었으면 좋겠어요." 고개를 저었지만 심장이 입안까지 튀어올랐다. 이 이야기의 결론이 뭘까?

"그렇지만 내가 엉덩이를 때렸을 때는 싫어하지 않았잖아?"

"뭐로 때린 거요?"

"이걸로." 그는 한 손을 들었다.

나는 불안하게 꿈지럭거렸다. "네, 그렇지만은 않았어요. 특히 그 은구슬을 이용했을 때는……." 어두운 게 천만다행이었다. 얼굴이 화끈거렸고 그날 밤을 생각하니 말을 끝맺을 수가 없었다. 그래…… 그건 다시 할 수도 있겠지.

그는 싱긋 웃었다. "그래, 그건 재미있었지."

"재미 이상이었어요." 나는 웅얼거렸다.

"그럼 어떤 고통은 감당할 수 있단 말이잖아."

나는 어깨를 으쓱했다. "네, 그럴 수도 있을 것 같아요." 아, 대체 왜 이런 얘기를 하는 거지? 근심 수준이 리히터 지진 측정기로 따지면 몇 도 더 뛰어올랐다.

그는 깊은 생각에 잠겨 턱을 쓸었다.

"아나스타샤, 난 다시 시작하고 싶어. 그 바닐라를 하자. 그런 다음에 어쩌면 네가 나를 좀 더 신뢰하게 되면, 또 네가 솔직하게 터놓고 이야기한다는 걸 내가 믿을 수 있게 되면 좀 더 나아가서 내가 하고 싶은 걸 할 수 있을지도 모르지."

나는 말문이 막혀서 그를 쳐다보았다. 머릿속에 아무런 생각도 떠오르지 않는 것이 마치 컴퓨터가 고장 난 듯했다. 그가 초조해한다고 생각했지만 오리건의 어둠 속에 휘감겨 있어서 그의 모습이 분명하게 보이진 않았다. 마침내, 이런 얘기였구나라는 생각이 들었다.

그는 빛을 원하지만, 나를 위해서 이렇게 해달라고 부탁해도 될까? 나는 어둠을 좋아하지 않는 걸까? 가끔은 약간의 어둠도 괜찮다. 토머스 탈리스를 듣던 밤의 기억이 나를 초대하듯 마음 속으로 흘러들었다.

"그럼 처벌은요?"

"처벌은 없을 거야." 그는 고개를 저었다. "하나도."

"규칙은요?"

"규칙도 없을 거야."

"전혀요? 하지만 당신에게는 욕구가 있잖아요."

"그것보다 네가 더 필요해, 아나스타샤. 지난 며칠은 지옥이었어. 내 모든 본능은 너를 보내라고 했지. 난 네게 어울리는 남자가 아니라고. 하지만 그 친구가 찍은 네 사진을 보자…… 그 자식이 너를 어떻게 보는지 알 수 있었지. 정말 태평하고 아름다워 보였어. 지금 아름답지 않다는 건 아니지만, 지금 여기 앉아 있는 너는 고통스러워 보여. 나 때문에 이렇게 되었다는 것을 아니까 힘들어. 그렇지만 난 이기적인 남자야. 난 네가 사무실에 온 이후로 너를 원했어. 넌 정말 아름답고 정직하고 따뜻하고 강하고 위트 넘치고 묘하게 순수하고. 늘어놓자면 끝도 없지. 정말 경탄스러울 정도야. 난 널 원해. 다른 사람이 너를 가진다는 생각만 해도 칼이 내 어두운 영혼을 찌르는 것 같아."

입이 바짝 말랐다. 맙소사. 이게 사랑 고백이 아니라면 대체 뭐가 사랑 고백이란 말인가. 그러자 댐이 무너지듯 내게서 우르르 말이 쏟아져 나왔다.

"크리스천, 어째서 당신 영혼이 어둡다고 생각하는 거예요? 나라면 절대 그런 말 하지 않을 거예요. 약간은 슬픈 사람일지도 모르죠. 하지만 당신은 좋은 사람이에요. 나는 알 수 있어요……. 당신은 너그럽고 친절하고, 내게 거짓말을 하지 않았어요. 게다가 나도 그렇게 열심히 노력하지 않았죠. 지난 토요일은 내 정신체계에 큰 충격이었어요. 잠에서 깨어나라는 알람과 같았죠. 그동안은 당신이 나를 편하게 봐주고 있었다는 걸 깨달은 거예요. 나는 당신이 원하는 사람이 될 수 없었으니까. 그래서 떠난 후에 당신이 내게 주었던 신체적 고통은 당신을 잃는 고통에 비하면 아무것도 아니라는 것을 알았어요. 난 당신을 기쁘게 해주고 싶지만, 그건 힘들어요."

"넌 줄곧 나를 기쁘게 해줬어." 그가 속삭였다. "그 말을 몇 번이나 해야 해?"

"당신이 무슨 생각하는지 전혀 모르겠어요. 가끔은 아주 닫혀버려요. 마치 섬처럼……. 당신은 위협적이에요. 그래서 나는 아무 말 못하는 거죠. 당신 기분이 어디로 튈지 모르니까. 북쪽에서 남쪽으로 갔다가 순식간에 다시 되돌아오고. 그것만도 혼란스러운데, 당신은 몸에 손도 대지 못하게 하죠. 내가 얼마나 당신을 사랑하는지 무척 보여주고 싶은데도."

그는 어둠 속에서 눈을 깜박였다. 조심스럽게 짐작해보건대, 그런 듯했다. 이제 더 이상 그에게 저항할 수 없었다. 나는 안전띠를 풀고 그가 깜짝 놀라는데도 무릎 위로 올라가 두 손으로 그의 머리를 잡았다.

"나 당신 사랑해요, 크리스천 그레이. 그리고 당신은 이 모든 일들을 나를 위해 할 준비가 됐죠. 나야말로 당신에게 어울리는 여자가 아니에요. 그저 당신을 위해 이 모든 것을 다해줄 수가 없어서 미안할 뿐이에요. 난 모르겠어요……. 하지만 좋아요. 당신 제안을 받아들이겠어요. 어디에 서명하면 되죠?"

그는 두 팔을 살며시 내게 감은 후 세차게 끌어당겼다.

"오, 아나." 그는 내 머리카락에 코를 묻고 숨을 내쉬었다.

우리는 두 팔로 서로를 감싸고 앉아 음악을 들었다. 차 안에는 우리의 감정을 그대로 반영하며 마음을 어루만져주는 피아노곡이 흘렀다. 태풍 뒤에 찾아온 달콤한 평안함이었다. 그의 품 안으로 파고들며 머리를 그의 쇄골 사이에 댔다. 그는 부드럽게 내 등을 쓸었다.

"만지는 건 내게는 고정 한계야, 아나스타샤." 그가 속삭였다.

"알아요. 다만 이유를 알았으면 좋겠어요."

잠시 후, 그는 한숨을 내쉬더니 부드러운 목소리로 말했다. "난 끔찍한 어린 시절을 보냈어. 약쟁이 창녀의 포주 중 한 명이……." 그는 말꼬리를 흐렸고 상상할 수 없는 공포를 회상하며 몸이 굳어졌다. "그게 아직도 기억이 나." 그는 몸을 떨며 속삭였다.

불현듯 그의 피부에 새겨진 화상 흉터를 떠올리자 심장이 죄어들었다. 오, 크리스천. 나는 그의 목에 두 팔을 감았다.

"어머니가 학대했나요?" 내 목소리는 나직했고 흘리지 않은 눈물로 부드러웠다.

"내가 기억하는 한은 그러진 않았어. 그저 방기했던 거지. 그 포주로부터 나를 지키기 않았던 거야." 그는 코웃음을 쳤다. "그 여자를 돌보아야 했던 쪽은 나였어. 결국 그 여자가 자살했을 때, 나흘이나 지나서야 다른 사람이 위급한 상황을 눈치채고 우리를 찾아냈지……. 그건 기억나."

공포심에 나도 모르게 숨을 헉 들이켰다. 세상에 맙소사. 목으로 신물이 올랐다.

"정말 엉망진창인 상황이네요." 나는 속삭였다.

"50가지 빛깔로 다양하게."

나는 입술을 그의 목에 대고 위안을 구함과 동시에 위안을 주면서 작고 더러운 회색 눈의 아이가 어머니의 시체 옆에서 갈피를 못 잡고 얼마나 쓸쓸했을까 상상했다.

오, 크리스천. 나는 그의 향기를 들이마셨다. 그에게서 천상의 냄새가 났다. 세상에서 가장 좋아하는 향기였다. 그가 나를 두 팔로 꼭 끌어안으며 내 머리카락에 키스하고, 나는 그의 품 안에 안겨 있는 동안 테일러는 밤의 어둠 속을 질주했다.

자다가 깨어보니 시애틀 시내를 지나고 있었다.

"어이." 크리스천이 부드럽게 말했다.

"미안해요." 나는 일어나 눈을 깜박이고 기지개를 켰다. 여전히 그의 품 안, 무릎 위에 앉아 있었다.

"네가 자는 모습은 영원히 봐도 질리지 않아, 아나."

"내가 잠꼬대했어요?"

"아니. 네 집에 거의 다 왔어."

응?

"당신 집에 가는 것 아니었어요?"

"아니야."

나는 일어나 앉으며 그를 쳐다보았다. "왜요?"

"너 내일 출근해야 하니까."

"아." 입술을 삐죽 내밀었다.

"왜, 무슨 다른 생각이라도 했었어?"

나는 꿈지럭거렸다. "뭐, 어쩌면요."

그가 쿡쿡 웃었다. "아나스타샤. 내가 네게 다시 손대는 일은 없을 거야. 네가 해달라고 빌기 전에는."

"뭐라고요!"

"네가 나와 다시 의사소통을 시작할 수 있게 하기 위해서지. 다음에 사랑을 나눌 때는 뭘 원하는지 세세하고 정확히 말해줘야 할걸."
"아."
그가 나를 무릎 아래로 내려놓은 순간 테일러가 아파트 앞에 차를 세웠다. 크리스천이 차에서 내린 후 문을 열어주었다.
"널 위해 준비한 게 있어."
그는 차 뒤로 가더니 트렁크를 열고 커다란 선물 상자를 꺼냈다. 대체 이게 뭐람?
"안에 들어가면 열어."
"당신은 안 들어올 거예요?"
"응, 안 들어갈 거야. 아나스타샤."
"그럼 언제 다시 만날 수 있어요?"
"내일."
"내일 직장 상사가 같이 술 한잔하자고 하던데."
크리스천의 얼굴을 굳어졌다. "그 자식이 이제 그래?" 목소리에는 협박의 기미가 묻어 있었다.
"출근 첫 주가 무사히 끝나는 걸 축하하자고." 나는 재빨리 덧붙였다.
"어디에서?"
"모르죠."
"그럼 거기로 데리러 갈게."
"좋아요……. 이메일이나 문자 보낼게요."
"좋아."
그는 로비 문까지 배웅해주고 내가 가방에서 열쇠를 꺼내는 동안 기다려주었다. 내가 문을 열자 그는 몸을 앞으로 숙이고 내 턱을 받치더니 머리를 뒤로 기울였다. 그의 입이 내 입 위로 내려왔다. 그는 눈을 감고 내 눈꼬리에서부터 입꼬리까지 내려오며 입을 맞추었다.

내 창자가 녹아내려 풀려가는 동안 입에서 작은 신음이 새어 나왔다.

"내일까진." 그가 숨소리처럼 속삭였다.

"잘 가요, 크리스천." 내 목소리에 어린 욕망이 내 귀에까지 들릴 정도였다.

그는 미소를 지었다.

"들어가." 그가 명령했고 나는 정체 모를 꾸러미를 안고 로비로 들어갔다.

"이따가 봐, 자기."

그는 이렇게 말하고는 몸을 돌려 특유의 편안하고 우아한 태도로 차로 돌아갔다.

아파트에 들어서자 나는 선물 상자를 열어보았다. 맥북 프로 노트북과 블랙베리 전화, 또 다른 직사각형 상자가 나왔다. 이게 뭐지? 은색 포장지를 벗겼다. 안에는 얇은 검은색 가죽 케이스가 들어 있었다.

케이스를 열어보니 아이패드였다. 세상에, 아이패드라니. 크리스천의 필체로 쓰인 하얀 카드가 아이패드 액정 위에 놓여 있었다.

> 아나스타샤, 너를 위한 거야.
>
> 네가 무슨 말을 듣고 싶어 하는지 알아.
>
> 여기 들어 있는 음악들이 나 대신 말해줄 거야.
>
> 크리스천

나는 최신형 아이패드의 외양을 한 크리스천 그레이 편집 테이프를 받은 것이었다. 너무 비싼 물건이라 못마땅한 나머지 고개를 절레절레 젓긴 했지만 마음 깊은 곳에서는 기뻤다. 책도 사무실에 하나 가지고 있었기 때문에 작동법은 알고 있었다.

아이패드 전원을 켰다가 바탕화면 이미지를 보고 숨이 멎었다. 작은 모형 글라이더. 어머나. 내가 주었던 블라닉 L-23이 유리 받침대 위에 얹혀 크리스천의 사무실 책상 위에 놓여 있었다. 그 모습에 나는 입을 딱 벌렸다.

조립했구나! 정말로 조립했다. 그가 보낸 쪽지에 이 이야기가 적혀 있던 게 떠올랐다. 현기증이 났고 그 순간 그가 고심해서 이 선물을 마련했다는 것을 깨달았다.

화면 바닥의 화살표를 밀어 아이패드를 열었다가 다시 숨이 멎었다. 배경 사진은 크리스천과 내가 졸업식에서 같이 찍었던 사진이었다. 〈시애틀 타임즈〉에 실렸던 그 사진. 크리스천이 너무 근사해 보여 입이 찢어질 만한 웃음이 절로 나왔다. 그래, 이 남자가 내 거야!

한 손가락으로 쭉 밀자 미니 아이콘들이 바뀌면서 다음 화면에 새로운 아이콘이 나타났다. 킨들 앱, 아이북스, 워드 프로그램. 그게 뭐가 되었든.

대영도서관? 아이콘을 터치하니 메뉴가 나타났다. 히스토리컬 컬렉션. 아래로 스크롤을 한 후 18세기와19세기 소설을 선택했다. 또 다른 메뉴가 나왔다. 작품 하나를 손가락으로 톡 쳤다. 헨리 제임스의 《아메리칸》. 새 창이 열리면서 책의 스캔본이 떴다. 맙소사. 이거 1879년에 출간된 초기본이잖아. 그게 내 아이패드에! 그가 버튼 하나를 터치하면 가질 수 있는 대영도서관을 사주었다.

이 앱에 영원히 넋을 잃을 것 같아 재빨리 빠져나왔다. '건강

식생활' 앱이 있는 걸 보고 눈을 흘김과 동시에 미소 지었다. 뉴스 앱, 날씨 앱, 하지만 그의 쪽지엔 음악이 있다고 했었지. 다시 메인화면으로 돌아가 아이팟 아이콘을 눌렀더니 플레이리스트가 나타났다. 음악 목록을 따라 쭉 스크롤을 내려보다가 미소를 짓고 말았다. 토머스 탈리스. 그렇게 금방 잊어버릴 순 없는 음악. 결국 난 이 노래를 두 번이나 들었었다. 그가 플로거를 써서 나와 섹스하는 동안. 〈위치크래프트〉. 내 입이 더 벌어졌다. 큰 방에서 춤출 때 흘렀던 곡이지. 바흐-마르첼로 곡. 아, 안 돼. 이건 지금 기분에는 너무 슬퍼. 제프 버클리. 그래, 들어봤었지. 스노 패트롤. 내가 가장 좋아하는 밴드. 그리고 이니그마가 부르는 〈프린서플스 오브 러스트(욕망의 원칙)〉. 참으로 크리스천다웠다. 〈포제션〉이라는 또 다른 곡도 있었다. 아, 그래…… 피프티, 50가지 빛깔을 가진 남자답다. 내가 들어보지 못한 곡들도 몇 개 더 있었다.

눈길을 끄는 곡 하나를 골라 재생을 눌렀다. 넬리 퍼타도의 〈트라이〉라는 곡이었다. 넬리가 노래 부르기 시작하자 그녀의 목소리가 실크 스카프처럼 내 주위를 돌며 감쌌다. 나는 침대 위에 누웠다.

이건 크리스천이 노력하겠다는 뜻일까? 이 새로운 관계를 위해 한번 노력해보겠다는 뜻? 천장을 응시한 채 가사를 음미하며 그의 방향전환을 이해하려고 해보았다. 그는 나를 그리워했어. 나는 그를 그리워했고. 그는 분명히 내게 어떤 감정을 느꼈던 거야. 지금도 그런 게 분명했다. 이 아이패드, 이 노래들, 이 앱들. 그는 내게 마음을 쓰고 있었다. 정말 신경을 썼다. 내 마음이 희망으로 차올랐다.

노래가 끝나자 눈물이 솟았다. 재빨리 스크롤을 내려 다른 곡을 골랐다. 케이트가 가장 좋아하는 밴드, 콜드플레이의 〈더 사이언티스트〉라는 곡이었다. 그 노래를 알고는 있었지만 이전에는 가사를 귀 기울여 들은 적은 한 번도 없었다. 눈을 감고 가사가 내 안으로 밀려들도록 놔두었다.

눈물이 흐르기 시작했다. 막을 수가 없었다. 이게 사과가 아니라면 뭐겠어? 아, 크리스천.

아니면 그저 초대인 걸까? 내 질문에 대답을 해줄까? 아니면 여기서 너무 많은 의미를 읽어내려고 하는 건가? 어쩌면 여기 너무 많은 의미를 부여하려는지도 몰라.

눈물을 훔쳤다. 그에게 고맙다는 이메일을 써야 했다. 그 멋들어진 기계를 가지러 침대에서 펄쩍 뛰어내렸다. 콜드플레이가 계속 울려 퍼질 때 침대에 양반다리를 하고 앉았다. 맥에 전원이 들어오자 로그인했다.

보낸 사람: 아나스타샤 스틸

제목: 아이패드

날짜: 2011년 6월 9일 23:56

받는 사람: 크리스천 그레이

당신이 나를 또 울리네요.

아이패드 참 좋아요.

노래들이 참 좋아요.

대영도서관 앱이 참 좋아요.

당신이 참 좋아요.

고마워요.

잘 자요.

아나 xx

보낸 사람: 크리스천 그레이

제목: 아이패드

날짜: 2011년 6월 10일 00:03

받는 사람: 아나스타샤 스틸

네가 좋아해줘서 기쁘군. 내 몫으로도 하나 더 샀어.

지금 내가 거기 있다면 내 키스로 네 눈물을 닦아줄 텐데.

하지만 옆에 있지 못하니…… 그러니 잠자리에 들어.

크리스천 그레이

CEO, 그레이 엔터프라이즈 홀딩스, Inc.

그의 답장에 미소가 절로 지어졌다. 여전히 꽤 고압적이고, 여전히 크리스천다웠다. 그것도 변할까? 그 순간에는 내가 그러길 바라지 않는다는 사실을 깨달았다. 이렇게 명령조로 말하는 그가 좋았다. 처벌을 두려워하지 않고 견딜 수 있는 한은.

보낸 사람: 아나스타샤 스틸

제목: 투덜 씨

날짜: 2011년 6월 10일 00:07

받는 사람: 크리스천 그레이

평소처럼 고압적이고 어쩌면 긴장한 것처럼 들리는데요. 평소처럼 투덜거리는 것도 똑같네요, 그레이 씨.

그런 기분을 누그러뜨릴 만한 걸 알긴 아는데, 당신이 여기에 없으니……. 내가 같이 있도록 놔두지 않았으니까요. 내가 당신에게 빌길 바라고 있겠죠…….

계속 꿈을 꾸시기를.

아나 xx

추신: 그러고 보니 스토커들의 국가 〈에브리 브레스 유 테이크(당신 숨결마다)〉도 넣어놓았던데. 나야 당신 유머 감각이 재미있었지만, 플린 박사님도 알고 계세요?

보낸 사람: 크리스천 그레이
제목: 도인 같은 침착함
날짜: 2011년 6월 10일 00:10
받는 사람: 아나스타샤 스틸

친애해 마지않는 스틸 양,

바닐라 관계에서도 엉덩이를 때릴 순 있다는 걸 알아둬. 보통 서로 합의하에서, 성적인 맥락에선 가능하지……. 하지만 예외를 만들 수 있다면 기꺼이 그렇게 할 거야.

플린 박사도 내 유머 감각을 재미있어한다는 걸 알면 안심이 되려나.

자, 그럼 이제 잠자리에 들어. 내일은 별로 자지 못할 테니까.

크리스천 그레이

CEO, 그레이 엔터프라이즈 홀딩스, Inc.

보낸 사람: 아나스타샤 스틸

제목: 잘 자요, 좋은 꿈

날짜: 2011년 6월 10일 00:12

받는 사람: 크리스천 그레이

음, 그렇게 정중하게 부탁하기도 하고 달콤한 협박이 기쁘기도 하니, 당신이 친절하게도 선물한 아이패드를 껴안고서 대영도서관 책들을 훑어보고 당신 대신 말을 거는 음악에 귀를 기울이며 잠들겠어요.

A xxx

보낸 사람: 크리스천 그레이

제목: 요청 한 가지 더

날짜: 2011년 6월 10일 00:15

받는 사람: 아나스타샤 스틸

내 꿈꿔.

x

크리스천 그레이

CEO, 그레이 엔터프라이즈 홀딩스, Inc.

당신 꿈을 꾸라고요, 크리스천 그레이? 언제나 그러는걸요.

재빨리 파자마로 갈아입고 이를 닦은 후 침대 속으로 들어갔다. 이어폰을 끼고 침대 밑에서 납작해진 찰리 탱고 풍선을 꺼내 껴안았다.

기쁨이 내 안에 찰랑찰랑 차올랐고, 입이 헤벌쭉 벌어질 정도로 바보 같은 웃음이 얼굴에 떠올랐다. 하루가 얼마나 달라질 수 있는지. 잠을 잘 수나 있을까?

호세 곤잘레스가 몽롱한 기타 리프와 함께 마음을 어루만지는 음률을 부르기 시작했고 천천히 잠에 빠져들었다. 하룻밤 만에 세계가 바로 잡힐 수 있다는 데 놀라고, 크리스천을 위해서 나도 플레이리스트를 만들어야 할까를 나른하게 생각하면서.

3

차가 없어서 좋은 점은 출근길 버스 안에서 가방에 안전하게 넣어놓은 아이패드에 헤드폰을 끼우고 크리스천이 준 아름다운 노래들을 다 들을 수 있다는 것이었다. 사무실에 도착할 때쯤에는 난 얼굴에 백치 같은 웃음을 띠고 있었다.

잭이 올려다보더니 다시 한 번 위아래로 훑었다.

"안녕, 아나. 오늘…… 아주 빛이 나는데."

그의 말에 당황스러웠다. 부적절한 발언이잖아!

"잠을 잘 자서 그런가 봐요. 안녕하세요, 잭."

그가 이맛살을 찌푸렸다.

"이걸 나대신 읽고 점심시간까지 보고서를 제출할 수 있을까?"

그는 내게 원고 네 권을 건넸다. 난감해하는 내 표정을 보더니 그는 덧붙였다.

"처음 한 장씩만 읽으면 되는데."

"알겠습니다." 나는 안심해서 미소를 지었고 그는 내게 답례로 환한 미소를 지어 보였다.

라테를 다 마시고 바나나를 먹으면서 일을 시작하기 위해 컴퓨터를 켰다. 크리스천에게서 이메일이 와 있었다.

보낸 사람: 크리스천 그레이
제목: 그러니 날 좀 도와줘
날짜: 2011년 6월 10일 08:05
받는 사람: 아나스타샤 스틸

아침은 먹었길 바라.
지난 밤 네가 어찌나 그립던지.

크리스천 그레이
CEO, 그레이 엔터프라이즈 홀딩스, Inc.

보낸 사람: 아나스타샤 스틸
제목: 옛날 책들……
날짜: 2011년 6월 10일 08:33
받는 사람: 크리스천 그레이

키보드 치면서 바나나 먹고 있어요. 며칠 동안 아침을 먹지 않은 터라, 이만해도 한 발짝 앞으로 나간 거죠. 대영도서관 앱이 정말 좋아요! 《로빈슨 크루소》를 읽기 시작했어요……. 그리고 물론 당신도 사랑하죠.

자, 그럼 이제 나를 가만히 놔둬요. 일하려던 참이거든요.

아나스타샤 스틸
편집자 잭 하이드의 비서, SIP

보낸 사람: 크리스천 그레이

제목: 먹은 게 그게 다야?

날짜: 2011년 6월 10일 08:36

받는 사람: 아나스타샤 스틸

좀 더 든든히 챙겨먹어야지. 나중에 빌 기운은 비축해둬야 할 테니까.

크리스천 그레이

CEO, 그레이 엔터프라이즈 홀딩스, Inc.

보낸 사람: 아나스타샤 스틸

제목: 민폐

날짜: 2011년 6월 10일 08:39

받는 사람: 크리스천 그레이

그레이 씨, 난 생계를 유지하기 위해 일하려고 해요. 그리고 빌어야 하는 건 당신이라고요.

아나스타샤 스틸

편집자 잭 하이드의 비서, SIP

보낸 사람: 크리스천 그레이

제목: 덤벼보시지!

날짜: 2011년 6월 10일 08:46
받는 사람: 아나스타샤 스틸

어이, 스틸 양. 난 도전을 좋아하지…….

크리스천 그레이
CEO, 그레이 엔터프라이즈 홀딩스, Inc.

나는 화면을 향해 얼간이처럼 생긋 웃으며 앉아 있었다. 하지만 잭이 시킨 대로 원고를 읽고 보고서를 써야만 했다. 원고를 책상 위에 올려놓고 일을 시작했다.

점심시간에는 식당에 가서 파스트라미(주로 소고기를 허브와 소금으로 양념하고 훈연하는 방식으로 만든 햄 종류—옮긴이) 샌드위치를 사서 아이패드로 음악을 들었다. 처음에는 니틴 소니의 〈홈랜즈〉라고 하는 세계 음악 같은 곡이 있었다. 좋은 노래였다. 그레이 씨는 음악에 전방위적인 취향이 있는 사람이었다. 그런 후에는 다시 클래식 음악으로 돌아가 랄프 본 윌리엄스의 〈토머스 탈리스 주제에 의한 환상곡〉을 들었다. 오, 50가지 빛깔을 가진 그는 장난기가 넘치는 사람이었고 나는 그의 그런 면을 사랑했다. 대체 얼굴에서 이 바보 같은 웃음이 지워지기는 할까?

오후는 느릿느릿 흘러갔다. 남들이 보지 않는 틈을 타서 크리스천에게 메일을 보내보기로 했다.

보낸 사람: 아나스타샤 스틸
제목: 심심해요……
제목: 2011년 6월 10일 16:05

받는 사람: 크리스천 그레이

손가락만 빨며 빈둥대고 있어요.

당신은요?

뭐 해요?

아나스타샤 스틸

편집자 잭 하이드의 비서, SIP

보낸 사람: 크리스천 그레이

제목: 네 손가락

날짜: 2011년 6월 10일 16:15

받는 사람: 아나스타샤 스틸

네가 내 밑에서 일했어야 하는데.

그랬다면 손가락이나 빨면서 빈둥대는 일은 없었을걸.

나라면 그걸 더 좋은 용도에 쓸 텐데.

사실 몇 가지 선택 사항을 생각해낼 수도 있어…….

난 평소처럼 따분한 인수합병 협상 중이지.

아주 건조하기 짝이 없어.

SIP에서 네가 보내는 이메일은 다 검열당하고 있어.

크리스천 그레이

정신이 딴 데 팔린 CEO, 그레이 엔터프라이즈 홀딩스, Inc.

아, 젠장. 전혀 몰랐네. 그는 어떻게 아는 거지? 화면을 보고 얼굴을 찡그린 후 우리가 보낸 이메일을 재빨리 확인하면서 삭제했다.

5시 30분이 되자마자 잭이 득달같이 내 자리로 왔다. 오늘은 캐주얼 의상을 입는 금요일이라 그는 청바지에 검은 셔츠를 입고 있었다.

"한잔하러 갈까요, 아나? 우리는 보통 길 건너 바에서 가볍게 한잔하길 좋아하는데."

"우리요?" 나는 희망에 차 물었다.

"그래. 우리 모두들 가니까…… 아나도 갈 거죠?"

자세히 들여다보고 싶지 않은 알 수 없는 이유로 안도감이 쏟아져 들어왔다.

"그럴게요. 술집 이름이 뭐죠?"

"피프티(Fifty)."

"농담 마세요."

그가 나를 이상하게 쳐다보았다. "농담 아닌데. 무슨 개인적 의미라도?"

"아니요. 죄송해요. 거기로 갈게요."

"뭘 마실래요? 미리 주문해둘까요?"

"맥주로 부탁드려요."

"그러죠."

나는 화장실로 가서 블랙베리로 크리스천에게 이메일을 보냈다.

보낸 사람: 아나스타샤 스틸

제목: 당신에게 딱 어울리는 곳

날짜: 2011년 6월 10일 17:36
받는 사람: 크리스천 그레이

우리는 피프티라고 하는 술집에 간대요.
금광처럼 무궁무진한 농담을 캐낼 수 있을 것 같은 이름인데요.
거기서 만나기를 기대하겠어요, 그레이 씨.

A. x

보낸 사람: 크리스천 그레이
제목: 위험
날짜: 2011년 6월 10일 17:38
받는 사람: 아나스타샤 스틸

광부는 아주, 아주 위험한 직업이야.

크리스천 그레이
CEO, 그레이 엔터프라이즈 홀딩스, Inc.

보낸 사람: 아나스타샤 스틸
제목: 위험?
날짜: 2011년 6월 10일 17:40
받는 사람: 크리스천 그레이

그래서 요점이 뭐죠?

보낸 사람: 크리스천 그레이
제목: 그저……
날짜: 2011년 6월 10일 17:42
받는 사람: 아나스타샤 스틸

내 의견이 그렇다는 거지.
곧 만나.
이따가보다는 금방 보자고, 자기.

크리스천 그레이
CEO, 그레이 엔터프라이즈 홀딩스, Inc.

거울에 비친 내 모습을 확인해 보았다. 하루 만에 얼마나 달라졌는지. 뺨에는 좀 더 혈색이 돌았고 눈은 반짝반짝 빛났다. 이게 바로 크리스천 그레이 효과겠지. 그와 이메일로 가볍게 스파링을 한 것만으로도 한 여자에게 그런 변화가 일어난다. 거울을 보고 씩 웃으며 하늘색 셔츠, 테일러가 사왔던 그 옷의 주름을 폈다. 오늘 가장 좋아하는 청바지도 입고 있었다. 사무실에 있는 여직원 대부분이 청바지나 팔랑팔랑한 치마를 입었다. 아마 나도 그런 치마를 한두 벌 사야할 것 같았다. 어쩌면 이번 주말에 쇼핑을 하고 크리스천이 내 비틀 완다를 팔고 주었던 수표를 예금해야 할지도 몰랐다.

건물 밖으로 나가는데 내 이름을 부르는 소리가 들렸다.

"스틸 양?"

기대감에 차 돌아봤더니 창백한 젊은 여자가 조심스레 다가왔다. 여자는 마치 유령 같았다. 무척이나 창백하고 이상할 정도로 멍했다.

"아나스타샤 스틸 양이에요?"

여자는 되풀이했다. 말을 하는데도 여자는 정적인 모습 그대로였다.

"그런데요?"

여자가 내게서 1미터 정도 떨어진 보도 위에 걸음을 멈추고 빤히 쳐다보자 나도 꼼짝하지 못하고 마주보기만 했다. 이 여자는 누구지? 뭘 원하는 거지?

"무슨 일이신가요?" 어떻게 내 이름을 아는 걸까?

"아무것도……. 그저 당신을 좀 보고 싶어서요." 여자의 목소리는 으스스하게 부드러웠다. 여자의 머리카락은 나처럼 하얀 피부와 뚜렷이 대조되는 짙은 색깔이었다. 버번 같은 갈색이었지만 단조로웠다. 그 눈 속에 활기란 없었다. 아름다운 얼굴은 창백했고 슬픔이 아로새겨져 있었다.

"죄송해요. 저는 누구신지 모르겠네요." 등뼈를 타고 내리는 경고의 기운을 무시하려고 애썼다. 자세히 살펴보니 여자는 이상했고 옷차림이 흐트러졌으며 전혀 신경을 쓰지 않은 인상이었다. 명품 트렌치코트를 포함해 걸친 옷들도 다 약간씩 컸다.

여자가 기묘하게 거슬리는 소리로 웃으며 불안을 한층 더 부채질했다.

"당신은 있는데 내겐 없는 게 뭐지?" 여자가 슬프게 물었다.

걱정이 공포로 바뀌었다. "미안합니다. 그런데 누구시죠?"

"나? 나야 아무도 아니죠." 여자는 한 팔을 들어 어깨 길이의 머리카락을 손으로 쭉 훑었다. 그때 트렌치코트 소매가 들려 손목에 감은 지저분한 붕대가 드러났다.

세상에 맙소사.

"잘 있어요, 스틸 양." 여자가 몸을 돌려 가버리는 동안 나는 그 자리에 못 박힌 듯 서 있었다. 여자의 가는 몸매가 여러 사무실에서 쏟아져 나오는 회사원들 사이로 사라지는 광경을 바라보았다.

이게 무슨 일이람?

어안이 벙벙한 채로 길 건너 술집으로 가면서 방금 일어난 일을 이해하려고 하는 동안, 내 잠재의식이 추한 머리를 쳐들고 나를 향해 식식거렸다. 저 여자, 크리스천하고 상관 있는 거야.

피프티는 야구 구단 삼각기와 포스터들이 벽에 붙어 있는 휑뎅그렁하고 인간미가 별로 없는 술집이었다. 잭은 엘리자베스와 함께 바에 앉아 있었다. 다른 편집자인 코트니, 총무부 남자 직원 둘, 안내 데스크의 클레어도 함께였다. 클레어는 자신의 트레이드마크인 은 귀고리를 달고 있었다.

"어이, 아나!" 잭은 내게 버드와이저 한 병을 건넸다.

"건배……. 고마워요." 나는 아직도 유령 같은 여자와 만난 충격에서 벗어나지 못하고 동요한 상태였다.

"건배." 우리는 병을 부딪쳤고 잭은 여전히 엘리자베스와 대화를 이어나갔다. 클레어가 나를 보고 다정하게 웃으며 물었다.

"그래, 출근 첫 주는 어땠어요?"

"좋았어요. 고마워요. 모두들 아주 친절한 것 같아요."

"오늘은 훨씬 더 기분이 좋아 보이는데요."

"금요일이니까요." 나는 재빨리 웅얼거렸다. "그래, 이번 주말엔 무슨 계획 있어요?"

내 특허인 화제 돌리기 기술은 이번에도 잘 먹혔고 나는 가까스로 내 얘기를 피할 수 있었다. 클레어는 형제자매가 여섯이라고 했고 타코마에서 열릴 대가족 모임에 갈 예정이라고 했다.

클레어는 상당히 활발했고 나는 케이트가 바베이도스로 간 이후로 내 또래의 여자와는 이야기를 나누지 못했다는 것을 깨달았다.

멍하니 케이트가 어떻게 지내고 있을까 생각했다. 엘리엇도. 크리스천에게 무슨 소식을 들은 게 없는지 잊지 말고 물어봐야겠다 싶었다. 아, 케이트의 오빠 이든은 다음 주 화요일에 돌아온다. 그도 우리 아파트에 함께 머무를 예정이었다. 크리스천이 그런 상황을 좋아할 것 같지는 않았다. 아까 이상한 유령 여자와 마주쳤던 기억은 마음에서 저 멀리 빠져나가버렸다.

클레어와 대화를 나누고 있는데, 엘리자베스가 맥주를 더 건넸다.

"고맙습니다." 나는 엘리자베스를 보고 미소를 지었다.

수다 떨기 좋아하는 클레어는 참으로 편한 이야기 상대였다. 나는 미처 깨닫지도 못한 사이에 총무부 남자 직원에게 세 번째 맥주를 받아들었다.

엘리자베스와 코트니가 가고, 잭이 클레어와 내가 있는 자리에 합석했다. 크리스천은 어디 있지? 총무부 남자 한 명이 클레어를 자기들 대화로 끌고 들어갔다.

"아나, 여기 오기로 한 것이 잘한 결정 같아요?" 잭의 목소리는 지나치게 부드러웠고, 몸은 지나칠 정도로 내게 가까이 붙었다. 하지만 나는 그가 모든 이에게 이런다는 것을 이미 눈치챘다. 심지어 사무실에서도 그런 행동을 했다.

"이번 주에는 즐거웠어요. 고맙습니다, 잭. 네, 올바른 결정을 내린 것 같아요."

"아나는 아주 똑똑한 여자니까. 크게 출세할 거예요."

나는 얼굴을 붉혔다. "고맙습니다." 나는 달리 할 말을 몰라서 웅얼웅얼 대답했다.

"멀리 살아요?"

"파이크 마켓 구역에 사는데요."

"내가 사는 곳에서 멀진 않네." 잭은 미소를 짓더니 더욱 가까이 다가와서 바에 기댔다. 그 바람에 나는 절묘하게 꼼짝 못하게 갇혀버리고 말았다.

"주말에 무슨 계획 있어요?"

"어…… 음……."

모습을 보기도 전에 이미 느낄 수 있었다. 내 온몸이 그의 존재에 딱 맞춰진 듯했다. 그의 존재는 나를 안심시키는 동시에 불을 붙였다. 이상한 내면의 이중성이었다. 또 그 기묘하게 약동하는 전류를 감지할 수 있었다.

크리스천이 겉보기에는 무척 태연하게 애정을 표시하듯 내 어깨에 한 팔을 감았다. 하지만 속사정은 다르다는 것을 알고 있었다. 그는 지금 소유권을 주장하는 것이다. 이 경우에는 그 행동이 아주 반가웠다. 그는 부드럽게 내 머리카락에 키스했다.

"안녕, 자기." 그가 나직이 속삭였다.

내 어깨에 두른 그의 팔의 감촉에 안도했으며 흥분했다. 그가 나를 자기 옆으로 끌어당기자 나는 올려다보았다. 그는 무감한 표정으로 잭을 쏘아보고 있었다. 크리스천은 관심을 내게로 돌리면서 살짝 삐뚜름한 미소를 짓더니 가볍게 입맞춤했다. 그는 청바지 위에 남색 핀스트라이프 재킷을 입고 하얀 셔츠의 단추는 푼 채였다.

잭은 불안하게 뒷걸음질했다.

"잭, 이쪽은 크리스천이에요." 나는 사과하듯 우물우물 소개했다. 내가 왜 사과하지? "크리스천, 여기는 잭."

"남자 친구죠." 크리스천은 잭과 악수를 나누며 살짝 차가운 미소를 지었으나 눈은 웃고 있지 않았다. 잭을 올려다보니 그는 자기 앞에 있는 이 남성의 훌륭한 전형을 마음속으로 감정하고 있었다.

"저는 상사죠." 잭은 오만하게 대답했다. "아나가 옛 남자 친구 얘기를 하긴 하던데."

아, 이런. 이 종잡을 수 없는 남자와 게임을 하자고 들면 안 될 텐데.

"뭐, 더 이상은 옛 남자 친구가 아니죠." 크리스천은 침착하게 대답했다. "자, 자기. 갈 시간이야."

"어이쿠, 잠깐 있다가 저희랑 술 한잔하시죠." 잭이 비위 좋게 말을 걸었다.

내 생각엔 잘하는 행동 같진 않았다. 어째서 이렇게 불편한 거지? 나는 클레어를 힐끔 보았다. 물론 클레어는 입을 떡 벌린 채 크리스천 쪽을 쳐다보면서 노골적으로 그의 육체를 찬탄하는 기색을 내비쳤다. 언제가 되어야 대체 그가 다른 여자들에게 미치는 이런 효과에 대해서 개의치 않을 수 있을까?

"우린 계획이 있어서." 크리스천은 특유의 수수께끼 같은 미소를 지으며 대답했다.

우리가? 짜릿한 기대감이 내 몸을 훑고 지나갔다.

"다음에 하든가요." 크리스천이 덧붙였다. "가자." 그는 내 손을 잡으며 말했다.

"월요일에 뵐게요." 나는 잭과 클레어, 총무부 직원들을 향해 미소를 지었고 잭의 고까운 표정은 무시하려고 무던히 애쓰며 크리스천을 따라 밖으로 나갔다.

테일러가 보도 옆에 세워 놓은 아우디 운전석에 앉아 있었다.

"어째서 아까는 무슨 시시한 시합이라도 하는 것처럼 느껴졌을까요?" 크리스천이 차문을 열어주었을 때 그에게 물었다.

"실제로 시합이었으니까." 그는 문을 닫으면서 수수께끼 같은 미소를 지어 보였다.

"안녕하세요, 테일러." 내가 인사하자 우리 두 눈이 뒷거울에서 마주쳤다.

"스틸 양." 테일러도 상냥한 미소를 지으며 인사를 받았다.

크리스천은 옆에 올라타더니 내 한 손을 깍지 끼고 손가락 관절에 부드럽게 키스했다.

"안녕." 그는 부드럽게 말했다.

테일러가 들을지도 모른다는 생각에 내 뺨이 분홍빛으로 물들었다. 크리스천이 보내는 타는 듯한, 내 팬티에 불이 붙을 것 같은 표정을 보지 못하는 게 다행이라고 생각했다. 바로 여기, 차 뒷좌석에서 그에게 뛰어들지 않으려고 내 모든 자제심을 동원해야 했다.

아, 차 뒷좌석에서…… 흠.

"안녕." 나는 바짝 마른입으로 조용히 말했다.

"오늘 밤에 뭘 하고 싶어?"

"계획이 있다고 한 줄 알았는데요."

"아, 나야 뭘 하고 싶은지 알지, 아나스타샤. 다만 네가 뭘 하고 싶은지 묻는 거야."

나는 그를 보고 환히 웃었다.

"알았어." 그는 장난스럽고 호색한 웃음을 지으며 말했다. "그럼…… 빌고 싶다는 거지? 내 집에서 빌고 싶어, 아니면 네 집에서?" 그는 머리를 한쪽으로 기울이며 무척이나 섹시한 미소를 띠었다.

"당신이 아주 뻔뻔하게 굴고 있는 것 같긴 하지만요, 그레이 씨. 하지만 기분 전환 차, 내 아파트로 갈 수도 있겠죠."

나는 일부러 입술을 깨물었고 그의 표정이 음험해졌다.

"테일러, 스틸 양의 거처로 가줘."

"알겠습니다." 테일러가 대답하더니 흘러가는 차 속으로 뛰어들었다.

"그래, 오늘 하루는 어땠어?"

"좋았어요. 당신은요?"

"좋았지."

우스꽝스러울 정도로 활짝 웃는 그처럼 나도 똑같이 웃었다. 그는 내 손에 다시 키스했다.

"오늘 아주 예뻐." 그가 말했다.

"당신도 멋져요."

"네 상사, 잭 하이드 말이야. 일은 잘하나?"

응? 화제가 급작스럽게도 바뀌네. 나는 얼굴을 찡그렸다.

"왜요? 시시한 시합 때문에 그런 건 아니죠?"

크리스천이 씩 웃었다. "그 자식은 네 팬티 속으로 기어들고 싶어 해." 그가 건조하게 말했다.

내 얼굴은 새빨개졌고 입은 떡 벌어졌다. 나는 불안하게 테일러를 쳐다보았다.

"뭐, 그 사람도 자기가 좋아하는 건 뭐든 원할 수 있겠죠……. 우리 왜 이런 대화를 하는 거예요? 내가 그 사람에게는 아무 관심도 없다는 걸 알잖아요. 그 사람은 그냥 상사일 뿐이에요."

"그게 요점이지. 그 자식이 내 걸 탐내니까. 그 사람이 일은 잘하는지 알아야겠어."

나는 어깨를 으쓱했다. "그런 것 같아요." 이 이야기의 결론이 뭔데?

"뭐, 널 가만 놔두는 편이 좋을걸. 그렇지 않았다간 길거리에 나앉게 될 테니까."

"아, 크리스천. 무슨 얘기를 하는 거예요? 그 사람 잘못한 것도 없는데." 아직은. 그저 지나치게 붙어 섰을 뿐이지.

"그자가 접근하잖아. 그건 파렴치한 행위라고. 아니면 성희롱이지."

"그저 퇴근 후 한잔한 거예요."

"난 진심이야. 한 번만 더 접근하면 그 친구는 나가는 거야."

"당신이 그럴 힘이 어디 있어요." 솔직히! 하지만 그에게 눈을 흘기기 전에 어떤 깨달음이 화물 트럭 속도로 내게 밀려들었다.

"설마 있는 거예요?"

크리스천이 수수께끼 같은 미소를 지었다.

"당신이 회사를 살 거군요." 나는 소름이 끼쳐서 속삭였다.

내 목소리에 어린 공포에 대응하듯 그의 미소가 슬쩍 밀려 나갔다.

"꼭 그런 건 아니야."

"회사를 샀군요. SIP를. 벌써."

그는 경계하듯 나를 보고 눈을 깜박였다. "어쩌면."

"샀다는 거예요, 안 샀다는 거예요?"

"샀어."

뭐라고?

"왜요?" 나는 질려서 숨을 들이켰다. 아, 이것만으로도 너무 심해.

"난 살 능력이 되니까, 아나스타샤. 너의 안전을 지켜야 할 필요가 있으니까."

"하지만 내 직업에는 관여하지 않기로 했잖아요!"

"않을 거야."

나는 그가 잡고 있던 손을 잡아 뺐다. "크리스천……." 말이 나오지 않았다.

"나한테 화났어?"

"그래요. 물론 화가 났죠." 나는 펄펄 뛰었다. "내 말은, 어떤 책임감 있는 경영자가 자기가 지금 섹스하는 여자 때문에 사업상 결정을 내리냐는 말이에요."

나는 얼굴이 파래져서 다시 한 번 불안하게 테일러를 힐끔 쳐다보았지만 그는 절제하며 우리를 무시하고 있었다.

젠장, 뇌에서 입으로 말을 내보낼 때 한 번 걸러주는 필터가 때마침 이 시점에 망가지다니.

크리스천이 입을 열려다가 다시 다물면서 얼굴을 찡그렸다. 나는 그를 쏘아보았다. 차 안의 분위기는 아까까지만 해도 달콤한 재회로 따뜻했지만 이제는 서로 노려보면서 입 밖으로 내지 않은 말과 잠재적 비난으로 꽁꽁 얼어붙었다.

다행스럽게도 불편했던 차 여행은 오래 가지 않았고, 테일러는 우리 아파트 바깥에 차를 세웠다.

나는 문을 열어줄 때까지 기다리지 않고 재빨리 차에서 내렸다.

크리스천이 테일러에게 웅얼거리는 소리가 들렸다. "잠깐 여기서 기다리는 게 좋겠어."

내가 지갑에서 앞문 열쇠를 찾으려고 부스럭거릴 때 그가 뒤에 가까이 붙어 서는 게 느껴졌다.

"아나스타샤."

그는 내가 구석에 몰린 야생동물이라도 되는 양 침착하게 말했다.

나는 한숨을 쉬며 몸을 돌려 그를 보았다. 그에게 너무 화가 났다. 분노는 손에 잡힐 듯 생생했다. 숨통을 막겠다고 위협하는 검은 존재였다.

"먼저, 난 너랑 섹스 안 한 지 좀 됐는데. 기분으로는 한참 된 듯한 느낌이고. 두 번째로는 난 출판 사업을 하고 싶었어. 시애틀 내 4위 업체로서 SIP가 가장 수지타산이 좋았지만 이미 정점에 올라 정체 중이었지. 지점을 내면서 뻗어 가야 할 필요가 있어."

나는 냉정하게 그를 쏘아보았다. 그의 눈은 강렬했고, 심지어 위협적이기까지 했지만 죽도록 섹시했다. 강철 같은 깊은 눈에 빠져 길을 잃을 것만 같았다.

"그럼, 이제 당신이 내 상사네요." 내가 톡 쏘았다.

"원칙적으로는, 나는 네 상사의 상사의 상사지."

"네, 원칙적으로는 아주 파렴치한 짓이네요. 내가 내 상사의 상사의 상사랑 섹스하고 있다는 사실은요."

"이 순간에는 그와 말싸움을 하고 있을 뿐인데." 크리스천이 험악하게 얼굴을 찡그렸다.

"그가 아주 짐승 같은 자식이기 때문이죠." 나는 식식댔다.

크리스천이 화들짝 놀라며 뒤로 한 발짝 물러섰다. 아, 이런. 내가 너무 지나쳤나?

"짐승이라고?" 그의 표정이 재미있다는 듯 바뀌었다.

젠장! 난 당신에게 화를 내고 있다고요. 날 웃기지 말아요!

"그래요." 나는 도덕적으로 분개한 표정을 유지하려 애썼다.

"짐승이다 이거지?" 크리스천이 다시 말했다. 이번에는 그의 입술도 억누른 미소로 움찔거렸다.

"내가 화를 내고 있는데 웃기지 말아요!" 나는 소리쳤다.

그러자 그는 미소를 지었다. 눈이 부실 만큼 환하고, 이를 다 드러내는, 친근한 옆집 아이 같은 미소였기 때문에 나도 이젠 어쩔 수 없었다. 그만 씩 웃음을 터뜨려버렸다. 그가 저렇게 즐거운 미소를 짓는데 어떻게 거부할 수 있겠어?

"내가 바보 같이 헤벌쭉 웃는다고 해서 화가 다 풀렸다고는 생각하지 마요." 고등학교 치어리더처럼 키득키득 터져 나오는 웃음을 참으려고 애쓰며 숨도 쉬지 않고 말했다. 비록 치어리더를 해본 적은 없었지만. 신랄한 생각이 마음을 스쳐갔다.

그가 앞으로 몸을 숙이기에 키스를 하려나 보다 생각했지만 그러지 않았다. 그는 내 머리카락을 잡고 숨을 깊이 들이마셨다.

"여느 때처럼, 스틸 양, 넌 참 예측불허라니까." 그는 몸을 뒤로 빼고 나를 쳐다보았다. 눈엔 장난기가 춤추었다. "그러면 나를 안으로 초대할 거야? 아니면 나는 미국 시민이자, 사업가, 소비자로서 내가 원하는 거라면 뭐든 마음대로 구입할 권리를 행사했다는 이유로 문전박대당하는 건가?"

"이에 대해서 플린 박사와 이야기를 나눠봤어요?"

그는 웃었다. "나를 들여보낼 거야, 말 거야? 아나스타샤?"

나는 뾰로통한 표정을 지으려 했다. 입술을 깨무는 게 효과가 있었다. 하지만 나는 미소를 띠면서 문을 열었다. 크리스천은 뒤돌아보며 테일러에게 손짓했고 아우디는 떠났다.

크리스천 그레이를 아파트 안에 들이자니 기분이 묘했다. 이 집은 그에게는 너무 작은 느낌이었다.

그에 대한 화는 풀리지 않았다. 그의 스토킹은 정말 선을 지킬 줄 몰랐고 그래서 그가 SIP의 메일들이 검열당하고 있다는 사실을 알았던 게 아닌가 하는 생각이 스쳐갔다. 별로 탐탁지 않은 생각이었다.

내가 뭘 할 수 있을까? 어째서 그는 나를 안전하게 지켜야 한다고 생각하는 걸까? 세상에, 나도 성인인데. 나름대로는. 어떻게 하면 이 사실을 다시 확인시켜줄 수 있을까?

그가 우리에 갇힌 야수처럼 방 안을 서성거릴 때 그 얼굴을 쳐다보고 있노라니 화가 점차 가라앉았다. 우리 사이가 끝났다고 생각했는데 그가 여기 내 공간 안에 있는 모습을 보고 있으려니 마음이 따뜻해졌다. 아니, 따뜻해지는 것 이상이었다. 나는 그를 사랑했다. 마음은 초조하고 어지럽게 들떠 부풀어 올랐다. 그는 둘러보며 주변 환경을 평가했다.

"좋은 곳이네." 그가 한 마디했다.

"케이트 부모님께서 딸에게 사주신 거예요."

그는 건성으로 고개를 끄덕였고 그의 대담한 회색 눈은 마침내 내게 내려앉으며 똑바로 쳐다보았다.

"어…… 뭐라도 마실래요?" 나는 긴장으로 얼굴을 붉히며 더듬더듬 물었다.

"아니, 괜찮아. 아나스타샤." 그의 눈이 음험해졌다.

어째서 나는 이렇게 초조한 걸까?

"넌 뭘 하고 싶어, 아나스타샤?" 그는 내게 다가오며 부드럽게 물었다. 참으로 야성적이고 뜨거웠다. "난 내가 뭘 하고 싶은지 아는데." 그가 낮은 목소리로 덧붙였다.

나는 뒤로 물러서다 콘크리트로 된 중앙 조리대에 부딪쳤다.

"나 아직도 화 안 풀렸어요."

"알아." 그는 삐뚜름하게 사과의 미소를 지었고 나는 녹아버렸다……. 아니, 화가 그렇게 많이 난 건 아닐지도.

"뭐 먹을래요?" 내가 물었다.

그는 천천히 고개를 끄덕였다. "그래, 너." 그는 나직이 중얼거렸다. 허리선 아래의 모든 것이 바짝 조여들었다. 그의 목소리만으로도 유혹당했지만, 그 표정, '난 널 지금 당장 원해'라고 말하는 허기진 표정만으로도…… 오, 맙소사.

그는 내 몸에 닿지는 않은 채로 서서 내 눈을 내려다보았다. 나는 그의 몸에서 발산되는 열기로 흠뻑 젖었다. 나는 숨이 막힐 듯 뜨거웠고 어떻게 해야 할지 알 수 없었다. 어두운 욕망이 내 몸 안을 뚫고 지날 때 다리가 젤리처럼 흐물거렸다. 나는 그를 원했다.

"오늘 뭐 먹었어?" 그가 웅얼거렸다.

"점심으로 샌드위치 먹었어요." 음식 이야기 따위를 하고 싶진 않은데.

그는 눈을 가늘게 떴다. "뭐 먹어야지."

"지금 당장은 정말로 허기지진 않아요…… 음식은."

"그럼 뭐에 허기가 졌을까, 스틸 양은?"

"당신도 알 것 같은데요, 그레이 씨."

그는 몸을 숙였다. 또 한 번 나는 그가 키스할 줄 알았지만 그는 하지 않았다.

"내가 키스해주길 바라, 아나스타샤?" 그가 내 귀에 대고 부드럽게 속삭였다.

"네." 나는 숨소리와 함께 대답했다.

"어디에?"

"어디든 전부."

"그보다는 좀 더 구체적으로 말해야 할걸. 네가 나한테 빌면서 뭘 해달라고 할 때까지는 너에게 손대지 않을 거라고 했잖아."

나는 갈피를 잡을 수 없었다. 그는 정정당당한 게임을 하고 있지 않았다.

"부탁해요." 나는 속삭였다.

"뭘 부탁해?"

"날 만져줘요."

"어딜, 아가씨?"

그는 너무 감질나게 가까웠고 그의 향기는 취할 것만 같았다. 나는 손을 올렸고 즉시 그는 물러났다.

"아니, 안 되지." 그는 꾸짖었다. 갑자기 그의 눈이 커지면서 경계의 빛을 띠었다.

"뭘요?" 안 돼……. 원점으로 돌아갔다.

"안 돼." 그가 고개를 저었다.

"전혀요?" 나는 목소리에 묻어나는 갈망을 억누를 수 없었다.

그는 자신 없이 나를 바라보았고 나는 그의 망설임에 한층 더 용기를 얻었다. 한 발짝 그에게 다가섰고 그는 방어하듯 두 손을 들고 물러섰지만 얼굴엔 미소를 띠었다.

"봐, 아나." 그 말은 경고였다. 그는 성을 내며 한 손으로 머리카락을 훑었다.

"가끔은 신경 쓰지 않아도 되잖아요." 나는 애처롭게 애원했다. "어쩌면 매직펜을 가지고 와야 할지도 몰라요. 그러면 가지 않아야 할 영역을 표시할 수 있을 테니까."

그는 한쪽 눈썹을 치켰다. "그건 나쁜 생각은 아닌데. 네 침실은 어디지?"

나는 고갯짓으로 가리켰다. 고의로 화제를 바꾸는 걸까?

"약은 먹고 있어?"

아, 젠장. 약.

내 표정을 보고 그의 얼굴이 어두워졌다.

"아니요." 나는 쥐어짜는 목소리로 대답했다.

"알겠군." 그는 입술을 가는 한일자로 꾹 다물었다. "자, 뭔가 먹자."

"우린 침대로 갈 줄 알았는데요! 난 당신과 침대에 들고 싶어요."

"알아." 그는 미소를 짓더니 갑자기 내게 덤벼들어 두 손목을 잡아 자기 품 안으로 끌어당겼다. 그의 몸이 내 몸에 꼭 붙었다.

"넌 뭘 먹어야 하고 나도 그래."

그는 타는 눈으로 나를 내려다보며 웅얼거렸다.

"게다가…… 기대감은 유혹의 열쇠지. 지금 당장으로는 난 정말로 지연된 만족이 좋거든."

허, 언제부터?

"난 유혹받았고 지금 만족을 원해요. 이렇게 빌게요. 부탁이에요." 나는 징징거리는 소리를 냈다.

그는 다정한 미소를 지었다. "먹어. 너 너무 말랐어." 그는 내 이마에 키스하고 나를 놓아주었다.

이건 게임이겠지. 사악한 계획의 일부. 나는 험악하게 얼굴을 찌푸렸다.

"당신이 SIP를 산 것에 대해 아직도 화가 안 풀렸어요. 이제 당신이 기다리게 해서 더 화났고요." 나는 입을 삐죽였다.

"어린 마나님이 단단히 화가 나셨군? 밥 잘 먹고 나면 기분 풀릴 거야."

"내가 뭘 하고 나면 기분 좋을지 내가 더 잘 알아요."

"아나스타샤 스틸, 충격인데." 살짝 놀리는 어투였다.

"그만 놀려요. 당신 지금 반칙이에요."

그는 아랫입술을 깨물며 웃음을 눌렀다. 그저 사랑스러운 모습이었다. 내 리비도를 가지고 노는 장난기 많은 크리스천. 내 유혹 기술이 더 좋았더라면 어떻게 해야 할지 알았을 텐데. 그를 만질 수 없다는 사실이 방해가 되었다.

내 안의 여신이 눈을 가늘게 뜨고 생각에 잠긴 표정을 지었다. 우리 이거 해결해야 할 필요가 있어.

크리스천과 나는 서로를 마주었다. 그를 갈망하는 마음에 달아오르고 언짢아하는 나와 나를 놀리면서 편안하고 재미있어 하는 크리스천. 그때 집에 먹을 게 아무것도 없다는 것을 깨달았다.

"뭔가 요리는 할 수 있어요. 하지만 먼저 장을 봐야 해요."

"장을 본다고?"

"재료를 사야죠."

"여기 먹을 게 아무것도 없어?" 그의 표정이 굳어졌다.

나는 고개를 저었다. 낭패다. 꽤 화난 표정이었다.

"그럼 장 보러 가자고." 그는 엄하게 말하며 빙그르르 돌아 문으로 향하며 내가 나갈 수 있도록 활짝 열어주었다.

"슈퍼마켓에 마지막으로 온 게 언제예요?"

크리스천은 무척 어울리지 않게도 장바구니를 들고 충실하게 나를 따랐다.

"기억 안 나는데."

"존스 부인이 물건 구입을 도맡아 하나 보죠?"

"테일러가 도와주는 것 같던데. 확실히는 모르겠지만."

"볶음 요리 괜찮아요? 빨리할 수 있는데."

"볶음 요리 좋은데." 크리스천은 내가 빨리 식사를 처리해버리고자 하는 궁극적인 동기를 눈치챈 듯 씩 웃었다.

"두 분이 당신 밑에서 일한 지는 오래되었나요?"

"테일러는 4년. 존스 부인도 그 정도 된 것 같군. 왜 아파트에 먹을 게 하나도 없는 거야?"

"왠지 알잖아요." 나는 얼굴을 붉히면서 중얼중얼 말했다.

"날 떠난 건 너였어." 그는 못마땅하다는 듯 대꾸했다.

우리는 계산대로 가서 말없이 줄을 섰다.

내가 떠나지 않았더라면, 당신이 이런 바닐라 관계를 제안했겠어? 나는 멍하니 생각했다.

"마실 건 있어?" 그가 나를 현재로 끌어내렸다.

"맥주는…… 있을 걸요."

"와인 좀 사올게."

어머나. 어니 슈퍼마켓에 어떤 와인이 있으려나. 크리스천은 못마땅해서 잔뜩 찌푸린 표정을 지으며 빈손으로 나타났다.

"옆에 괜찮은 주류 판매점이 있어요." 나는 재빨리 말했다.

"뭐가 있는지 보고 오지."

어쩌면 그의 집으로 갔어야 했는지도 몰랐다. 그랬다면 이런 수선은 피우지 않아도 되었을 텐데. 나는 그가 단호하고도 편안하게 우아한 태도로 문 밖을 빠져 나가는 모습을 보았다. 여자 둘이 멈춰 서 쳐다보았다. 아 그래, 변덕스러운 내 남자 피프티를 실컷 쳐다보시지. 나는 풀이 죽어 쳐다보았다.

내 침대에서 함께 보내는 추억을 갖고 싶었지만, 그는 튕기고 있었다. 어쩌면 나도 그래야 할지도. 내 안의 여신이 동의하는 뜻으로 미친 듯이 고개를 끄덕였다. 줄을 서 있는 동안, 우리는 계획을 세웠다. 흐음…….

크리스천은 식료품 봉투를 아파트 안으로 날랐다. 가게에서 아파트까지 걸어오는 동안 그가 줄곧 봉투를 들었다. 그의 모습은 낯설었다. 평소의 CEO다운 태도는 전혀 찾아볼 수 없었다.

"당신 아주…… 가정적으로 보이네요."

"이전에 그런 식으로 날 비난한 사람은 아무도 없었는데." 그가 건조하게 말했다. 그는 중앙 조리대 위에 봉투를 놓았다. 내가 짐을 푸는 동안 그는 화이트와인 한 병을 꺼내 와인따개를 찾았다.

"저도 여기가 낯설어요. 와인따개는 아마 저기 서랍 속에 있을 거예요." 나는 턱으로 가리켰다.

아주…… 정상적인 기분이었다. 두 사람이 서로 알아가며 밥을 같이 먹는다. 그렇지만 참 이상했다. 그가 옆에 있을 때마다 느꼈던 두려움은 사라지고 없었다. 우리는 벌써 무척이나 많은 일들을 함께했다. 그 생각만 해도 얼굴이 붉어졌다. 그래도 난 그를 아직 잘 몰랐다.

"무슨 생각해?" 크리스천은 어깨를 으쓱해서 재킷을 벗은 후 소파 위에 올려놓으면서 내 망상을 깼다.

"내가 당신을 얼마나 모르는지."

그의 눈빛이 부드러워졌다. "누구보다 네가 나를 더 잘 알잖아."

"그건 사실이 아닐 것 같은데요." 로빈슨 부인이 달갑지도 않게 제멋대로 내 마음속에 끼어들었다.

"사실이야, 아나스타샤. 난 아주, 아주 은밀한 사람이거든."

그가 내게 화이트와인 한 잔을 건넸다.

"건배."

"건배." 내가 대답하고 한 모금 마시는 동안 그는 병을 냉장고에 넣었다.

"내가 뭐 도와줘?" 그가 물었다.

"아뇨, 괜찮아요. 그냥 앉아 있어요."

"난 도와주고 싶은데." 그의 표정은 진지했다.

"채소를 썰어주든가요."

"난 요리는 안 하는데." 그는 내가 건넨 칼을 미심쩍게 보았다.

"그럴 필요가 없었겠죠."

나는 도마와 빨간 피망을 앞에 놔주었다. 그는 어쩔 줄 모르고 내려다보았다.

"채소 썰어본 적이 한 번도 없어요?"

"없어."

나는 그를 보고 씩 웃었다.

"지금 비웃는 거야?"

"나는 할 수 있는데 당신이 할 수 없는 것도 있는 것 같아서요. 현실을 인정해요, 크리스천. 이것도 또 처음이라고. 자, 내가 보여줄게요."

나는 그의 옆에 붙어 섰고 그는 한 발짝 물러섰다. 내 안의 여신이 몸을 일으켜 앉으며 주목했다.

"이렇게요."

나는 빨간 피망을 채 썰어 조심스럽게 씨를 뺐다.

"아주 간단해 보이는데."

"별로 문제 될 것도 없어요." 나는 살짝 빈정댔다.

그는 잠시 무감하게 나를 쳐다보더니 자기 일에 착수했고 나는 토막 낸 닭고기를 계속 손질했다. 그는 조심스럽고도 천천히 피망을 채 썰기 시작했다. 아, 맙소사. 이러다 여기서 밤새우겠네.

손을 씻고 중국식 냄비와 기름, 다른 필요한 재료를 찾으면서 연신 그의 몸을 스쳤다. 내 엉덩이, 팔, 등, 손등. 겉으로 보기에는 천진하기 짝이 없는 가벼운 접촉이었다. 내가 그럴 때마다 그는 가만히 있었다.

"네가 뭘 하는지 알아, 아나스타샤." 그는 아직도 피망 하나를 붙들고 씨름하면서 음험하게 중얼거렸다.

"이런 건 요리라고 하는 줄 알았는데요." 나는 속눈썹을 깜박이며 말했다. 다른 칼을 들고 나도 도마에 합세해서 마늘과 샬롯, 프랑스 콩을 까고 자르면서 계속 그의 몸을 스쳤다.

"너 아주 능숙한데." 크리스천은 빨간 피망을 두 개째 자르면서 중얼거렸다.

"야채 써는 거요?" 나는 그를 보며 속눈썹을 파닥거렸다. "수년간 연습한 결과죠." 나는 다시 그의 몸을 스쳤다. 이번에 부딪친 쪽은 내 엉덩이였다. 그는 다시 한 번 꼼짝 않고 가만히 있었다.

"아나스타샤, 다시 한 번만 그러면 널 부엌 바닥에 눕혀버릴 거야."

아, 그래. 효과가 있었네.

"먼저 나한테 빌어야 할 걸요."

"그거 도전인가?"

"어쩌면요?"

그는 칼을 내려놓고 타는 듯한 눈으로 천천히 내게 다가왔다. 내 앞을 휙 지나, 가스를 껐다. 냄비 속의 기름이 즉시 잠잠해졌다.

"식사는 나중에." 그가 말했다. "닭고기는 냉장고에 넣어."

크리스천 그레이에게서 들으리라고 기대하지 못했던 문장이지만, 그는 그 말을 섹시하게, 무척이나 섹시하게 들리도록 말했다. 나는 토막 낸 닭고기 그릇을 들어, 그 위에 약간 불안하게 접시를 덮고 냉장고 안에 넣었다. 뒤로 돌았을 때 크리스천이 내 옆에 서 있었다.

"그럼 이제 당신이 빌 거예요?" 나는 음험해지는 그의 눈을 들여다보며 용감하게 속삭였다.

"아니, 아나스타샤." 그가 고개를 저었다. "빌진 않지." 목소리는 부드럽고 유혹적이었다.

우리는 서로의 모습을 한껏 음미하며 섰다. 둘 사이의 공기에는 불꽃이 튈 정도로 찌릿한 전류가 흘렀다. 둘 다 아무 말 없이 쳐다보기만 할 뿐이었다. 이 남자에 대한 욕망이 격하게 나를 사로잡아 내 피에 불을 붙이고 숨결을 가쁘게 하며 허리 아래 고이자 나는 입술을 깨물었다. 그의 자세, 눈에서도 나와 똑같은 반응을 볼 수 있었다.

순간, 그가 내 엉덩이를 잡고 자기 몸 쪽으로 나를 끌어당겼고 나는 두 손을 들어 그의 머리카락에 묻었다. 그의 입이 소유권을 주장하듯 나를 덮쳤다. 그는 나를 냉장고에 밀어붙였고 그 안의 병과 단지들이 항의하듯 희미하게 달그락거리는 가운데, 그의 혀가 내 혀를 찾았다. 나는 그의 입에 대고 신음했고 그는 한 손을 내 머리카락에 넣었다. 그는 내 머리를 뒤로 잡아당겼고 우리는 야만적으로 키스했다.

"뭘 원해, 아나스타샤?"그가 낮게 속삭였다.

"당신요." 나는 숨을 들이마셨다.

"어디서?"

"침대에서."

그는 내게서 떨어져 나가더니 나를 두 팔로 안아 올려 무척이나 빠르고 수월하게 침실로 나를 데려갔다. 그는 침대 옆에 나를 세워놓더니 몸을 앞으로 숙여 침대 옆 전등을 켰다. 그런 후 재빨리 방 안을 둘러보고 연한 크림색 커튼을 성급히 쳤다.

"이제 뭘?" 그가 부드럽게 물었다.
"나를 사랑해줘요."
"어떻게?"
이런.
"네가 나한테 말해줘야 해."
맙소사. "내 옷을 벗겨요." 나는 벌써 헐떡였다.
그는 미소를 짓더니 집게손가락을 내 셔츠 속에 넣고 자기 쪽으로 끌어당겼다.
"착하지." 그는 이글이글 타는 눈을 내게서 떼지 않고 천천히 셔츠의 단추를 끄르기 시작했다.
나는 몸을 지탱하려고 두 손을 그의 팔에 머뭇머뭇 얹었다. 그는 불평하지 않았다. 팔은 안전지대였다. 그는 단추를 다 풀더니 셔츠를 어깨 위로 끌어당겼고 나는 그가 셔츠를 벗겨 바닥에 떨어뜨리도록 놔두었다. 그는 내 청바지 허리선으로 손을 내리더니 단추를 풀고는 지퍼를 내렸다.
"뭘 원하는지 말해, 아나스타샤." 그의 눈은 뜨거웠고 입술은 살짝 벌어져 숨을 가쁘게 내쉬었다.
"여기서부터 여기까지 키스해줘요." 나는 속삭이며 손가락으로 귀 밑부터 목 아래로 쭉 훑었다. 그는 내 머리카락을 쓸어 넘기고서는 내 손가락이 그린 길을 따라 달콤한 키스를 남기고 다시 올라갔다.
"청바지와 팬티요." 내가 중얼거리자 그는 내 목에 대고 미소 짓더니 앞에 무릎을 꿇었다. 오, 나는 무척이나 강해진 기분이었다. 그가 양 엄지손가락을 내 청바지에 걸더니 부드럽게 바지를 잡아당기자 팬티가 다리 아래로 떨어졌다. 나는 플랫슈즈를 벗으며 옷에서 빠져나왔다. 이제는 오로지 브라만 걸치고 있을 뿐이었다. 그는 동작을 멈추더니 기대에 찬 눈으로 나를 올려다 보았지만 일어서진 않았다.

"이젠 뭘 어떻게 하지, 아나스타샤?"

"키스해줘요." 나는 속삭였다.

"어디에?"

"어딘지 알잖아요."

"어디?"

오, 그는 전혀 사정을 봐주지 않았다. 당황한 나는 재빨리 내 허벅지 사이의 정점을 가리켰고 그는 장난기를 가득 담아 씩 웃었다. 나는 부끄러워서 눈을 감았지만 동시에 무척 흥분을 느꼈다.

"아, 기꺼이." 그는 쿡쿡 웃었다. 그는 키스하면서 쾌락 유발 전문가다운 혀를 내밀었다. 나는 신음하며 그의 머리카락을 움켜쥐었다. 그는 멈추지 않았고 그의 혀는 내 클리토리스 주변을 계속 빙빙 돌며 내 넋을 앗아갔다. 둥글게, 또 둥글게. 아아…… 아직 얼마 지나지…… 얼마나 오래 되었을까……? 오…….

"크리스천, 제발요." 나는 애원했다. 선 채로 절정을 느끼고 싶지 않았다. 그럴 힘이 없었다.

"제발 뭐, 아나스타샤?"

"날 사랑해줘요."

"하고 있잖아." 그는 내 몸에 부드럽게 입김을 불며 중얼거렸다.

"아니요. 내 안에 들어와줘요."

"확실해?"

"부탁이에요."

그는 달콤하고 정교한 고문을 멈추지 않았다. 나는 큰 소리로 신음했다.

"크리스천…… 제발."

그는 일어서서 나를 내려다보았다. 그의 입술은 내 흥분의 증거로 번들거렸다.

너무나 섹시했다…….

"응?" 그가 물었다.

"뭐가 응이죠?" 나는 헐떡이면서 미칠 듯한 욕구에 사로잡혀 올려다보았다.

"난 아직도 옷을 입고 있잖아."

나는 당황스러워서 입을 벌렸다.

그의 옷을 벗기라고? 그래, 이건 할 수 있겠지. 내가 셔츠에 손을 뻗자 그가 뒤로 물러섰다.

"아, 안 돼." 그가 꾸짖었다. 이런, 청바지를 말하는 거군.

오, 이 말에 어떤 생각이 하나 떠올랐다. 내 안의 여신은 함성을 지르며 응원했고 나는 그의 앞에 무릎을 꿇었다. 다소 서투르고 떨리는 손가락으로 바지 단추를 풀고 청바지와 팬티를 쭉 끌어내렸다. 그러자 갇혀 있던 그의 부분이 자유롭게 튀어나왔다. 와.

속눈썹 사이로 그를 올려다보았다. 그는 내려다보았다. 저 표정은 무엇일까? 동요? 경외? 놀람?

그는 청바지에서 발을 빼고 양말을 벗었다. 나는 그를 한 손으로 잡고 꽉 쥐면서 이전에 시범을 보여준 대로 손을 뒤로 밀었다. 그는 신음을 하며 긴장했고 꽉 악문 잇새로 숨소리가 씩씩 새어나왔다. 무척 머뭇거리면서 나는 그를 입에 넣고 빨았다. 세게. 음, 맛이 좋았다.

"아아, 아나…… 우, 살살."

그가 상냥하게 내 머리를 감쌌다. 나는 그를 내 입 깊숙이 밀어넣고 이는 감춘 채로 입술로 할 수 있는 한 꽉 조이며 세게 빨았다.

"제기랄." 그가 식식거렸다.

오, 기분 좋고 흥분되며 섹시한 소리에 나는 다시 한 번 그의 기다란 물건을 더 깊이 들이밀며 혀로 끝을 감았다. ……나 자신이 아프로디테가 된 기분이었다.

"아나, 그만하면 됐어. 더 이상은 안 돼."

나는 다시 한 번 했다. 빌어봐요, 그레이, 빌어. 그리고 또 한 번.

"아나, 네 뜻은 잘 알았어." 그는 꽉 문 잇새로 으르렁거렸다. "난 네 입안에 사정하고 싶지 않아."

내가 한 번 더 반복하자, 그는 몸을 숙이더니 내 어깨를 잡아 일으켜 세운 후 침대로 던졌다. 셔츠를 머리 위로 잡아당겨 벗은 다음 그는 내던진 청바지에 손을 뻗더니 능숙한 보이스카우트 단원처럼 바지에서 포일 포장을 꺼냈다. 그도 나처럼 숨을 헐떡이고 있었다.

"브라를 벗어." 그가 명령했다.

나는 일어나 앉으며 시킨 대로 했다.

"누워봐. 너를 보고 싶으니까."

누워서 그가 천천히 콘돔을 끼우는 것을 보았다. 그를 몹시도 원했다. 그는 내려다보며 입술을 핥았다.

"참 보기 좋은 모습이야, 아나스타샤 스틸." 그는 침대 위에 몸을 숙이고 천천히 기어와서 나를 덮으며 키스했다. 그가 내 가슴 양쪽에 번갈아 키스하며 젖꼭지를 간질이자 나는 신음하며 그의 아래서 몸을 뒤틀었으나 그는 멈추지 않았다.

안 돼요……. 멈춰요. 난 당신을 원해요.

"크리스천, 제발."

"제발 뭐?" 그가 내 가슴 사이에서 웅얼거렸다.

"내 안으로 들어왔으면 좋겠어요."
"지금 당장?"
"제발요."
나를 쳐다보며 그는 자기 다리로 내 다리를 벌리고 내 위로 내려왔다. 내 눈에서 눈을 떼지 않으며 그는 맛있을 만큼 느린 속도로 천천히 내 안으로 가라앉았다.
나는 눈을 감고 그 충만함, 그에게 소유되었다는 절묘한 감정을 음미했다. 큰 소리로 신음하며 본능적으로 내 골반을 위로 들어 그를 맞고 그의 동작에 합세했다. 그는 슬쩍 뒤로 뺐다가 다시 천천히 나를 채웠다. 내 손가락들이 비단같이 부드럽고 헝클어진 머리카락 속을 훑었고 그는 무척이나 천천히 나왔다 들어갔다 하기를 반복했다.
"더 빨리요, 크리스천. 더 빨리…… 제발."
그는 승리감에 취해 내려다보며 거칠게 키스하더니 정말로 움직이기 시작했다. 벌을 주는 듯, 가차 없는…… 섹스. 나는 이 상태가 오래지 않으리라는 것을 알았다. 그는 쿵쿵 치는 리듬을 탔다. 나도 더 빨라지기 시작했다. 그의 몸 아래서 내 다리가 뻣뻣이 굳어갔다.
"자, 해봐." 그가 숨을 헉 들이쉬었다. "내게 줘."
그의 말이 갇혀 있던 나를 풀었고 나는 넋이 나갈 정도로 엄청난 폭발을 겪으며 그의 몸 아래서 산산조각으로 부서졌다. 그도 곧 뒤따라오며 내 이름을 외쳤다.
"아나! 아, 젠장! 아나!"
그는 내 위에서 무너지며 머리를 내 목에 묻었다.

4

정신이 되돌아오자 눈을 뜨고 사랑하는 남자의 얼굴을 올려다보았다. 크리스천의 표정은 부드러웠고 다정했다. 그는 팔꿈치로 몸무게를 지탱하며 자기 코로 내 코를 비볐다. 두 손은 각각 내 양손을 잡아 머리 양쪽 옆에 꼼짝 못하게 고정한 상태였다. 슬프게도 자기 몸에 손대지 못하게 하려고 이런 게 아닌가 하는 의심이 들었다. 그는 입술에 부드럽게 키스한 후 내게서 빠져나갔다.

"이게 줄곧 그리웠어." 그가 숨소리와 함께 나직이 말했다.

"나도 그랬어요."

그는 내 턱을 잡고 거칠게 키스했다. 정열적이고 간청하는 듯한 키스였다. 뭘 부탁하는 걸까? 알 수 없었다. 그 때문에 나는 숨도 제대로 쉴 수 없었다.

"다신 날 떠나지 마." 그는 내 눈을 깊이 들여다보며 간청했다. 표정은 진지했다.

"알겠어요." 나는 그를 향해 미소 지었다. 대답하는 그의 미소는 눈부셨다. 안도, 환희, 소년 같은 기쁨이 모두 결합되어 가장 냉정한 사람의 심장이라도 녹여버릴 수 있을 듯한 매혹적인 표정을 만들어냈다.

"아이패드 고마워요."

"그 무슨 천만의 말씀을, 아나스타샤."

"가장 좋아하는 노래는 뭐예요?"

"그 질문에 대해선 지금은 대답할 수 없군." 그가 씩 웃었다. "이제 요리를 마저 해주시오, 아씨. 아, 배고파 죽기 직전이니까."

그는 갑자기 몸을 일으키더니 나를 잡아끌었다.

"아씨요?" 나는 킥킥 웃었다.

"아씨. 자, 이제 먹을 것 좀 주시오, 부디."

"그렇게 정중하게 부탁하시니, 나리. 바로 대령하지요."

침대에서 기어 나오면서 베개를 드는 바람에 바람이 빠져 납작해진 헬리콥터 풍선이 나왔다. 크리스천은 그걸 집더니 당황한 얼굴로 나를 올려다보았다.

"그거 내 풍선이에요."

나는 남이 내 물건에 손대는 듯한 기분을 느끼면서 가운을 집어 몸을 감쌌다. 아, 이런…… 어째서 그가 이걸 보게 된 걸까?

"네 침대 속에서?" 그가 웅얼거렸다.

"네." 나는 얼굴을 붉혔다. "줄곧 내 동무가 되어주었죠."

"찰리 탱고는 운도 좋군." 그는 놀라며 말했다.

네, 난 감상적이에요, 그레이. 난 당신을 사랑하니까요.

"내 풍선이에요." 나는 다시 한 번 말하고 입이 귀까지 걸린 그는 놔둔 채 빙그르르 돌아 부엌으로 향했다.

크리스천과 나는 케이트의 페르시아 양탄자 위에 앉아 하얀 사기그릇에 담은 볶은 닭고기와 국수를 젓가락으로 먹으면서 차갑게 식힌 피노 그리지오 화이트와인을 마셨다. 크리스천은 막 섹스한 머리를 하고 소파에 기대 긴 다리를 앞으로 쭉 뻗었다. 그는 청바지와 셔츠만 입은 차림이었다. 크리스천의 아이패드에 든 〈부에나 비스타 소셜 클럽〉이 부드럽게 배경에 흐르고 있었다.

"이거 맛있는데." 그가 음식을 집으며 칭찬 투로 말했다.

옆에 다리를 꼬고 앉은 나는 너무나 배가 고팠던 나머지 게걸스레 음식을 먹으면서 그의 맨발을 감상했다.

"보통 요리는 다 내가 하거든요. 케이트는 요리에는 별로 소질이 없어서."

"어머니한테 배웠나?"

"꼭 그런 건 아니에요." 나는 코웃음 쳤다. "요리를 배우려는 관심이 생겼을 때쯤에는 엄마는 남편 3호와 텍사스 맨스필드에 살고 있었어요. 그리고 레이 아빠는…… 내가 없었더라면 토스트나 사 온 음식으로 연명했을 거예요."

크리스천은 나를 내려다보았다. "어째서 엄마와 함께 텍사스에 가지 않았어?"

"엄마 남편 스티브와 난…… 우린 사이가 별로 좋지 않았어요. 난 레이 아빠가 보고 싶었고. 엄마와 스티브의 결혼은 그리 오래가지 않았어요. 엄마도 제정신을 차린 거겠죠. 그 뒤로 스티브 이야기는 다시 하지 않아요." 나는 조용하게 덧붙였다. 그 시절은 엄마 인생의 어두운 부분인 듯했고, 우리는 절대 그 이야기를 하지 않았다.

"그래서 의붓아버지와 함께 워싱턴 주에 남았군."

"텍사스에 잠깐 살았어요. 그러다 다시 레이 아빠에게 간 거죠."

"네가 아버지를 돌본 것처럼 들리는데." 그는 부드럽게 말했다.

"그런 것 같아요." 나는 어깨를 으쓱했다.
"넌 사람들 돌보는 데 익숙한 듯하군."
그의 목소리에 박힌 날카로운 가시가 주의를 끌어 나는 올려다보았다.
"왜 그래요?"
그의 경계심 어린 표정에 퍼뜩 놀랐다.
"난 너를 돌보아주고 싶어." 그의 눈은 이름 붙일 수 없는 감정으로 빛났다.
심장박동이 급격히 빨라졌다.
"알아요." 나는 속삭였다. "그저 방식이 좀 이상한 것뿐이죠."
그가 이맛살을 찌푸렸다.
"내가 아는 방법은 그뿐인걸."
"당신이 SIP 산 것, 나 아직 화 안 풀렸어요."
그는 미소를 지었다. "알아. 하지만 네가 화를 낸다고 나를 막을 순 없지."
"직장 동료나 잭에게 뭐라고 말하죠?"
그는 눈을 가늘게 떴다. "그 자식은 제 앞가림이나 잘하는 게 좋을걸."
"크리스천!" 나는 비난하는 어투로 말했다. "그 사람은 제 상사예요."
크리스천이 엄격하게 입을 꾹 다물었다. 그는 반항적인 남학생처럼 보였다.
"그 사람들에게 말 안 하면 되잖아." 그가 말했다.
"뭘 말 안 해요?"
"내가 회사 주인이라는 것. 협의서엔 어제야 서명을 했어. SIP의 경영진이 변화를 겪는 동안 언론에 4주간 보도 금지 요청을 했고.”

“아…… 나는 해고당하나요?” 나는 놀라서 물었다.

“그 생각도 진지하게 하고 있지.” 크리스천은 웃음을 억누르려고 하며 빈정대듯 말했다.

나는 얼굴을 찌푸렸다. “내가 떠나서 다른 직업을 찾는다면 그 회사도 살 건가요?”

“떠날 생각을 하는 건 아니지?” 그의 표정이 다시 조심스럽게 변했다.

“어쩌면요. 당신이 여러 선택권을 줄 것 같진 않지만.”

“그래. 난 그 회사도 사버릴 거야.” 그는 강경했다.

나는 다시 얼굴을 찡그렸다. 어찌해도 이길 수 없는 상황에 처해 있었다.

“약간 과보호라고 생각 안 해요?”

“그래. 어떻게 보일지는 잘 알고 있지.”

“플린 박사에게 연락해봐요.” 나는 웅얼거렸다.

그는 빈 그릇을 내려놓고 무감하게 나를 쳐다보았다. 나는 한숨지었다. 싸우고 싶지 않았다. 일어서며 그의 그릇에 손을 뻗었다.

“디저트 먹을래요?”

“이제 제대로 된 이야기를 하는군!” 그는 내게 선정적인 웃음을 지어 보였다.

“내가 디저트는 아니에요.” 아닐 건 또 뭐 있어? 내 안의 여신이 낮잠에서 깨어나 귀를 쫑긋 세우고 똑바로 앉았다. “아이스크림 있어요. 바닐라.” 나는 생긋 웃었다.

“정말?” 크리스천의 웃음이 더욱 커졌다. “그걸로 뭔가 할 수 있을 것 같은데.”

뭐라고? 내가 말문이 막혀 쳐다만 보는데 그가 우아하게 일어섰다.

"있어도 돼?" 그가 물었다.

"무슨 뜻이에요?"

"여기서 밤을 보내도 되냐고."

"당연히 그럴 거라고 생각했는데."

"잘됐군. 아이스크림은 어디 있지?"

"오븐에요." 나는 그를 보고 달콤하게 미소 지었다.

그는 머리를 한쪽으로 기울이고 한숨을 짓더니 고개를 저어 보였다.

"냉소는 가장 저급한 농담이지, 스틸 양." 그의 눈이 반짝였다.

아, 세상에. 그는 무슨 속셈인 거지?

"아직도 널 내 무릎 위에 엎드려 눕힐 수 있어."

나는 대접을 개수대에 넣었다.

"그 은구슬 가지고 있어요?"

그는 두 손으로 가슴과 배, 청바지 주머니를 톡톡 쳤다.

"웃기겠지만 여분의 세트를 가지고 다니진 않아. 사무실에선 별로 쓸 일이 없거든."

"참 반가운 얘기네요, 그레이 씨. 냉소는 가장 저급한 농담이라면서요."

"뭐, 아나스타샤. 내 새로운 모토는 말이지, '이길 수 없다면 한 팀이 되라'야."

나는 입을 떡 벌렸다. 그가 방금 한 말을 믿을 수가 없었다. 그는 기분 나쁠 정도로 우쭐해서 씩 웃었다. 그는 뒤로 돌더니 냉동실 문을 열고 맛있는 벤 앤드 제리 바닐라 아이스크림을 꺼냈다.

"이거면 딱 되겠는데."

그는 음험한 눈으로 나를 보았다.

"벤과 제리와 아나." 그는 음절 하나하나를 똑똑히 발음하며 천천히 읊었다.

아, 세상에 맙소사. 아래턱이 바닥에 떨어지는 줄 알았다. 그는 식기장 서랍을 열더니 숟가락 하나를 꺼냈다. 그런 후에는 눈을 내리깐 채로 올려다보며 혀로 윗니를 슬쩍 핥았다. 아, 저 혀.

숨이 턱 막히는 느낌이었다. 어둡고 매끄러우며 음란한 욕망이 뜨겁게 달아올라 혈관을 타고 흘렀다. 우리는 이제 즐거운 시간을 보낼 것 같았다. 음식으로.

"네 몸이 뜨거웠으면 좋겠군." 그가 속삭였다. "이걸로 너를 식혀줄 거니까. 가자." 그는 한 손을 내밀었고 나는 그 손을 잡았다.

침실로 가자 그는 아이스크림을 내 침대 옆 탁자 위에 놓고 침대 이불을 치웠다. 베개 두 개도 치우더니 모두 바닥 위에 겹겹이 쌓았다.

"갈아 끼울 시트는 있지?"

나는 그의 동작에 매료되어 바라보면서 고개를 끄덕였다. 그는 찰리 탱고를 들었다.

"내 풍선 가지고 장난하지 마요." 나는 경고했다.

그의 입이 희미한 미소를 짓듯 위로 슬쩍 들렸다. "꿈도 꾸지 않겠어. 다만 너랑 이 시트를 가지고 장난칠 거야."

내 몸이 그야말로 경련을 일으켰다.

"널 묶고 싶어."

오. "그래요." 나는 속삭였다.

"그저 네 손만. 침대에. 네가 가만히 있어야 하니까."

"그래요." 그 외 다른 말은 할 수 없었다.

그는 내게서 눈을 떼지 않고 천천히 걸어왔다.

"우린 이걸 쓸 거야."

그는 내 가운 허리끈을 잡더니 아주 달콤하고도 감질나게 천천히 풀어 부드럽게 빼냈다.

가운이 풀어져 앞섶이 열렸지만 나는 그의 뜨거운 시선 아래서 마비된 듯 가만히 서 있었다. 잠시 후, 그는 내 어깨에서 가운을 밀어 벗겼다. 가운은 내 발치로 스르르 떨어졌고 나는 그의 앞에 알몸으로 서 있었다. 그는 손가락 관절로 내 얼굴을 쓸었고 그의 감촉은 내 다리 사이 깊은 곳까지 울려 퍼졌다. 그는 몸을 앞으로 숙이면서 내 입술에 가볍게 키스했다.

"침대에 누워, 위를 보고." 그는 나직이 명령했다. 내 눈을 바라보는 그의 눈은 점점 음험하게 타올랐다.

시키는 대로 했다. 방 안은 전등에서 나오는 부드럽고 무미건조한 빛을 제외하고는 온통 어둠에 둘러싸여 있었다.

보통 나는 에너지 절약형 전구를 싫어했다. 너무 침침하니까. 하지만 크리스천 앞에 벌거벗고 있으려니 이렇게 흐릿한 조명이 되레 고마웠다. 그는 침대 옆에 서서 내려다보았다.

"널 하루 종일 봐도 질리지 않을 것 같아, 아나스타샤." 그가 내 몸 위로 기어와 걸터앉았다.

"두 팔을 머리 위로 올려." 그가 명령했다.

나는 그 말에 순순히 따랐고 그는 가운 허리끈을 왼쪽 손목에 묶은 후 침대 머리판 금속 창살 사이로 통과시켰다. 끈을 팽팽하게 잡아당기는 바람에 내 왼쪽 팔이 머리 위로 구부러졌다. 그런 다음 크리스천은 내 오른손에 허리끈을 꽉 묶었다.

내가 묶인 채로 그를 쳐다보자 그는 눈에 띄게 긴장이 풀린 모습이었다. 이런 식으로는 그를 만질 수가 없었다. 그의 서브 중 누구도 그에게 손을 댈 수 없었을 거라는 생각이 떠올랐다. 더욱이 그들은 그럴 기회조차 갖지 못했을 터였다. 그가 항상 통제권을 잡았을 테고 거리를 두었을 것이었다. 이게 바로 그가 규칙을 좋아하는 이유이기도 했다.

그는 내 몸 위에서 내려가더니 허리를 숙이고 내 입술에 가볍게 입을 맞췄다. 그런 후에는 일어서서 셔츠를 머리 위로 벗었다. 청바지를 벗어 바닥에 떨어뜨렸다.

그의 나신은 눈부셨다. 내 안의 여신은 이단평행봉에서 뛰어내리며 공중에서 트리플 악셀을 돌았다. 갑자기 내 입이 바짝 말랐다. 그의 골격은 고전적인 선을 따라 기하학적으로 정확히 그린 듯했다. 떡 벌어진 근육질 어깨, 좁은 엉덩이, 역삼각형 몸매였다. 운동을 열심히 하는 것이 분명했다. 나야말로 하루 종일 그만 쳐다보아도 질리지 않을 것 같았다. 그는 침대 끝으로 가더니 내 발목을 잡아 재빨리 아래로 휙 잡아당겼다. 그 바람에 나는 팔을 쭉 뻗은 자세가 되어 꼼짝할 수가 없었다.

"이게 낫군." 그가 낮게 중얼거렸다.

아이스크림 통을 들더니 그는 부드럽게 다시 침대 위로 올라가 다시 한 번 내 몸 위에 다리를 벌리고 앉았다. 아주 천천히 그는 뚜껑을 열고 숟가락을 아이스크림에 꽂았다.

"흠…… 아직도 꽤 딱딱한데." 그는 한쪽 눈썹을 치키면서 말했다. 그러더니 바닐라 아이스크림을 한 숟가락 퍼서 자기 입에 넣었다.

"맛있군." 그는 자기 입술을 핥으면서 중얼거렸다.

"평범하고 진부한 바닐라 아이스크림이 이렇게 맛있다니 놀라운걸." 그는 나를 내려다보았다. "좀 줄까?" 애를 태우는 목소리였다.

그는 정신이 나갈 정도로 섹시하고 젊고 태평하게 보였다. 내 위에 걸터앉아 아이스크림을 먹다니. 눈은 반짝거렸고 얼굴에서는 빛이 났다. 오, 대체 나한테 뭘 하려는 걸까? 물론 나라고 짐작을 못하겠는가만. 나는 수줍게 고개를 끄덕였다.

그는 아이스크림을 한 숟가락 더 푸더니 내게 내밀었다. 내가 입을 벌리자 그는 그걸 재빨리 다시 자기 입에 넣었다.

"이거 너무 맛있어서 나누어 먹을 수 없겠는데." 그는 짓궂게 웃으면서 말했다.

"이봐요." 나는 항의하고자 입을 열었다.

"왜, 스틸 양. 바닐라 좋아하나?"

"그럼요." 나는 진심보다도 더 강경하게 대답했고 그를 내 몸에서 떨어뜨리려고 헛되이 발버둥쳤다.

그는 웃음을 터뜨렸다. "점점 격해지는데? 내가 너라면 그런 짓은 안 하겠어."

"아이스크림 줘요." 나는 애원했다.

"뭐, 오늘 네가 나를 꽤 기쁘게 했으니, 스틸 양." 그의 태도가 부드러워지더니 내게 다시 숟가락을 내밀었다. 이번에는 내가 먹도록 가만히 놔두었다.

키득키득 웃음이 터지려 했다. 그는 정말로 즐기고 있는 듯했고 그의 유쾌한 기분에는 전염성이 있었다. 그는 다시 한 숟가락 떠서 좀 더 먹여주었다. 그러더니 또 한 번 했다. 좋아, 이제 됐어.

"흠, 이렇게 하면 너한테 억지로 먹일 수도 있겠어. 여기 익숙해질 수도 있겠는데."

그는 한 숟가락 더 떠서 내게 들이밀었다. 이번에 나는 입을 다물고 고개를 들었다. 그는 아이스크림이 숟가락 위에서 천천히 녹도록 놔두었고 녹은 아이스크림은 내 목 위로 똑똑 떨어져 가슴 위로 흘렀다. 그는 몸을 숙여 아주 천천히 그걸 핥았다. 내 몸이 갈망으로 불붙었다.

"음, 네 몸 위에서 먹으니 더 맛이 좋아, 스틸 양."

묶여 있는 두 팔을 잡아당겼고 침대는 불길하게 삐걱삐걱 소리를 냈다. 하지만 나는 개의치 않았다. 욕망으로 타올랐고 그 불길이 나를 태우고 있었다. 그는 또 한 숟가락 떠서 아이스크림이 내 가슴 위로 방울방울 떨어지도록 놔두었다. 그러더니 이번에는 숟가락 등으로 아이스크림을 양쪽 가슴과 젖꼭지 위에 펴 발랐다.

아…… 차가웠다. 양 젖꼭지는 바닐라 아이스크림의 냉기 아래서 위로 솟아 딱딱해졌다.

"차가워?" 크리스천은 부드럽게 물으며 다시 몸을 숙여 내 몸에 있는 아이스크림을 할짝할짝 핥아 먹었다. 차가운 아이스크림에 대조되어 그의 입은 뜨거웠다.

그것은 고문이었다. 아이스크림이 녹기 시작하자 방울져서 내 몸을 타고 침대 위로 흘러내렸다. 그의 입은 느릿한 고문을 계속하며 세게 빨고, 부드럽게 비벼댔다. 아, 제발! 나는 숨을 헐떡였다.

"좀 더 원해?" 제안을 받아들일, 혹은 거절할 틈도 주지 않고 그의 혀가 내 입안으로 들어왔다. 혀는 차갑고 능란했으며 크리스천과 바닐라 맛이 났다. 맛있었다.

내가 그 감각에 익숙해지려는 찰나, 그가 다시 몸을 일으키더니 아이스크림 한 숟가락을 내 몸 가운데로 쭉 밀었다. 그는 배를 지나 배꼽 가운데 커다란 아이스크림 덩어리를 얹었다. 아,

이건 이전보다 더 서늘하지만 이상하게도 타는 느낌이야.

"자, 이전에도 한 번 해봤지." 크리스천의 눈이 빛났다. "넌 가만히 있어야 할 거야. 아니면 침대가 온통 아이스크림 범벅이 될 테니까." 그는 양쪽 가슴에 키스하며 젖꼭지 하나하나를 격하게 빨았다. 그런 후에는 아이스크림이 내 몸 아래를 흘러간 길을 따라 빨고 핥았다.

나는 버텨보았다. 냉기와 그의 입술의 열기가 결합된 어지러운 감각에도 움직이지 않고 버티려 했다. 하지만 내 엉덩이는 저절로 움직이기 시작하더니 자기 리듬에 따라 돌면서 그의 차가운 바닐라 마술에 사로잡혀버렸다. 그는 몸을 아래로 더 숙이고 내 배 위에 놓인 아이스크림을 먹기 시작했다. 그의 혀가 내 배꼽 안과 주위를 빙빙 돌았다.

나는 신음을 내뱉었다. 맙소사. 차가웠다. 뜨거웠다. 애가 탔다. 하지만 그는 멈추지 않았다. 그는 아이스크림을 내 몸을 따라 더 밀면서 내 음모 속, 클리토리스 위에 놓았다. 나는 큰 소리로 비명을 내질렀다.

"쉿, 조용히 해야지." 크리스천은 부드럽게 말하면서 마술적인 혀를 놀려 바닐라를 할짝거렸다. 이제 나는 조용히 절규했다.

"아…… 제발…… 크리스천."

"알아, 아가씨. 안다고."

그는 나직이 뱉으면서 혀의 마술을 계속 부렸다. 그는 멈추지 않았다. 그저 멈추지 않았다. 내 몸은 더 높이, 더 높이 위로 올랐다. 그는 한 손가락을 내 안에 쏙 밀어넣더니 또 다른 손가락을 넣었다. 그는 괴로울 정도로 천천히 손가락을 넣었다 뺐다 했다.

"바로 여기야." 그는 웅얼거리면서 내 질 앞 벽을 리드미컬하게 손가락으로 쓸었고 그러는 동안에도 정교하고 가차 없이 핥고 빨기를 계속했다.

나는 몸을 뒤틀고 신음을 내뱉으며 예기치 않게 내 모든 감각을 날려버릴 엄청난 오르가즘에 폭발했다. 내 몸 밖에서 일어나는 모든 일들이 다 지워지는 경험이었다. 세상에, 맙소사. 너무나 빨랐다.

그가 이제 나를 즐겁게 해주는 봉사를 멈췄다는 것을 어렴풋하게 느낄 뿐이었다. 그는 내 몸 위에서 콘돔을 끼더니 내 안으로 들어왔다. 격하고 빠르게.

"아, 그래!" 그는 내 몸속으로 세게 들어오며 신음을 내질렀다. 그는 온통 끈적끈적했다. 녹은 아이스크림이 우리 사이에 온통 퍼져 있었다. 그 감각 때문에 이상하게도 정신이 흐트러지고 말았지만, 몇 초 생각할 겨를도 없이 크리스천이 갑자기 내 몸에서 빠져나가더니 나를 뒤집었다.

"이쪽으로." 그는 나직이 중얼대며 갑작스레 내 몸 안으로 들어왔다. 하지만 이번에는 평소처럼 곧바로 벌을 주는 듯한 리듬을 타지 않았다. 그는 몸을 앞으로 숙여 내 두 손을 풀어주고 나를 잡아당겨 일으켰다. 그래서 나는 그의 몸 위에 앉은 자세가 되었다. 그의 손이 내 가슴 위로 올라왔고 그는 양손으로 각각 젖가슴을 감싼 후 부드럽게 내 젖꼭지를 잡아당겼다. 나는 신음하며 머리를 뒤로 젖혀 그의 어깨에 기댔다. 그는 내 몸에 코를 비비고 깨물면서 동시에 엉덩이를 아주 달콤하리만치 천천히 움직여 나를 채우고 또 채웠다.

"네가 내게 얼마나 큰 의미가 있는지 알기나 해?" 그가 내 귀에 대고 숨을 내뱉었다.

"아니요." 나는 숨을 들이쉬었다.

그는 내 목에 대고 미소를 짓더니 손가락으로 턱과 목을 감으며 잠시 동안 나를 꼼짝 못하게 했다.

"아니, 알면서. 난 널 안 보낼 거야."

그가 속도를 높이자 나는 신음했다.

"넌 내 거야, 아나스타샤."

"그래요, 당신 거예요." 나는 헐떡였다.

"난 내 건 아주 잘 돌봐주지." 그는 식식대면서 내 귓불을 깨물었다.

나는 비명을 질렀다.

"바로 그거야. 너에게서 듣고 싶은 소리." 그는 한 손으로 내 허리를 감았고 다른 손으로는 내 엉덩이를 잡았다. 그러면서 더 세게 밀고 들어와 내게서 또다시 비명을 이끌어냈다. 벌하는 듯 밀고 들어오는 리듬이 시작되었다. 그의 숨결은 점점 더 거칠어지고 토막토막 끊기며 내 목소리와 박자를 맞추었다. 나는 무언가 빨라지는 익숙한 느낌을 몸속 깊숙이에서 느꼈다. 또다시!

난 그저 감각일 뿐이었다. 그가 내게 한 짓이 바로 이것이었다. 내 몸을 앗아가서 완전히 소유해버려 내가 오로지 그의 생각밖에 못하게 만든 것. 그의 마법은 아주 강렬했고 사람을 취하게 했다. 나는 그의 그물에 걸린 나비, 빠져나갈 수도 빠져나갈 마음도 없었다. 나는 그의 것이었다……. 완전한 그의 것.

"자, 느껴봐." 그는 이를 악물고 으르렁거렸다. 그 말이 신호라도 된 양, 나는 마법사의 도제가 되었다. 나는 놓아버렸고 우리 두 사람은 함께 욕망을 방출했다.

나는 끈적끈적한 시트 위 그의 팔 안에 웅크리고 누워 있었다. 그의 몸 앞이 내 등에 꼭 닿았고 코는 내 머리카락 속에 박혔다.

"당신에게 느끼는 감정 때문에 겁이 나요." 나는 속삭였다.

그는 굳어버렸다. "나도 그래."

"당신이 나를 떠나면 어쩌죠?" 그 생각은 끔찍했다.

"난 아무 데도 안 가. 난 아직 너를 충분히 갖지 못했으니까, 아나스타샤."

나는 몸을 돌려 그를 보았다. 그의 얼굴은 진지하고 성실해 보였다. 나는 몸을 앞으로 숙여 그에게 상냥하게 키스했다. 그는 미소를 짓더니 떨어져 내린 내 머리카락을 귀 뒤로 넘겨주었다.

"네가 떠났을 때 느꼈던 기분 같은 건 정말 처음이었어, 아나스타샤. 그런 기분을 피할 수만 있다면 하늘과 땅이라도 움직일 거야."

그의 목소리는 아주 애처로웠고 심지어 망연자실하기까지 했다.

"내일 우리 아버지가 여는 여름 파티에 같이 가지 않겠어? 매년 열리는 자선 행사야. 나는 가겠다고 말씀드렸고."

갑자기 수줍은 기분에 미소를 지었다.

"물론 갈게요." 아, 어쩌지. 입을 옷이 하나도 없는데.

"왜 그래?"

"아무것도 아니에요."

"말해봐." 그는 끈질겼다.

"딱히 입을 만한 옷이 없어서요."

그는 잠시 불편한 표정을 지었다.

"화내지 마. 너 주려고 사온 옷들이 아직도 집에 있어. 거기 드레스도 두어 벌 있을 거야."

나는 입술을 꾹 다물었다. "그래요?" 내 목소리는 냉소적이었다. 나는 오늘 밤 그와 다투고 싶지 않았다. 샤워를 해야 했다.

나처럼 보이는 여자가 SIP 바깥에 서 있다. 잠깐, 그 여자는 나다. 나는 창백하고 씻지 않아 지저분하며 옷들은 모두 다 크다. 나는 여자를 쳐다보고 있고 그 여자는 내 옷을 입고 있다. 행복하고 건강하게.

"당신은 있는데 내겐 없는 게 뭐지?" 나는 여자에게 묻는다.

"누구시죠?"

"나는 아무도 아니에요……. 당신은 누구죠? 당신도 아무도 아닌가요……?"

"그럼 우리는 짝이 되겠네요. 말하지 말아요. 그들이 우리를 내쫓을 거예요. 알잖아요……."

여자가 미소를 짓자 사악한 찡그린 표정이 천천히 얼굴에 퍼져 나가고 그 모습이 너무 소름 끼쳐 나는 비명을 지르기 시작한다.

"맙소사, 아나!" 크리스천이 나를 흔들어 깨우고 있었다.

나는 여기가 어딘지 감을 잡을 수 없었다. 나는 집에 있는 거야……. 어둠 속에……. 크리스천과 침대 속에. 나는 머리를 저으며 맑은 정신을 찾으려 했다.

"아나, 괜찮아? 악몽을 꾸고 있었나 본데."

"아."

그가 침대 옆 전등을 켜자 우리는 침침한 불빛 속에 잠겼다. 그는 근심이 아로새겨진 얼굴로 나를 내려다보았다.

"그 여자요." 나는 속삭였다.

"무슨 말이야? 어떤 여자?" 그가 달래듯 물었다.

"오늘 저녁 퇴근하는데, 어떤 여자가 SIP 밖에 서 있었어요. 나처럼 생겼는데…… 실제로 별로 닮지는 않았지만."

크리스천의 몸이 굳었다. 침대 옆 전등에서 나오는 빛이 방 안을 밝히고 있었기 때문에 그의 얼굴이 잿빛으로 변한 게 보였다.

"오늘 저녁 퇴근하는데……." 나는 반복했다. "그 여자 누군지 알아요?"

"그래." 그는 한 손으로 머리카락을 훑었다.

"누군데요?"

그는 입을 엄하게 꾹 다물고는 아무 말도 하지 않았다.

"누구냐니까요?" 나는 압박했다.

"레일라야."

침을 꿀꺽 삼켰다. 이전 서브! 우리가 글라이더를 타기 전에 크리스천이 그 이름을 언급했던 기억이 났다. 갑자기 그에게서 긴장감이 발산되었다. 무언가 꺼림칙했다.

"당신 아이팟에 〈톡식〉 넣은 여자요?"

그는 초조하게 나를 쓱 쳐다보았다.

"그래." 그가 대답했다. "그 여자가 별 말 안 해?"

"그 여자가 그랬어요. '당신은 있는데 내겐 없는 게 뭐지?' 그래서 내가 누구냐고 물으니 이러더군요. '아무도 아니죠'라고."

크리스천은 마치 고통을 느끼는 사람처럼 눈을 감았다. 무슨 일이지? 그 여자는 그에게 어떤 의미인 거지?

아드레날린이 몸속에 솟구쳐 머리가 따끔거렸다. 그 여자가 그에게 큰 의미가 있다면 어쩌지? 어쩌면 그가 그녀를 그리워하고 있다면? 나는 그의 이전, 음, 관계에 대해선 너무 아는 게 없는데……. 이 여자도 어쩌면 계약서를 썼을지 모른다. 그가 원하는 걸 해주었을지 모르지. 그가 필요로 하는 걸 기쁘게 주었을지도.

아, 안 돼. 나는 그렇게 해줄 수 없는데. 그 생각을 하니 토할 것 같았다.

크리스천은 침대에서 내려와 청바지를 입더니 큰 방로 향했다. 알람 시계를 힐끔 보니 아침 5시였다. 나는 침대에서 나와 그의 흰 셔츠를 걸치고 그를 따랐다.

세상에, 그는 전화를 하고 있었다.

"그래, SIP 바깥에서. 어제…… 초저녁에." 그는 조용히 말했다. 내가 부엌으로 향할 때 그는 나를 돌아보더니 단도직입적으로 물었다. "몇 시였어, 정확히?"

"대략 6시 10분 전쯤?"

대체 그는 이 시간에 누구에게 전화를 하는 걸까? 레일라가 무슨 짓을 했기에? 그는 내게서 눈을 떼지 않으면서 그 정보를 통화 상대에게 전했다. 그의 표정은 음험하고 진지했다.

"어떻게 했는지 알아봐……. 그래……. 그렇게 말하지 않았었지만 그땐 그 여자가 이렇게 하리라고는 생각도 못했었으니까……." 그는 마치 고통에 사로잡힌 듯 눈을 감았다. "그게 어떻게 될진 모르겠어……. 그래, 내가 얘기를 해보지……. 그래, 알아……. 계속 추적하면서 내게 보고해. 먼저 그 여자를 찾아, 웰치. 그 여자는 곤란한 상황이니까. 찾아." 그는 전화를 끊었다.

"차 좀 마실래요?" 차. 모든 위기에 대한 레이 아빠의 해결책이었고 아빠가 잘하는 유일한 음식이었다. 주전자에 물을 받았다.

"실은 난 침대로 돌아가고 싶어." 그의 표정은 잠이 목적이 아님을 여실히 보여주고 있었다.

"음, 난 차를 좀 마셔야겠어요. 당신도 같이 한 잔 마실래요?" 나는 무슨 일이 벌어지고 있는지 알고 싶었다. 섹스에 정신이 팔려 딴 데로 빠지고 싶진 않았다.

그는 성난 듯 한 손으로 머리카락을 훑었다. "그래, 부탁해." 그가 언짢아한다는 것을 알 수 있었다.

나는 주전자를 스토브 위에 올려놓고 찻잔을 꺼낸다, 찻주전자를 꺼낸다 하며 부산을 떨었다. 내 걱정 수준은 거의 데프콘(군사용어로 비상시에 대응하는 방어 준비 태세—옮긴이)1까지 올라갔다. 내게 문제가 뭔지 말해줄까? 아니면 내가 파헤쳐야 할까?

그의 눈이 내게 박혀 있는 것이 느껴졌다. 불확실한 태도가 감지되었다. 그의 분노는 손에 잡힐 듯 생생했다. 고개를 들어 보니 그의 눈이 불안으로 번득이고 있었다.

"뭐예요?" 나는 부드럽게 물었다.

그는 고개를 저었다.

"나한테 말 안 해줄 거예요?"

그는 한숨을 짓더니 눈을 감았다. "안 돼."

"어째서요?"

"너랑은 상관없는 일이니까. 난 네가 여기 얽히는 것 원치 않아."

"나랑 상관없는 일일 리가 없어요. 그 여자는 나를 찾아내서 내 직장 앞에서 말을 붙였어요. 그 여자가 나에 대해서 어떻게 알았죠? 내가 어디서 일하는지 어떻게 알았죠? 난 무슨 일이 일어나고 있는지 알 권리가 있다고 생각해요."

그는 다시 한 번 손으로 머리카락을 훑었다. 내면에서는 전투를 벌이고 있는지 좌절감이 사방으로 발산되었다.

"부탁해요." 나는 부드럽게 청했다.

그는 입을 엄하게 꾹 다물더니 나를 향해 눈을 흘겼다.

"좋아." 그는 체념한 투로 말했다. "그 여자가 어떻게 너를 찾아냈는진 전혀 모르겠어. 어쩌면 포틀랜드에서 찍은 우리 사진 때문일 수도 있고."

그는 다시 한숨을 지었다. 그의 좌절감이 자기 자신을 향한 것임을 여실히 감지할 수 있었다.

그가 방 안을 왔다 갔다 하는 동안 나는 끓는 물을 찻주전자에 부으며 참을성 있게 기다렸다. 잠시 후 그가 말을 이었다.

"내가 너와 함께 조지아에 있는 동안 레일라가 내 아파트에 말도 없이 나타나 게일 앞에서 작은 소동을 부린 모양이야."

"게일요?"

"존스 부인."

"무슨 뜻이에요? 소동을 부리다니?"

그는 감정하듯 나를 쏘아보았다.

"말해요. 뭔가 숨기고 있잖아요." 내 어조는 기분보다도 훨씬 더 강압적으로 들렸다.

그는 놀란 듯 나를 보고 눈을 깜박였다. "아냐, 난……." 그는 말을 멈췄다.

"제발."

그는 두 손 들었다는 듯 한숨지었다. "손목을 긋는 위험한 시도를 한 모양이야."

"어머나!" 그렇다면 손목에 감은 붕대가 설명이 되었다.

"게일이 레일라를 병원으로 데려갔다는군. 하지만 레일라는 내가 가기도 전에 혼자 퇴원해버렸지."

젠장. 이게 무슨 뜻이야? 자살 시도? 왜?

"레일라를 진찰한 정신과 의사 말로는 전형적인 도움 요청이라는군. 의사는 레일라가 정말로 위험한 마음을 품은 건 아니라고 판단해. 자살 관념화에는 한 발짝 떨어져 있다고. 그렇게 부르더군. 하지만 난 자신이 없어. 그 이후로 레일라를 돕기 위해 계속 추적하려고 했지."

"존스 부인에게 무슨 말 안 했대요?"

그는 나를 쳐다보았다. 정말로 불편한 표정이었다.

"별로." 그가 마침내 이렇게 대답했지만 모든 걸 다 털어놓지는 않았음을 알 수 있었다.

차를 찻잔에 따르느라 잠시 정신이 흐트러졌다. 그래, 레일라는 크리스천의 삶으로 다시 들어오고 싶어 하고 그의 관심을 끌기 위해서 자살 기도를 택했다?

우, 소름 끼쳐. 하지만 효과적이긴 하지. 크리스천은 그 여자 옆에 있으려고 조지아를 떠났지만 그가 오기도 전에 사라졌다고? 참 이상하네.

"그 여자를 못 찾았어요? 가족은요?"

"가족들도 어디 있는지 모른다는군. 남편도."

"남편요?"

"그래." 그는 건성으로 대답했다. "결혼한 지 2년 되었지."

뭐라고? "그럼 결혼했는데도 당신과 만났던 거예요?" 망할. 그는 정말로 선을 지킬 줄 몰라.

"아니야! 맙소사, 아니지. 레일라가 나와 만났던 건 3년 전 일이야. 그런 다음 떠나서 바로 그 남자와 결혼했어."

오. "그러면 어째서 이제와 당신 관심을 끌려고 하는 거예요?"

그는 슬프게 고개를 저었다. "나도 모르겠어. 우리가 알아낼 수 있었던 건 그 여자가 석 달 전에 남편에게서 도망쳤다는 것뿐."

"이건 바로 짚고 넘어가요. 그럼 마지막으로 당신 서브였던 게 3년 전이었던 말이죠?"

"거의 2년 반 전이었지."

"그 여자는 좀 더 원했고요."

"그래."

"하지만 당신은 원하지 않았죠."

"너도 알잖아."

"그래서 당신을 떠났군요?"

"그래."

"그럼 어째서 이제와 당신에게 온 거예요?"

"모른다고 했잖아." 그의 목소리의 어조로 보아 적어도 짐작하는 바가 있는 눈치였다.

"하지만 당신이 의심하는 건……."

그는 눈을 가늘게 떴다. 분노를 감지할 수 있을 정도였다. "너랑 관련이 있는 게 아닌가 의심하고 있어."

나? 그 여자가 내게서 뭘 원해?

'당신은 있는데 내겐 없는 게 뭐지?'

나는 속을 알 수 없는 그 남자를 쳐다보았다. 허리 위의 나신은 근사했다. 나는 그를 가졌다. 그는 내 것이었다. 그게 바로 내가 가진 것이었다. 하지만 그녀는 나와 비슷했다. 비슷한 짙은 갈색 머리와 투명한 피부. 나는 그 생각에 얼굴을 찡그렸다. 그래, 내겐 있는데 그녀에겐 없는 게 뭘까?

"어째서 어제 말하지 않았지?" 그는 부드럽게 물었다.

"잊어버렸어요." 나는 사과하듯 어깨를 으쓱했다. "알잖아요. 퇴근 후 술자리. 첫 주의 끝. 당신이 바에 나타나고 당신이…… 잭에게 테스토스테론을 발휘하고……. 그런 후에는 여기 왔잖아요. 그 생각은 마음속에서 빠져나갔어요. 당신 때문에 나는 잘 잊어버리는 습관이 생긴걸요."

"테스토스테론을 발휘?" 그의 입이 뒤틀렸다.

"그래요. 그 시시한 시합."

"네게 내 테스토스테론을 발휘하면 어떻게 되는지 보여주지."

"차 먼저 마시는 게 좋지 않겠어요?"

"아니, 아나스타샤. 마시지 않겠어."

타는 듯한 그의 눈이 내게 꽂히며 '나는 너를 원해. 나는 너를 지금 원해'라는 표정으로 나를 태웠다. 아…… 너무 섹시했다.

"그 여자는 잊어버려, 가자." 그는 한 손을 내밀었다.

내가 그의 손을 잡을 때 내 안의 여신은 체조 경기장에서 뒤로 삼단 재주넘기를 했다.

너무 따뜻한 나머지 잠에서 깨었다. 나는 벌거벗은 크리스천 그레이에 감싸여 있었다. 그는 깊은 잠에 빠져 있으면서도 나를 꼭 껴안고 있었다. 부드러운 아침 햇살이 커튼 사이로 들어왔다. 내 머리는 그의 가슴에 얹혀 있었고 다리는 그의 다리와 얽혔으며 팔은 그의 배 위에 놓였다.

그를 깨울까 봐 조심스레 머리를 들었다. 잠에 빠진 그는 젊고 편안해 보였다. 이런 그가 내 것이었다.

으음…… 손을 위로 뻗어 나는 머뭇머뭇 그의 가슴을 쓸면서 손가락 끝으로 가슴 털을 슬쩍 훑었다. 그는 꿈쩍하지 않았다. 믿기지가 않았다. 그는 정말로 내 것이었다. 이 귀중한 몇 분 동안에는. 몸을 앞으로 숙여 부드럽게 그의 흉터 중 하나에 키스했다. 그는 부드럽게 신음했지만 깨지는 않았다. 나는 미소 지었다. 다른 흉터 하나에도 키스를 했더니 그가 눈을 떴다.

"안녕." 나는 괜히 찔려 씩 웃었다.

"안녕." 그는 신중하게 대답했다. "뭘 하고 있었어?"

"당신을 보고 있었어요." 나는 손가락으로 그의 행복한 오솔길을 따라 내려갔다. 그는 내 손을 잡더니 눈을 가늘게 뜨며 편안한 상태일 때 그가 짓는 환한 미소를 지어 보였다. 그 덕에 나도 긴장을 풀 수 있었다. 내 비밀스러운 손길은 여전히 비밀로 남아 있었다.

아…… 어째서 당신은 내가 만지지 못하게 하는 거지?

갑자기 그가 내 몸 위로 올라오더니 두 손으로 내 손을 붙들고 매트리스 위로 눌렀다. 나에 대한 경고였다. 그는 자기 코로 내 코를 쓸었다.

"너무 쓸데없는 일에 매진하는 것 같아, 스틸 양." 그는 책망하는 어조로 말했지만 여전히 웃음기는 떠나지 않았다.

"당신 곁에 있으면 쓸데없는 일에 매진하는 게 좋아요."

"그래?" 그는 반문하더니 내 입술에 가볍게 키스했다. "섹스, 아니면 아침식사?" 그가 물었다. 그의 눈은 음험했고 장난기로 가득했다. 그의 일어선 부분이 나를 파고들고 있었다. 나는 골반을 들어 그를 맞았다.

"좋은 선택이야." 그는 내 목에 대고 웅얼거리면서 내 가슴까지 키스하면서 내려갔다.

서랍장 앞에 서서 거울을 비춰 보며 어떻게든 머리카락을 스타일 비슷한 것이라도 되도록 얌전히 매만져보려 했다. 정말로 내 머리는 그냥 길기만 했다. 나는 청바지와 티셔츠를 입었고 막 샤워를 하고 나온 크리스천은 내 뒤에서 옷을 입고 있었다. 허기진 눈으로 그의 몸을 쳐다보았다.

"얼마나 자주 운동해요?" 내가 물었다.

"주중엔 매일." 그는 바지 단추를 잠그며 대답했다.

"뭘 하는데요?"

"달리기, 웨이트, 킥복싱." 그는 어깨를 으쓱했다.

"킥복싱요?"

"그래, 개인 강사를 두고 있지. 전직 올림픽 국가대표 선수에게 배워. 클로드라고. 실력이 아주 좋지. 너도 그 사람 좋아할걸."

몸을 돌려 그를 돌아보니 그는 하얀 셔츠의 단추를 잠그고 있었다.

"무슨 뜻이에요? 나도 그 사람을 좋아할 거라니?"

"그 사람을 운동 강사로서 좋아하게 될 거라고."

"어째서 내게 개인 강사가 필요한 거죠? 내 몸을 관리해줄 당신이 있는데."

그는 성큼성큼 걸어와서 두 팔로 나를 감았다. 음험한 눈이 거울 속의 내 눈과 마주쳤다.

"하지만 난 네가 몸매를 유지하길 원해. 내가 염두에 둔 것을 하기 위해. 넌 계속 운동을 해야만 해."

오락실에서의 기억이 마음속으로 밀려들어오자 나는 얼굴을 붉혔다. 그래…… 고통의 빨간 방은 사람 진을 다 뺐지. 그는 다시 나를 그리로 데려가려는 걸까? 난 다시 들어가고 싶은가?

물론 들어가고 싶지! 내 안의 여신이 비명을 질렀다.

나는 그의 가늠할 수 없는, 최면을 거는 회색 눈을 들여다보았다.

"너도 네가 원한다는 걸 알잖아." 그는 입 모양으로 내게 말했다.

나는 얼굴을 붉혔다. 레일라라면 어쩌면 계속 몸매를 유지했을 거라는 바람직하지 못한 생각이 질투를 불러일으키면서 마음속으로 달갑지 않게 끼어들었다. 나는 입을 꾹 다물었고 크리스천은 얼굴을 찡그렸다.

"왜 그래?" 그는 걱정하는 투로 물었다.

"아무것도 아니에요." 나는 고개를 저어보였다. "좋아요. 클로드를 만날게요."

"그럴 거야?" 크리스천은 믿기지 않는다는 듯 경탄하며 얼굴이 한층 밝아졌다. 그의 그런 표정에 나도 미소를 지을 수밖에 없었다. 복권이라도 당첨된 표정이었다. 물론 크리스천은 한 번도 복권을 사본 적이 없겠지만. 그럴 필요가 없으니까.

"그렇게 해요. 참. 그래야 당신이 그렇게 행복해진다면."

그는 나를 감은 두 팔에 더 힘을 꽉 주고 내 뺨에 키스했다.

"넌 아무것도 몰라." 그가 속삭였다.

"그래, 오늘 뭘 하고 싶어?" 그는 내게 코를 비볐고 달콤한 전율이 내 몸을 타고 흘렀다.

"머리를 자르고, 음…… 수표를 예금하고 차를 살래요."

"아." 그는 알겠다는 듯 말하더니 입술을 깨물었다. 한 손을 내게서 떼더니 그는 청바지 주머니에서 내 작은 아우디 열쇠를 꺼냈다.

"차는 여기 있어." 그는 자신 없는 표정으로 조용히 말했다.

"무슨 뜻이에요, 여기 있다니?" 맙소사. 내 목소리는 화난 듯했다. 망할. 난 정말 화가 났다. 어떻게 그가!

"테일러가 어제 가지고 왔어."

나는 입을 떡 벌렸다가 다물기를 두 번 반복했지만 말문이 막혔다. 내게 차를 도로 준다는 말이지. 망하고 망할. 어째서 이 상황을 예상하지 못했을까. 뭐, 손뼉도 마주쳐야 소리가 나니까. 나는 청바지 뒷주머니를 주섬주섬 뒤져 그의 수표가 든 봉투를 꺼냈다.

"여기, 이건 당신 거예요."

크리스천은 영문을 모르겠다는 얼굴로 쳐다보더니 봉투를 알아보고 두 손을 들며 물러섰다.

"아, 아니, 그건 네 돈이지."

"아니, 그렇지 않아요. 난 그 차를 당신에게 사고 싶어요."

그의 표정이 완전히 바뀌었다. 분노, 그래, 분노가 그의 얼굴을 쓸고 지났다.

"아니, 아나스타샤. 네 돈이야. 네 차고." 그가 딱 잘라 말했다.

"아니에요, 크리스천. 내 돈이고, 당신 차죠. 당신에게서 살 거예요."

"그 차는 네 졸업 선물로 준 거야."

"펜 하나를 사줬다면 졸업 선물로 적절했겠죠. 그렇지만 아우디를 줬잖아요."

"정말로 이거 가지고 싸우고 싶어?"

"아뇨."

"좋아. 열쇠 여기 있어." 그는 서랍장 위에 열쇠를 놓았다.

"그런 뜻이 아니잖아요!"

"논의는 이걸로 끝이야, 아나스타샤. 밀어붙이지 마."

나는 그를 보고 험악하게 얼굴을 찌푸렸다. 그때 어떤 생각이 퍼뜩 떠올랐다. 봉투를 꺼내서 반으로 찢은 후, 다시 반으로 찢어 휴지통에 버렸다. 아, 기분이 좋았다.

크리스천은 무감하게 나를 바라보고 있었지만 나는 막 도화선에 불을 붙였으니 뒤로 물러서 피하는 게 상책임을 알았다. 그는 턱을 쓸었다.

"언제나 그렇듯이 참 도전적이야, 스틸 양." 그는 건조하게 말했다. 그러더니 빙그르르 돌아 다른 방으로 나가버렸다. 내가 기대한 반응이 아니었다. 내가 예상한 건 전면적인 최후의 결전이었다. 거울에 비친 내 모습을 쳐다보고 어깨를 으쓱한 후 포니테일로 묶기로 했다.

호기심이 솟구쳤다. 그 사람은 뭘 하고 있을까? 그를 뒤따라 방 안으로 들어가 보니 통화 중이었다.

"그래, 2만 4천 달러. 직접."

그는 여전히 무감한 표정으로 나를 흘긋 쳐다보았다.

"좋아……. 월요일? 아주 좋은데……. 아니, 그거면 됐어, 안드레아."

그는 전화를 딱 껐다.

"네 은행 계좌에 입금될 거야, 월요일에. 나랑 게임할 생각하지 마." 그는 부글부글 끓고 있었지만 나는 상관하지 않았다.

"2만 4천 달러요!" 나는 비명을 지르다시피 했다. "내 계좌번호는 어떻게 알았죠?"

내가 이처럼 격렬히 화를 낼 줄은 몰랐는지 크리스천이 움찔 놀랐다.

"난 너에 대해선 뭐든 알고 있어, 아나스타샤." 그가 조용히 말했다.

"내 차가 2만 4천 달러나 나갈 리가 없잖아요."

"그 말에는 적극 동감하지만 그건 시장을 아느냐 하는 문제야. 사든 팔든. 어떤 미친 사람이 그 고물차에 그만한 돈을 내겠다고 했어. 분명 그 차가 클래식인 모양이던데. 내 말 못 믿겠으면 테일러에게 물어봐."

나는 그를 쏘아보았고 그도 내 시선을 맞받아쳤다. 화가 난 고집쟁이 바보 둘이 서로를 쳐다보고 있는 상황이었다.

그때 느꼈다. 그 당기는 느낌, 우리 사이의 전류가 손에 잡힐 듯 생생했고 우리 둘을 한데 끌어당겼다. 갑자기 그는 나를 잡고 문으로 밀어붙였다. 그의 입이 내 입으로 내려오며 거칠게 나를 탐했다. 한 손은 내 엉덩이를 잡고 나를 자기 하체에 딱 끌어다 붙였고 다른 손은 목덜미에 흘러내린 머리카락을 잡아 고개를 뒤로 젖혔다. 나는 손가락을 그의 머리카락에 묻고 거칠게 꼬아 그를 내 쪽으로 껴안았다. 그는 자기 몸을 내 몸에 비비면서 나를 가두었다. 그의 숨결이 거칠게 끊겼다. 나는 그를 느낄 수 있었다. 그는 나를 원했고 나에 대한 그의 욕구를 깨닫자 나는 흥분으로 어지럽고 비틀거렸다.

"어째서, 어째서 넌 나를 거역하는 거야?" 그는 열정적인 키스를 하는 간간이 웅얼거렸다.

혈관 속에서 내 피가 노래를 불렀다. 언제나 그는 내게 이런 효과를 미치게 될까? 나도 그에게 그런 효과를 미칠까?

"할 수 있으니까요." 숨이 막혔다. 눈으로 보진 못했지만 내 목에 닿은 그의 미소가 느껴졌다. 그는 이마를 내 이마에 댔다.

"맙소사, 난 너를 당장 가지고 싶지만 콘돔이 없어. 넌 아무리 가져도 충분히 채워지지 않아. 넌 정말 사람 돌게 하는 여자야."

"당신도 날 돌게 하는걸요." 나는 속삭였다. "모든 면에서."

그는 고개를 절레절레 저었다. "가자. 나가서 아침 먹게. 네가 머리를 자를 곳도 알고."

"좋아요." 나는 순순히 따랐고 그렇게 바로 우리 싸움은 끝났다.

"내가 계산할게요." 나는 그가 하기 전에 먼저 계산서를 집었다.

그는 얼굴을 찡그렸다.

"여기서는 잽싸게 움직여야 할걸요, 그레이."

"네 말이 맞아. 그래야지." 그는 신랄하게 말했지만 놀리는 말투였다.

"그렇게 언짢은 표정 짓지 마요. 난 어제보다 오늘 아침 2만 4천 달러 더 부자인걸요."

계산서를 힐끔 보았다.

"아침식사가 22달러 67센트네요."

"고마워." 그가 불만스럽게 대답했다. 오, 뿌루퉁한 남학생이 돌아왔네.

"이제 어디로?"

"정말 머리 자르고 싶어?"

"네, 이거 봐요."

"나한텐 예쁘게 보이는데, 항상 그렇지만."

나는 얼굴을 붉히며 깍지 껴 무릎에 놓은 손을 내려다보았다.

"오늘 저녁엔 당신 아버님 행사도 있잖아요."

"잊지 마. 정장 입고 가야 해."

"어딘데요?"

"부모님 댁. 거기 천막을 칠 거야. 너도 알지. 거기 다."

"자선 행사는 뭐예요?"

크리스천은 불편한 얼굴로 두 손을 허벅지에 문질렀다.

"어린아이들을 둔 마약중독자 부모 재활 프로그램이야. '함께 대처하기'라는 운동본부지."

"취지가 좋은데요." 나는 상냥하게 말했다.

"그래, 가자." 그는 효과적으로 대화를 끊으며 일어서서 손을 내밀었다. 내가 그 손을 잡자 그는 내 손에 낀 깍지에 더 힘을 주었다.

이상했다. 그는 어떤 면에서는 참 스스럼없이 드러냈지만 다른 면에서는 아직 속내를 꽁꽁 숨겼다. 그는 나를 데리고 식당을 나갔고 우리는 거리를 걸었다. 아름답고 온화한 아침이었다. 햇빛이 환했고 공기에서는 커피와 갓 구운 빵 냄새가 났다.

"어디 가는 거예요?"

"깜짝 놀랄걸."

아, 그래. 하지만 난 깜짝 놀라는 거 좋아하지 않는데.

두 블록 정도 걸어가자 상점들이 확연히 더 고급스러워졌다. 아직 이곳을 탐색할 기회는 잘 없었지만 내가 사는 동네 모퉁이 바로 너머인 듯했다. 케이트가 기뻐하겠네. 패션에 대한 케이트의 열정에 딱 맞는 작은 부티크가 많았다. 실은 나도 출근할 때 입을 살랑살랑한 치마를 사야 했다.

크리스천이 크고 세련되어 보이는 미용실 앞에 멈추더니 나를 위해 문을 열어주었다. '에스클라바'라는 곳이었다. 실내는 온통 하얀 가죽으로 장식되었다. 새하얀 안내 데스크에는 빳빳한 하얀 제복을 입은 젊은 금발 여자가 앉아 있었다. 우리가 들어가자 여자는 시선을 들었다.

"안녕하세요, 그레이 씨." 여자는 밝게 인사했다. 속눈썹을 파닥거리는 여자의 볼에 홍조가 돌았다. 일명 그레이 효과였지만 여자가 그를 알고 있다는 게 놀라웠다! 어떻게?

"안녕, 그레타."

그도 여자를 알고 있었다. 이게 뭐지?

"평소처럼 해드릴까요?" 여자는 예의 바르게 물었다. 입술에는 아주 선명한 분홍색 립스틱을 발랐다.

"아니." 그는 불안한 시선을 내게 던지며 재빨리 대답했다.

평소? 무슨 뜻이지?

잠깐, 맙소사! 규칙 6조에 있었지. 그 망할 미용실이구나. 왁싱 어쩌고 헛소리하던…… 젠장!
여기가 바로 그가 모든 서브를 데려오던 미용실일까? 어쩌면 레일라도? 이걸 대체 어떻게 이해해야 한다는 말인가?
"스틸 양이 원하는 걸 말해줄 거야."
나는 그를 쏘아보았다. 그는 슬금슬금 규칙을 들여오고 있었다. 개인 운동 강사를 만나겠다고 약속했다. 그런데 이젠 이것까지?
"어째서 여기예요?" 나는 그에게 식식댔다.
"내가 여기 주인이니까. 그리고 이런 비슷한 게 세 군데 더 있어."
"당신이 주인이에요?" 나는 놀라 숨을 들이켰다. 음, 기대하지 못한 대답이었다.
"그래, 부업이지. 어쨌든 네가 원하는 게 뭐든 여기서 하면 돼. 무료로. 마사지도 종류별로 다 있어. 스웨덴식, 지압, 돌가마, 발마사지, 해초욕, 얼굴 마사지. 여자들이 좋아하는 건 모두 있지. 여기서 하면 돼."
그는 긴 손가락을 거만하게 흔들었다.
"왁싱은요?"
그가 웃었다. "물론 왁싱도 하지. 어디든."
그는 음모를 꾸미듯 속삭이며 내 불편한 모습을 즐겼다.
나는 얼굴을 붉히면서 그레타를 힐끔 보았다. 여자는 기대하듯 나를 바라보고 있었다.
"전 커트를 좀 하고 싶네요."
"네, 스틸 양."
온통 분홍 립스틱을 바른 그레타는 부산히 움직이는 효율적

독일인다운 자세로 컴퓨터 스크린을 확인했다.

"5분만 있으면 프랑코가 비네요."

"프랑코라면 괜찮아." 크리스천은 나를 안심시키듯 말했다. 나는 이 상황을 머리로 이해하려고 했다. CEO인 크리스천 그레이는 미용실 체인까지도 소유하고 있다.

나는 그를 힐끔 올려다보았다. 갑자기 그가 창백해졌다. 뭔가, 무언가가 그의 시선을 끌었다. 나는 몸을 돌려 그가 바라보는 자리를 보려고 했다. 바로 미용실 안쪽에서 미끈한 은색 금발 여자가 나타나 문을 닫더니 미용사 한 명과 이야기를 나누었다.

은색 금발 여자는 키가 크고 그을린 피부가 매력적이었다. 삼십 대 후반, 아니 사십 대 초반인지 딱 꼬집어 말할 수 없었다. 여자는 그레타와 같은 제복을 입고 있었지만 검은색이었다. 정말 멋진 모습이었다. 세련된 보브 스타일로 자른 머리는 후광처럼 빛났다. 여자가 뒤로 돌더니 크리스천을 보자 그에게 따뜻한 인사가 담긴 눈부신 미소를 보냈다.

"실례." 크리스천은 서둘러 중얼거렸다.

그는 재빨리 미용실 저편으로 성큼성큼 걸어갔다. 모두 흰색 제복을 입은 미용사를 지나고 세면대에 서 있는 조수들을 지나 곧장 여자에게로 갔다. 너무 멀어서 대화를 들을 순 없었다. 은색 금발 여자는 애정이 뚝뚝히 묻어나는 표정으로 그를 맞으며 양쪽 뺨에 키스하고는 두 손으로 그의 팔뚝을 잡았다. 두 사람은 활발하게 이야기를 나누었다.

"스틸 양?"

안내 데스크의 그레타가 내 관심을 끌려고 했다.

"잠깐만요." 나는 정신이 팔려 크리스천만 쳐다보았다.

은발 여자가 뒤돌아 나를 보더니 내게도 똑같이 환한 미소를 보냈다. 마치 나를 아는 듯했다. 나도 예의 바르게 미소를 지었다.

크리스천은 뭔가 불편해 보였다. 그는 여자와 뭔가 논의를 했고 여자는 순순히 따르듯 두 손을 들더니 그를 보고 웃었다. 그도 여자를 보고 웃었다. 분명 두 사람은 서로 잘 아는 사이 같았다. 오랫동안 같이 일했나? 어쩌면 이 여자가 이 미용실을 운영하는지도 몰랐다. 어쨌든 여자의 얼굴에는 일종의 권위적인 표정이 있었다.

그때 마치 철퇴처럼 어떤 생각이 뒤통수를 쳤다. 몸속 깊이, 아주 본능적인 수준에서 나는 깨달았다. 이 여자가 누구인지 깨달았다. 그 여자였다. 매력적이고 연상이고 아름다운 여자.

로빈슨 부인이었다.

5

"그레타, 그레이 씨와 지금 말씀 나누시는 분이 누구죠?"

머리가 지붕 위로 떠오르는 느낌이었다. 불안한 예감으로 따끔거렸고 내 잠재의식은 그 예감을 따르라고 비명을 질렀다. 하지만 내 목소리는 꽤 차분하게 들렸다.

"아, 저분은 링컨 부인이세요. 그레이 씨와 공동으로 이곳을 소유하고 계시죠."

그레타는 정보를 전할 수 있어서 무척 기쁜 표정이었다.

"링컨 부인요?"

로빈슨 부인은 이혼했다고 생각했었다. 어쩌면 불쌍한 남자랑 재혼했는지도 모르지.

"네, 보통은 여기 계시지 않는데. 하지만 오늘은 저희 미용사 선생님 한 분이 아파서 결근하신 탓에 대신 나오셨어요."

"링컨 부인 이름을 아세요?"

그레타는 얼굴을 찡그리며 나를 올려다보더니 환한 분홍빛 입술을 꾹 다물고 왜 그런 걸 궁금해하느냐는 표정을 지었다. 젠장, 이건 도를 넘었는지도 모른다.

"엘레나예요." 그레타는 거의 내키지 않는다는 투로 대답했다.

내 거미줄 같은 감각이 엇나가지 않았다니 이상한 안도감에 휩싸였다.

거미줄 같은 감각 좋아하시네. 내 잠재의식이 코웃음 쳤다. 소아성애자를 알아보는 감각이겠지.

두 사람은 여전히 대화에 깊이 빠져 있었다. 크리스천은 빠르게 말을 했고 여자는 걱정스러운 표정으로 고개를 끄덕이고 얼굴을 찌푸리더니 고개를 흔들었다. 엘레나는 손을 뻗어서 그의 팔을 위로하듯 문지르며 입술을 깨물었다. 여자는 다시 한 번 고개를 끄덕이더니 나를 힐끔 보고 안심시키는 미소를 살짝 지어 보였다.

나는 돌처럼 굳어진 얼굴로 그녀를 쳐다볼 수밖에 없었다. 나는 충격에 빠진 것 같았다. 어떻게 나를 여기 데려올 수 있지?

엘레나가 뭐라고 크리스천에게 웅얼거렸다. 그가 내 쪽을 잠깐 보더니 다시 엘레나에게로 몸을 돌려 대답했다. 엘레나는 고개를 끄덕였다. 크리스천에게 행운을 빈다고 말한 듯했지만 내 독순술 기술은 그렇게까지 뛰어나지 못했다.

크리스천은 내게로 돌아왔다. 근심이 그의 얼굴에 아로새겨져 있었다. 젠장. 로빈슨 부인은 다시 뒷방으로 돌아가 문을 닫았다.

크리스천이 얼굴을 찡그렸다.

"괜찮아?" 그 목소리는 긴장으로 팽팽했고 조심스러웠다.

"별로요. 나를 소개해주긴 싫었나 보죠?" 내 목소리는 차갑고 엄격하게 들렸다.

그의 입이 벌어졌다. 내가 자기 발밑의 깔개를 휙 끌어당기기라도 한 표정이었다.

"하지만 내 생각에……."

"똑똑한 남자라도 가끔은……." 말이 안 나왔다. "난 갈게요."

"어째서?"

"어째서인진 당신이 잘 알잖아요." 나는 눈을 흘겼다.

그가 타는 눈으로 나를 내려다보았다.

"미안해, 아나. 그 사람이 여기 있는지 몰랐어. 여기 오는 법이 없거든. 브레이번 센터에 새 지점을 열었기 때문에 보통 거기 있지. 오늘 누가 아팠다더군."

나는 빙그르르 돌아 문을 향했다.

"프랑코는 필요 없게 됐어, 그레타." 우리가 문 밖으로 나갈 때 크리스천이 딱 잘라 말했다. 나는 뛰어가고 싶은 충동을 억눌러야 했다. 빨리 저 멀리 달려가고 싶었다. 울고 싶은 충동이 걷잡을 수 없이 밀려왔다. 그저 이 엉망진창인 상태에서 빠져나가야만 했다.

이 모든 것을 머릿속에서 곱씹는 동안 크리스천은 아무 말 없이 내 옆에서 걷기만 했다. 나는 자신을 보호하듯이 두 손으로 몸을 감싸고 고개를 수그려 세컨드 애비뉴의 가로수를 피해 걸었다. 현명하게도 그는 내 몸에 손을 대려는 시도는 하지 않았다. 마음은 대답이 없는 질문으로 부글부글 끓고 있었다. 자기 얘기는 안 하고 쏙쏙 빠져나가는 이 남자가 깨끗이 자백할까?

"이전에 서브들을 거기 데려갔었어요?" 나는 딱딱대며 물었다.

"몇 명은 갔었지." 그는 조용히 말했다. 어조는 간략했다.

"레일라도?"

"그래."

"문 연 지 얼마 안 돼 보이던데."

"최근에 재단장했어."

"그렇군요. 그럼 로빈슨 부인은 당신 서브들 다 만났겠네요."

"그래."

"그들도 로빈슨 부인을 알아요?"

"아니. 아는 사람은 한 명도 없었어. 너뿐이야."

"하지만 난 당신의 서브가 아닌데요."

"그래. 넌 절대로 아니지."

멈춰 서서 그를 마주 보았다. 휘둥그레 뜬 그의 눈엔 공포가 어려 있었다. 입술은 엄격하고 타협을 용인하지 않는다는 듯 일자로 꾹 다물었다.

"대체 이게 정말 얼마나 엉망진창인지는 아는 거예요?"그를 쏘아보며 낮은 목소리로 물었다.

"그래, 미안해." 그는 적어도 후회하는 표정을 지을 정도의 품위는 있었다.

"난 그저 머리카락을 좀 자르고 싶어요. 당신이 거기 직원이나 고객하고 섹스하지 않는 곳이면 좋겠네요."

그는 움찔했다.

"그럼 괜찮으시다면 이만."

"도망가는 건 아니지? 그런 거야?" 그가 물었다.

"아뇨. 그저 빌어먹을 커트를 하고 싶을 뿐이라니까요. 어딘가 눈을 감고, 누가 내 머리를 감겨주고 당신을 따라다니는 이 모든 부록을 잊어버릴 수 있는 곳에서."

그는 한 손으로 머리를 쓸었다.

"프랑코를 아파트로 오라고 하면 돼. 아니면 네 집이나."

"아주 매력적인 여성이던데요."

그는 눈을 깜박였다. "그래, 매력적이지."

"아직도 결혼한 상태예요?"

"아니, 5년 전에 이혼했어."

"왜 두 사람 다시 만나지 않아요?"

"왜냐하면 우리 둘 사이는 이미 끝났기 때문이지. 말했잖아."

그가 갑자기 이맛살을 찌푸렸다. 한 손가락을 들더니 주머니에서 블랙베리를 꺼냈다. 벨소리를 듣지 못한 것으로 보아 진동이었던 모양이었다.

"웰치." 그가 딱 잘라 대답하더니 귀를 기울였다. 우리는 세컨드 애비뉴에 서 있었고 나는 앞에 있는 낙엽송 묘목 쪽을 바라보았다. 푸릇푸릇한 새 잎이 돋아 있었다.

사람들이 토요일 아침의 번잡한 일상에 빠져 우리를 스치고 지나갔다. 분명히 그들 모두에게 벌어지는 개인적인 드라마에 빠져 있는 모양이었다. 그들의 드라마에도 스토커나 이전 서브, 매력적인 이전 돔, 미국 법에 의거한 사생활 보장법 따위에는 관심이 없는 남자가 포함되어 있을까.

"교통사고로 죽어? 언제?" 크리스천의 말이 내 공상을 방해했다.

아, 안 돼. 누가? 나는 좀 더 열심히 귀를 기울였다.

"그 개자식이 솔직하게 털어놓지 않은 게 벌써 두 번째야. 그 자식은 알 거라고. 그 여자에게 뭐가 됐든 아무런 감정이 없대?" 크리스천이 혐오감으로 고개를 절레절레 흔들었다. "이제야 이해가 되는군……. 아니……. 왠지 알겠다는 거지. 그렇지만 어딘지는 모르지." 크리스천이 마치 무언가를 찾듯 주위를 둘러보자, 나도 모르게 그의 동작을 그대로 따라했다. 시선을 끄는 것은 아무것도 없었다. 그저 쇼핑하는 사람들과 지나는 차들, 서 있는 가로수들뿐이었다.

"여기 있어." 크리스천이 말을 이었다. "그 여자가 우리를 보고 있어……. 그래……. 아니, 둘이나 넷, 24시간 7일 내내……. 아직 수면 위로 끌어내지는 못했고." 크리스천은 나를 똑바로 보았다.

뭘 끌어낸다는 거야? 나는 얼굴을 찡그렸고 그는 경계심 어린 눈으로 나를 바라보았다.

"뭐……." 그는 속삭이는 소리로 말하더니 얼굴이 창백해졌다. 눈이 휘둥그레졌다. "알아. 언제? ……그렇게 최근에? 하지만 어떻게? ……뒷조사는 하지 않았어? ……알았어. 그 이름과 주소를 이메일로 보내고 그들 사진이 있으면 같이 보내. 오늘 오후부터는 24시간 7일 내내, 테일러와 공조해." 크리스천은 전화를 끊었다.

"뭐예요?" 나는 성이 나서 물었다. 말해주긴 할 건가?

"웰치였어."

"웰치가 누군데요?"

"내 보안 자문."

"그건 그렇다 치고. 그래서 무슨 일이죠?"

"레일라가 세 달 전에 남편을 떠나서 어떤 남자랑 도망갔는데 4주 전에 그 남자가 교통사고로 죽었다는군."

"아."

"망할 정신과 의사가 그런 걸 알아냈어야 하는데." 그는 성난 목소리로 말했다. "슬픔. 그래서 이렇게 된 거군. 가자." 그는 한 손을 내밀었고 나는 자동적으로 그 위에 내 손을 놓았다가 다시 뺐다.

"잠깐만요. '우리'에 대해서 얘기 중이었잖아요. 그 여자, 당신의 로빈슨 부인에 대해서."

크리스천의 얼굴이 굳어졌다. "그 여잔 내 로빈슨 부인이 아니야. 내 집에 가서 이야기하자."

"당신 집에 가고 싶지 않아요. 머리 자르고 싶다고요!" 나는 고함을 질렀다. 그저 이 한 가지에만 집중을 할 수 있다면…….

그는 블랙베리를 다시 주머니에서 꺼내더니 번호 하나를 눌렀다.

"그레타, 크리스천 그레이야. 한 시간 안에 프랑코를 내 집으로 보내. 링컨 부인에게 물어봐……. 그래."

그는 전화를 도로 넣었다.

"미용사가 1시에 올 거야."

"크리스천……!" 나는 분노에 차서 중얼거렸다.

"아나스타샤, 레일라는 분명히 정신 분열을 겪고 있어. 레일라가 쫓는 게 너인지 나인지 모르겠고 어느 정도까지 하려고 준비했는지도 몰라. 너희 집으로 가서 짐을 좀 챙겨서 레일라의 행방을 추적할 때까지 나랑 같이 있자."

"어째서 내가 그러겠다고 해야 하죠?"

"그래야 너를 안전하게 지킬 수 있으니까."

"하지만……."

그는 노려보았다.

"네 머리채를 잡고 질질 끌고 가야 내 아파트로 돌아가겠나?"

나는 입을 떡 벌렸다. ……믿을 수가 없었다. 이젠 아주 총천연색으로 다양한 모습을 보여주시는군, 50가지가 아니라.

"과잉반응 같은데요."

"아니야. 우리 집에 가도 논의는 계속할 수 있어. 가자."

나는 팔짱을 끼고 그를 쏘아보았다. 이건 도를 넘었다.

"아니요." 나는 고집스럽게 단언했다. 내 입장을 지켜야 했다.

"제 발로 걸어가든지 내가 안고 가든지야. 어느 쪽이든 난 상관없어, 아나스타샤."

"당신이야 상관없겠죠." 나는 그를 향해 험악한 표정을 지었다. 이 세컨드 애비뉴에서 소동을 일으키려고 하진 않겠지?

그는 희미하게 미소를 지었으나 눈은 웃고 있지 않았다.

"아, 네가 먼저 장갑을 던져 도전을 해온다면 내가 기꺼이 받아줄 사람이라는 건 둘 다 알고 있을 텐데."

서로 쏘아보았다. 갑자기 그는 몸을 아래로 숙여 내 허벅지를 감싸 안아 들었다. 내가 미처 깨닫기도 전에 나는 그의 어깨 위에 매달려 있었다.

"내려놔요!" 난 비명을 질렀다. 아, 비명을 지르니 기분이 참으로 좋았다.

그는 내 말을 무시하고 세컨드 애비뉴를 따라 성큼성큼 걷기 시작했다. 한 팔로 내 허벅지를 꼭 부여잡고 다른 손으로는 내 엉덩이를 찰싹 쳤다.

"크리스천!" 나는 고함을 쳤다. 사람들이 쳐다보고 있었다. 이보다 더 수치스러울 수 있을까?

"걸어갈게요! 내 발로 걷는다고요."

땅에 내려서자 그가 미처 쳐다보기도 전에 아파트 쪽으로 쿵쿵 걸어갔다. 부아가 부글부글 끓어 그를 무시했다. 물론 그는 순식간에 내 옆으로 다가섰지만 나는 계속 그를 무시해버렸다. 내가 뭘 할 수 있겠는가? 무척이나 화가 났지만 뭐 때문에 화가 났는지도 확실히 알 수 없었다. 화낼 일이 너무 많았다.

집으로 걸어가며 마음속으로 목록을 작성했다.

1. 나를 어깨에 얹어 짐짝처럼 운반한 것—여섯 살 이상의 사람이라면 누구나 용납할 수 없는 일.

2. 그와 이전 애인이 함께 운영하고 있는 미용실로 날 데려간

것—대체 얼마나 멍청하면 이래?

3. 그의 서브미시브들을 데려간 곳과 같은 곳이라는 것—역시 똑같이 멍청한 생각.

4. 이게 나쁜 생각이었다는 사실을 심지어 깨닫지도 못한 것—이 사람 똑똑한 사람이라고들 하지 않았나?

5. 정신 나간 옛날 애인이 있다는 것—그게 이 사람 잘못일까? 나는 너무도 화가 났다. 그럼, 그렇고 말고.

6. 내 은행 계좌번호를 알고 있다는 것—그것만 해도 반은 스토커질.

7. SIP를 산 것—돈은 많은데 그만한 분별력은 없어.

8. 내가 자기와 함께 있어야 한다고 우기는 것—레일라의 위협은 그가 두려워하는 것보다 훨씬 강한 게 확실해……. 어제만 해도 그런 말 하지 않았잖아.

그때 퍼뜩 깨달았다. 무언가 바뀌었다. 그게 무얼까? 나는 우뚝 멈춰 섰고 크리스천도 나와 함께 멈춰 섰다.

"무슨 일이 있었죠?" 나는 따져 물었다.

그는 이마를 찌푸렸다. "무슨 뜻이야?"

"레일라에게요."

"말했잖아."

"아니, 말 안 했어요. 또 다른 게 있어요. 어제만 해도 당신 집에 가자고 우기지 않았잖아요. 그래, 무슨 일이 있었어요?"

그는 불편한지 꿈틀거렸다.

"크리스천! 말해요!" 나는 딱딱거렸다.

"어제 무기 소지 허가를 어떻게 얻었나 봐."

아, 젠장. 나는 눈을 깜박이며 그를 쳐다보았다. 그 소식을 듣는 순간 얼굴에서 피가 빠져나갔다. 기절할 것만 같았다. 그 여자가 그를 죽이고자 하는 걸까? 안 돼!

"이제 총을 살 수 있다는 거군요." 나는 속삭였다.

"아나." 그는 근심이 가득한 목소리로 말했다. 그는 두 손을 내 어깨에 얹고 자기 몸 가까이 잡아당겼다.

"그 여자가 어떤 어리석은 짓을 할 거란 생각은 안 해. 하지만…… 그저 너와 함께라면 위험을 무릅쓰고 싶지 않아."

"난 아니에요……. 당신은요?" 나는 속삭였다.

그는 얼굴을 찡그리며 내려다보았다. 나는 두 팔을 그에게 감고 그의 가슴에 얼굴을 묻고 꼭 껴안았다. 그는 개의치 않는 듯했다.

"돌아가자." 그는 중얼대며 손을 아래로 내려 내 머리카락에 키스했다. 그걸로 끝이었다. 내 모든 분노는 사라졌지만 잊히진 않았다. 그저 크리스천에게 위해가 다가온다는 위협 아래 분산되었을 뿐이었다. 크리스천이 위험하다는 생각만 해도 참을 수가 없었다.

음울하게 작은 여행가방 안에 짐을 쌌다. 맥, 블랙베리, 아이패드, 배낭 안에 넣은 찰리 탱고 풍선.

"찰리 탱고도 가는 거야?" 크리스천이 물었다.

나는 고개를 끄덕였고 그는 살짝 너그러운 미소를 지었다.

"이든이 화요일에 돌아와요." 나는 중얼거렸다.

"이든?"

"케이트의 오빠요. 시애틀에 집을 구할 때까지 우리와 같이 지낼 거예요."

크리스천이 멍하게 나를 보았지만 서릿발 같은 기운이 그의 눈에 서리는 것을 알 수 있었다.

"뭐, 그렇다면 나랑 같이 지내게 되어 잘됐네. 그 친구에게는 좀 더 여유 공간이 생길 테니." 그는 조용히 말했다.

"이든이 열쇠가 있는지 모르겠어요. 아니면 다시 돌아와야 할 수도 있어요."

크리스천은 아무 말 하지 않았다.

"그게 전부예요."

그가 내 가방을 들었고 우리는 문 밖으로 향했다. 건물 뒤로 돌아 주차장으로 가는 동안 나는 자꾸 어깨 너머를 힐끔힐끔 돌아보고 있다는 것을 깨달았다. 편집증에 사로잡힌 건지 정말로 누가 나를 보고 있는지 알 수가 없었다. 크리스천이 아우디의 조수석을 열어주고 기대하는 눈빛으로 나를 보았다.

"안 타?" 그가 물었다.

"내가 운전하는 줄 알았는데요."

"아니, 내가 운전할 거야."

"내 운전이 뭐 이상해요? 내가 운전면허 시험에서 몇 점 땄는지도 알고 있다고 말하진 마요……. 당신의 스토킹 성향에 대해선 이제 더 이상 놀라지 않을 테니까."

어쩌면 내가 필기시험은 그냥 다 찍고 나왔다는 것까지 알고 있는지도.

"차에 타, 아나스타샤." 그가 화난 목소리로 딱딱거렸다.

"알았어요." 나는 성급히 올라탔다. 솔직히, 화 좀 식히지 그래요?

어쩌면 그도 똑같이 불편한 감정을 가지고 있을지도 모른다. 어두운 파수꾼이 우리를 감시하고 있다. 뭐, 갈색 눈의 창백한 갈색 머리 여자로 너와 기이하게도 닮았지. 그 여자가 총기를 숨기고 있을 가능성이 아주 높고.

크리스천이 차를 출발시켰다.

"당신 서브미시브들은 다 갈색 머리였어요?"

그는 얼굴을 찌푸렸다. "그래." 불확실한 목소리였다. 그가 무슨 생각을 하는지 짐작할 수 있었다. 이 여자가 대체 무슨 얘기를 꺼내려고 그러지?

"그냥 궁금해서요."

"말했잖아. 난 갈색 머리를 좋아한다고."

"로빈슨 부인은 갈색 머리가 아니던데."

"아마도 그래서겠지." 그가 나직이 대답했다. "그 여자 때문에 금발에는 학을 뗐어."

"농담이겠죠." 나는 숨을 헉 들이켰다.

"그래, 농담이야." 그는 성을 내며 대답했다.

나는 무감하게 창문 밖을 내다보며 사방에 널린 갈색 머리 여자들을 살펴보았다. 하지만 그들 중 누구도 레일라는 아니었다.

그래, 그는 오로지 갈색 머리 여자들을 좋아하는구나. 왜인지 궁금했다. 그에게 로빈슨 부인 같은 역할을 하긴 했어도 남달리 멋진 그 여자 때문에 정말로 금발에는 학을 뗀 걸까? 나는 고개를 절레절레 저었다. 정신이 엉망진창인 크리스천 그레이.

"그 여자 얘기를 해봐요."

"뭘 알고 싶은 거야?"

크리스천의 미간이 파였다. 그의 어조는 내게 경고를 주어 떼어버리려는 듯했다.

"당신 사업 운영 배치에 대해서 말해줘요."

그는 눈에 띄게 긴장을 풀고 기꺼이 일 이야기를 풀어놓았다.

"나는 나서지 않는 파트너야. 딱히 미용 사업에는 관심이 없지만, 그 사람이 성공적인 벤처 사업으로 구축해놓았지. 나는 그저 투자하고 착수할 수 있도록 돕기만 했어."

"왜요?"

"그 사람에게 빚을 졌으니까."

"빚?"

"내가 하버드를 그만뒀을 때, 그 사람이 내가 사업을 시작할 수 있도록 수십만 불을 대출해줬어."

세상에 맙소사……. 그 여자도 부자구나.

"중퇴했어요?"

"나하고는 안 맞았어. 2년을 다녔지. 불행하게도 부모님은 이해해주지 않으셨어."

나는 얼굴을 찌푸렸다. 그레이 씨와 그레이스 트레벨리언 박사님이 반대하다니. 그림이 그려지지 않았다.

"그렇게 나쁘게 중퇴한 것 같진 않은데. 전공은 뭐였어요?"

"정치학과 경제학."

흠…… 그럼 그렇지.

"그래, 그 여자도 부유한가 보죠?" 나는 불분명하게 물었다.

"그 사람은 부자와 결혼한 젊고 예쁜 아내로서 지루한 삶을 살았어, 아나스타샤. 그 남편이 부자였지. 목재업을 크게 하고 있으니까." 그는 늑대 같은 미소를 지어 보였다. "그자는 아내가 일을 하도록 허락해주지 않았어. 너도 알겠지만, 그 사람은 아주 통제가 심했거든. 어떤 남자들은 그러지." 그는 한쪽 입술을 올리며 씩 미소를 지어 보였다.

"정말요? 통제가 심한 남자라. 신화에나 나오는 그런 존재였나?"

내 목소리에서 더 이상의 냉소주의를 짜낼 수 있을 것 같진 않았다.

크리스천의 웃음이 더 커졌다.

"그 여자가 당신에게 남편 돈을 빌려줬단 말이에요?"

그는 고개를 끄덕였고 장난스러운 미소가 그의 입술에 살짝 어렸다.

"그거 끔찍하네요."

"그 사람도 복수를 했어."

크리스천은 에스칼라의 지하 차고로 들어가며 어둡게 말했다.

오?

"어떻게요?"

크리스천은 특별히 지독한 기억을 되살려내는 듯 고개를 절레절레 저으며 아우디 콰트로 SUV 옆에 차를 세웠다.

"가자, 프랑코가 곧 올 테니."

엘리베이터 안에서 크리스천은 나를 내려다보았다.

"아직도 나한테 화났어?" 그는 사무적으로 물었다.

"아주요."

그는 고개를 끄덕였다. "그래." 그러더니 앞만 똑바로 보았다.

현관에 도착하니 테일러가 기다리고 있었다. 어떻게 테일러는 항상 아는 걸까? 그가 내 가방을 받아들었다.

"웰치는 연락됐어?" 그가 물었다.

"네, 사장님."

"그래서?"

"모두 처리됐습니다."

"잘했군. 딸은 어때?"

"잘 있습니다. 감사합니다, 사장님."

"그래. 곧 미용사가 도착할 거야. 프랑코 데 루카."

"스틸 양." 테일러가 나를 보고 고개를 까닥했다.

"안녕하세요, 테일러. 딸이 있으셨어요?"

"네, 아가씨."

"몇 살이에요?"

"일곱 살입니다."

크리스천이 짜증스럽게 나를 쳐다보았다.

"딸아이는 엄마랑 삽니다." 테일러가 명확하게 밝혔다.

"아, 네."

테일러가 미소를 지었다. 예상하지 못했던 일이었다. 테일러가 애 아빠라니? 나는 이 정보에 흥미를 느끼면서 크리스천을 따라 큰 방으로 들어갔다.

주변을 둘러보았다. 그날 이후로는 처음이었다.

"배고파?"

나는 고개를 저었다. 크리스천은 잠시 쳐다보긴 했지만 더 이상 말씨름은 하지 않기로 결심한 듯했다.

"전화 몇 통 걸어야 해. 편안하게 있어."

"그래요."

크리스천은 집이랍시고 거대한 화랑에 가까운 곳에 나를 그냥 세워 두고 서재로 들어갔다. 나는 혼자서 뭘 해야 할지 생각해야 했다.

옷! 배낭을 들고 2층 내 침실로 가서 옷장을 확인했다. 아직도 옷이 가득 차 있었다. 여전히 가격표가 달려 있는 새 옷들이었다. 긴 이브닝드레스가 세 벌, 칵테일 드레스가 세 벌 있었고 일상적으로 입을 수 있는 옷이 세 벌 더 있었다. 모두 다 꽤 비싼 돈을 주고 샀을 옷들이었다.

이브닝드레스의 가격을 확인했다. 2,998달러. 세상에나. 바닥에 주저앉고 말았다.

이건 나답지 않았다. 나는 머리에 손을 묻고 지난 몇 시간의 일들을 정리해보려 했다. 진이 빠졌다. 왜, 오, 왜 나는 제정신이 아니지만 아름답고 죽이게 섹시하고 부자이며 고상하지만 한편으로는 천박한 그런 남자에 반해버렸을까?

배낭을 뒤져 블랙베리를 꺼내 엄마에게 전화를 걸었다.

"아나, 우리 딸! 오랜만이구나. 어떻게 지냈니?"

"아, 엄마도 알겠지만……."

"무슨 일이야? 아직도 크리스천이랑 잘 안 되니?"

"엄마. 복잡한 일이야. 그 사람 정신이 완전히 나갔나 봐. 그게 문제지."

"얘기를 해봐. 남자들이란. 가끔은 그들의 속내를 전혀 읽을 수 없을 뿐이란다. 밥은 우리가 조지아로 이사한 게 잘한 일일까 한다니까."

"뭐라고요?"

"그래. 다시 라스베이거스로 이사하자는 얘기를 하더라고."

아, 다른 사람들도 문제가 있구나. 나만이 아니었어.

크리스천이 문 앞에 나타났다. "여기 있었군. 도망간 줄 알았지." 안도의 기색이 역력했다.

나는 한 손을 들어 통화 중임을 표시했다.

"미안해, 엄마. 이제 끊어야겠어. 다시 전화할게요."

"알았다. 얘. 몸조심하고. 사랑한다!"

"나도 사랑해요, 엄마."

전화를 끊고 속을 알 수 없는 이 남자를 바라보았다. 그는 얼굴을 찡그렸지만 이상할 정도로 어색해 보였다.

"어째서 여기 숨어 있는 거야?" 그가 물었다.

"숨어 있는 게 아니에요. 절망할 뿐이지."

"절망?"

"이 모든 일들에요, 크리스천."

나는 한 손을 흔들어 옷들을 두루뭉술하게 가리켰다.

"들어가도 되겠어?"

"당신 옷장인데 뭘요."

그는 얼굴을 다시 찡그리더니 나를 보고 책상다리를 하고 앉았다.

"그냥 옷일 뿐인걸. 마음에 안 들면 도로 보낼게."

"당신은 정말 상대하기 벅찬 사람이에요. 알아요?"

그는 턱을 긁었다. 짧은 수염이 돋아난 턱. 내 손가락은 그를 만지고 싶어서 근질거렸다.

"알아. 노력하고 있어." 그가 중얼거렸다.

"아주 노력하고 있죠."

"너도 마찬가지잖아, 스틸 양."

"어째서 이러는 거예요?"

그가 눈을 크게 떴고 신중한 표정이 돌아왔다. "왜인지 알잖아."

"아니, 모르겠어요."

그가 한 손으로 머리를 훑었다. "너란 여잔 정말 사람에게 좌절감을 주는 데 뭐 있다니까."

"그럼 착한 갈색 머리 서브미시브를 두면 되겠네요. 이렇게 말하는 사람 있잖아요. 당신이 펄쩍 뛰어보라고 하면 '얼마나 높이요?'라고 되묻는 여자. 물론 그 여자가 말해도 된다는 허락을 받았을 때 얘기겠지만. 그러니 왜 나예요, 크리스천? 난 그저 이해가 안 돼요."

그는 잠시 쳐다보았고 나는 그가 무슨 생각을 하는지 알 수가 없었다.

"너 때문에 나는 세상을 달리 보게 됐어, 아나스타샤. 넌 내 돈 때문에 나를 원하는 게 아니잖아. 넌 내게…… 희망을 줬어." 그가 부드럽게 대답했다.

뭐라고? 비밀의 남자가 되돌아왔네. "무엇에 대한 희망요?"

그가 어깨를 으쓱했다. "좀 더 할 수 있다는 것." 그의 목소리는 나직하고 조용했다.

"그리고 네 말이 맞아. 난 정확히 내가 하라는 대로 하는 여자들에게 익숙해. 내가 말할 때마다 내가 원하는 걸 정확히 해내는 여자들. 그게 모두 옛날이야기가 됐어. 네겐 뭔가 특별한 점이 있어, 아나스타샤. 내가 이해할 수 없는 깊은 수준에서 나를 부르는 무엇. 세이렌 요정이 부르는 것 같다고 할까. 난 네게 저항할 수 없어. 널 잃고 싶지 않아."

그는 손을 앞으로 내밀어 내 손을 잡았다.

"도망가지 마, 부탁이야. 내게 조금만 믿음과 인내를 가져봐. 부탁해."

그는 너무도 연약해 보였다……. 심란했다. 나는 무릎을 꿇고 일어나 앞으로 몸을 숙이면서 그의 입에 부드럽게 키스했다.

"좋아요. 믿음과 인내. 그걸 가지고 버틸 순 있어요."

"좋아. 프랑코가 왔거든."

프랑코는 작고 피부가 거무스레했으며 동성애자였다. 나는 그가 마음에 들었다.

"참 예쁜 머리네요!"

그는 심한, 아마도 가짜 이탈리아인 같은 억양으로 말을 쏟아냈다. 볼티모어 어디 출신인 건 확실하지만 그의 열정만큼은 전염성이 있었다. 크리스천은 우리 둘을 자기 욕실로 데려간 후 서둘러 나갔다가 방에서 의자 하나를 가지고 되돌아왔다.
"두 사람이 알아서 하지." 그는 중얼거렸다.
"그라치에, 그레이 씨." 프랑코는 나를 돌아보았다. "베네, 아나스타샤. 어떻게 해드릴까요?"

크리스천은 소파에 앉아 엑셀 같은 걸 넘기고 있었다. 부드럽고 풍부한 음색의 클래식이 큰 방에 떠돌았다. 한 여자가 영혼을 쏟아부으며 열정적으로 노래하고 있었다. 숨이 막힐 듯한 아름다운 소리였다. 크리스천이 위를 올려다보며 웃자 나는 음악에 더 이상 집중할 수 없었다.
"봐요! 좋아하실 거라고 했잖아요." 프랑코가 들떠서 말했다.
"참 예쁜데, 아나." 크리스천이 찬탄하듯 말했다.
"여기서 제 임무는 다했군요!" 프랑코가 외쳤다.
크리스천은 일어서서 우리에게로 걸어왔다. "고마워, 프랑코."
프랑코는 돌아보더니 감당 안 될 만큼 다정하게 나를 꽉 껴안으며 양 볼에 키스했다.
"다른 사람에게 머리 맡기면 절대 안 돼요, 벨리시마 아나!"
나는 그의 허물없는 태도에 당황해서 웃었다. 크리스천이 그를 현관문까지 안내하더니 잠시 후 돌아왔다.
"머리 길이는 손대지 않아서 다행이야." 그는 눈을 빛내며 내 쪽으로 다가왔다. 그러더니 손가락으로 머리카락 한 줌을 쥐었다.
"아주 부드럽군." 그는 나를 내려다보며 중얼거렸다. "아직도 내게 화났나?"
나는 고개를 끄덕였고 그는 미소를 지었다.
"대체 정확히 뭣 때문에 화난 거야?"

나는 눈을 흘겼다. "목록을 원해요?"
"목록까지 있어?"
"길어요."
"침대에서 의논할 수 있겠어?"
"아니요." 나는 유치하게 입을 삐죽였다.
"그럼 점심 먹으면서 하지. 난 허기가 지거든. 단지 음식뿐만이 아니고." 그는 내게 호색한 미소를 지어 보였다.
"난 당신의 섹스 전문 기술에 현혹되지 않을 건데."
그는 미소를 억눌렀다. "대체 구체적으로 뭐가 거슬리는 거야, 스틸 양? 솔직히 말해봐."
좋았어.
"뭐가 거슬리냐고요? 먼저, 당신이 내 사생활을 어마어마하게 침범하는 것, 당신의 예전 정부가 일하는 곳에 나를 데려간 것, 그리고 그곳은 이전 연인들을 데려가서 왁싱을 받게 한 곳이라는 것, 나를 여섯 살 난 아이처럼 길에서 난폭하게 다룬 것, 게다가 무엇보다도 로빈슨 부인에게는 당신을 만지도록 허락하는 것!"
줄줄 읊으면서 내 목소리는 점점 더 커져갔다.
그는 눈썹을 치켰고 장난기는 사라졌다.
"대단한 목록인데. 하지만 한 가지만 더 명확히 하지. 그 여자는 내 로빈슨 부인이 아냐."
"그 여자는 당신을 만질 수 있잖아요." 나는 되뇌었다.
그는 입술을 꾹 다물었다. "그 사람은 어딘지 아니까."
"그게 무슨 뜻이에요?"
그는 두 손으로 머리를 넘기며 마치 신의 가호라도 구하는 양 잠깐 눈을 감았다. 그는 침을 꿀꺽 삼켰다.

"너와 나는 어떤 규칙도 없어. 난 규칙 없는 관계를 가져본 적이 없고 네가 내 어디를 만질지 몰라. 그 때문에 나는 불안하지. 너의 손길은 전적으로……." 그는 단어를 고르는 듯 말을 멈췄다. "그건 단지 좀 더…… 그래서 훨씬 더 많은 것을 의미해."

좀 더라고? 그의 대답은 완전히 기대하지 못한 것이라 나는 흔들렸다. 그 작은 단어가 우리 둘 사이에 그렇게 큰 의미를 담고 있었다.

내 손길은 의미한다고…… 좀 더 많은 것을. 그가 이런 말을 하는데 내가 어떻게 저항할 수 있겠어? 회색 눈은 불안하게 나를 보며 탐색했다.

머뭇거리며 나는 손을 뻗었고 불안감은 경계심으로 바뀌었다. 크리스천은 뒤로 물러섰고 나는 손을 떨어뜨렸다.

"고정 한계야." 그는 속삭였다. 고통과 충격의 표정이 그의 얼굴에 어렸다.

나는 마음이 부서질 듯한 실망감을 느낄 수밖에 없었다.

"당신이 날 만질 수 없다면 어떤 기분일 것 같아요?"

"황폐하고 박탈된 기분이겠지." 그는 즉각 대답했다.

오, 종잡을 수 없는 나의 50가지 빛깔의 남자. 고개를 저으면서 나는 안심하라는 뜻의 미소를 살짝 지어 보였고 그는 긴장을 풀었다.

"어째서 이게 고정 한계인지 정확히 말해줘야 해요, 언젠가는."

"언젠가는." 그는 웅얼거리면서 자신의 연약함을 1나노초만에 싹 지워버렸다.

어떻게 그렇게 재빨리 바뀔 수가 있을까? 그는 내가 아는 사람 중에 가장 변덕스러운 사람이었다.

"자, 그럼 네 목록의 나머지 부분. 사생활 침해."

이 항목을 생각하며 그의 입술이 뒤틀렸다.

"내가 네 은행 계좌번호를 알고 있기 때문에?"

"그래요. 정말 터무니없는 일이에요."

"나는 내 모든 서브들의 뒷조사를 해. 보여주지."

그는 몸을 휙 돌려 서재로 향했다.

어지러운 마음으로 고분고분 뒤따랐다. 그는 자물쇠가 있는 서류함에서 마닐라 폴더를 하나 꺼냈다. 제목란에는 '아나스타샤 로즈 스틸'이라고 적혀 있었다.

빌어먹을 이럴 수가! 나는 그를 쏘아보았다.

그는 사과하듯 어깨를 으쓱했다. "네가 가져." 그는 조용히 말했다.

"음, 그래요, 고마워요." 나는 톡 쏘며 내용을 훑어보았다. 내 출생증명서 사본, 세상에나, 내 고정 한계, 비공개 합의서, 계약서—이런, 내 사회보장번호, 이력서, 고용 기록이 들어 있었다.

"그럼 내가 클레이튼 가게에서 일하는 사실을 알고 있었던 거네요."

"그래."

"그건 우연이 아니었군요. 그냥 들른 게 아니었어요?"

"그래."

나는 화를 내야 할지 우쭐해야 할지 알 수가 없었다.

"이거 너무 엉망진창이에요. 알아요?"

"난 그런 식으로 보지 않아. 내가 해야 할 일이 있으면 조심스럽게 해야 하니까."

"하지만 이건 사적인 부분이잖아요."

"난 정보를 허투루 쓰지 않아. 그럴 마음만 있다면 누구나 쉽게 알아낼 수 있는 것들이야, 아나스타샤. 통제권을 갖기 위해서 난 정보가 필요해. 그게 바로 내가 언제나 실행하는 방식이지."

그는 나를 쳐다보았다. 신중하게 경계하는 표정은 읽을 수가 없었다.

"정보를 허투루 쓰지 않긴요. 내가 원하지도 않는데 내 계좌에 2만 4천 달러를 넣었잖아요."

그의 입이 엄하게 꾹 다물어졌다.

"말했잖아. 테일러가 네 차를 처분한 값이라고. 못 믿겠지. 하지만 그런 거야."

"그렇지만 아우디는……."

"아나스타샤. 넌 내가 어느 정도 돈을 버는지 모르는 거야?"

내 얼굴이 붉어졌다.

"알 이유라도 있어요? 난 당신의 은행 계좌 하한선을 알 필요는 없다고요, 크리스천."

그의 눈이 부드러워졌다. "알아. 그것도 내가 네게서 사랑하는 점 중 하나지."

나는 충격을 받아 그를 쳐다보았다. 내게서 사랑하는 점?

"아나스타샤. 나는 시간당 대강 10만 달러 정도를 벌어."

내 입이 떡 벌어졌다. 무시무시한 액수였다.

"2만 4천 달러는 아무것도 아냐. 차, 《테스》 책, 옷, 아무것도 아니야." 그의 목소리는 부드러웠다.

나는 그를 쳐다보았다. 그는 정말로 아무 생각 없었다. 특이하게도.

"당신이 나라면, 기분이 어떻겠어요? 이런 사치가 막 밀려드는데……."

그는 멍하니 나를 보았다. 한마디로 그의 문제가 여기 있었다. 공감. 아니 그것의 부족. 침묵이 우리 사이에서 뻗어갔다.

마침내 그가 어깨를 으쓱했다. "모르겠어." 그는 정말로 순수하게 어안이 벙벙한 모습이었다.

내 심장이 부풀어 올랐다. 이게 바로 그의 종잡을 수 없는 모습, 50가지 빛깔의 핵심이었다. 그는 내 입장이 될 수 없었다. 이제는 깨달았다.

"별로 좋은 기분이 아니네요. 내 말 뜻은 당신은 아주 너그럽지만 그 때문에 나를 불편하게 해요. 이 얘기를 알아듣도록 충분히 말했잖아요."

그는 한숨지었다. "난 네게 온 세계를 주고 싶어, 아나스타샤."

"난 그저 당신만 원해요, 크리스천. 온갖 부록 말고요."

"그것도 거래의 일부야. 나라는 사람의 일부이지."

아, 이런 식으로 해서는 결론이 안 날 거야.

"뭐 먹을까요?" 이 말에 우리 두 사람 사이의 긴장감이 빠져갔다.

그는 얼굴을 찡그렸다. "물론."

"내가 요리할게요."

"좋아. 그렇게 안 해도 냉장고에 음식이 있어."

"존스 부인은 주말에 쉬죠? 그러면 주말 내내 찬 음식만 먹는 건가요?"

"아니."

"그럼요?"

그는 한숨지었다. "내 서브들이 요리를 하지, 아나스타샤."

"아, 물론이겠죠." 나는 얼굴을 붉혔다. 어떻게 그렇게 멍청할 수 있을까? 나는 부드럽게 미소를 지었다. "주인님은 뭘 먹고 싶으신가요?"

"뭐든 마담이 만들 수 있는 걸로." 그는 음험하게 말했다.

냉장고 안의 엄청난 재료를 조사한 후에 나는 스페인식 오믈렛을 만들기로 결정했다. 심지어 냉장고 안에는 찬 감자도 있었다. 완벽했다. 빠르고 쉽게 만들 수 있는 요리였다. 크리스천은 아직도 서재에 있었다. 아마도 불쌍하고 의심 하나 없는 바보의 사생활을 침해하며 정보를 쌓고 있겠지. 그 생각을 하니 불쾌하고 입안에 쓴맛이 남았다. 내 마음은 어지러웠다. 그는 정말로 선을 지킬 줄 몰랐다.

요리를 할 거라면 음악이 필요했다. 난 서브미시브로서가 아니라 자발적으로 요리를 할 거니까! 벽난로 옆에 놓여 있는 아이팟 거치대로 가서 크리스천의 아이팟을 집었다. 그 안에 레일라가 고른 곡들도 몇 곡 있겠지. 그 생각을 하니 두려웠다.

그 여자는 어디 있을까? 궁금했다. 무엇을 원하는 걸까?

몸이 부르르 떨렸다. 대단한 걸 남기고 갔군. 나는 좀체 감을 잡을 수 없었다.

방대한 음악 목록을 훑었다. 뭔가 빠른 곡이 필요했다. 흠, 비욘세……. 크리스천의 취향 같진 않은데. 〈크레이지 인 러브〉. 그래, 이거야! 딱 맞아떨어지네! 난 재생 버튼을 누르고 볼륨을 크게 틀었다.

살랑살랑 부엌으로 다시 걸어가서 대접을 찾고 냉장고를 열고 달걀을 꺼냈다. 춤을 추면서 달걀을 깨고 휘휘 휘저었다.

다시 한 번 냉장고를 급습해서 감자와 햄을 꺼냈다. 야호, 게다가 냉동실에서 콩도 찾아냈다. 이만하면 될 듯했다. 프라이팬을 찾아 레인지 위에 올려놓고 올리브 오일을 약간 두른 후 다시 달걀을 휘저었다.

공감 능력이 없단 말이지. 나는 생각해보았다. 이건 크리스천만의 독특한 특질일까? 어쩌면 모든 남자들이 다 마찬가지로 여자를 이해 못하고 당혹스러워 하는지 모른다. 난 알 수가 없었다. 어쩌면 이건 별로 대단한 깨달음이 아닐 수도 있었다.

케이트가 집에 있었으면 얼마나 좋았을까. 케이트라면 알 텐데. 케이트가 바베이도스에 간 지도 꽤 오래되었다. 엘리엇과 따로 휴가를 보낸 후 주말이면 돌아왔어야 했다. 나는 두 사람 사이에 아직도 첫눈에 느낀 욕망이 존재하는지 궁금했다.

'그것도 내가 네게서 사랑하는 점 중 하나지.'

나는 젓다가 멈추었다. 그가 그 말을 했지. 그럼 다른 점도 있다는 거야? 로빈슨 부인을 만나고 처음으로 미소가 나왔다. 순수하고 진심에서 우러나는 함박웃음.

크리스천이 내 허리에 슬쩍 팔을 둘러 뒤에서 안아 나는 펄쩍 뛰었다.

"흥미로운 선곡이네." 그는 내 귀 아래 키스하며 그르렁거렸다. "머리카락에서 좋은 냄새가 나." 그는 내 머리카락에 코를 부비며 깊이 숨을 들이쉬었다.

욕망이 배 속에서 펼쳐졌다. 안 돼. 나는 그의 포옹을 떨쳐버렸다.

"나 아직 화 안 풀렸어요."

그가 얼굴을 찡그렸다. "얼마나 오래 그럴 거야?"

그는 한 손으로 머리를 천천히 훑으며 물었다.

나는 어깨를 으쓱했다. "적어도 다 먹을 때까지는요."

그의 입술이 재미있다는 듯 실룩였다. 몸을 돌리며 그는 카운터에서 리모컨을 집어 음악을 껐다.

"그 곡 당신이 아이팟에 넣었어요?"

그는 고개를 저었다. 표정이 음울했기 때문에 그 여자가 한 짓임을 알았다. 유령 여자.

"그 여자가 그때 뭔가 말하려고 했다고 생각하진 않아요?"

"음, 돌아보니까 그런 것 같더군. 어쩌면." 그는 조용히 말했다.

증명 완료. 공감 능력이 없어. 내 잠재의식은 팔짱을 끼고 혐오감으로 혀를 찼다.

"왜 아직도 노래를 넣어놨어요?"

"저 노래가 좀 마음에 들었거든. 하지만 네가 불쾌하다면 지울게."

"아니, 괜찮아요. 나는 음악에 맞춰서 요리하는 게 좋아요."

"어떤 노래 듣고 싶어?"

"날 놀라게 해봐요."

그가 아이팟 거치대로 간 동안 나는 다시 달걀을 저었다.

잠시 후 천상의 음악처럼 달콤하고 소울이 풍부한 니나 시몬의 목소리가 방 안을 채웠다. 레이 아빠가 가장 좋아하는 곡 중 하나였다. 〈아이 풋 어 스펠 온 유(난 당신에게 마법을 걸었어요)〉.

나는 얼굴을 붉히며 뒤를 돌아 입을 벌리고 크리스천을 보았다. 내게 무슨 말을 하려는 걸까? 그야말로 오래 전에 내게 마법을 걸었는데. 아, 세상에…… 그의 표정이 변했다. 가벼운 경박함이 사라지고 그의 눈빛이 더 어둡고 강렬히 바뀌었다.

나는 마음을 빼앗긴 채 그를 쳐다보았고 그는 음악의 느릿한 리듬에 맞춰 먹이를 노리는 야수처럼 내게로 다가왔다. 그는 맨발이었고 밑자락을 뺀 하얀 셔츠에 청바지 차림이었다. 타오르는 표정과 더불어.

니나가 '너는 내 것'이라는 가사를 노래할 때 그가 내게 닿았다. 그의 의도는 명확했다.

"크리스천, 제발." 나는 속삭였다. 손에는 든 거품기가 거추장스러웠다.

"제발 뭐?"

"이러지 마요."

"뭘 이러지 마?"

"이거요."

그는 내 앞에 서서 나를 내려다보았다.

"진심이야?" 그는 숨소리와 함께 손을 내밀어 내가 든 거품기를 빼앗아 다시 달걀이 든 대접 속에 넣었다. 심장이 입까지 튀어올랐다. 난 이걸 원하지 않았다. 동시에 원했다, 몹시도. 그는 너무도 좌절감을 주었지만 굉장히 섹시하고 갖고 싶은 사람이었다. 나는 마법을 거는 그의 표정에서 시선을 돌렸다.

"난 널 원해, 아나스타샤." 그는 웅얼거렸다. "나는 너를 사랑하고 싫어해. 너하고 말싸움하는 게 좋아. 아주 새로운 경험이지. 우리가 괜찮은지 알고 싶어. 그리고 이건 내가 알 수 있는 유일한 방법이고."

"당신에 대한 내 감정은 변하지 않았어요." 나는 속삭였다.

그가 가까이에 있다는 사실은 너무도 버거운 동시에 흥분을 한껏 끌어올렸다. 그 익숙한 전류가 흘렀다. 내 모든 신경섬유가 나를 그에게로 끌어갔다. 내 안의 여신은 리비도의 최고조에 올랐다. 셔츠의 앞섶 사이로 보이는 가슴 털을 바라보며 나는 욕망에 휩쓸려 무력하게 입술을 깨물었다. 그곳을 맛보고 싶었다.

그는 가까이 있었지만 내게 손을 대진 않았다. 그의 열기에 내 피부가 따뜻해지고 있었다.

"네가 된다고 할 때까지는 손대지 않을 거야." 그가 부드럽게 말했다. "하지만 바로 지금, 정말로 거지 같았던 아침을 보낸 후에는 네 몸에 나를 묻고 우리 말고 다른 건 다 잊고 싶어."

아, 맙소사……. 우리. 마술적 결합이었다. 이 모든 거래를 다 매듭짓는, 짧으면서도 힘이 넘치는 대명사. 나는 고개를 들어 그의 아름답고도 진지한 얼굴을 응시했다.

"나, 당신 얼굴을 만지고 싶어요." 나는 나직이 내뱉었다. 그의 눈에 놀라움이 잠시 어렸으나 곧 수용의 빛이 떠올랐다.

손을 들어 나는 그의 뺨을 어루만지고 손가락 끝으로 그의 짧은 수염을 쓸었다. 그는 눈을 감고 내 손길에 얼굴을 기댄 채 숨을 내쉬었다.

그가 천천히 몸을 숙였고 나는 자동적으로 그를 맞으러 입술을 들었다. 그가 내 위에서 잠깐 멈췄다.

"돼, 안 돼, 아나스타샤?" 그가 속삭였다.

"돼요."

그의 입술이 부드럽게 내 입술을 감싸며 살살 달랬고 내 입술 사이로 밀고 들어왔다. 팔로는 나를 안아 그에게로 끌어당겼다. 그의 손이 내 등을 따라 올라왔고 손가락으로는 머리 뒤로 떨어진 머리카락을 잡아 부드럽게 뒤로 잡아당겼다. 다른 손은 내 엉덩이에 대고 나를 그에게로 밀어붙였다. 나는 부드럽게 신음했다.

"그레이 사장님." 테일러가 헛기침을 했고 크리스천은 즉시 나를 놔주었다.

"테일러." 그의 목소리는 얼음처럼 차가웠다.

몸을 획 돌려 보니 불편해 보이는 테일러가 큰 방 문간에 서 있었다. 크리스천과 테일러는 서로 마주보았고 무언의 대화가 두 사람 사이에 오갔다.

"서재로." 크리스천이 딱 잘라 말하자 테일러가 성큼성큼 방을 가로질러 갔다.

"나중으로 예약해두지." 크리스천은 내게 속삭인 후 테일러를 따라 밖으로 나갔다.

나는 심호흡을 하며 숨을 골랐다. 그에게 1분이라도 저항할 수 없는 걸까? 나 자신에게 혐오감이 들어 고개를 저었다. 테일러가 끊어주어 고마웠다. 창피하긴 했어도.

이전에도 테일러가 무슨 일로 방해했던 적이 있었나 궁금했다. 뭘 봤을까? 그 생각을 하고 싶진 않았다. 점심. 점심이나 만들어야지. 나는 바삐 감자를 잘랐다. 테일러가 무슨 일 때문에 저러지? 내 마음이 질주했다. 레일라 때문인가?

10분 후 오믈렛이 완성된 순간에 딱 맞게 두 사람이 서재에서 나왔다. 크리스천이 나를 보았을 때는 다른 생각에 사로잡힌 표정이었다.

"10분 후에 얘기하지." 그는 테일러에게 말했다.

"준비해놓겠습니다." 테일러는 대답하고 방을 나갔다.

나는 따뜻하게 데운 접시 두 개를 꺼내 일자형 식탁 위에 놓았다.

"점심 먹을래요?"

"그래, 부탁해." 그는 등받이 없는 의자에 걸터앉았다. 이제 그는 나를 조심스럽게 보고 있었다.

"문제가 생겼어요?"

"아니."

나는 얼굴을 찌푸렸다. 말하지 않겠다 이거지. 나는 체념하고 사정을 모르는 채로 점심을 차리고 그의 옆에 앉았다.

"맛있는데." 그는 한 입 먹더니 감탄하듯 웅얼거렸다. "와인 한 잔 마시겠어?"

"아뇨, 됐어요." 당신 옆에 있으려면 맑은 정신으로 있어야 하거든요, 그레이.

오믈렛은 맛있었지만 나는 그렇게 배가 고프지 않았다. 하지만 제대로 먹지 않았다간 크리스천이 잔소리할 게 뻔하므로 먹었다. 마침내 크리스천이 우리 사이의 뚱한 침묵을 깨고 이전에 들어본 적 있는 클래식 음악을 틀었다.

"이 곡 뭐죠?"

"캉틀루브의 〈오베르뉴의 노래〉야. 이건 '바일레로'라고 하지."

"참 아름다운 곡이네요. 무슨 언어죠?"

"고대 프랑스어야. 사실 옥시탕이라고 하지."

"당신 프랑스어를 할 줄 알죠. 무슨 뜻인지 알아요?"

그의 부모님 댁에서 식사할 때 그가 유창하게 프랑스어를 하던 기억이 떠올랐다…….

"단어 몇 개는." 크리스천이 눈에 띄게 긴장을 풀며 미소를 띠었다. "어머니는 주문을 외우다시피 하셨지. '악기, 외국어, 무술'. 엘리엇은 스페인어를 해. 미아와 나는 프랑스어를 하고. 엘리엇은 기타를, 나는 피아노, 미아는 첼로를 연주하지."

"와. 무술은요?"

"엘리엇은 유도를 하지. 미아는 열두 살 때 발을 빼고 안 하겠다고 했어." 그는 그 기억을 떠올리며 미소를 지었다.

"우리 어머니도 그 정도로 가정교육을 하셨으면 좋았을 걸요."

"그레이스 박사님은 아이들의 교육 성취도에 있어선 아주 무시무시하시지."

"어머님이 당신을 분명히 자랑스럽게 여기실 거예요. 나라면 그럴 걸요."

어두운 생각이 크리스천의 얼굴을 휙 스쳤고 그는 잠시 불편해 보였다. 그는 마치 지도에 실리지 않는 영역에 있는 사람처럼 나를 신중하게 바라보았다.

"오늘 저녁에 뭘 입을지 결정했어? 아니면 내가 가서 골라줘야 하나?" 그의 어조가 갑자기 퉁명스러워졌다.

이런! 화난 목소리였다. 왜? 내가 뭐라고 했기에?

"음…… 아직은 아니에요. 그 옷들 다 당신이 골랐어요?"

"아니, 아나스타샤. 내가 고른 건 아니고. 목록을 만들고 네 치수와 함께 니만 마커스 백화점의 퍼스널 쇼퍼에게 부탁했어. 옷은 잘 맞을 거야. 참고 차 알려두는데 오늘 저녁과 다음 며칠 동안은 추가 경호를 명령했어. 레일라가 시애틀 거리 어디에 있는지 행방을 알 수 없는 상황에선 그게 현명한 예방 조치라고 생각해. 혼자서는 밖에 안 나갔으면 좋겠고. 괜찮아?"

나는 그를 보고 눈을 깜박였다. "괜찮아요."

'난 널 지금 가져야겠어'라는 기운을 막 발산하던 그레이는 어디로 간 거지?

"좋아. 그럼 경호팀과 얘기를 하고 오지. 오래 걸리지 않을 거야."

"그 사람들이 여기 있어요?"

"그래."

어디?

크리스천은 접시를 들어 개수대에 넣고 방에서 나갔다. 대체 이게 다 무슨 일이람? 그의 몸 하나에는 여러 사람이 한꺼번에 들어 있는 듯했다. 그거 정신 분열 증상 아닐까? 구글로 찾아봐야겠군.

접시를 치우고 재빨리 설거지를 한 후 '아나스타샤 로즈 스틸' 서류철을 가지고 '내' 침실로 돌아갔다. 거대한 옷장 안으로 들어가 세 벌의 긴 이브닝드레스를 꺼냈다. 자, 이제 뭘 입는담?

침대에 누워 맥과 아이패드, 블랙베리를 보았다. 신기술은 내가 감당하기에 벅찼다. 나는 아이패드에 들어 있는 크리스천의 음악 목록을 맥으로 전송하는 일에 착수하고 인터넷 서핑을 하기 위해 구글을 켰다.

침대에 가로로 엎드려 맥을 보고 있는데 크리스천이 들어왔다.

"뭘 하고 있어?" 그가 부드럽게 물었다.

난 화들짝 놀라며 지금 보는 웹사이트를 그가 본다면 어떻게 될까를 잠깐 생각했다. '다중 인격 장애: 증상'.

내 옆에 누워 그는 재미있다는 듯 웹사이트를 보았다.

"이유가 있어서 이 사이트 보는 거야?" 그는 태연하게 물었다.

퉁명스러운 크리스천은 사라지고 장난기 가득한 크리스천이 돌아왔다. 대체 내가 무슨 수로 장단을 맞춰?

"조사예요. 까다로운 인격에 관한." 나는 가장 무표정한 얼굴을 하며 시치미를 뗐다.

미소를 누르느라 그의 입술이 실룩였다. "까다로운 인격?"

"자체 애완동물 길들이기 프로젝트예요."

"내가 이제 애완동물 프로젝트야? 그것도 부업인데. 과학 실험 같은 걸 해야 할지도 모르겠군. 난 내가 대단한 사람인 줄 알았는데, 스틸 양. 상처받았어."

"당신 얘기인 줄 어떻게 알아요?"

"대충 짐작한 거지."

"내가 친밀하게 아는 사람 중에서 엉망진창으로 망가지고 종잡을 수 없는 통제광은 당신뿐이라는 건 사실이긴 해요."

"네가 친밀하게 아는 사람 자체가 나뿐이라고 생각했는데." 그가 한쪽 눈썹을 치켰다.

난 얼굴을 붉혔다. "그래요. 그것도 사실이고."

"아직 어떤 결론에 도달하진 않았나?"

나는 몸을 돌려 그를 쳐다보았다. 그는 팔꿈치로 머리를 괴고 내 옆에 모로 누워 있었다. 표정은 부드럽고 즐거워 보였다.

"당신은 집중 치료가 필요한 것 같아요."

그는 손을 들어 내 머리카락을 귀 뒤로 부드럽게 넘겨주었다.

"난 네가 필요한 것 같아. 자." 그는 내게 립스틱 하나를 건넸다.

난 영문을 알 수 없어서 그를 보고 얼굴을 찡그렸다. 야한 빨간색으로 내게 어울리는 색깔이 전혀 아니었다.

"내가 이걸 바르면 좋겠어요?" 난 새된 소리로 물었다.

그는 껄껄 웃었다. "아니, 아나스타샤. 네가 원하지 않으면. 그건 네 색깔이 아니겠지." 그는 건조하게 말을 맺었다.

그는 일어나 책상다리로 침대로 앉으면서 머리 위로 셔츠를 벗었다. 어머나.

"지도를 그리자는 네 생각이 마음에 들어."

나는 멍하니 그를 쳐다보았다. 지도?

"불가침 영역 말이야." 그는 설명했다.

"아, 농담이었는데."

"난 아니었어."

"당신 몸에 표시하라고요, 립스틱으로?"

"어차피 씻겨나가잖아."

이 말은, 그를 자유롭게 만질 수 있다는 뜻이었다. 놀란 나머지 나는 작은 미소를 입술에 띠었다.

"좀 더 영구적인 건 어때요? 매직펜이라든가."

"차라리 문신을 하지." 그의 눈은 장난기로 반짝였다.

문신을 한 크리스천 그레이라? 그렇지 않아도 벌써 여러 방식으로 수많은 흔적이 있는데 그의 아름다운 몸에 또 흔적을 남겨? 그럴 순 없지!

"문신은 안 돼요!" 나는 두려움을 감추려고 웃음을 터뜨렸다.

"그럼 립스틱으로 하자고." 그가 씩 웃었다.

맥을 닫아 옆으로 치웠다. 이건 재미있을 것 같았다.

"자." 그는 두 손을 내게 내밀었다. "내 위에 앉아."

나는 플랫슈즈를 벗어던지고 엎드린 자세로 그에게로 기어갔다. 그는 침대에 바로 누웠지만 무릎은 굽혀 세웠다.

"내 다리에 기대."

나는 시키는 대로 그의 몸 위로 올라가 걸터앉았다. 그의 눈이 커지더니 경계하는 빛을 띠었다. 하지만 즐거워하기도 했다.

"아주 열성적으로 보이는데." 그가 빈정대듯 말했다.

"난 항상 열심히 정보를 구하거든요, 그레이 씨. 즉 당신은 긴장을 풀어야 한다는 거예요. 그래야 경계선이 어딘지 내가 알 수 있으니까."

영역 표시를 하도록 허락하려 한다는 사실을 믿을 수 없다는 양 그는 고개를 저었다.

"립스틱 뚜껑을 열어." 그가 명령했다.

아, 또다시 초고압적인 태도로 돌변했군. 하지만 난 신경 쓰지 않았다.

"한 손을 줘."

나는 그에게 다른 손을 내밀었다.

"립스틱 쥔 손 말이야." 그는 나를 보고 눈을 흘겼다.

"지금 나한테 눈을 흘기는 거예요?"

"그래."

"그거 아주 무례한데요, 그레이 씨. 자기한테 눈을 흘기면 아주 난폭해지는 사람들도 있더라고요."

"이제 네가 그런 거야?" 비꼬는 어조였다.

나는 그에게 립스틱을 쥔 손을 내밀었다. 갑자기 그가 벌떡 일어나 앉는 바람에 우리는 코를 맞대게 되었다.

"준비됐어?"

그는 내 몸 안의 모든 것이 꽉 조여지고 긴장할 만큼 낮고 부드럽게 물었다. 아.

"그래요." 나는 속삭였다. 이렇게 그와 근접해 있으려니 참으로 매혹적이었다. 옅은 색을 띤 그의 살이 가까이에 있었다. 크리스천 냄새가 내 바디워시 냄새와 섞였다. 그는 내 손을 자신의 둥근 어깨선으로 이끌었다.

"내려가." 그가 나직이 말했다. 입이 말랐다. 그는 내 손을 어깨 꼭대기에서 아래로 이끌며 팔 둘레를 그리고 가슴 옆으로 다시 내려갔다. 립스틱이 지나가는 자리에 넓고 선명한 선이 남았다. 그는 흉곽 바닥에서 멈추더니 복부를 가로질렀다. 그의 몸이 굳어졌다. 겉으로는 무감한 표정으로 내 눈을 응시했지만 멍한 표정 아래에서 조심스레 그의 자제력이 엿보였다.

혐오감은 조심스럽게 억제되고 있었지만 그의 턱이 굳어지고 눈에는 긴장감이 돌았다. 배에 그은 가로선 한가운데서 그는 중얼거렸다. "그럼 이제 반대편 위." 그는 내 손을 놓았다.

나는 그의 왼쪽에 그린 선을 거울처럼 반대편에도 똑같이 그렸다. 그가 내게 보여준 신뢰 때문에 현기증이 일었지만 그의 고통을 가늠할 수 있다는 생각에 누그러졌다. 그의 가슴에는 작고 둥근 하얀 흉터 일곱 개가 있었다. 아름다운 육체에 새겨진 이처럼 추악하고 사악한 신성모독의 흔적을 보니 깊고 어두운 연옥에 떨어진 기분이었다. 대체 누가 어린아이에게 이런 짓을 한단 말인가?

"자, 됐어요." 나는 감정을 억누르며 속삭였다.

"아니, 아직 아니야." 그는 대답하더니 긴 집게손가락으로 목 아래에 둥글게 선을 따라 그렸다. 나는 그의 손가락이 그린 선을 따라 진홍빛 흔적을 남겼다. 끝났다. 나는 그의 눈 속, 회색의 심연을 들여다보았다.

"이젠 등." 그는 웅얼거렸다. 그는 내가 내려올 수 있도록 자세를 바꾸었다. 그런 후에는 침대 위에서 뒤로 돌아 책상다리를 하고 앉아 내게 등을 보였다.

"가슴에서 이어진 선을 따라 그려. 반대편으로 돌아서 쭉." 그의 목소리는 낮고 허스키했다.

나는 그의 말대로 진홍빛 선이 그의 등 한가운데를 가로지를 때까지 립스틱을 움직였다. 선을 그릴 때 그의 아름다운 육체를 훼손한 흉터를 더 세어보았다. 모두 아홉 개였다.

세상에, 맙소사. 나는 그 흉터 하나하나에 키스하고 싶은 벅찬 충동과 싸우며 내 눈에 고인 눈물을 삼켜야 했다. 대체 어떤 짐승이 이런 짓을 한 거지? 그의 고개가 수그러졌다. 내가 그의 등에 선로를 다 그리자 그의 몸이 긴장했다.

"목 주변에도 그려요?" 나는 속삭였다.

그는 고개를 끄덕였고 나는 머리카락 아래 목덜미 둘레에 처음 선과 연결되는 또 다른 선을 그렸다.

"다 끝났어요." 그는 야한 빨간색 가두리 장식이 달린 이상한 피부 색깔 조끼를 입은 듯했다.

긴장이 풀리면서 그의 어깨가 축 처졌다. 그는 천천히 몸을 돌려 다시 나를 마주보았다.

"거기가 경계선이야." 그가 조용히 말했다. 눈은 어두웠고 동공은 팽창되어 있었다. ……공포 때문에? 욕망 때문에? 나는 내 몸으로 그를 안아주고 싶었지만 자제하고 경탄하는 눈빛으로 그를 쳐다보았다.

"이렇게는 받아들이며 살 수 있을 것 같아요. 이젠 당신에게 나를 던지고 싶어요." 나는 속삭였다.

그는 짓궂은 미소를 지었고 두 손을 내밀었다. 무언의 동의를 뜻하는 동작이었다.

"자, 스틸 양. 날 이제 당신 마음대로."

나는 기쁨으로 어린애같이 소리를 지르며 그의 품 안으로 내 몸을 던져 그를 넘어뜨렸다. 그는 몸을 비틀며 시련이 이제 끝났다는 안도감에 가득 차서 소년 같은 웃음을 터뜨렸다. 어쩌다 보니 나는 침대 위 그의 몸에 깔려 있게 되었다.

"자, 이제 아까 예약해두었던 걸 다시 찾을까?" 그는 다시 한 번 내 입을 요구했다.

6

내 두 손은 그의 머리카락을 움켜쥐었고 내 입은 크리스천의 입과 열렬히 부딪치며 그를 집어삼켰다. 내 혀에 엉킨 그의 혀의 느낌을 음미했다. 그도 마찬가지로 나를 탐했다. 천국에 오른 느낌이었다.

갑자기 그가 나를 위로 일으켜 앉히더니 내 티셔츠 자락을 들어 머리 위로 휙 벗겨서 바닥에 던졌다.

"널 느끼고 싶어."

그는 내 입에 대고 탐욕스럽게 말하면서 한 손을 뒤로 돌려 내 브라를 풀었다. 매끈한 손놀림 한 번에 브라가 휙 벗겨져 나갔고 그는 그것을 옆으로 던져버렸다.

그는 나를 다시 침대로 밀어 눕혔다. 그의 입과 손이 내 가슴으로 향했다. 내 손가락이 그의 머리카락을 휘감는 동안 그는 내 젖꼭지 한쪽을 입술로 물며 세게 잡아당겼다.

감각이 내 몸을 훑고 지나자 나는 비명을 지르며 다리 사이의 모든 근육을 조였다.

"그래. 내가 들을 수 있도록 크게 질러." 그는 내 과열된 피부에 대고 웅얼거렸다.

맙소사, 나는 그가 지금 내 안으로 들어오길 원했다. 그는 입으로 내 젖꼭지를 잡아당기며 희롱했고 나는 몸을 꿈지럭거리고 뒤틀면서 그를 갈망했다. 혼합된 그의 갈망을 감지할 수 있었다. 무엇과? 숭배하는 마음. 그는 나를 경배하는 듯했다.

그는 손가락으로 나를 애타게 했고 내 젖꼭지는 그의 능숙한 손놀림 아래서 딱딱해지고 길어졌다. 그의 손이 내 청바지 쪽으로 향하더니 솜씨 좋게 단추를 풀고 지퍼를 내린 후 내 팬티 안으로 손을 쑥 집어넣어 손가락을 내 여성에 대고 문질렀다.

그는 식식 새어나오는 숨소리와 함께 손가락을 내 안으로 집어넣었다. 나는 그의 손바닥 안에 들도록 골반을 들었고 그는 그에 화답하는 뜻으로 나를 문질렀다.

"아, 너." 그는 내 위에서 숨을 내쉬며 내 눈을 강렬히 들여다보았다. "흠뻑 젖었군." 그의 목소리에는 경탄이 가득했다.

"당신을 원해요." 나는 중얼거렸다.

그의 입이 다시 내 입에 닿았고 나는 그의 허기에 찬 절망, 나에 대한 욕망을 느낄 수 있었다.

새로운 기분이었다. 조지아에서 막 돌아왔을 때 빼고는 이런 적이 없었다. 아까 그가 했던 말이 다시 내게로 떠돌아 들어왔다. '난 우리가 괜찮은지 알고 싶어. 그리고 이건 내가 알 수 있는 유일한 방법이고.'

어떤 생각 하나가 풀려나왔다. 내가 그런 효과를 그에게 미칠 수 있는지 알아내려고, 이걸 하면서 내가 그에게 위안을 줄 수 있는지 알아내려고……. 그는 일어나 앉더니 내 청바지 자락을 잡고 휙 끌어내렸다. 그 바람에 내 팬티도 함께 딸려나갔다.

그는 내게서 시선을 떼지 않으면서 일어서서 주머니에서 포일 포장을 하나 꺼내더니 내게 던졌다. 그러면서 재빠른 동작으로 한 번에 청바지와 팬티를 벗어버렸다.

나는 탐욕스럽게 포장을 뜯었고 그는 내 옆에 누웠다. 나는 천천히 콘돔을 그에게 씌웠다. 그는 내 양손을 잡고 등을 대고 누웠다.

"너, 위로 올라가." 그는 나를 자기 몸 위에 걸터앉히면서 명령했다. "널 보고 싶어."

오.

그가 나를 이끌었고 나는 머뭇머뭇 그의 몸 위로 천천히 내려앉았다. 그는 눈을 감고 엉덩이를 들어 나를 맞으며 채우고 늘렸다. 숨을 내쉬는 그의 입은 완벽한 'O' 자를 그렸다.

아, 참으로 기분이 좋았다. 그를 소유한다는 것은. 나를 소유한다는 것은.

그는 내 손을 잡았다. 나를 지탱하기 위함인지, 지도가 있지만 자기에게 손을 대지 못하게 하기 위함인지 알 수가 없었다.

"넌 무척 느낌이 좋아." 그가 중얼거렸다.

나는 다시 올랐다. 크리스천 그레이가 내 아래서 천천히 부서지는 모습을 보며 내가 그에게 미치는 힘 때문에 어지러웠다. 그는 내 손을 놓고 엉덩이를 잡았고 나는 두 손을 그의 양팔에 놓았다. 그는 날카롭게 나를 찔러 들어왔고 나는 비명을 질렀다.

"괜찮아, 자기. 나를 느껴." 그는 긴장된 목소리로 말했다.

나는 고개를 뒤로 젖히고 그대로 했다. 이건 그가 무척이나 잘하는 분야였다.

그의 리듬과 완전한 대칭을 이루면서 움직였다. 모든 생각과 이성이 마비되었다. 나는 그저 이 쾌락의 공간 속에 길을 잃은 감각일 뿐이었다. 위로 아래로…… 다시 또다시…… 아, 그래……. 나는 눈을 뜨고 헐떡이며 그를 내려다보았다. 그도 불타는 눈으로 나를 응시했다.

"내 아나." 그가 입 모양으로 말했다.

"그래요." 나는 거친 소리로 대답했다. "언제나."

그가 크게 신음을 내지르며 머리를 젖히고 눈을 감았다. 이처럼 풀린 크리스천을 보는 것만으로도 내 운명을 결정짓기엔 충분했다. 나는 귀로 들을 수 있을 정도로 절정을 느꼈고 진이 빠지도록 돌고 또 돌면서 그의 위로 무너져 내렸다.

"아, 자기." 그도 욕망을 배출하며 신음을 내질렀고 나를 꼭 안고 자기를 풀어버렸다.

나는 불가침 영역인 그의 가슴에 머리를 얹고 빰은 가슴 위 돋아난 구불거리는 털 위에 대고 있었다. 나는 땀에 젖어 숨을 헐떡이고 입술로 그의 가슴에 키스하고 싶은 충동을 간신히 눌렀다.

그저 그의 위에 누워 숨을 골랐다. 그는 내 머리를 쓰다듬더니 숨이 제대로 돌아올 때까지 손으로 내 등을 쓸었다.

"넌 참 아름다워."

나는 머리를 들어 그를 쳐다보았다. 내 표정은 회의적이었다. 그는 대답하듯 얼굴을 찡그리더니 재빨리 일어나 앉아 나를 깜짝 놀라게 했다. 그는 팔을 둘러 나를 붙잡았다. 우리는 코와 코를 마주한 채로 앉았고 나는 그의 이두박근을 붙들었다.

"넌. 참. 아름다워." 그는 다시 한 번 강조하는 어투로 말했다.

"당신은 가끔 놀랍도록 다정하고요." 나는 그에게 부드럽게 키스했다.

그는 내 몸을 들며 내게서 쑥 빠져나갔다. 그가 그렇게 할 때 나는 살짝 움찔했다. 몸을 앞으로 숙이며 그는 내게 키스했다.

"넌 네가 얼마나 매혹적인지 모르지?"

나는 얼굴을 붉혔다. 어째서 이런 말을 계속 하는 걸까?

"널 쫓아다니는 남자들이 그렇게 많은데도 전혀 눈치도 못 챘어?"

"남자들요? 어떤 남자들?"

"목록을 만들어줘?" 크리스천은 얼굴을 찡그렸다. "사진가, 걔도 너한테 미쳐 있지. 공구점 남자애, 네 룸메이트의 오빠, 네 상사." 그는 신랄하게 덧붙였다.

"아, 크리스천, 그건 사실이 아니에요."

"내 말 믿어. 그 남자들 모두 널 원해. 내 걸 원한다고." 그는 나를 자기에게로 끌어당겼고 나는 그를 즐거운 눈으로 바라보며 두 팔을 그의 어깨로 올려 머리카락 속에 손을 묻었다.

"내 거야." 그는 소유욕으로 번쩍이는 눈으로 되풀이했다.

"그래요. 당신 거예요." 나는 미소를 지으며 확인해주었다. 그는 불안이 누그러진 표정이었고 나는 토요일 백주 대낮에 침대에서 그의 무릎 위에 벌거벗고 앉아 있어도 완벽히 편안했다. 이러리라고 누가 생각이나 했을까? 립스틱 자국이 그의 근사한 몸에 아직도 남아 있었다. 하지만 이불 위에 묻은 얼룩을 보고 존스 부인이 이게 뭔지 알까 잠시 궁금해졌다.

"선이 아직도 온전히 남아 있네요." 나는 중얼대며 용감하게 집게손가락으로 그의 어깨 위의 자국을 훑었다. 그는 갑자기 눈을 깜박이며 굳어졌다.

"난 탐험해보고 싶어요."

그는 의아하게 나를 바라보았다.

"아파트?"

"아뇨. 우리가 당신 몸에 그린 이 보물지도."

내 손가락은 그를 만지고 싶어 근질거렸다.

그는 놀라움에 눈썹을 치켰고 자신 없는 표정으로 눈을 깜박였다. 나는 코를 그의 코에 대고 비볐다.

"정확히 무슨 뜻이야, 스틸 양?"

나는 그의 어깨에서 손을 들어 손가락 끝으로 그의 얼굴을 쓸었다.

"난 그저 내가 허락받은 모든 곳을 만지고 싶을 뿐이에요."

크리스천은 이로 내 집게손가락을 가볍게 물었다.

"아야." 나는 앙탈을 부렸지만 그는 씩 웃었고 낮은 신음이 그의 목에서 흘러나왔다.

"좋아." 그는 내 손가락을 놓아주었지만 목소리엔 불안한 감이 아직 어려 있었다.

"잠깐만." 그는 내 뒤로 몸을 기울이더니 다시 나를 들어올려 콘돔을 빼고 점잖지 못하게 침대 옆 바닥에 떨어뜨렸다.

"난 저게 싫어. 그린 박사에게 조만간 전화해서 네게 주사를 놓으라고 해야겠군."

"시애틀 최고 산부인과 의사가 뛰어와줄 것 같아요?"

"난 설득력이 아주 뛰어나거든." 그는 중얼거리면서 내 머리카락을 귀에 걸었다. "프랑코가 네 머리를 아주 근사하게 해놓았군. 층 낸 게 마음에 들어."

뭐?

"화제를 바꾸지 마요."

그는 나를 다시 들어올려 자기 몸에 걸터앉히고, 세운 무릎 위에 기대게 하여 내 발이 그의 엉덩이 양쪽에 오도록 했다. 그도 팔을 굽히고 뒤로 몸을 숙였다.

"마음대로 만져봐." 그는 장난기 없이 말했다. 초조해 보였지만 애써 감추려 하고 있었다.

그의 눈에 시선을 고정한 채로 립스틱 선 아래를 손가락으로 따라 그리며 섬세하게 조각된 복부 근육을 가로질렀다. 그가 움찔하자 난 멈췄다.

"굳이 안 해도 돼요." 나는 속삭였다.

"아니, 괜찮아. 그저 좀…… 내 쪽에서 재적응이 필요해서. 오랫동안 아무도 만지지 않았던 터라." 그가 말했다.

"로빈슨 부인도요?" 그 이름이 거침없이 내 입에서 튀어나왔다. 놀랍게도 신랄함과 악의가 목소리에 스미지 않도록 그럭저럭 자제할 수 있었다.

그는 불편한 기색을 역력히 드러내며 고개를 끄덕였다.

"그 사람 얘기는 하고 싶지 않아. 그랬다간 네 좋은 기분을 망칠 테니까."

"내가 알아서 조절할 수 있어요."

"아니, 넌 그렇지 않아, 아나. 내가 그 사람 이름을 말할 때마다 넌 눈이 벌게지잖아. 과거는 과거일 뿐이야. 사실이지. 이제와 바꿀 수 없어. 네가 과거가 없다는 게 내겐 행운이겠지. 그랬다간 난 미쳐버렸을 테니까."

나는 그를 보고 얼굴을 찡그렸지만 싸우고 싶진 않았다. "당신을 미치게 해요? 지금 그런 것 이상으로?" 나는 우리 둘 사이의 분위기를 가볍게 하고자 하는 마음에 미소를 지었다.

그의 입술이 실룩였다. "너한테 미쳤지."

내 심장은 기쁨으로 부풀었다.

"플린 박사에게 전화해야 하나요?"

"꼭 그럴 필요는 없을 것 같군." 그가 건조하게 말했다.

자세를 바꾸면서 그는 다리를 내렸고 나는 손가락을 다시 그의 배에 대고 피부를 서서히 가로지르며 떠돌았다. 그의 몸이 다시 한 번 굳었다.

"당신을 만지는 게 좋아요."

내 손가락이 그의 배꼽을 따라 아래로 내려가며 행복하고 행복한 오솔길 속으로 들어갔다. 그의 입술이 벌어지며 숨소리가 바뀌었고 눈빛이 어두워졌다. 내 몸 아래서 그의 일어선 부분이 움직이며 꿈틀거렸다. 맙소사. 2회전.

"한 번 더?" 나는 나직이 속삭였다.

그가 미소 지었다. "아, 그래. 스틸 양. 한 번 더."

토요일 오후를 보내는 방법으로는 얼마나 달콤한지. 나는 샤워기 아래에 서서 뒤로 묶은 머리가 젖지 않도록 조심하며 건성으로 몸을 씻으면서 지난 두 시간을 곰곰이 생각해보았다. 크리스천과 바닐라는 잘 어울리는 것 같았다.

그는 오늘 속내를 많이 드러냈다. 모든 정보를 소화하고 내가 배운 모든 것들을 돌이키려 하니 아찔했다. 그의 급료 상세 목록. 우아. 짜증스럽도록 돈이 많지. 그렇게 젊은 사람치고는. 그야말로 남다른 일이야. 그가 나에 대해서 조사한 서류철. 그의 모든 갈색 머리 서브들. 그들도 모두 서류함에 있는지 궁금했다.

내 잠재의식이 나를 보고 입술을 앙다물며 고개를 흔들었다. 거기 갈 생각 하지도 마. 나는 얼굴을 찡그렸다. 그냥 빨리 보기만 하면 안 돼?

또 레일라 문제가 있었다. 총을 가졌을 위험이 있고 어디에서 나타날지 모르는 여자. 게다가 아직도 크리스천의 아이팟에 들어 있는 고약한 음악 취향. 설상가상으로 미성년자 애호증의 로빈슨 부인. 난 그 여자를 당최 이해할 수 없었고 이해하고 싶지도 않았다. 그 여자가 그 빛나는 머리카락을 하고 우리 관계에 들러붙는 유령이 되기를 원하지 않았다. 그의 말이 맞았다. 나는 그 여자를 생각할 때마다 이성을 확 잃어버리곤 하니 아마도 생각하지 않는 편이 가장 좋으리라.

나는 샤워에서 걸어나가 몸을 말리다 갑자기 예기치 않은 분노에 사로잡혔다.

하지만 누가 욱하지 않겠어? 제정신이 박힌 정상적인 사람이라면 열다섯 살 소년에게 그런 짓을 하겠어? 그렇지 않아도 엉망진창이 된 그의 상태에 그 여자가 얼마나 더 보탰을까? 나는 그 여자를 이해할 수 없었다. 더 나쁜 것은 그는 그 여자가 자기를 도왔다고 말한다는 것이었다. 어떻게?

그의 흉터를 생각해보았다. 끔찍했던 어린 시절이 신체에 남긴 강렬한 흔적은 그가 참아야 했을 정신적 흉터를 기억나게 해주는 역겨운 유품이었다. 내 다정하고 슬픈, 50가지 빛깔의 남자, 피프티 셰이드. 그는 오늘 그처럼 사랑스러운 말을 했다. 나에게 미쳐 있다고.

거울에 비친 내 모습을 보면서 그의 말을 떠올리며 미소를 지었다. 내 심장은 다시 한 번 기쁨으로 찰랑찰랑 가득 찼고 얼굴엔 우스꽝스러운 미소가 떠올랐다. 어쩌면 우리는 이 관계를 잘 끌어갈 수 있을지 몰랐다. 하지만 얼마나 오래 그가 내가 임의적인 선을 넘었다는 이유로 나를 때려주고 싶은 마음을 억누르면서 이 관계를 유지하려고 할까?

내 미소가 스르르 녹아버렸다. 이건 내가 알 수 없는 사실이었다. 우리 사이에 드리운 그림자였다. 변태 섹스, 그래. 나도 할 수 있었다. 하지만 더 나아갈 순 있을까?

내 잠재의식은 멍하니 나를 쏘아보면서 다시 한 번 심술궂은 충고를 내렸다. 나는 침실로 돌아가 옷을 입었다.

크리스천은 아래층에서 뭘 하는지 모르지만 준비를 다 마치고 기다리고 있었기 때문에 나는 침실을 독차지할 수 있었다. 옷장에 새 옷이 쭉 걸려 있듯이 새 속옷들로 가득 찬 서랍장도 있었다. 나는 540달러짜리 가격표가 붙어 있는 검은 뷔스티에 코르셋을 골랐다. 가장자리를 가는 은실로 수놓았고 짧디 짧은 팬티와 한 세트였다. 허벅지까지 올라오는 스타킹도 딸려 있었다. 피부 색깔에 실크로 된 아주 섬세한 물건이었다. 와, 무척이나 부드럽고…… 한편으로는 섹시하기도 한 옷이었다.

내가 드레스를 집었을 때 크리스천이 말도 없이 들어왔다. 아, 노크 정도는 할 수 있잖아! 그는 꼼짝도 않고 서서 나를 쳐다보고 있었다. 허기진 눈은 번득였다. 내 온몸이 새빨갛게 물들었다. 그런 느낌이었다. 그는 하얀 셔츠에 검은 정장 바지를 입고 있었다. 셔츠의 목 부분은 풀려 있어서 아직도 그 립스틱 선이 그대로 있는 것이 보였다. 그는 여전히 나를 응시했다.

"뭐 도와드릴 일이라도, 그레이 씨? 얼빠진 듯 나를 바라보는 것 말고 이렇게 불쑥 찾아오신 목적이 있으실 텐데요."

"말은 고맙지만 얼빠진 듯 쳐다보는 쪽이 더 즐거운데, 스틸 양." 그는 음험하게 웅얼대며 방 안 쪽으로 더 들어와 나를 한껏 음미했다. "캐롤라인 액튼에게 개인적으로 감사 편지 보내는 것 잊지 말라고 나한테 말해줘."

나는 얼굴을 찡그렸다. 대체 그 여자는 또 누구야?

"니만 마커스 백화점의 퍼스널 쇼퍼지." 그는 으스스하게도 내 말없는 질문에 답했다.

"아."

"내 정신이 딴 데 팔려서."

"제가 보기에도 그러네요. 뭘 원하시죠, 크리스천?" 나는 그에게 허튼짓 말라는 눈길을 보냈다.

그는 삐뚜름한 미소로 맞대응하더니 주머니에서 은구슬을 꺼냈다. 나는 그걸 보고 동작을 딱 멈췄다. 세상에나! 내 엉덩이를 치려는 걸까? 지금? 왜?

"당신이 생각하는 그런 게 아냐." 그가 재빨리 말했다.

"그럼 알려주든가요." 나는 속삭였다.

"오늘 밤에 이걸 넣으면 어떨까 생각했어."

그 생각을 이해하는 동안 그 문장의 속뜻이 우리 사이에 걸렸다.

"이 행사에요?" 나는 충격을 받았다.

그의 눈이 어두워지며 천천히 고개를 끄덕였다.

세상에.

"나중에 내 엉덩이를 때릴 거예요?"

"아니."

잠깐 실망감이 작게 찌르고 지나가는 기분을 느꼈다.

그가 쿡쿡 웃었다. "해주길 바라?"

나는 침을 꿀꺽 삼켰다. 알 수가 없었다.

"뭐, 내가 그런 식으로 손대는 일은 없을 테니 안심해. 설사 네가 먼저 부탁한다고 해도."

오! 이건 새로운 소식이네.

"이 게임 하고 싶어?" 그가 구슬을 손에 들고 말을 이었다. "너무 과하면 언제든지 빼면 되지."

나는 그를 쳐다보았다. 그는 짓궂을 정도로 유혹적이었다. 헝클어진 모습, 막 섹스한 머리 모양, 에로틱한 상상으로 춤추는 회색 눈동자, 섹시하고 유쾌한 미소로 살짝 들린 입술.

"좋아요." 나는 부드럽게 동의했다. 젠장, 그래! 내 안의 여신이 목소리를 되찾고 옥상 위에서 소리를 질렀다.

"착하기도 하지." 크리스천이 씩 웃었다. "이리 와. 구두를 신으면 네게 넣어줄 테니."

내 구두? 나는 몸을 돌려 골라놓은 드레스와 어울리는 비둘기색 스웨이드 스틸레토를 힐끔 쳐다보았다.

저 사람 비위를 맞춰주라고!

내가 3,295불이라는 어마어마한 가격표가 달려 있는 크리스천 루부탱에 올라타는 동안 그는 나를 부축해주려고 한 손을 내밀었다. 나는 이제 적어도 12센티는 더 커졌다.

그는 나를 침대 옆으로 데려갔지만 앉히지는 않았다. 대신 방 안에 있는 유일한 의자로 걸어갔다. 그는 의자를 가져와 내 앞에 놓았다.

"내가 고개를 끄덕이면 몸을 숙이고 의자를 잡아. 알겠어?" 그의 목소리는 허스키했다.

"알았어요."

"좋아. 이제 입을 벌려." 그는 여전히 낮은 목소리로 명령했다.

나는 윤활제를 바르기 위해 그가 내 입에 구슬을 넣을 거라 생각하며 시키는 대로 했다. 대신, 그는 자기 집게손가락을 집어넣었다.

아…….

"빨아." 나는 한 손을 들어 그의 손을 깍지 껴 꼭 붙들고 시키는 대로 했다. 봐요, 나도 원할 때는 고분고분해질 수 있다고.

그에게선 비누 맛이 났다. 으흠……. 나는 세게 빨았다. 숨을 들이마시는 그의 눈이 커지고 입술이 벌어지는 것으로 보람을 느꼈다. 이런 상태라면 딱히 윤활제가 필요 없을 듯했다. 그는 구슬을 자기 입에 넣었고 나는 손가락에 혀를 감으며 빨았다. 그가 손가락을 빼내려 하자 나는 이로 물고 놔주지 않았다.

그는 씩 웃더니 고개를 저으며 나를 나무랐고 나는 놓아주었다. 그가 고개를 끄덕이자 나는 몸을 숙이고 의자를 잡았다. 그는 내 팬티를 한쪽으로 밀더니 아주 천천히 한 손가락을 내 안으로 집어넣고 다시 천천히 돌렸다. 그렇게 나는 사방에서 그를 느낄 수 있었다. 입술에서 새어나오는 신음을 억누를 수가 없었다.

그는 손가락을 잠깐 뺐다가 아주 세심하게 구슬을 한 번에 하나씩 집어넣어 내 안 깊숙이 밀어넣었다. 일단 구슬이 자리를 잡자 팬티를 제자리로 돌려놓고 내 엉덩이에 키스했다. 양손으로 내 다리를 각각 발목에서 허벅지까지 쓸면서 그는 스타킹이 끝나는 허벅지 위쪽에 부드럽게 입을 맞췄다.

"네 다리는 근사해, 아주. 스틸 양." 그가 중얼거렸다.

일어서서 그가 내 엉덩이를 잡고 자기 쪽으로 잡아당기는 바람에 나는 그의 일어선 부분을 느낄 수가 있었다.

"어쩌면 집에 왔을 때 이런 식으로 널 가질지도 모르겠군, 아나스타샤. 자, 이제 일어서도 돼."

내 안에서 묵직한 구슬들이 밀고 밀리자 나는 흥분을 넘어서 현기증이 일 정도였다. 크리스천은 뒤에서 몸을 앞으로 숙이며 어깨에 키스했다.

"지난 토요일 행사에 걸게 하려고 이걸 샀었지."

그는 한 팔을 내 허리에 두르며 손을 내밀었다. 손바닥 위에는 뚜껑에 '카르티에'라고 쓰인 작은 빨강 상자가 놓여 있었다.

"하지만 네가 떠나는 바람에 이걸 줄 기회를 놓치고 말았어."

아!

"이게 내 두 번째 기회야." 그는 이름을 알 수 없는 감정으로 굳어진 목소리로 나직이 속삭였다. 그는 초조해 보였다.

머뭇거리며 나는 상자를 집어들고 열어보았다. 안에는 물방울 귀걸이 한 쌍이 반짝였다. 귀걸이 한 짝마다 다이아몬드 네 개가 박혀 있었다. 바닥에 하나가 박혔고, 약간 간격을 둔 세 개의 다이아몬드가 완벽한 간격으로 매달려 있었다. 아름답고 단순하고 고전적이었다. 내가 카르티에에서 직접 물건을 살 기회가 있었다면 고를 만한 물건이었다.

"예뻐요." 나는 속삭였다. 두 번째 기회를 의미하는 귀걸이였기에 무척이나 마음에 들었다. "고마워요."

내게 기댄 그는 여유를 찾았고 긴장이 그의 몸을 떠났다. 그는 내 어깨에 다시 키스했다.

"저 은색 새틴 드레스 입을 거야?"

"네, 저거 괜찮아요?"

"물론. 이제 준비할 시간을 주지." 그는 뒤도 한 번 돌아보지 않고 밖으로 나갔다.

내가 들어선 곳은 또 다른 우주였다. 나를 돌아본 젊은 여자는 레드 카펫 행사에 나가도 될 정도였다. 어깨끈이 없고 바닥까지 끌리는 은색 새틴 드레스는 그저 눈이 부셨다. 어쩌면 캐롤라인 액튼에게 고맙다는 편지는 내가 써야할 것 같았다. 몸에 딱 맞아서 빈약한 내 몸매를 굴곡 있게 보이도록 하는 옷이었다.

머리는 부드러운 웨이브로 말아 어깨에서 가슴까지 떨어지도록 늘어뜨렸다. 머리 한쪽은 귀 뒤로 넘겨 두 번째 기회를 의미하는 귀걸이가 드러나도록 했다. 화장은 최소한으로 해서 자연스럽게 보이도록 했다. 아이라이너, 마스카라, 분홍색 볼터치 약간, 연분홍 립스틱.

실제로는 볼터치가 필요 없을 정도였다. 은구슬이 끊임없이 움직이는 바람에 얼굴이 약간 붉어졌다. 그래, 이것만 있으면 오늘 밤 홍조를 유지하는 건 문제가 없겠네. 크리스천의 대담하고 에로틱한 상상에 고개를 절레절레 저으면서 나는 몸을 굽혀 새틴 숄과 은색 클러치 가방을 주워 챙긴 후 나의 50가지 빛깔의 남자, 피프티 셰이드를 찾으러 갔다.

그는 복도에서 내게 등을 돌리고 테일러와 다른 세 명의 남자와 이야기하는 중이었다. 남자들의 놀라고 찬탄하는 표정에 크리스천도 내 존재를 알아차렸다. 그는 내가 어색하게 서서 기다리는 쪽으로 몸을 돌렸다.

입이 말랐다. 그는 정말 눈이 부실 정도였다. 검은 야회복 정장, 검은 나비넥타이. 그가 나를 쳐다보는 표정은 경외에 가까웠다. 그는 내게로 천천히 걸어와 내 머리카락에 키스했다.

"아나스타샤, 숨이 막힐 정도로 아름답군."

테일러와 다른 남자들이 있는 앞에서 이런 칭찬을 듣자 얼굴이 붉어졌다.

"가기 전에 샴페인 한잔할까?"

"주세요." 나는 지나치게 빨리 대답했다.

크리스천이 테일러에게 고개를 끄덕이자 그는 세 명의 부하 직원들과 함께 현관으로 나갔다.

큰 방에 들어서자 크리스천은 냉장고에서 샴페인 한 병을 꺼냈다.

"보안팀이에요?" 내가 물었다.

"밀착 경호 회사 사람들이야. 저들은 테일러의 지휘를 받아. 테일러도 거기서 훈련을 받았고."

크리스천은 내게 샴페인 잔을 건넸다.

"테일러는 아주 다재다능해 보여요."

"그래, 그렇지." 크리스천이 미소를 지었다. "아주 예쁘군, 아나스타샤. 건배."

그가 잔을 들었고 나도 내 잔을 부딪쳤다. 샴페인은 연한 장밋빛이었다. 신선하고 가벼운 맛이 났다.

"기분이 어때?" 그는 열에 들뜬 눈으로 물었다.

"좋아요, 고마워요." 나는 그가 은구슬 이야기를 하는 줄 알았지만 짐짓 모르는 척하며 다정하게 미소 지었다.

그는 씩 웃었다.

"자, 이게 필요할 거야."

그는 일자형 식탁에 놓아두었던 커다란 벨벳 주머니를 건넸다.

"열어봐."

그는 샴페인을 마시면서 말했다. 호기심이 동한 나는 가방 안에 손을 넣었다. 꼭대기에 남색 깃털이 달린 정교한 은색 가면이 딸려 나왔다.

"여긴 가면무도회야." 그는 사무적으로 말했다.

"알았어요." 가면은 아름다웠다. 은색 리본이 가장자리에 붙어 있고 정교한 은실 세공이 눈가에 새겨져 있었다.

"이걸 쓰면 너의 아름다운 눈이 돋보이겠지, 아나스타샤."

나는 수줍게 생긋 웃었다.

"당신도 써요?"

"물론. 어떤 면에서는 가면을 쓰면 자유로워." 그는 한쪽 눈썹을 치켜세우며 덧붙였다.

아, 재미있겠는데.

"자, 네게 보여줄 게 있어."

한 손을 내밀며 그는 나를 복도로 데리고 나가 계단 옆 문으로 갔다. 그 문을 여니 그의 오락실과 대강 같은 크기의 큰 방이

나왔다. 아마 오락실 바로 밑인 것 같았다. 이 방에는 책이 가득 차 있었다. 와, 도서관이잖아. 벽에는 바닥부터 천장까지 책이 꽉꽉 들어차 있었다. 한가운데는 표준 크기의 당구대가 있고 긴 삼각 프리즘 모양의 티파니 전등이 방 안을 밝혔다.

"도서관이 있네요!" 나는 들떠서 어쩔 줄 모르고 새된 소리를 지르며 감탄했다.

"그래, 엘리엇이 부르기로는 당구실이지만. 이 아파트는 꽤 넓지. 나도 오늘 네가 탐험해보자고 해서 깨달았는데, 네게 집 안을 안내해준 적이 없더군. 지금은 시간이 없지만 이 방만은 안내해주자고 생각했어. 어쩌면 그리 멀지 않은 미래에 네게 당구 시합 한판 청할지도 모르고."

나는 생긋 웃었다.

"어디 덤빌 테면 덤벼봐요." 나는 환희에 차서 비밀스레 내 몸을 껴안았다. 호세와 나는 당구로 맺어진 친구였다. 우리는 지난 3년 간 함께 당구를 쳤다. 큐대만 잡으면 나는 펄펄 날았다. 호세는 좋은 선생님이었다.

"왜 그래?" 그는 재미있어하며 물었다.

오! 느끼는 그대로 감정을 죄다 표현하는 걸 그만둬야 할 텐데. 나는 자기 자신을 꾸짖었다.

"아무것도 아니에요." 나는 재빨리 얼버무렸다.

크리스천이 눈을 가늘게 떴다.

"음, 어쩌면 플린 박사가 네 비밀을 벗겨버릴지도 모르지. 너도 오늘 밤에는 그 분을 만날 테니."

"돈 비싸게 받는 돌팔이 의사요?" 어머나.

"바로 그 사람. 그쪽도 널 만나고 싶어 죽으려고 하니까."

아우디가 북쪽으로 향하는 동안 뒷좌석에서 크리스천은 내 손을 잡고 엄지손가락으로 내 손가락 관절을 부드럽게 쓸었다. 나는 꿈틀거리며 다리 사이에서 감각을 느꼈다. 앞자리에 앉은 테일러가 이번에는 아이팟을 듣고 있지 않았기 때문에 나는 신음을 지르고 싶은 충동을 억눌렀다. 게다가 소여인가 하는 보안팀 요원도 한 명 같이 있었다.

구슬 때문에 둔탁한 쾌감 같은 고통이 배 속 깊은 곳에서 느껴지기 시작했다. 나른하게 대체 얼마나 오래 버틸 수 있을지 생각했다. 음…… 이런 욕망을 배출하지 않은 채로? 다리를 오므렸다. 그러고 있을 때 내 마음을 갉아먹고 있던 어떤 생각이 갑자기 표면 위로 떠올랐다.

"그 립스틱 어디서 났어요?" 나는 조용히 크리스천에게 물었다.

그는 나를 보고 싱긋 웃더니 앞자리를 가리켰다. "테일러에게서." 그는 입 모양으로 말했다.

나는 웃음을 터뜨리고 말았다. "아." 그러다 재빨리 멈췄다. 구슬.

나는 입술을 깨물었다. 크리스천은 눈을 짓궂게 빛내면서 미소 지었다. 그는 자기가 어떤 짓을 하고 있는지 정확히 알고 있었다. 섹시한 야수였으니까.

"긴장 풀어." 그가 숨과 함께 내뱉었다. "만약 너무 심하면……." 그가 말꼬리를 흐리면서 부드럽게 내 관절 하나하나에 키스하더니 새끼손가락 끝을 살짝 빨았다.

이제 그가 고의로 그런다는 것을 알았다. 어두운 욕망이 내 몸 안에서 펼쳐지는 동안 나는 눈을 감았다. 나는 잠깐 그 감각에 굴복했다. 내 몸 깊은 곳의 근육이 조여졌다.

눈을 다시 떴을 때 크리스천, 암흑의 왕자는 나를 샅샅이 살피고 있었다. 정장 재킷과 나비넥타이 탓이겠지만 그는 더 나이

들고 세련되어 보였으며 방탕한 의도를 가진 잘생기기 짝이 없는 난봉꾼 같았다. 그를 보니 그저 숨이 턱 막힐 뿐이었다. 나는 그의 섹시한 매혹에 사로잡혀버렸고, 내가 만약 그의 말을 믿는다면 그 역시 내게 사로잡혔다. 그 생각을 하니 얼굴에 미소가 절로 떠올랐고 대답하는 듯한 그의 웃음에 눈이 멀 듯했다.

"그럼 이 행사에선 무슨 일이 있어요?"

"아, 평소랑 똑같은 것들이지." 크리스천은 경쾌하게 말했다.

"내게는 평소 있는 일이 아니에요." 나는 그에게 꼭 집어주었다.

크리스천은 정답게 미소 지으며 내 손에 다시 키스했다.

"여러 사람이 와서 돈 자랑하는 거야. 경매, 제비뽑기, 저녁 만찬, 무도회. 어머니가 여는 파티는 정말 제대로거든." 그는 미소를 지었고 오늘 처음으로 나는 파티에 간다는 기분에 아주 약간 들떴다.

그레이 저택 차로에는 비싼 차들이 줄 지어서 올라갔다. 기다란 연분홍 종이등이 차로에 걸려 있었다. 아우디가 좀 더 가까이 다가가자 등이 사방에 걸려 있는 게 보였다. 우리는 마법에 걸린 왕국으로 들어서고 있었다. 나는 크리스천을 흘끔 보았다. 내 왕자님에게 얼마나 딱 어울리는 곳인가. 내 유치한 흥분은 활짝 피어 모든 감정을 다 가려버렸다.

"가면 써." 그가 싱긋 웃었고 자기의 단순한 검은 가면을 썼다. 더 음험해진 내 왕자님은 훨씬 더 관능적이었다.

그의 얼굴에서 보이는 부분이라고는 아름다운 입과 강한 턱뿐이었다. 그 모습에 심장이 요동쳤다. 나는 가면을 묶고 내 몸 깊숙이에서 솟는 허기는 무시해버렸다.

테일러가 차로로 올랐고 주차요원이 크리스천의 문을 열어주었다. 내 문은 앞자리에서 뛰어내린 소여가 열어주었다.

"준비됐어?" 크리스천이 물었다.

"되고말고요."

"참 아름답다, 아나스타샤." 그는 내 손에 키스하고 차에서 내렸다.

진녹색 양탄자가 잔디밭을 따라 집 한쪽까지 쭉 깔려져 뒤편의 인상적인 부지로 이어졌다. 크리스천은 보호하듯 한 팔을 내게 두르고 손을 내 허리에 댔다. 우리는 근사한 의상을 차려입고 온갖 가면을 쓴 시애틀 상류층 사람들 틈에 섞여 종이등이 환히 밝힌 녹색 양탄자를 따라 갔다. 사진기자 두 명이 손님들에게 담쟁이넝쿨이 그려진 배경막 앞에서 자세를 취해달라고 요청하고 있었다.

"그레이 씨!"

사진기자가 외쳤다. 크리스천은 알겠다는 듯 고개를 끄덕였고 사진을 찍기 위해 잠깐 자세를 취하는 동안 나를 가까이 끌어당겼다. 저들은 어떻게 크리스천을 알아본 거지? 그의 트레이드마크인 헝클어진 구릿빛 머리카락 때문인가.

"사진기자가 두 명이나요?"

"한 사람은 〈시애틀 타임즈〉에서 나온 거고. 다른 한 사람은 기념사진 촬영기사지. 나중에 우리도 한 장 살 수 있을 거야."

아, 내 사진이 다시 언론에 실리는군. 레일라가 잠깐 내 마음속에 들어왔다. 그렇게 해서 나를 알아냈다고 했지. 내가 크리스천과 함께 찍힌 사진을 보고. 그 생각을 하니 마음이 불안했지만 지금은 가면을 쓰고 있어 알아볼 수 없을 거라 생각하니 안심이 되었다.

줄의 맨 끝에는 하얀 양복을 입은 직원들이 샴페인이 찰랑찰랑하는 잔이 담긴 쟁반을 들고 다녔다. 크리스천이 내게 한 잔을 건네자 고마운 기분이 들었다. 어두운 생각으로부터 고개를 돌리는 데 효과적이었다.

우리는 더 작은 종이등이 가득 걸린 커다란 하얀 덩굴시렁으로 다가갔다. 그 아래에는 검정과 하얀색 바둑판무늬의 댄스플로어가 빛나고 그 주위는 삼면이 뚫린 울타리가 두르고 있었다. 각 입구마다 백조 모양을 정교하게 새긴 얼음 조각상 두 개가 놓여 있었다. 덩굴시렁의 네 번째 면은 무대가 차지하고 있고 그 위에는 현악 연주단이 부드럽게 음악을 연주하고 있었다. 마음에 오래 울리는 정묘한 곡이었지만 곡명은 알지 못했다. 무대에는 빅밴드용 악기도 놓여 있었지만 연주가들은 보이지 않았다. 아마도 나중에 출연하지 않나 싶었다. 크리스천은 내 손을 잡고 백조 사이를 지나 다른 손님들이 샴페인을 마시며 담소를 나누고 있는 무도회장으로 올라섰다.

해변 쪽에 거대한 천막이 서 있었다. 우리가 있는 곳에서 가까운 쪽으로 입구가 나 있어서 정식으로 배열된 탁자와 의자들을 힐끔 볼 수 있었다. 저렇게나 많다니!

"얼마나 많은 사람이 오는 거예요?" 나는 천막의 규모에 압도당해 크리스천에게 물었다.

"300명 정도. 어머니께 여쭤봐." 크리스천은 나를 내려다보며 미소 지었다.

"크리스천!"

젊은 여자가 인파 속에서 나타나 그의 목에 팔을 둘렀다. 나는 즉각 그 여자가 미아임을 알아보았다. 미아는 매끄러운 연분홍색의 긴 시폰 드레스를 입고 그에 어울리는 섬세하게 장식된 근사한 베니스 가면을 쓰고 있었다. 멋진 모습이었다. 잠시 동안 크리스천이 내게 준 드레스에 무한한 감사를 느꼈다.

"아나! 아, 정말 예뻐요!"

미아는 재빨리 껴안았다.

"와서 내 친구들 만나봐요. 크리스천 오빠가 마침내 여자 친구가 생겼다는데도 아무도 안 믿지 뭐예요."

나는 겁에 질린 눈길을 크리스천에게 슬쩍 보냈지만, 그는 체념한 듯 '내 여동생은 구제불능이지만 난 개랑 몇십 년을 살았는걸'이라는 식으로 어깨만 으쓱하며 미아가 나를 네 명의 젊은 아가씨 무리로 끌고 가도록 놔두었다. 모두들 비싼 의상을 입고 흠 하나 없이 가꾼 모습이었다.

미아는 서둘러 나를 소개했다. 여자애 세 명은 다정하고 친절했지만 릴리인가 하는 애는 빨간 가면 아래서 나를 못마땅한 눈빛으로 바라보았다.

"우리 모두 크리스천이 동성애자라고 생각했었죠."

릴리는 거짓 함박웃음 속에 악의를 숨기고서 교활하게 말했다.

미아가 입술을 삐죽댔다.

"릴리, 말은 똑바로 해라. 오빠가 여자 보는 눈이 높다는 건 확실하잖아. 이상형의 여자가 나타나길 기다리고 있었던 거지. 그게 네가 아니었을 뿐이고!"

릴리는 자기 가면 색깔만큼이나 벌겋게 얼굴을 붉혔고 나도 마찬가지였다. 이보다 더 가시방석일 수 있을까?

"아가씨들, 내 데이트 상대를 도로 찾아가도 될까?" 내 허리에 슬쩍 팔을 두르면서 크리스천이 나를 옆으로 끌어당겼다. 네 명의 아가씨들은 모두 얼굴을 붉히거나 웃거나 손가락을 꼼지락거렸다. 그의 눈부신 미소는 언제나 같은 효과를 일으켰다. 미아가 나를 슬쩍 보더니 눈을 치뜨는 바람에 나는 웃고 말았다.

"만나서 반가웠어요." 크리스천이 나를 끌고 갈 때 그들에게 인사했다.

"고마워요." 얼마만큼 거리가 멀어지자 나는 입 모양으로 크리스천에게 말했다.

"릴리가 미아와 같이 있는 것 같아서. 갠 좀 못됐거든."

"당신을 좋아해서 그래요." 나는 건조하게 말했다.

그는 몸을 부르르 떨었다. "뭐, 이쪽은 사절이지만. 가자. 네게 소개할 사람들이 좀 있어."

다음 30분은 소개의 소용돌이 속에서 흘러갔다. 할리우드 배우 두 명을 만나고 그보다는 좀 더 많은 기업체 사장님들, 몇몇 유명한 의사들을 만났다. 그 사람들 이름을 다 기억할 재간이 없겠는데.

크리스천은 나를 자기 옆에 딱 붙여 데리고 다녔고 나는 그 점에 감사했다. 솔직히 이 행사의 부유한 분위기와 광휘, 사치스러운 규모에 나는 기가 죽었다. 평생 이런 곳에 와본 적이 없었다.

하얀 제복을 입은 직원들은 샴페인 병을 들고 점점 늘어나는 손님들 사이를 수월히 지나다니며 걱정될 정도로 꼬박꼬박 내 잔을 채워주었다. 너무 많이 마시면 안 돼. 너무 많이 마시면 안 돼. 나는 마음속으로 되뇌었지만 점점 머리가 가벼워지는 기분이 들었다. 샴페인 때문인지 가면이 자아내는 수수께끼와 흥분으로 가득 찬 분위기 때문인지 은밀한 은구슬 때문인지 알 수가 없었다. 허리 아래의 둔탁한 통증은 점점 무시하기가 힘들어졌다.

"그래, SIP에서 일하신다고?" 곰—아니 개인가?—가면을 쓴 대머리 신사가 물었다. "적대적 인수를 당했다는 소문을 들었는데."

나는 얼굴을 붉혔다. 적대적 인수를 당했지. 분별력보다는 돈이 더 많고 평균을 훨씬 웃도는 스토커 기질을 가진 남자에게.

"전 그냥 하급 비서직이라서요, 에클레스 씨. 그런 일들은 잘 모른답니다."

크리스천은 아무 말 없이 에클레스를 보고 온화하게 웃기만 했다.

"신사 숙녀 여러분!" 인상적인 흑백 가면을 쓴 사회자가 나와 우리를 방해했다. "자리에 앉아주십시오. 식사가 곧 나옵니다."

크리스천이 내 손을 잡았고 우리는 잡담을 나누는 관중을 따라 큰 천막으로 들어갔다.

실내는 눈이 부셨다. 거대하고 짧은 샹들리에 세 개가 천장과 벽을 두른 아이보리색 비단 위로 무지갯빛을 던졌다. 적어도 식탁이 서른 개는 놓여 있었는데 이 모든 게 히스먼 호텔의 개인 식사실을 떠올리게 했다. 크리스털 잔, 탁자와 의자를 덮은 빳빳한 하얀 리넨. 가운데에는 은색 촛대를 둘러싸고 정교한 연분홍 수국이 장식되어 있었다. 그 옆에는 투명한 비단에 감싸인 사탕바구니가 놓여 있었다.

크리스천은 좌석 배치표를 확인하더니 나를 데리고 중앙으로 갔다. 미아와 그레이스 트레벨리언-그레이 박사가 벌써 착석해서 내가 모르는 젊은 남자와 깊은 대화에 빠져 있었다. 그레이스는 어른어른한 빛이 도는 민트색 드레스를 입고 그에 어울리는 베니스 가면을 썼다. 부인은 전혀 긴장한 기색 없이 빛을 발했으며 나를 따스하게 맞아주었다.

"아나, 다시 보다니 얼마나 반가운지! 게다가 오늘도 참 아름답네."

"어머니." 크리스천은 뻣뻣하게 인사하며 양 볼에 키스했다.

"어머, 크리스천. 우리 사이에 격식 차리긴!" 어머니는 나무라듯 아들을 놀렸다.

그레이스의 부모님인 트레벨리언 부부가 우리 탁자에 합석했다. 두 분 모두 원기왕성하고 젊어 보였지만 청동 가면 아래서는 딱 잘라 말하기가 어려웠다. 그들도 크리스천을 보고 반가워했다.

"할머님, 할아버님, 아나스타샤 스틸을 소개해드리겠습니다."

트레벨리언 부인은 대뜸 내게 반해버렸다.

"오, 얘가 마침내 사람을 만났네. 얼마나 멋지고, 얼마나 예쁜지! 글쎄, 아가씨가 우리 애 색시가 되면 얼마나 좋을까."

할머님은 내 손을 흔들며 말을 쏟아냈다.

맙소사. 가면을 쓰고 있어서 천만다행이지.

"어머니, 아나를 곤란하게 만들지 마세요." 그레이스가 나를 구하러 왔다.

"이 할망구 말은 무시해요, 아가씨." 트레벨리언 씨가 나와 악수를 나눴다. "이 사람은 나이 먹은 게 무슨 벼슬인지 알고 머릿속에 떠오르는 말은 아무리 주책없는 소리라도 다 해도 되는 줄 안다니까."

"아나, 이쪽은 제 데이트 상대인 션이에요." 미아가 수줍게 젊은이를 소개했다. 그는 내게 짓궂은 웃음을 지었고 악수를 나눌 때 그의 갈색 눈은 흥미로 춤추었다.

"만나서 반가워요, 션."

크리스천은 그를 날카롭게 쳐다보며 션과 악수했다. 불쌍한 미아가 고압적인 오빠 때문에 고생하고 있다는 사실은 굳이 말로 할 것도 없었다. 나는 안된 마음에 미아에게 미소를 보냈다.

그레이스의 친구인 랜스와 재닌이 우리 자리의 마지막 손님이었지만, 캐릭 그레이의 모습은 아직도 보이지 않았다.

갑자기 마이크가 식식거리는 소리가 들리더니 캐릭 그레이 씨의 목소리가 안내 방송으로 울리자 와글대던 목소리들이 잠잠해졌다. 캐릭은 인상적인 황금 펀치넬로(17세기 이탈리아의 희극 〈코메디아 델라르테〉에 등장하는 캐릭터. 매부리코가 특징—옮긴이) 가면을 쓰고 천막 한쪽 끝에 있는 작은 단상 위에 올라섰다.

"매년 열리는 저희 자선 무도회에 참석해주신 신사 숙녀 여러분 환영합니다. 저희가 오늘 밤 준비한 것들을 즐겨주시고 주머닛돈을 털어 저희 팀이 '함께 대처하기' 운동본부와 함께하는 멋진 사업을 후원해주시길 바라겠습니다. 아시겠지만 이 운동의 취지는 제 아내는 물론 제 마음에 아주 와 닿는 내용입니다."

나는 불안하게 크리스천을 힐끔 쳐다보았지만 그는 무감하게 앞만 보고 있었다. 무대를 보는 듯했다. 그러다 나의 시선을 깨닫고 나를 보며 슬쩍 웃었다.

"자, 이제 마이크를 저희 사회자에게로 돌리겠습니다. 좌석에 앉아서 즐겨주시기를 바랍니다." 캐릭은 말을 맺었다.

정중한 박수가 뒤따랐다. 다시 천막 안에는 와글거리는 소리가 일기 시작했다. 나는 크리스천과 할아버님 사이에 앉아 있었다. 내 이름이 섬세한 은색 필기체로 쓰인 작은 좌석 배치 명함에 감탄하고 있는데 웨이터 한 명이 기다란 심지로 촛대에 불을 붙였다. 우리 자리로 온 캐릭이 내 양 볼에 키스하는 바람에 나는 깜짝 놀랐다.

"다시 만나서 반가워요, 아나." 그는 인사했다. 특별한 황금 가면을 쓴 캐릭의 모습은 아주 멋졌다.

"신사 숙녀 여러분. 각 자리 대표를 뽑아주십시오." 사회자가 외쳤다.

"와, 저요, 저!" 미아가 즉시 의자에서 벌떡 일어나며 소리쳤다.

"식탁 한가운데를 보시면 봉투가 있을 겁니다." 사회자는 계속 말을 이었다.

"여러분 모두 찾거나 빌리거나 훔치거나 해서 가장 높은 액수의 지폐에 이름을 적고 봉투 안에 넣어주십시오. 대표는 봉투를 조심스레 지켜주세요. 나중에 필요하니까요."

망했다. 돈을 하나도 가지고 오지 않았는데. 어쩌면 이렇게 멍청할까. 자선 행사에!

크리스천이 지갑을 열더니 100달러 지폐 두 장을 꺼냈다.

"여기." 그가 내밀었다.

뭐?

"나중에 갚을게요." 난 속삭였다.

그의 입이 비틀렸다. 별로 좋아하는 기색이 아닌 건 분명했지만 그는 아무 말도 하지 않았다. 나는 그의 만년필을 이용해서 이름을 적었다. 검은 펜의 뚜껑에는 하얀 꽃 문양이 그려져 있었다. 미아가 봉투를 돌렸다.

내 앞에는 은색 필기체로 쓰인 또 다른 카드가 있었다. 식사 메뉴였다.

함께 대처하기 후원 가면무도회 메뉴

생크림을 곁들인 연어 타르타르

오이를 올린 브리오슈 토스트

앨번 이스테이트 루산느 2006년도 산

사향오리 가슴살 구이

크림소스의 예루살렘 아티초크 퓌레
타임을 가미해 구운 빙 체리와 푸아그라
샤토뇌프 뒤 파프 비에이 비뉴 2006년도 산
도멘 드 라 자나세

설탕을 입힌 월넛 시폰 케이크
설탕 절임한 무화과, 자발리오네(달걀 노른자, 설탕, 스위트 와인으로 만드는 가벼운 커스터드 같은 디저트—옮긴이), 메이플 아이스크림
뱅 드 콩스탕스 2004 클라인 콘스탄티아 산

지역 특산 치즈와 빵
앨번 이스테이트 그르나슈 2006년도 산

커피와 프티 푸르(설탕 옷을 입힌 작은 케이크—옮긴이)

음, 내 자리에 가득 놓인 갖가지 크기의 크리스털 잔이 왜 이리 많았는지 설명이 되네. 우리 웨이터가 돌아오더니 와인과 물을 채워주었다. 내 뒤에서는 우리가 들어온 천막 입구가 닫히고 앞에서는 직원 두 명이 천막을 걷어 시애틀과 메이든바우어만 위로 지는 석양을 드러냈다.

절대적이고 숨이 막힐 듯 아름다운 광경이었다. 저 멀리 시애틀의 불빛이 깜박이고 땅거미가 내려 오렌지빛으로 반짝이는 잔잔한 바다에는 오팔색 하늘을 비추었다. 와. 참으로 고요하고 평화로운 풍경이었다.

열 명의 직원들이 각각 접시를 들고 우리 앞에 섰다. 말 없는 신호에 따라 그들은 완벽히 박자를 맞추어 우리에게 전채를 내

놓고 사라졌다. 연어는 맛있어 보였고, 나는 새삼 맹렬한 허기를 느꼈다.

"배고파?" 크리스천은 나만 들을 수 있는 소리로 소곤거렸다. 나는 그가 음식을 말하는 게 아님을 알았고 내 배 속 깊은 곳의 근육이 반응했다.

"아주요." 나는 속삭이며 대담하게 그의 시선을 맞받아쳤다. 숨을 들이쉬는 크리스천의 입술이 살짝 벌어졌다.

하, 봐! 손뼉도 마주쳐야 소리가 난다니까.

크리스천의 할아버님이 즉시 나를 대화에 끌어들였다. 그분은 훌륭한 노신사로 딸과 세 손주를 무척 자랑스럽게 여기셨다.

어렸을 때의 크리스천을 생각하니 기분이 기묘했다. 그가 입은 화상 흉터의 기억이 제멋대로 마음속에 끼어들었지만 난 재빨리 눌러 꺼버렸다. 지금은 그런 생각을 하고 싶지 않았다. 역설적으로 그것이 바로 이 파티를 열게 된 배후 동기이기는 했지만.

케이트가 여기 왔으면 얼마나 좋았을까. 엘리엇과 함께. 아주 완벽히 어울렸을 텐데. 우리 앞에 놓인 포크와 나이프의 숫자만으로 기죽는 일은 없었겠지. 또 좌중을 지배했을 거야. 그 애가 누가 자리 대표가 될지를 두고 미아와 치고받고 다투는 광경이 눈앞에 생생히 그려졌다. 그 생각을 하니 웃음이 나왔다.

우리 자리의 대화는 밀려왔다 밀려갔다. 평소처럼 미아가 사람들을 웃겼고 나처럼 아무 말 없이 주로 가만히 있었던 션은 불쌍하게도 꿔다 놓은 보릿자루 신세였다. 크리스천의 할머님이 가장 수다스러웠다. 할머님 또한 톡 쏘는 유머 감각을 가지고 계셨고 주로 그 희생자는 남편이었다. 트레벨리언 씨가 약간 불쌍해지기까지 했다.

크리스천과 랜스는 E. F. 슈마허의 '작은 것이 아름답다' 원칙에 입각하여 크리스천의 회사가 개발하고 있는 장치에 대해서 활발하게 대화를 나누었다. 따라가기가 어려운 얘기였다. 크리스천은 전 세계의 빈곤한 공동체에 풍력발전 기술을 제공하는 데 큰 관심을 가진 듯 보였다. 전기나 배터리가 없이 최소한의 관리만 해주는 장치라 했다.

그처럼 활발히 이야기하는 그를 보니 놀라웠다. 그는 열정적으로 운이 없는 이들의 삶을 향상시키는 일에 전념하고 있었다. 원격통신 회사를 통해 풍력 이동전화를 시장에 처음으로 공급하는 일에 열심이었다.

우아. 나는 전혀 생각하지 못했던 일이었다. 물론 전 세계의 굶주린 사람에게 식량을 주는 사업에 열정이 있다는 건 알았지만 이것까지는…….

랜스는 기술 특허를 내지 않고 무료로 공급하겠다는 크리스천의 계획을 이해하지 못하는 듯했다. 나는 크리스천이 그처럼 무료로 모든 것을 주고 싶어 한다면 어떻게 그 많은 돈을 모았을까 막연히 궁금하게 여겼다.

저녁식사 내내 멋지게 재단된 야회복 재킷을 입고 검은 가면을 쓴 남자들이 줄줄이 우리 자리에 들러서는 크리스천을 만나 악수를 하거나 가벼운 인사말이라도 나누고 싶어 안달했다. 크리스천은 몇몇 사람들은 내게 소개했지만 어떤 이들은 소개하지 않았다. 나는 어떻게, 왜 그가 그런 구분을 두는지 알고 싶다는 호기심이 들었다.

그런 대화 중에 미아가 내게 몸을 숙이고 미소를 지었다.

"아나, 내가 경매하는 데 도움을 좀 줄래요?"

"물론이죠." 나는 경솔하게도 흔쾌히 대답했다.

디저트가 나올 때쯤 되자 밤이 깊었고 나는 정말로 불편했다.

이 구슬을 빨리 빼고 싶었다. 하지만 내가 자리에서 물러나기 전에 사회자가 우리 자리에 나타났다. 그와 함께 나타난 건—내가 잘못 보지 않았다면—양 갈래로 머리를 묶은 유럽 아가씨였다.

저 여자 이름이 뭐였더라? 헨젤과 그레텔…… 아, 그레첸.

물론 그레첸도 가면을 쓰고 있었지만 시선이 크리스천에게서 떠나지 않은 것으로 보아 그 여자임을 알 수 있었다. 그레첸은 얼굴을 붉혔고 이기적이게도 나는 크리스천이 그 여자를 전혀 알아보지 못한다는 사실이 무척이나 기뻤다.

사회자는 우리 봉투를 달라고 요청했고 아주 숙련되고 유창한 몸놀림으로 그레이스에게 당첨자를 뽑아달라고 했다. 당첨자는 션이었고 실크로 싼 바구니가 그에게 수여되었다.

나는 예의 바르게 박수를 쳤지만 더 이상 이 행사에 집중하는 게 불가능하다는 생각뿐이었다.

"나 좀 실례할게요." 나는 크리스천에게 속삭였다.

그는 강렬한 눈빛으로 나를 쳐다보았다.

"화장 고치려고?"

나는 고개를 끄덕였다.

"내가 안내하지." 그는 음험하게 말했다.

내가 일어섰을 때 탁자 주위에 앉은 다른 남자들이 나와 함께 일어섰다. 어머, 다들 예의 바르기도 하지.

"아니, 크리스천 오빠! 오빠가 아나를 데려가면 안 되지. 내가 갈 거야!"

크리스천이 뭐라고 하기도 전에 미아가 벌떡 일어섰다. 그의 턱이 굳어졌다. 그가 달가워하지 않는다는 것을 알 수 있었다. 아주 솔직히 말하면 나도 달갑지 않았다. 나에게는…… 욕구가 있었다. 나는 그를 보고 사과하듯이 어깨를 으쓱했고 그는 체념한 듯 재빨리 자리에 앉았다.

화장실에 다녀오자 구슬을 빼냈을 때의 해방감은 내 희망만큼 즉각적이진 않았지만 훨씬 더 나아졌다. 이제 구슬은 내 클러치 속에 안전히 들어 있었다.

어째서 저녁 내내 버틸 수 있을 거라고 생각했을까? 나는 아직도 갈망했다. 어쩌면 크리스천을 설득해서 나중에 보트하우스로 데려가 달라고 할 수 있을지도 모른다. 나는 그 생각에 얼굴을 붉혔고 자리에 앉으면서 그를 힐끔 보았다. 그는 나를 응시했다. 희미한 미소가 그의 입술을 스쳐갔다.

쳇…… 그는 더 이상 놓친 기회 때문에 화나지 않았군. 난 아직도 그럴지 모르는데. 좌절을 느꼈다. 심지어 언짢기까지 했다. 크리스천은 나의 손을 꼭 잡았고 우리는 이제 다시 무대에 올라 함께 대처하기 사업에 대해서 설명하는 캐릭의 말을 주의 깊게 들었다. 크리스천이 내게 다른 쪽지를 건넸다. 경매 품목 목록이었다. 재빨리 훑어보았다.

함께 대처하기 사업 후원 경매 상품 및 기부자

시애틀 마리너스 선수단 사인이 들어 있는 야구 방망이—에밀리 메인워링 박사

구찌 가방과 지갑, 열쇠고리—안드레아 워싱턴

브레이번 센터의 에스클라바 2인 1일 사용권—엘레나 링컨

조경과 정원 디자인—지아 마테오

코코 드 메르 보석함과 향수 셀렉션—엘리자베스 오스틴

베니스 산 거울—J. 베일리 부부

마음대로 고를 수 있는 앨번 이스테이트 산 와인 두 상자—앨번 이스테이트

XTY 콘서트 VIP 티켓 두 장—L. 예스요프 부인

데이토나 경주 입장권—이엠시(EMC) 브릿 INC.

제인 오스틴의《오만과 편견》초판—A. F. M. 레이스-필드 박사

애스턴 마틴 DB7 1일 이용권—L. W. 노라 부부

J. 트루통의 유화 〈푸름 속으로〉—켈리 트루통

활강 교습—시애틀 지부 활공 협회

포틀랜드 히스먼 호텔 주말 2인 숙박권—히스먼 호텔

콜로라도 아스펜 별장 6박 7일 숙박권—C. 그레이

세인트 루시아에 정박해 있는 수지큐 요트(6인 침상) 일주일 이용권—래린 박사 부부

몬태나의 아드리아나 호수 별장 8박 9일 숙박권—그레이 부부

맙소사. 나는 크리스천을 보고 눈을 깜박였다.

"아스펜에도 집이 있어요?" 경매가 진행 중이라 목소리를 낮춰야 했다.

그는 고개를 끄덕였다. 내가 갑자기 열을 내며 언짢아하는 데 놀란 듯했다. 그는 나를 조용히 시키려고 손가락을 입술에 댔다.

"어디에나 집이 있나 보죠." 나는 속삭였다.

그는 다시 고개를 끄덕이더니 경고의 의미로 고개를 한쪽으로 기울였다.

천막 안은 환호성과 박수갈채로 폭발했다. 품목 하나가 1만 2천 달러에 낙찰되었다.

"나중에 얘기할게." 크리스천이 조용히 말했다. "난 당신과 가고 싶었거든." 그는 다소 뚱하게 덧붙였다.

뭐, 참도 그랬겠어요. 나는 입술을 삐죽이다가 아직도 시비를 걸고 싶은 기분이라는 것을 깨달았다. 의심의 여지없이 구슬 때문에 좌절한 효과 같았다. 너그러운 기부자들 사이에서 로빈슨 부인의 이름을 본 후에 마음이 한층 더 어두워졌다.

그 여자의 모습을 볼 수 있을까 싶어 천막 안을 둘러보았지만 눈에 확 띄는 그 여자의 머리카락은 볼 수가 없었다. 분명 그 여자가 오늘 초대 받았다면 크리스천이 내게 미리 경고를 주었겠지. 나는 자리에 앉아 부아를 가라앉히면서 매번 어마어마한 가격에 품목이 낙찰될 때마다 필요한 만큼만 박수를 쳤다.

경매는 아스펜에 있는 크리스천의 별장까지 이르렀고 가격은 2만 달러로 치솟았다.

"더 이상 부를 분 없으십니까, 2만 한 번, 2만 두 번……." 사회자가 불렀다.

내가 무엇에 씌었는지는 알 수 없었다. 하지만 느닷없이 관중 사이로 맑게 울리는 내 목소리가 똑똑히 들렸다.

"2만 4천 달러!"

탁자에 앉은 모든 가면이 퍼뜩 놀라 나를 돌아보았다. 내 옆에서 일어났던 반응 중에서 가장 큰 반응이었다. 그가 날카롭게 숨을 들이켜는 소리가 들렸고 그의 분노가 마치 파도처럼 내게로 밀려오는 게 느껴졌다.

"저 아름다운 은색 옷 숙녀분께서 2만 4천 부르셨습니다. 2만 4천 한 번, 2만 4천 두 번……. 낙찰되었습니다!"

7

맙소사, 정말 저지른 거야? 아마도 술기운 탓이겠지. 샴페인에 종류가 다른 와인 넉 잔을 마셨으니까. 크리스천을 힐끔 올려다보니 그는 박수를 치느라 여념이 없었다.

망할. 이제 무척 화를 내겠지. 지금까지는 사이가 무척 좋았는데. 내 잠재의식이 마침내 모습을 드러내기로 결심했는지 에드워드 뭉크의 〈절규〉 얼굴을 하고 나타났다.

크리스천은 짐짓 거짓 함박웃음을 지으며 내게 몸을 숙였다. 그는 내 볼에 키스하더니 내 귀에 가까이 대고 아주 냉정하고 절제된 목소리로 속삭였다.

"네 발 밑에 엎드려 경배를 해야 할지, 네 엉덩이를 먼지 나도록 때려줘야 할지 모르겠는데."

오, 난 내가 지금 뭘 원하는지 알았다. 나는 가면 사이로 눈을 깜박이며 고개를 들어 쳐다보았다. 그의 눈에 어린 것이 뭔지 읽을 수만 있다면.

"2번을 선택하겠어요." 박수갈채가 가라앉을 때 나는 미친 듯 속삭였다. 그가 날카롭게 숨을 들이쉬며 입술을 벌렸다. 아, 저 깎아놓은 듯한 입술. 그 입이 내게 닿았으면, 지금. 나는 아플 정도로 그를 원했다. 그는 진심으로 환한 미소를 보냈고 나는 숨이 막혔다.

"괴로워? 그걸 어떻게 처리할 수 있는지 한 번 봐야겠는걸." 그는 손가락으로 내 턱을 쓸며 중얼거렸다.

그의 손이 닿은 감촉은 내 몸을 타고 저 깊은 곳, 아픔이 일어나고 자란 안쪽 깊은 곳까지 울려 퍼졌다. 나는 바로 여기에서 그에게 덤벼들고 싶었지만 우리는 의자 뒤에 기대어 다음 항목의 경매가 진행되는 것을 구경했다.

나는 가만히 앉아 있을 수가 없을 지경이었다. 크리스천이 내 어깨에 한 팔을 두르고 엄지손가락으로 리드미컬하게 내 등을 두드리는 바람에 맛있게 짜릿한 감각이 내 등뼈를 타고 흘러내렸다. 다른 손으로는 내 손을 잡아 자기 입술에 갖다 댄 후 무릎 위에 내려놓았다.

그가 무슨 게임을 하는지 내가 일찌감치 깨닫지 못하도록 그는 천천히 은밀하게 내 손을 다리 위에 올려놓고 자기의 일어선 부분에 갖다 댔다. 나는 숨을 헉 들이켰고 공포심에 찬 눈으로 탁자 주변을 두리번거렸지만 모든 눈은 무대에 꽂혀 있었다. 가면을 쓰고 있는 게 천만다행이었다.

그 순간을 충분히 이용해서 나는 내 손가락이 마음껏 탐험하게 놔두며 그를 애무했다. 크리스천은 여전히 내 손을 덮고서 내 대담한 손가락을 숨겼고 다른 손 엄지손가락으로는 내 목덜미 위를 부드럽게 쓸었다. 부드럽게 숨을 들이쉬면서 그의 입이 벌어졌지만 나의 미숙한 손길로 이끌어낼 수 있는 반응은 그뿐이었다. 하지만 그것만으로도 충분히 큰 의미가 있었다. 그가 나를 원한다. 내 배꼽 아래의 모든 것들이 바짝 죄어들었다. 더 더욱 참을 수가 없었다.

몬태나 주 아드리아나 호수 별장 숙박권이 마지막 경매 품목이었다. 물론 그레이 부부는 몬태나에 별장을 가지고 있었고 경매가는 가파르게 올랐지만 나는 거의 깨닫지도 못했다. 내 손가락 아래서 커져가는 그를 느꼈고 나는 그로 인해 무척 강력해진 기분이 들었다.

"11만 달러에 낙찰되었습니다!" 사회자가 의기양양하게 선언했다. 천막 안 전체에서 박수갈채가 터져 나왔고 나도 마지못해 우리의 즐거움을 버리고 크리스천을 따라 박수를 쳤다.

그가 나를 돌아보았다. 입술이 실룩였다. "준비됐어?" 그는 터져 나온 환호성 위로 입 모양으로 말했다.

"네." 나도 따라 입 모양으로 대답했다.

"아나!" 미아가 불렀다. "시간이 됐어요!"

뭐? 안 돼, 두 번은 안 된다고! "무슨 시간요?"

"첫 번째 댄스 경매요. 자, 이리 와요!" 미아가 일어서더니 손을 내밀었다.

크리스천을 힐끔 쳐다보았다. 그는 미아를 향해 험악한 인상을 쓰는 듯했다. 나는 웃어야 할지 울어야 할지 몰랐지만 결국 승자는 웃음이었다. 다시 한 번 미아 그레이라는 분홍 드레스의 훤칠하고 강력한 방해자에 의해서 우리의 계획이 좌절되자 나는 결국 명랑한 여학생처럼 키득키득 웃음을 터뜨리고 말았다. 크리스천은 나를 쳐다보더니 잠시 후에는 그도 희미한 웃음을 띠었다.

"첫 번째 댄스는 나와 하는 거야, 알겠지? 물론 댄스플로어에서가 아니고." 그가 내 귀에 선정적으로 속삭였다. 기대감이 내 불같은 욕구를 부채질하자 웃음이 가라앉았다. 그래! 내 안의 여신이 스케이트를 신고 완벽한 트리플 살코 점프를 뛰었다.

"기대하고 있을게요." 나는 몸을 숙이고 그의 입에 가볍고 정숙한 키스를 했다. 주변을 돌아보니 우리 자리에 앉은 손님들이 모두 다 놀라고 있다는 것을 깨달았다. 물론 그들은 이전에 크리스천이 데이트 상대를 데려온 것을 본 적이 없었으니까.

그는 환히 웃었다. 그는 또…… 행복해 보였다.

"빨리 가요, 아나." 미아가 보챘다. 미아가 내민 손을 잡고 나는 무대 위로 따라 올라갔다. 거기에는 나 말고도 젊은 여성 열 명이 모여 있었다. 릴리도 그중에 있는 걸 보고 막연하게 불편해졌다.

"신사 여러분, 오늘 저녁의 하이라이트입니다!" 사회자가 와글거리는 목소리 위로 우렁차게 외쳤다. "줄곧 기다려왔던 순간이죠! 여기 열두 명의 아름다운 여성분들이 오늘 가장 높은 가격을 매기는 분께 첫 번째 댄스를 같이 출 영광을 드립니다!"

아, 안 돼. 나는 머리부터 발끝까지 벌게졌다. 이런 경매일 줄은 전혀 알지 못했다. 이 얼마나 부끄러운 일인지.

"이건 모두 좋은 취지로 하는 거예요." 내 불편한 마음을 감지했는지 미아가 속삭였다.

"게다가 크리스천 오빠가 딸 테니까." 미아는 눈알을 굴렸다. "다른 사람이 따가도록 오빠가 놔둘 리가 없잖아요. 오늘 밤 내내 아나에게서 눈을 떼지 못하던데."

그래, 좋은 취지라는 데 집중하자. 게다가 크리스천이 딸 테니까. 현실을 직시해. 그가 한두 푼을 아까워할 사람이 아니잖아.

하지만 그렇게 되면 네게 더 많은 돈을 쓰게 되는데! 내 잠재의식이 나를 보고 꾸짖었다. 하지만 난 다른 사람과는 춤을 추고 싶지 않았다. 다른 사람과 춤을 출 순 없었다. 그리고 이건 내게 돈을 쓰는 게 아니었다. 자선단체에 기부하는 것이었다. 벌써 써버린 2만 4천 달러처럼? 내 잠재의식이 눈을 가늘게 떴다.

젠장, 충동적인 경매를 한 죄를 가볍게 때울 줄 알았는데. 어째서 나는 자기 자신하고 말싸움을 하고 있는 걸까?

"자, 신사 여러분. 주변을 둘러보시면서 첫 번째 댄스 상대자로 누가 될지 잘 봐두시길 바랍니다. 어여쁘고 고분고분한 열두 명의 아가씨들이죠."

세상에나! 난 마치 정육점의 빨간 불빛 아래 서 있는 기분이었다. 나는 겁에 질려 적어도 스무 명은 되는 남자들이 무대 앞으로 다가오는 모습을 쳐다보았다. 그중에는 크리스천도 껴 있었다. 그는 우아하게 탁자 사이를 비집고 나오면서 중간중간 사람들과 인사를 나누기도 했다. 일단 입찰자들이 모이자 사회자가 경매를 시작했다.

"신사 숙녀 여러분, 가면무도회의 전통에 따라 가면 뒤의 신비를 그대로 유지하고 오로지 이름만 부르는 것으로 하겠습니다. 먼저, 사랑스러운 제이다, 앞으로 나오세요."

제이다도 여학생처럼 키득키득 웃고 있었다. 어쩌면 나도 그렇게 어색한 것만은 아닐 것 같았다. 제이다는 머리부터 발끝까지 남색 태피터 드레스를 입고 그에 어울리는 가면을 쓰고 있었다. 젊은이 두 명이 기대에 차서 앞으로 나왔다. 운도 좋네, 제이다는.

"제이다는 일본어를 유창하게 할 줄 알고 전투기 조종 자격증이 있으며 올림픽에 출전한 체조선수이기도 합니다……. 흠." 사회자가 윙크했다. "신사분, 얼마를 부르시겠습니까?

제이다는 사회자의 말에 화들짝 놀라 입을 벌렸다. 물론 사회자는 완전히 허풍을 떨고 있었다. 제이다는 두 명의 경쟁자를 향해 수줍게 웃었다.

"1천 달러!" 한 명이 불렀다.

아주 빠른 속도로 액수는 5천 달러까지 늘어났다.

"5천 한 번, 5천 두 번……. 낙찰되었습니다!" 사회자가 큰 소리로 선언했다. "저 가면을 쓰신 신사분이 낙찰자이십니다!"

물론 모든 남자들은 다 가면을 쓰고 있었기 때문에 와르르 웃음과 박수갈채, 환호성이 터졌다. 제이다는 자신의 숭배자를 향해 환히 웃어 보인 후 재빨리 무대에서 나갔다.

"봤죠? 재밌잖아요!" 미아가 속삭였다. "크리스천 오빠가 아나를 낙찰했으면 좋겠어요. 하지만…… 주먹다툼은 원치 않는데." 미아가 덧붙였다.

"주먹다툼?" 나는 기겁하며 대답했다.

"아, 그럼요. 오빠가 어렸을 때는 성질이 불같았거든요." 미아는 부르르 몸을 떨었다.

크리스천이 주먹다툼을? 교양 있고 세련된, 튜더 시대의 합창곡을 좋아하는 크리스천이? 상상할 수 없었다. 그때 사회자가 다음 여성을 소개해서 내 주의가 흐트러졌다. 빨간 옷에 칠흑 같은 머리카락을 길게 기른 젊은 아가씨였다.

"신사분들, 놀라운 머라이어를 소개합니다. 이 머라이어를 어떻게 할까요? 숙련된 투우사에 음악회를 열 수 있을 정도로 첼로 연주에 능숙하며 장대높이뛰기에서 우승한 적도 있지요……. 자, 어떻습니까, 신사분들? 이 유쾌한 머라이어와의 첫 번째 댄스에 얼마를 거시겠습니까?

머라이어가 사회자를 쏘아보고 있는데, 누군가 아주 큰 소리로 외쳤다. "3천 달러!" 금발에 턱수염을 기른 가면 쓴 남자였다.

반대 입찰이 한 번 더 있었지만 머라이어는 4천 달러에 낙찰되었다.

크리스천은 나를 매처럼 바라보고 있었다. 싸움꾼 트레벨리언-그레이. 누가 알았을까?

"얼마나 오래 전에?" 나는 미아에게 물었다.

미아는 영문을 모르겠다는 듯 나를 쳐다보았다.

"크리스천이 싸움하고 다닌 게 언제예요?"

"십 대 초반이었어요. 그 때문에 부모님이 미칠 지경이었죠. 매일 입술이 찢어지고 눈에는 멍이 들어서 집에 왔으니까요. 학교 두 군데에서 퇴학당했고요. 상대 애들에게 심한 중상을 입힌 적도 있어요."

나는 입을 떡 벌렸다.

"오빠가 얘기 안 했어요?" 미아는 한숨을 지었다. "내 친구들 사이에서도 악명이 자자했어요. 몇 년 동안은 어디서나 불청객이었다니까요. 하지만 열다섯인가, 열여섯 살이 되었을 때 딱 그만두더라고요." 미아는 어깨를 으쓱했다.

젠장할. 이제 퍼즐 한 조각이 또 들어맞네.

"그럼, 이 매력적인 질에게는 얼마를 거시겠습니까?"

"4천 달러." 왼쪽에서 저음의 목소리가 들려왔다. 질은 기뻐서 꺅 소리를 질렀다.

나는 경매에는 관심을 끊어버렸다. 그래, 크리스천은 학교에서 문제를 일으키고 싸움을 하고 다니던 소년이었구나. 왜인지 궁금했다. 나는 그를 응시했다. 릴리가 우리를 빤히 쳐다보고 있었다.

"자, 이제 아름다운 아나를 소개해드리겠습니다."

아, 제길, 나군. 나는 불안한 표정으로 미아를 쳐다보았지만 미아는 나를 무대 가운데로 밀어냈다. 다행하게도 넘어지진 않았지만 모든 사람들이 구경할 수 있도록 부끄럽게 서 있게 되었다. 크리스천을 바라보니 그는 나를 보고 싱긋 웃고 있었다. 나쁜 자식.

“아름다운 아나는 여섯 개의 악기를 연주하고 중국어를 유창하게 하며 요가를 열심히 하죠. 자, 그럼 신사분들…….” 사회자가 문장을 마치기도 전에 크리스천이 가면 너머로 사회자를 쏘아보면서 그의 말을 끊었다.

“1만 달러.”

릴리가 내 뒤에서 못 믿겠다는 듯 숨을 헉 들이켜는 소리가 들렸다.

아, 망할.

“1만 5천.”

뭐라고? 모두 돌아보니 키가 크고 흠 하나 없이 깔끔하게 차려 입은 남자가 무대 왼쪽에 서 있었다. 나는 속을 알 수 없는 내 남자 피프티를 보며 눈을 깜박였다. 세상에, 대체 그가 이 상황을 어떻게 생각할까? 하지만 크리스천은 턱을 긁더니 낯선 남자에게 역설적인 미소를 지었다. 크리스천은 그를 아는 게 분명했다. 낯선 사람은 예의 바르게 크리스천에게 목례했다.

“자, 신사분들! 오늘 밤 최고 경쟁이 붙었군요!” 사회자의 흥분은 할리퀸 가면을 통해 새어나왔다. 그는 크리스천을 돌아보며 환히 웃었다. 이건 대단한 쇼였지만 희생자는 나였다. 나는 울고 싶었다.

“2만.” 크리스천이 조용히 맞받아쳤다.

군중이 수군거리는 소리가 잦아들었다. 모두들 나를, 크리스천을, 무대 옆의 수수께끼 남자를 쳐다보고 있었다.

“2만 5천.” 낯선 사람이 말했다.

이보다 더 창피할 수 있을까?

크리스천은 무감하게 그를 응시했지만 재미있어하는 것 같았다. 모든 눈이 크리스천에게 쏠렸다. 그가 어떻게 대처할까? 내 심장이 입까지 튀어 올랐다. 속이 메슥거렸다.

"10만 달러." 크리스천의 목소리가 천막 속에 맑고 크게 울렸다.

"젠장, 뭐라고?" 릴리가 내 귀에 들리도록 식식거렸다. 경악과 흥미에 찬 군중이 숨을 헉 들이켜는 소리가 물결처럼 퍼져갔다. 낯선 남자는 졌다는 듯 웃으면서 두 손을 들었고 크리스천도 그를 보고 씩 웃었다. 곁눈질로 보니 미아가 기뻐서 위아래로 통통 튀는 게 보였다.

"사랑스러운 아나에게 10만. 10만 한 번…… 10만 두 번……." 사회자가 낯선 남자를 보았지만 그는 짐짓 아쉽다는 투로 고개를 젓더니 정중하게 절을 했다.

"낙찰!" 사회자가 의기양양하게 외쳤다.

귀가 터져 나갈 듯한 박수갈채와 환호성 속에서 크리스천이 앞으로 나와 내 손을 잡고 무대에서 내려오도록 도와주었다. 내가 내려오는 동안 그는 재미있다는 듯 웃음을 띠고 나를 쳐다보았다. 그는 내 손등에 키스하고 그 손을 자기 팔에 낀 후 천막 입구로 이끌고 갔다.

"저 사람 누구예요?" 나는 물었다.

그는 나를 내려다보았다. "나중에 만날 사람. 지금 당장은 네게 다른 걸 보여주고 싶어. 첫 번째 댄스 경매가 끝날 때까지는 대략 30분 정도 시간이 있을 거야. 그때까지는 댄스플로어에 돌아와야지. 돈 내고 산 댄스니까 즐기고 싶거든."

"그것도 아주 비싸게 산 댄스죠." 나는 못마땅하다는 듯 중얼거렸다.

"돈 한 푼 아깝지 않을 정도로 가치 있는 댄스일 걸." 그는 나를 보고 짓궂게 미소 지었다. 아, 그의 미소는 참 찬란해서 아픔이 다시 돌아와 내 몸속에 꽃피었다.

우리는 잔디밭으로 나왔다. 나는 보트하우스로 가리라고 생각했으나 실망스럽게도 이제 빅밴드가 준비를 하고 있는 댄스 플로어로 향하는 듯했다. 적어도 연주자가 스무 명은 있었고 몇몇 손님들이 돌아다니며 비밀스럽게 담배를 피우고 있었다. 하지만 대부분의 행사가 다 천막 안에서 이루어지고 있었기 때문에 우리에게 관심 갖는 이는 별로 없었다.

크리스천은 나를 집 뒤로 데려가더니 프렌치 윈도우를 열고 이전에 본 적이 없는 커다랗고 편안한 응접실로 데려갔다. 그는 사람 없는 홀을 지나 반들반들하게 잘 닦인 우아한 나무 난간이 있는 커다란 계단으로 걸어갔다. 그는 내 손을 팔에 끼고 2층으로 올라가더니 다시 3층에 이르는 또 다른 계단을 오르기 시작했다. 흰 문을 열고 그는 침실 중 한 곳으로 안내했다.

"여기가 내 방이었어." 그는 등 뒤로 문을 잠그면서 조용히 말했다.

커다랗고 황량한 방으로 가구는 많지 않았다. 벽은 하얗고 가구도 마찬가지였다. 더블베드, 책상과 의자 하나, 책들이 가득 꽂혀 있었고, 보아하니 킥복싱 대회에서 탄 듯한 트로피가 줄지어 놓인 선반들과 벽에는 영화 포스터들이 붙어 있었다. 〈매트릭스〉, 〈파이트 클럽〉, 〈트루먼 쇼〉, 킥복서가 나온 포스터를 넣은 액자 두 개. 한 사람은 주세페 디나탈레라고 했지만 난 한 번도 들어본 적 없는 이름이었다.

내 눈을 끌었던 건 책상 위의 하얀 메모판으로, 여러 사진과 마리너스 구단의 삼각기, 이미 쓴 입장권들이 붙어 있었다. 어린 크리스천의 한 조각이었다. 내 눈은 방 한가운데 서 있는 장

대한 남자에게로 돌아갔다. 그는 생각에 잠긴 섹시한 모습으로 나를 음험하게 바라보았다.

"여자를 이 방에 데려온 건 처음이야." 그가 중얼거렸다.

"한 번도요?" 나는 속삭였다.

그는 고개를 끄덕였다.

나는 경련하듯 침을 꿀꺽 삼켰다. 지난 두 시간 동안 성가시게 했던 통증은 이제 거의 아우성치듯 커졌고 생생한 원초적인 욕구로 변했다. 그가 그 가면을 쓰고 푸른색 카펫 위에 서 있는 모습은…… 에로틱한 것 이상이었다. 그를 원했다. 지금. 어쨌든 나는 그를 가질 수 있었다. 난 그에게 덤벼들어 옷을 찢고 싶은 충동에 저항해야만 했다. 그가 천천히 내게로 다가왔다.

"시간이 별로 없어, 아나스타샤. 그렇지만 내가 지금 이 순간 느끼는 대로라면 그렇게 오랜 시간은 필요 없을 거야. 뒤로 돌아. 드레스를 벗길 테니."

나는 뒤로 돌면서 문을 보았다. 그가 문을 잠갔다는 게 감사할 뿐이었다. 그는 몸을 아래로 숙이면서 내 귀에 부드럽게 속삭였다. "가면은 계속 쓰고 있어."

그에 대한 대답으로 내 몸이 조여오자 나는 신음했다. 그는 아직 손을 대지도 않았는데.

그는 드레스 위를 잡고 손가락으로 피부 위를 쭉 훑었다. 그 감촉이 내 몸 전체로 진동하듯 퍼져나갔다. 재빠른 동작 한 번으로 그는 지퍼를 내렸다. 드레스를 잡고 내가 옷에서 발을 뺄 수 있게 도와준 다음 몸을 돌려 기술 좋게 옷을 의자 등받이에 걸었다. 그는 재킷을 벗어 드레스 위에 올려놓았다. 그러더니 잠깐 멈추고 나를 응시하며 내 모습을 음미했다. 나는 짧은 속옷과 그에 어울리는 팬티만을 입고 있었고, 그의 관능적인 시선을 한껏 누렸다.

"너도 알지, 아나스타샤." 그는 나비넥타이를 풀어 목 양쪽에 흘러내리도록 하면서 내 쪽으로 천천히 걸어왔다. 그러면서 셔츠의 맨 위 단추 세 개를 풀었다. "네가 내 경매 품목을 샀을 때는 정말 화가 났어. 온갖 생각이 내 머릿속을 쓸고 지나갔지. 이제 처벌은 메뉴에서 빼버렸다는 걸 상기해야 했고. 하지만 그때 네가 자원했잖아."

그가 가면을 통해 내려다보았다.

"어째서 그런 거야?" 그가 속삭였다.

"자원요? 모르겠어요. 좌절감…… 술기운…… 좋은 취지."

나는 어깨를 으쓱하며 온순하게 중얼거렸다. 어쩌면 그의 관심을 끌기 위해서?

그때는 그가 필요했다. 지금은 더 필요했다. 통증은 더 심해졌고 그가 그를 누그러뜨릴 수 있다는 걸, 이 몸속의 포효, 내 안에서 침을 흘리는 짐승을 그의 짐승으로 다스릴 수 있다는 걸 알았다. 그의 입이 꾹 다물어졌고 그는 천천히 윗입술을 핥았다. 나는 그 혀가 내 몸에 닿기를 바랐다.

"난 네 엉덩이를 다시 때리지 않겠다고 맹세했어. 네가 빈다고 하더라도."

"부탁이에요." 나는 빌었다.

"하지만 그때 네가 아주 불편했던 건 어쩌면 그에 익숙하지 않았던 탓인지도 모른다는 것을 깨달았지."

그는 다 안다는 표정으로 나를 보고 싱긋 웃었다. 오만한 자식. 하지만 나는 신경 쓰지 않았다. 그의 말이 전적으로 옳았으니까.

"그래요." 나는 숨소리처럼 대답했다.

"그래서, 어쩌면 허용 정도가 있었을지도 모르겠어. 내가 이렇게 한다면 넌 내게 한 가지 약속을 해줘야 해."

"뭐든지요."

"필요하면 안전신호를 말해야 해. 그러면 널 그냥 사랑해줄 테니까, 알겠지?"

"그래요."

나는 헐떡였다. 그의 손이 내게 닿기를 원했다.

그는 침을 꿀꺽 삼키고 내 손을 잡아 침대로 데려갔다. 이불을 한쪽으로 치우고 자리에 앉아 베개를 잡고 자기 옆에 놓았다. 그는 옆에 서 있는 나를 올려다보더니 갑자기 내 손을 세게 잡아당겼고 나는 그의 무릎 위로 쓰러지고 말았다. 그는 재빨리 자세를 바꿔 내 몸이 침대 위에 엎드릴 수 있도록 했다. 내 가슴은 베개에 닿고 얼굴은 한 쪽으로 돌려졌다. 몸을 숙이며 그는 내 머리카락을 어깨 너머로 넘긴 후 손가락으로 가면에 붙은 깃털을 쓸었다.

"두 손을 등에 대." 그가 중얼거렸다.

아! 그는 넥타이를 풀어내더니 그걸 이용해서 재빨리 내 손을 등 뒤에 묶었다. 묶인 두 손은 등허리에 놓였다.

"정말로 이걸 원해, 아나스타샤?"

나는 눈을 감았다. 그를 만난 후로 처음으로 정말로 원했다. 필요했다.

"그래요." 나는 속삭였다.

"어째서?" 그는 손바닥으로 엉덩이를 부드럽게 어루만지며 물었다.

그의 손이 내 피부에 닿자 나는 신음을 내질렀다. 왜인지는 몰라요……. 너무 많이 생각하지 말라면서요……. 오늘 같은 하루가 지난 후에는…… 돈으로 인한 말다툼, 레일라, 로빈슨 부인, 나에 대한 서류철, 지도, 화려한 파티, 가면, 술, 은구슬, 경매 후에는…… 이걸 원해요.

"이유가 필요해요?"

"아니, 그럴 필요 없지." 그가 말했다. "난 그저 널 이해하고 싶을 뿐이야."

그의 왼손이 내 엉덩이를 감아 꽉 붙들었다. 그의 손바닥이 내 엉덩이를 떠나는가 싶더니 내 허벅지가 만나는 바로 그 자리 위에 세차게 떨어졌다. 고통이 즉시 내 배 속 통증과 연결되었다.

아, 세상에…… 나는 크게 신음을 내뱉었다. 그는 정확히 똑같은 자리를 다시 내려쳤다. 나는 다시 신음했다.

"둘." 그가 웅얼거렸다. "열둘까지 할 거야."

아, 세상에! 지난번과는 느낌이 달랐다. 무척이나 육감적이고 무척이나 필수적인 행위처럼 느껴졌다. 그는 긴 손가락으로 내 엉덩이를 어루만졌고 두 손이 묶여서 매트리스에 눌려 있는 나는 무력하게 그의 처분에 몸을 맡겼지만 이는 나의 자유의지기도 했다. 그는 이번에는 살짝 옆으로 나를 때렸고 다시 다른 쪽을 쳤다. 그런 다음 멈추고 천천히 내 팬티를 내려 벗겨버렸다. 그는 손바닥으로 다시 내 엉덩이를 따라 내려가다 때리기를 이어갔다. 매번 콕 찌르는 아픔이 내 욕구를 무디게 했다. 아니, 되레 불을 붙였다. 어느 쪽인지 알 수가 없었다. 나는 내려치는 손바닥의 리듬에 항복했고 그 느낌을 흡수하고 음미했다.

"열둘." 그는 낮고 거센 목소리로 중얼거렸다. 그는 내 엉덩이를 다시 어루만지더니 손가락을 쭉 내려 내 여성을 향했고 천천히 손가락 두 개를 내 안에 집어넣은 후 둥글게 원을 그렸다. 둥글게, 또 둥글게 손가락을 움직이며 나를 고문했다.

내 몸이 그 감각을 받아들이자 나는 더 크게 신음했다. 나는 그의 손가락의 움직임에 경련하며 절정을 느끼고 또 느꼈다. 무척이나 강렬했고, 예상치 못했으며, 빨랐다.

"바로 그거야, 자기." 그는 찬탄하듯 웅얼거렸다. 그는 손가락을 여전히 내 안에 넣은 채로 한 손으로 묶인 손목을 풀었고 나는 기진맥진해서 헐떡이며 그의 무릎 위에서 늘어졌다.

"난 아직 안 끝났어, 아나스타샤." 그는 이렇게 말하더니 손가락을 빼지 않고 자세를 바꿨다. 그는 내 무릎을 바닥에 내렸고 나는 이제 침대 위로 숙여서 걸친 자세가 되었다. 그는 바닥에 무릎을 꿇고 내 뒤에서 자기 지퍼를 내렸다. 그가 내게서 손가락을 뺐고 포일 포장을 찢는 익숙한 소리가 들려왔다.

"다리를 벌려." 그는 으르렁거렸고 나는 그에 응했다. 그는 내 엉덩이를 쓰다듬으며 내 안으로 쉽게 들어왔다.

"이렇게 하면 빠를 거야." 그는 웅얼대며 내 엉덩이를 잡고 자기 몸을 뺐다가 다시 쿵 밀어넣었다.

"악!" 나는 비명을 질렀지만 그 충만한 느낌은 천국에라도 오른 기분이었다. 그는 내가 통증을 느꼈던 그 부분을 다시 또다시 치고 들어왔다. 매번 날카롭고 달콤하게 찔러 들어올 때마다 그 고통이 지워졌다. 넋이 나가는 느낌, 바로 내가 원했던 감각이었다. 나는 그를 맞으려고 몸을 뒤로 밀었다. 찔러 들어올 때마다 찔러 밀었다.

"아나, 안 돼." 그는 나를 움직이지 못하게 하며 투덜거렸다. 하지만 나는 너무도 그를 원했다. 나는 그가 찔러 들어오는 동작에 맞춰 내 몸을 돌렸다.

"아나, 젠장." 그는 절정을 느끼면서 식식댔다. 그 고통스러운 소리가 내게 다시 불을 붙였고, 나를 온갖 고통을 씻어주는 오르가즘 속으로 빙글빙글 밀어넣었다. 이 오르가즘은 계속되어 나를 완전히 비틀고 나의 모든 힘과 숨을 다 앗아갔다.

크리스천은 몸을 숙이고 내 어깨에 키스한 후 내게서 빠져나갔다. 두 팔로 나를 안으며 그는 어깨를 내 등 가운데 기댔고 우리는 둘 다 침대 곁에 무릎 꿇고 그렇게 쓰러져 있었다. 얼마나 오래? 몇 초? 몇 분? 우리가 숨을 고를 수 있을 때까지 그렇게 있었다. 배 속 통증은 사라졌고 이제 느낄 수 있는 건 나를 위로해주는 만족스러운 평온함뿐이었다.

크리스천이 몸을 꿈틀거리며 내 등에 키스했다.

"나한테 댄스 한 번 빚지지 않았나, 스틸 양."

"으흠." 나는 통증이 사라진 후의 안정감을 음미하며 관계 후의 여운에 젖어 대답했다.

그는 뒤로 일어나 앉으며 나를 침대에서 끌어내려 그의 무릎에 앉혔다. "별로 시간이 없어. 자, 가자." 그는 내 머리카락에 키스하며 나를 억지로 일으켜 세웠다.

나는 투덜거렸지만 침대에 도로 앉아 바닥에 떨어진 팬티를 집어 입었다. 나른하게 내 드레스를 찾으러 의자로 걸어갔다. 나는 우리가 이런 밀회를 갖는 동안 신발도 벗지 않았다는 사실을 깨달았다. 크리스천은 나비넥타이를 매고 매무시와 침대까지도 다 정리했다.

드레스를 다시 입으면서 메모판에 붙은 사진들을 확인했다. 뿌루퉁한 십 대였던 크리스천은 그때도 근사했다. 엘리엇과 미아와 함께 스키장에서 찍은 사진. 혼자 파리에서 찍은 사진. 개선문을 지표로 삼아 그의 위치를 알 수 있었다. 런던에서. 뉴욕. 그랜드 캐니언. 시드니 오페라 하우스. 심지어 만리장성도 있었다. 그레이 주인님은 젊은 나이에 참 여러 곳도 돌아다니셨군.

콘서트 입장권도 여럿 있었다. U2, 메탈리카, 버브, 셰릴 크로, 프로코피예프의 〈로미오와 줄리엣〉을 연주한 뉴욕 필하모니 공연. 참으로 다방면의 취향이 섞여 있네! 한쪽 구석에는 여권 사진 크기만 한 젊은 여자 사진이 있었다. 흑백사진이었다. 친숙한 얼굴이었지만, 아무리 생각해도 누군지 알 수가 없었다. 다행히 로빈슨 부인은 아니었다.

"이 사람 누구예요?" 나는 물었다.

"별로 중요한 사람 아냐." 그는 재킷을 걸치고 넥타이를 바로 매며 중얼거렸다. "지퍼 올려줘?"

"그렇게 해줘요. 그렇다면 어째서 이 여자 사진을 메모판에 붙여놓은 건데요?"

"못 보고 지나쳤어. 내 넥타이 어때?" 그는 꼬마 소년처럼 턱을 들었고 나는 웃으며 그를 위해 고쳐주었다.

"이제 완벽해요."

"당신처럼." 그는 중얼거리더니 나를 잡고 정열적으로 키스했다. "기분 좋아졌어?"

"훨씬요. 고마워요, 그레이 씨."

"고맙다니 내가 다 기쁘군, 스틸 양."

손님들이 댄스플로어로 삼삼오오 모여들고 있었다. 크리스천이 나를 보고 씩 웃었다. 우리는 정확히 시간에 맞췄다. 그는 나를 바둑판무늬 바닥으로 이끌었다.

"자, 그럼. 신사 숙녀 여러분. 첫 번째 댄스를 즐길 시간입니다. 그레이 씨와 그레이 박사님, 준비되셨습니까?"

캐릭이 그렇다는 뜻으로 고개를 끄덕이며 그레이스에게 팔을 둘렀다.

"첫 번째 댄스 경매에 참가하셨던 신사 숙녀 여러분, 준비되셨습니까?" 우리 모두가 그렇다는 뜻으로 고개를 끄덕였다. 미아는 내가 모르는 다른 사람과 있었다. 션은 어떻게 된 걸까?

"그럼 시작할까요? 샘, 나오세요!"

젊은 남자가 따뜻한 박수를 받으며 무대로 나와 뒤의 밴드를 돌아보며 손가락을 탁 튀겼다. 익숙한 〈아이브 갓 유 언더 마이 스킨(당신이 내 피부 아래에 있다는 뜻으로, '난 당신에게 빠졌다'는 의미도 된다—옮긴이)〉의 선율이 공기를 채웠다.

크리스천이 나를 내려다보며 웃더니 나를 품에 안고 움직이기 시작했다. 오, 그의 춤 솜씨가 어찌나 뛰어난지 따라가기가 아주 쉬웠다. 우리는 바보같이 서로를 마주보며 웃었고 그는 나를 댄스플로어 위에서 빙글빙글 돌렸다.

"난 이 노래가 좋아." 크리스천은 나를 내려다보며 중얼거렸다. "지금 아주 딱 맞아떨어지는 노래인데." 이제 그의 웃음은 사라지고 진지한 표정이 떠올랐다.

"당신도 내 피부 아래 있잖아요." 나는 대답했다. "아니, 당신 침실에 있을 때는 내 피부 아래에 있었죠."

그는 입술을 꾹 다물었지만 재미있어하는 기색은 숨길 수가 없었다.

"스틸 양." 그는 놀리듯 나를 꾸짖었다. "네가 그렇게 야한 사람인 줄은 몰랐는데."

"그레이 씨, 나도 그랬답니다. 모두 최근에야 겪은 경험 때문인 것 같은데요. 그게 교육적이라더라고요."

"우리 둘 다에게 해당되는 말이지." 크리스천이 다시 진지해졌다. 그 자리엔 오로지 우리 둘과 빅밴드만 있는 느낌이었다. 우리는 둘만 공기방울 속에 들어 있었다.

노래가 끝나자 우리는 박수를 쳤다. 샘이라는 가수는 우아하게 인사하더니 밴드 단원들을 소개했다.

"다음 차례는 내가 좀 끼어도 될까요?"

나는 그가 경매에서 내게 돈을 걸었던 남자임을 알아보았다. 크리스천은 못마땅한 투로 나를 놓아주었지만 그 또한 즐거워하는 기색이었다.

"마음껏 즐겨, 아나스타샤. 이쪽은 존 플린 박사셔. 존, 아나스타샤입니다."

이런!

크리스천은 씩 웃더니 댄스플로어 한쪽으로 사라져버렸다.

"처음 뵙겠습니다, 아나스타샤 양." 플린 박사가 싹싹하게 인사했고 억양으로 보아 그가 영국인임을 알 수 있었다.

"안녕하세요." 나는 더듬거리며 인사했다.

악단이 또 다른 곡을 연주하기 시작했고 플린 박사는 나를 자기 품 안으로 끌어당겼다. 그의 얼굴을 볼 순 없었지만 내 예상보다는 훨씬 젊은 사람이었다. 그는 크리스천의 것과 유사한 가면을 쓰고 있었다. 키가 컸지만 크리스천만큼 크진 않았고 그처럼 편안하고 우아한 동작으로 움직이지도 않았다.

이 사람과 무슨 이야기를 하지? 어째서 크리스천이 저렇게 엉망이 되었느냐고? 어째서 내게 돈을 걸었느냐고? 그에게 묻고 싶은 건 그것뿐이었지만 그랬다가는 무례하게 보일 것 같았다.

"마침내 만나게 되어 기쁩니다, 아나스타샤. 즐거워요?" 그가 물었다.

"그랬죠." 나는 속삭였다.

"아, 기분이 바뀐 게 나 때문은 아니기를 바랍니다." 그가 잠시 따뜻한 미소를 지어 보이자 기분이 좀 더 편해졌다.

"플린 박사님이 정신과 의사시잖아요. 그러니 말씀을 해주셔야죠."

그는 싱긋 웃었다. "그게 문제군요? 제가 정신 분석의라는 게요?"

나는 킥킥 웃었다. "제가 무슨 얘기를 털어놓을지 몰라 걱정이 되어서요. 그래서 약간 의식이 되고 겁이 났었네요. 하지만 사실은 오직 크리스천에 대해서만 묻고 싶어요."

그는 미소를 지었다.

"먼저 여긴 파티고 난 진료 중이 아닙니다." 그는 음모를 꾸미듯 속삭였다. "두 번째로는 저는 정말로 크리스천에 대해서 아나에게 말할 수 없어요." 박사는 놀리는 투로 말했다. "크리스마스 때까지는 진료비 내는 환자가 필요하잖아요."

나는 놀라 숨을 헉 들이켰다.

"이건 의사들이 흔히 하는 농담입니다, 아나스타샤."

나는 당황해서 얼굴을 붉혔지만 살짝 분개하는 마음도 들었다. 그는 크리스천을 이용해서 농담을 하고 있었다.

"제가 크리스천에게 말한 의심을 방금 확인해주셨네요……. 돈만 비싸게 받는 돌팔이 의사라고 했거든요." 나는 비난 투로 말했다.

플린 박사는 웃음을 터뜨렸다. "아나는 뭔가 감을 잡은 모양입니다."

"박사님은 영국분이세요?"

"네, 원래는 런던 출신이죠?"

"여기는 어떠세요?"

"행복한 환경이죠."

"별로 속을 드러내는 분이 아니시네요?"

"별로 드러낼 것도 없습니다. 저는 정말로 아주 따분한 사람이거든요."

"그건 너무 자기를 비하하는 말씀이신데요."

"영국적 특징이죠. 국민성의 일부랄까."

"아."

"당신에게도 똑같은 비난을 할 수 있을 것 같은데요, 아나스타샤."

"저도 아주 따분한 사람이라고요, 플린 박사님?"

그가 코웃음을 쳤다. "아뇨, 아나스타샤. 속내를 별로 드러내지 않는다는 거죠."

"전 별로 드러낼 것이 없는걸요." 나는 미소를 띠었다.

"정말 그럴까 솔직히 의심이 되는군요." 그는 예기치 못하게 얼굴을 찡그렸다.

나는 얼굴을 붉혔지만 음악이 끝났고 크리스천이 다시 한 번 내 옆으로 왔다. 플린 박사가 나를 놔주었다.

"만나서 반가웠습니다, 아나스타샤." 그는 내게 다시 따뜻한 미소를 보냈고 나는 일종의 비밀시험을 통과한 듯한 기분이 들었다.

"존." 크리스천이 목례했다.

"크리스천." 플린 박사도 목례를 돌려주며 뒤로 돌아 군중 틈으로 사라져버렸다.

크리스천은 다음 댄스를 위해 나를 자기 품 안으로 끌어당겼다.

"생각보다 훨씬 젊은 분이시네요." 나는 그에게 중얼거렸다. "게다가 아주 경솔하신 분이고."

크리스천은 한쪽으로 머리를 기울였다. "경솔하다고?"

"아, 그럼요. 내게 모든 얘기를 다 털어놓으시던데요?" 나는 놀렸다.

크리스천이 긴장했다. "아, 그렇다면 네 가방을 가져오지. 더 이상 나랑 어떤 관계도 맺고 싶지 않을 테니까." 그가 부드럽게 말했다.

나는 멈췄다. "박사님은 내게 아무 말 안 했어요!" 나는 질겁한 목소리로 외쳤다.

크리스천은 눈을 깜박였지만 곧 안도감이 그의 얼굴에 흘러넘쳤다. 그는 나를 다시 품 안으로 끌어당겼다. "그렇다면 이 춤을 즐기자고." 그는 나를 내려다보며 환히 웃으며 안심시켜 주더니 나를 빙그르르 돌렸다.

어째서 그는 내가 떠날 거라고 생각하는 걸까? 말이 되지 않았다.

두 곡을 더 춘 후에 나는 화장실에 가야 할 것 같았다.

"금방 올게요."

화장실로 가다 말고 클러치 백을 식탁에 깜박 놓고 온 것을 깨닫고 다시 천막으로 갔다. 천막 안에 들어가니 아직 불이 켜져 있었지만 상당히 황량했고 한쪽에 상당히 민망한 자세로 있는 남녀 말고는 아무도 없었다. 나는 가방을 집었다.

"아나스타샤?"

나를 부르는 부드러운 목소리에 퍼뜩 놀랐다. 뒤를 돌아보니 몸에 딱 달라붙은 검은 벨벳 드레스를 입은 여자가 있었다. 여자가 쓴 가면은 특이했다. 코까지 가렸지만 또한 머리카락도 감쌌다. 정교한 금실 세공을 한 매혹적인 가면이었다.

"혼자 있어서 다행이네요." 여자가 부드럽게 말했다. "저녁 내내 당신에게 말을 걸고 싶었는데."

"죄송합니다만, 누구신지 모르겠네요."

여자는 얼굴에서 가면을 벗고 머리카락을 끄집어냈다.

젠장! 로빈슨 부인!

"미안해요, 놀라게 했나 봐요."

나는 부인을 보고 입을 벌렸다. 맙소사. 이 여자가 대체 뭘 하자는 걸까?

아동학대자를 만났을 때는 어떤 사회적 관습을 지켜야 하는지 알 수 없었다. 여자는 다정하게 웃더니 나보고 탁자에 앉으라는 신호를 보냈다. 참고할 만한 어떤 경험도 없었기에 나는 놀랄 만큼 예의 바르게 여자가 시키는 대로 했다. 아직도 가면을 쓰고 있다는 것이 다행이었다.

"용건만 짧게 말할게요, 아나스타샤. 당신이 날 어떻게 생각하는지 알아요. 크리스천이 말해주었죠."

나는 아무런 내색도 하지 않고 무감하게 부인을 바라보았다. 하지만 알고 있는 게 차라리 기뻤다. 내 입으로 굳이 말할 수고도 덜어주었고, 그 여자가 단도직입적으로 본론을 꺼낼 수 있을 테니까. 마음 한편으로는 무슨 말을 할지 무척 궁금한 것도 사실이었다.

여자는 내 어깨 너머를 슬쩍 보더니 말을 멈췄다.

"테일러가 우리를 보고 있어요."

나는 주위를 둘러보다 테일러가 천막 문 앞에서 훑어보는 것을 보았다. 소여도 함께 있었다. 두 사람은 사방을 보았지만, 우리를 보지는 못했다.

"이봐요. 시간이 많지 않네요." 여자가 서둘러 말했다. "크리스천이 당신을 사랑한다는 건 당신도 분명히 알 거예요. 크리스천이 이런 건 처음 봐요, 처음." 여자는 마지막 단어를 강조했다.

뭐? 나를 사랑한다고? 아니야. 어째서 내게 이런 말을 하는 걸까? 나를 안심시켜주려고? 난 이해할 수 없었다.

"크리스천은 자기 입으로는 말하지 않을 거예요. 내가 말은 했지만 아마 자기도 깨닫지 못하고 있을 테니까. 하지만 그게 크리스천이죠. 그는 자신에게 있을지도 모르는 긍정적인 느낌이나 감정에는 잘 적응하지 못해요. 부정적인 쪽에만 매달리죠. 하지만 아나도 아마 혼자 힘으로 이 정도는 알아냈겠죠. 크리스천은 자기가 별로 가치가 없는 사람이라고 생각해요."

나는 비틀거렸다. 크리스천이 날 사랑해? 그는 그런 말을 한 적이 없었다. 그런데 이 여자가 그가 느끼는 감정이 사랑이라고 크리스천에게 말했다고? 이 얼마나 괴상한가.

수백 가지의 영상이 내 머릿속에서 춤추었다. 아이패드, 글라이딩, 나를 보러 날아온 것, 그의 모든 행동, 그의 소유욕, 춤 한 번에 10만 달러를 지불한 것. 이런 게 사랑일까?

그리고 그 말을 이 여자에게서 듣다니, 그 여자가 나를 대신 확인하도록 하다니 솔직히 달갑지 않았다. 차라리 그에게 직접 듣는 편이 좋았다.

내 심장이 죄어들었다. 그는 자신이 가치가 없다고 생각한다고? 왜?

"크리스천이 이처럼 행복해하는 걸 본 적이 없어요. 당신도 그에게 감정이 있는 건 확실하고요." 짧은 미소가 그녀의 입술에 어렸다. "아주 잘됐어요. 두 사람이 정말 잘되기를 빌어요. 하지만 내가 하고 싶은 말은, 당신이 그에게 다시 상처를 입히면, 내가 당신을 찾아가리라는 것. 내가 그렇게 하면 별로 유쾌하지 않은 상황이 벌어질 테죠."

여자는 얼음같이 차가운 푸른 눈으로 내 가면 아래 두개골을 뚫어버릴 듯 쏘아보았다. 그 여자의 협박은 무척이나 놀라웠고 무척이나 뜬금없어서 나도 모르게 못 믿겠다는 웃음이 새어나왔다. 그 여자가 무슨 말을 하리라 예상했든 이것만은 전혀 기대하지 못했던 말이었다.

"이게 아주 우스운가 봐요, 아나스타샤?" 여자는 실망한 듯 빨리 지껄였다. "지난주 토요일에 그가 어땠는지 보지 못해서 그래요."

내 얼굴이 푹 떨어지며 어두워졌다. 크리스천이 불행하다는 생각은 그렇게 달갑지 않았다. 지난 토요일에 나는 그를 떠났다. 그는 이 여자를 만나러 갔었구나. 그 생각을 하니 욕지기가 났다. 어째서 여기 앉아서 다른 사람도 아닌 저 여자에게 이런 개소리를 듣고 있어야 하지? 나는 강렬한 눈빛으로 여자를 쳐다보며 천천히 일어났다.

"뻔뻔하게도 그런 말을 하시다니 참으로 웃기네요, 링컨 부인. 크리스천과 나는 당신과는 아무런 상관이 없습니다. 내가 만약 그 사람을 떠났다는 이유로 당신이 와서 나를 찾는다고 하면 기다릴게요. 걱정하지 마세요. 게다가 당신이 추행해서 안 그래도 엉망인데 더 망쳐놓은 열다섯 살 난 소년을 대신해서 당신이 사용한 약의 쓴맛을 그대로 보여드리죠."

여자는 입을 떡 벌렸다.

"자, 그럼 실례할게요. 당신과 시간을 낭비하느니 더 급한 일이 많아서."

나는 빙그르르 돌았다. 아드레날린과 분노가 내 몸을 훑고 지나갔다. 테일러가 서 있는 천막 입구로 갔을 때, 크리스천이 당황하고 걱정스러운 얼굴로 막 도착했다.

"여기 있었군." 그는 중얼거리더니 엘레나를 보고 얼굴을 찡그렸다.

나는 아무 말도 하지 않고 그를 홱 지나쳤다. 그에게 선택할 기회를 준 것이었다. 그 여자냐 나냐. 그는 올바른 선택을 했다.

"아나." 그가 불렀다. 나는 멈춰서 그가 쫓아오자 마주보았다.

"무슨 일이었어?" 그는 근심이 아로새겨진 얼굴로 나를 내려다보았다.

"당신 옛 애인에게 물어보지 그래요?" 나는 신랄한 말투로 식식댔다.

그의 입이 비틀렸고 눈은 서릿발처럼 차가워졌다.

"너에게 묻잖아."

그의 목소리는 부드러웠지만 그 뒤에 깔려 있는 어조는 위협적인 것 이상이었다.

우리는 서로 쏘아보았다.

물론, 내가 말하지 않는다면 결국 싸움으로 이어지리라는 것은 뻔했다.

"내가 당신에게 다시 상처 준다면 나를 따라오겠다고 위협하던데요. 아마도 채찍을 휘두르려나 보죠."

나는 그를 보고 딱딱거렸다.

안도감이 그의 얼굴에 휙 스쳤고 입은 장난기로 부드러워졌다.

"분명, 그 말의 역설을 제대로 이해한 모양이지?"

그가 재미있어하는 기색을 억누르려고 무던히도 노력하는 게 훤히 보였다.

"별로 웃긴 얘기 아니에요, 크리스천!"

"그래, 네 말이 맞다. 내가 저 사람이랑 얘기할게."

그는 진지한 표정을 지었지만 여전히 우스워하는 티를 내지 않으려고 했다.

"그런 짓 하기만 해봐요!" 나는 팔짱을 꼈다. 분노가 다시 솟구쳤다.

내가 분통을 터뜨리자 그는 깜짝 놀랐는지 나를 보고 눈만 깜박였다.

"봐요. 난 당신이 저 여자랑 사업적으로 얽혀 있다는 것도 알고 말장난도 용서했어요. 하지만……."

나는 말을 멈췄다. 이 사람에게 뭘 부탁하려는 거지? 이 여자를 포기하라고? 그만 만나라고? 내가 그럴 수 있나?

"화장실에 가야 해요."

나는 입을 샐쭉하게 다물고 그를 쏘아보았다.

그는 한숨을 짓더니 머리를 한쪽 옆으로 까닥 기울였다. 이보다 더 섹시하게 보일 수 있을까? 가면 때문일까, 아니면 원래 그런 걸까?

"제발 화내지 마. 난 저 사람이 여기 온지 몰랐어. 안 온다고 했었고."

마치 어린아이에게 말하듯 달래는 어조였다. 그는 손을 들어 엄지손가락으로 삐죽 내민 내 아랫입술을 쓰다듬었다.

"엘레나 때문에 우리 저녁을 망치지 말자, 아나스타샤. 저 사람은 이제 정말 옛날 얘기야."

'옛날'이라는 말이 요점이라고. 내가 가혹하게 생각하고 있을 때 그가 내 턱을 들어올리고 부드럽게 자기 입술로 내 입술을 쓸었다. 나는 알겠다는 뜻으로 한숨을 짓고 눈을 깜박이며 그를 올려다보았다. 그는 몸을 쭉 펴고 내 팔꿈치를 잡았다.

"너를 다시 방해하는 사람이 없도록 화장실까지 데려다 주지."

그는 잔디밭 너머 호화스러운 임시화장실까지 나를 데려갔다. 미아 말로는 이 행사를 위해 배달했다고 하지만 이렇게 호화판 화장실이 있는지 이전에는 미처 몰랐었다.

"여기서 널 기다리고 있지." 그가 나직이 말했다.

밖으로 나오자 기분이 훨씬 가라앉았다. 로빈슨 부인이 내 저녁을 망치도록 놔두지 않기로 했다. 어쩌면 그게 부인의 목적이었을지도 모르니까. 크리스천은 가까이에서 웃고 떠드는 사람들에게 들리지 않을 정도로 저 멀리 떨어진 곳에서 전화를 하고 있었다. 가까이 가니 그가 하는 말이 들렸다. 그는 아주 간결했다.

"어째서 마음을 바꾼 거죠? 협의했잖아요. 음, 그 사람은 그냥 놔둬요……. 이건 내 인생에서 처음으로 해보는 정상적인 관계잖아요. 당신이 괜한 걱정으로 그걸 위험에 빠뜨리는 걸 원치 않는다고. 그 사람. 그냥. 놔두라고. 진심이에요, 엘레나."

그는 말을 멈추더니 귀를 기울였다.

"아니, 물론 아니죠."

그는 이 말을 하면서 심히 얼굴을 찡그렸다. 고개를 들다가 그는 내가 자기를 보고 있는 것을 알았다. "끊어야겠어요. 안녕."

그는 종료 버튼을 눌렀다.

나는 머리를 한쪽으로 기울이고 한쪽 눈썹을 치켰다. 어째서 그 여자에게 전화를 한 거야?

"옛날 여자는 지금 어떻대요?"

"성질이 났는데." 그가 냉소적으로 말했다. "좀 더 춤출래? 아니면 가고 싶어?" 그는 시계를 들여다보았다. "5분 후에 불꽃놀이가 시작될 건데."

"난 불꽃놀이를 좋아해요."

"그럼 보고 가자."

그는 두 팔을 내게 두르며 나를 끌어당겼다. "그 사람이 우리 사이에 끼어들게 하지 말자. 부탁이야."

"그 여자, 당신 걱정 많이 하던데." 나는 중얼거렸다.

"그래, 나도 그래……. 친구로서."

"그 여자에게는 우정 이상 같던데요."

그는 이맛살을 찌푸렸다. "아나스타샤, 엘레나와 나는…… 복잡해. 우리는 공통의 사연이 있어. 하지만 그뿐이야, 사연. 너에게 몇 번이나 얘기했듯이 그 여자는 좋은 친구야. 그게 다야. 제발, 그 여자는 잊어버려."

그는 내 머리에 키스했다. 우리 저녁을 망치지 않기 위해 나는 그냥 넘어가기로 했다. 그저 이해하려고 노력해보았다.

우리는 손을 잡고 다시 댄스플로어로 걸어갔다. 밴드가 한창 연주 중이었다.

"아나스타샤."

몸을 돌려보니 캐릭이 우리 뒤에 서 있었다.

"내게 다음 번 곡을 함께 출 수 있는 영광을 줄 수 있을까?"

캐릭은 한 손을 내게 내밀었다. 크리스천은 어깨를 으쓱하며 미소를 짓더니 내 손을 놓았고 나는 캐릭의 리드를 따라 댄스플로어로 나아갔다. 밴드 리더인 샘이 〈컴 플라이 위드 미(나와 함께 날아요)〉라는 곡을 부르기 시작했고 캐릭은 내 허리를 감고 부드럽게 사람들 사이로 나를 빙글빙글 돌렸다.

"우리 자선 단체에 너그럽게도 큰 돈을 기부해줘서 고맙다고 인사하고 싶었어요, 아나스타샤."

캐릭의 어조를 들어보건대, 내가 그 돈을 낼 여력이 되는지 우회적으로 물어보는 게 아닐까 싶었다.

"그레이 씨……."

"캐릭이라고 불러요, 아나."

"기부할 수 있어서 기뻐요. 최근에 예상치 않은 돈이 좀 생겼거든요. 저는 그 돈이 필요하지 않아요. 게다가 취지가 훌륭하잖아요."

캐릭을 나를 내려다보며 미소를 띠었고 나는 몇몇 무해한 질문을 해볼 기회를 잡았다. 카르페 디엠. 내 잠재의식이 한 손으로 입을 가리고 속삭였다.

"크리스천이 과거에 대해서 몇 가지 이야기를 해주었기 때문에 캐릭의 사업을 후원하는 게 올바른 일이라고 생각했어요." 나는 이런 얘기를 꺼내면 캐릭이 그의 아들이라는 수수께끼를 풀 수 있는 작은 계기를 줄 수 있지 않을까 희망하며 덧붙였다.

캐릭은 놀랐다.

"그 애가 그런 말을 다 했어요? 거 참, 특이하네. 정말 아나스타샤는 우리 애에게 아주 긍정적인 효과를 미치나 보군요. 그 애가 그런 걸 한 번도 본 적이 없는 것 같은데. 그렇게 명랑하다고 해야 하나……."

나는 얼굴을 붉혔다.

"미안해요. 당황하게 할 뜻은 아니었는데."

"음, 제 경험이 얼마 안 되긴 하지만, 그 사람은 확실히 특이하긴 해요." 나는 웅얼거렸다.

"그렇지." 캐릭은 조용히 동의했다.

"크리스천의 어린 시절은 아주 끔찍하도록 트라우마가 심했던 것 같던데요. 제게 해준 이야기에 따르면요."

캐릭은 얼굴을 찡그렸고, 나는 도를 지나친 게 아닐까 걱정이 되었다.

"그때 아내는 의사로서 근무를 서고 있는데, 경찰이 그 애를 데려왔지요. 애가 어찌나 말랐는지 뼈와 가죽뿐이었고 심한 탈

수상태였어요. 말도 안 하려 했고."

우리 주위에는 빠른 템포의 음악이 흘렀지만 캐릭은 끔찍한 기억에 빠져 다시 얼굴을 찡그렸다.

"사실, 그 아이는 거의 2년 동안 말을 못했다오. 결국 그 애를 안에서 끄집어낸 건 피아노 연주였지요. 아, 물론 미아가 온 것도."

그는 정답게 나를 보고 미소 지었다.

"크리스천의 연주는 참 아름답던데요. 게다가 얼마나 많은 걸 이루었는지 아버님이 무척 자랑스러우시겠어요."

내 목소리는 다른 데 정신이 팔린 듯했다. 세상에나. 2년이나 말을 못했다니.

"무척이나 자랑스럽죠. 그 애는 굉장히 심지가 굳고 유능하고 아주 똑똑한 젊은이라오. 하지만 우리끼리니까 하는 얘긴데, 아나스타샤, 오늘 밤처럼 태평하고 자기 나이에 맞게 행동하는 그 애를 보니 그 애 엄마와 내가 어찌나 신나던지. 우리 둘 다 오늘 그 얘기만 계속했다오. 그에 대해선 아나스타샤에게 감사해야 할 것 같아요."

나는 머리 끝까지 빨개진 듯했다. 이런 칭찬에 대체 뭐라고 대답하지?

"그 애는 항상 외톨이였어요. 그 애가 다른 사람과 있는 모습을 보리라는 생각은 하지도 못했지요. 아나스타샤가 무엇을 어떻게 하는지 모르지만 그만두지 않았으면 좋겠어요. 우린 그 애가 행복한 모습을 보고 싶으니." 그는 마치 도를 넘었다는 듯 말을 뚝 끊었다. "미안해요. 아나스타샤를 불편하게 할 생각은 아니었는데."

나는 고개를 저었다. "저도 그 사람이 행복해하는 걸 보고 싶은걸요." 나는 달리 할 말을 몰라 웅얼거렸다.

"뭐, 난 아나스타샤가 오늘 와줘서 기뻐요. 두 사람이 함께 있는 걸 보니 참으로 즐겁고."

〈컴 플라이 위드 미〉의 마지막 선율이 스러지자, 캐릭은 나를 놔주며 인사를 했고 나는 그의 교양 있는 행동을 그대로 받아 무릎을 굽히고 인사했다.

"늙은 아저씨들과 춤은 이만하면 됐죠." 크리스천이 다시 내 옆에 나타나 서자 캐릭이 웃었다.

"'늙은'은 빼줘라, 아들. 이 아버지는 한창때인 걸로 유명하잖냐."

캐릭은 장난기 어린 표정으로 내게 윙크하며 군중 틈으로 성큼성큼 걸어갔다.

"아버지가 널 좋아하시는 것 같은데." 크리스천은 아버지가 사람들과 섞여드는 걸 보며 말했다.

"좋아하지 않을 이유가 없잖겠어요?" 나는 애교 있게 속눈썹을 깜박거리며 그를 올려다보았다.

"정확한 지적이야, 스틸 양." 그가 나를 포옹했을 때 밴드는 〈잇 해드 투 비 유(그건 당신이었어요!)〉를 연주하기 시작했다.

"나랑 춤추겠어?" 그가 유혹적으로 속삭였다.

"기꺼이 추죠, 그레이 씨." 나는 대답하며 미소를 지어 보였고 그는 나를 끌고 다시 한 번 댄스플로어로 나갔다.

자정이 되자 우리는 천막과 보트하우스 사이의 해변으로 갔다. 다른 파티 손님들도 모두 모여 불꽃놀이를 구경하러 와 있었다. 다시 진행을 맡은 사회자가 불꽃을 더 잘 볼 수 있도록 가면을 벗어도 좋다고 허락했다. 크리스천은 한 팔로 나를 안았지만 나는 테일러와 소여가 가까이에 서 있다는 것을 의식했다.

아마도 이젠 우리가 군중 틈에 섞여 있기 때문인 듯했다. 그들은 검은 옷을 입은 기술자 두 명이 마지막 준비를 하고 있는 부두만 빼고는 어디든 살폈다. 테일러의 모습을 보니 레일라가 떠올랐다. 어쩌면 레일라도 여기 있을지 모른다. 젠장. 그 생각을 하니 피가 얼어붙어서 크리스천에게 좀 더 가까이 붙어 섰다. 그는 나를 더 가까이 끌어당기며 내려다보았다.

"괜찮아? 추워?"

"괜찮아요." 재빨리 우리 뒤를 돌아보니 이름이 생각 안 나는 보안요원 두 명이 가까이에 서 있었다. 크리스천은 나를 그의 앞으로 끌면서 내 어깨 너머로 두 팔을 둘러 안았다.

갑자기 부두 위에서 고전적인 음악이 쿵쿵 울리더니 로켓 두 대가 하늘로 솟아올랐다. 로켓은 귀가 멀 듯한 엄청난 소리와 함께 만 위에서 폭발했고 하늘이 환히 밝아졌다. 주황색과 하얀색 불꽃이 눈부신 차양처럼 확 퍼지면서 만의 잔잔한 수면 위에 반짝이는 소나기가 어렸다. 입을 떡 벌리고 있는데 로켓 몇 대가 더 대기 중으로 오르더니 만화경처럼 화려한 색으로 폭발했다.

텔레비전에서나 보았을까, 이렇게 인상적인 광경을 직접 본 기억이 없었다. 심지어 텔레비전에서는 이처럼 멋진 광경도 아니었다. 불꽃은 모두 음악에 맞춰 터졌다. 일제사격 후에 또 사격. 펑 소리 후에 또 펑 소리. 환한 빛 후에 또 환한 빛이 터졌다. 관중은 헉, 우, 아 소리를 지르며 반응했다. 현실 같지 않은 환상적인 풍경이었다.

만 위의 작은 상자 배 위에서 몇몇 은빛의 분수가 하늘 높이 6미터 가까이 솟아올랐다. 분수는 파란색에서 빨강, 주황색으로 바뀌었다 다시 은색으로 변했다. 음악이 크레셴도에 가까워지자 더 많은 로켓이 폭발했다.

감탄하느라 우스꽝스럽게 헤벌쭉 웃고 있어서 얼굴이 아플 지경이었다. 나는 크리스천을 쳐다보았다. 그도 마찬가지로, 재미있는 쇼를 보고 있는 아이처럼 경탄을 금치 못하고 있었다. 피날레로 여섯 대의 로켓이 어둠 속으로 솟아올라 동시에 폭발하자 눈부신 황금빛이 우리를 적셨고 군중은 넋을 놓고 열정적인 박수갈채를 터뜨렸다.

"신사 숙녀 여러분." 진행자가 말하자 환호성과 휘파람 소리가 잦아들었다. "이 멋진 저녁 행사의 끝에 딱 한 가지 말씀만 더 드리겠습니다. 여러분의 너그러우신 후원 덕분에 오늘 모금액이 총 185만 3천 달러에 이르렀습니다!"

자발적인 박수가 다시 터질 때 작은 상자 배 위에서는 '감사합니다. 함께 대처하기 운동본부'라는 글자가 은색 불꽃으로 만들어지더니 바닷물 위에 반짝반짝 어렸다.

"아, 크리스천…… 정말 멋져요."

나는 그를 올려다보며 생긋 웃었고 그는 몸을 숙여 내게 키스했다.

"갈 시간이야." 그는 아름다운 얼굴에 환한 미소를 띠었다. 그의 말에는 무척 많은 약속이 담겨 있었다.

갑자기 나는 무척 피곤했다.

그는 다시 고개를 들었다. 테일러가 우리 가까이에 있었고 주변의 군중은 흩어져갔다. 두 사람은 아무 말도 하지 않았으나 무언가 오갔다.

"잠깐만 나와 함께 있어. 테일러는 사람들이 흩어질 때까지 기다리라고 하는군."

아.

"이 불꽃놀이 행사 때문에 저 친구 백 살은 더 늙은 것 같아." 그가 덧붙였다.

"불꽃놀이를 싫어하는 건 아니죠?"

크리스천은 정답게 나를 내려다보며 고개를 저었지만 더 이상 자세히 설명하진 않았다.

"그럼 아스펜은." 그가 말을 꺼냈다. 다른 화제로 내 주의를 끌려고 한다는 걸 알았지만 효과가 있었다.

"아…… 그러고 보니 아직 낙찰액을 내지 않았네요." 나는 숨을 헉 들이쉬었다.

"수표로 보내면 돼. 내게 주소가 있으니."

"정말로 화났었죠."

"그래, 화났었어."

나는 생긋 웃었다. "그게 다 당신과 당신 장난감 탓이에요."

"넌 꽤 맥을 못 추던데, 스틸 양. 내 기억엔 아주 만족스러운 결과였어." 그는 호색한 미소를 지었다. "그건 그렇고 지금 어디에 있어?"

"은구슬이요? 가방에요."

"돌려받고 싶은데. 너의 순진한 손 안에 남겨두기엔 너무 강력한 물건들이라."

"다시 아주 맥을 못 추게 될까 봐 걱정되나 보죠. 아마도 다른 사람과?"

그의 눈의 위험하게 빛났다. "그런 일은 없는 게 좋을 거야." 그의 목소리에는 차가운 가시가 서렸다. "하지만 안 돼, 아나. 난 너의 모든 쾌락을 원하거든."

와.

"날 못 믿는 거예요?"

"절대적으로 믿지. 자, 이제 돌려받을 수 있을까?"

"생각해볼게요."

그는 눈을 가늘게 떴다.

다시 한 번 댄스플로어에서 음악이 들렸다. DJ가 쿵쿵 뛰는 댄스곡을 튼 것이었다. 베이스가 거침없는 비트로 쿵쿵 울렸다.

"춤추고 싶어?"

"나 정말 피곤해요, 크리스천. 괜찮다면 가고 싶어요."

크리스천은 테일러를 쳐다보았고, 테일러가 고개를 끄덕이자 우리는 술 취한 남녀 손님의 뒤를 따라 집으로 향했다. 크리스천이 손을 잡아주어서 고마웠다. 신발 굽이 어지러울 만큼 높고 꽉 끼어서 발이 몹시 아팠다.

미아가 우리 뒤를 콩콩 뛰어 따라왔다.

"벌써 가려는 건 아니죠? 진짜 음악은 지금 막 시작했는데. 가요, 아나."

미아가 내 손을 잡았다.

"미아." 크리스천이 동생을 꾸짖었다. "아나스타샤는 피곤하대. 우린 집에 간다. 게다가 우리는 내일 중요한 일이 있거든."

그렇단 말이야?

미아는 입을 삐죽거렸지만 놀랍게도 크리스천을 밀어붙이진 않았다.

"다음 주에 언제 꼭 들러야 해요. 어쩌면 같이 쇼핑을 갈 수도 있겠네요?"

"그럼요, 미아." 나는 씩 웃었지만 마음 저편에서는 먹고 살기 위해서 나는 일해야 하는데 어떻게 그럴 수 있겠냐고 생각했다.

미아가 내게 가볍게 키스하고 크리스천을 꼭 안는 바람에 우리 둘 다 놀라고 말았다. 한층 더 놀라운 일은 미아가 두 손을 크리스천의 옷깃에 댔고 그는 그저 응석을 받아주듯 동생을 바라보고만 있다는 것이었다.

"오빠가 이렇게 행복한 걸 보니까 너무 좋다." 미아는 다정하게 말하며 오빠의 뺨에 키스했다. "잘 가. 재미있게 보내." 미아는 펄쩍 뛰어 기다리는 친구들에게로 가버렸다. 그들 중에는 가면을 벗으니 한층 더 심술궂게 보이는 릴리도 있었다. 션은 어디에 있을지 살짝 궁금했다.

"가기 전에 부모님께 작별 인사를 드려야지. 가자."

크리스천은 나를 끌고 손님 무리를 지나 그레이스와 캐릭에게 갔고, 두 분은 다정하게 작별 인사를 했다.

"또 와요, 아나스타샤. 아나가 여기 오니까 얼마나 좋은지 몰라." 그레이스가 친절하게 말했다.

그레이스와 캐릭의 반응은 약간 벅찼다. 다행스럽게도 그레이스의 부모님이 일찍 주무시러 들어간 탓에 적어도 그분들과 열정적 인사는 나누지 않아도 되었다.

안심하고 피곤해서 아무 말 없이 크리스천과 나는 손을 잡고 집 앞으로 걸어갔다. 거기에는 손님들을 태우기 위해서 수많은 차들이 줄지어 기다리고 있었다. 나는 크리스천을 올려다보았다. 그는 행복해 보였다. 이런 식으로 그를 보고 있자니 진정한 기쁨이 밀려왔지만, 그렇게 특별한 하루를 보낸 후라서 특별했던 건 아닌가 생각했다.

"안 추워?" 그가 물었다.

"네, 감사해요." 나는 새틴 숄을 여몄다.

"오늘 저녁 정말 즐거웠어, 아나스타샤. 고마워."

"나도 그래요." 어떤 부분은 특히 다른 부분보다. 나는 생긋 웃었다.

그는 씩 웃더니 고개를 끄덕이다가 이맛살을 찌푸렸다.

"입술 깨물지 마."

그의 말에 나의 피가 달아올라 노래를 불렀다.

"내일 중요한 일이 있다고 한 건 무슨 뜻이에요?" 다른 데로 주의를 돌리려 물었다.

"그린 박사가 너를 진찰하러 올 거야. 게다가 너에게 줄 깜짝 선물도 있고."

"그린 박사요?" 나는 멈춰 섰다.

"그래."

"왜요?

"내가 콘돔을 싫어하니까." 그는 조용히 말했다. 내 반응을 재는 그의 눈이 종이등의 부드러운 불빛 속에서 빛났다.

"이건 내 몸이에요." 그가 내게 미리 묻지 않은 게 화가 났다.

"내 것이기도 해." 그가 속삭였다.

여러 손님이 개의치 않고 우리를 지나갈 때 그를 올려다보았다. 그는 무척 진지해 보였다. 그래, 내 몸은 그의 것이지……. 그가 나보다 더 잘 아니까.

내가 손을 올리자 그는 약간 움찔하긴 했으나 가만히 있었다. 나는 그의 넥타이 끝을 잡고 당겨 풀어 셔츠 맨 위 단추를 드러냈다. 조심스럽게 나는 그 단추를 풀었다.

"이러고 있을 때 무척 섹시해요." 나는 속삭였다. 실제로 그는 항상 섹시하긴 하지만 이런 모습일 때 정말로 섹시했다.

그가 미소를 띠었다. "널 집에 데려다 줘야 해. 가자."

차 안에서 소여가 크리스천에게 봉투 하나를 건넸다. 크리스천은 봉투를 보고 얼굴을 찡그리더니 테일러의 안내로 차에 타는 나를 힐끔 보았다. 테일러는 무슨 영문인지 모르지만 안심한 듯 보였다. 크리스천이 차에 타고 내게 뜯지 않은 봉투를 건넸다. 테일러와 소여는 앞좌석에 앉았다.

"네게 온 거야. 직원이 소여에게 줬다는군. 분명 네게 반한 또 다른 사람이 보낸 걸 테지."

크리스천의 입이 뒤틀렸다. 분명 그 생각만 해도 불쾌한 게 분명했다.

나는 편지를 보았다. 누가 보낸 거지? 봉투를 뜯어서 침침한 빛 속에서 재빨리 읽었다. 맙소사. 그 여자가 보낸 거잖아! 어째서 그 여자는 나를 가만히 놔두지 않는 걸까?

> 아가씨를 잘못 판단했는지도 모르겠네. 당신이야말로 나를 확실히 잘못 판단했고. 공백을 메워야 할 필요가 있다면 전화해요. 점심을 같이 할 수도 있으니까. 크리스천은 내가 당신과 말을 섞는 걸 원치 않는다고 했지만 내가 도와줄 수 있다면 무척 기쁠 거예요. 날 오해하지 말아요. 난 두 사람 사이 찬성하니까. 진심이라는 걸 믿어줘요. 하지만 날 도와줘요. 만약 당신이 그에게 상처라도 주면……. 이미 상처는 충분히 받은 사람이니까. 전화해요. (206) 279-6261
>
> 로빈슨 부인

빌어먹을, 자기 이름을 로빈슨 부인이라고 서명했네! 크리스천이 말했구나. 개자식.

"그 여자에게 말했어요?"

"누구에게 뭘 말해?"

"내가 그 여자를 로빈슨 부인이라고 부른다는 거요." 나는 톡 쏘았다.

"엘레나가 보낸 거야?" 크리스천은 충격을 받은 듯했다. "이

거 참 우습군.” 그는 끙 신음하며 한 손으로 머리를 훑었다. 언짢은 기색이 역력했다. “내일 내가 처리할게. 월요일이나.” 그는 신랄하게 말했다.

인정하기 부끄럽긴 했지만 내 마음의 작은 부분은 기뻤다. 잠재의식이 현명하게 고개를 끄덕였다. 엘레나가 그의 부아를 돋우고 있으니 이건 좋은 일이지. 분명히. 나는 지금은 아무 말도 하지 않기로 하고 그녀가 보낸 편지를 가방에 넣었다. 분위기를 가볍게 하고자 하는 의미로 그에게 구슬을 건넸다.

“다음번까지 맡아둬요.” 나는 중얼거렸다.

그가 나를 힐끔 보았다. 어둠 속에서 그의 얼굴을 보기가 어려웠지만 슬쩍 웃고 있는 듯했다. 그는 내 손을 잡고 꼭 쥐었다.

어둠 속에서 창 밖을 내다보며 길었던 하루를 되돌아보았다. 그에 대해서 수많은 사실을 알았고, 빠졌던 조각들을 주워 모았다. 미용실, 지도, 어린 시절. 하지만 알아낼 사실은 아직도 많았다. 게다가 로빈슨 부인은 어쩌지? 그래, 그 여자는 그를 걱정했다. 그것도 깊이. 그렇게 보였다. 또, 그도 그 여자를 걱정했다. 하지만 같은 방식은 아니었다. 더 이상은 어떻게 생각해야 할지 알 수 없었다. 이런 정보 때문에 머리가 지끈거렸다.

차가 에스칼라 밖에 서자 크리스천이 나를 깨웠다.

“안까지 안아서 들어갈까?” 그가 상냥하게 물었다.

나는 졸린 머리를 저었다. 그럴 순 없지.

엘리베이터 안에 서 있을 때 나는 그에게 기대 어깨에 머리를 얹었다. 우리 앞에 서 있던 소여가 불편한 듯 자세를 바꾸었다.

“하루가 길었지, 아나스타샤?”

나는 고개를 끄덕였다.

"피곤해?"

고개를 끄덕였다.

"오늘은 별로 말이 없네."

고개를 끄덕이자 그가 웃었다.

"자, 너를 침대에 재워주지."

엘리베이터 밖으로 나갔을 때 그가 내 손을 잡았지만 소여가 한 손을 드는 바람에 우리는 현관에 우뚝 멈춰 섰다. 순식간에 나는 잠에서 확 깼다. 소여가 소매에 대고 무어라 말을 했다. 그가 무전기를 차고 있는 줄은 몰랐었다.

"괜찮을 것 같습니다." 그가 말하더니 등을 돌려 우리를 향했다.

"그레이 씨, 스틸 양의 아우디 타이어를 누가 칼로 찢었고 그 위에 온통 페인트를 칠해놓았답니다."

맙소사. 내 차! 누가 그런 짓을? 그 질문이 마음에 떠오르자마자 대답도 알았다. 레일라. 크리스천을 올려다보았더니 그의 얼굴이 창백해져 있었다.

"테일러는 범인이 아파트 안으로 들어와서 아직도 이 안에 있을지도 모른다고 생각하고 있습니다. 확실히 확인하겠답니다."

"알았어." 크리스천이 속삭였다. "테일러의 계획은 뭐지?"

"라이언과 레이놀즈를 데리고 고용인용 엘리베이터로 올라오고 있습니다. 그들이 전면수색을 하고 이상 없는지를 알려줄 겁니다. 저는 두 분과 함께 대기하고 있어야 합니다."

"고맙네, 소여." 크리스천은 한 팔로 나를 꼭 안았다. "하루가 점점 더 재미있어지는데." 그는 쓰라린 한숨을 지으며 내 머리카락에 코를 묻었다. "자, 난 여기 서서 기다릴 수가 없어. 소여, 스틸 양을 보호해줘. 이상 없다는 걸 확인할 때까지 안으로 들여보내면 안 돼. 테일러가 약간 과잉반응을 보이고 있는 게 분명해. 그 여자가 이 아파트 안까지 어떻게 들어오겠어."

뭐라고?

"안 돼요, 크리스천. 나하고 같이 있어요." 나는 애원했다.

크리스천이 나를 놓았다. "시킨 대로 해, 아나스타샤. 여기서 기다려."

안 돼!

"소여?" 크리스천이 말했다.

소여는 현관문을 열고 크리스천을 안으로 들여보낸 후 문을 닫고 그 앞에 서서 무감하게 나를 내려다보았다.

맙소사, 크리스천! 별의별 끔찍한 결말이 머릿속을 스쳐 지났지만 내가 할 수 있는 일이라고는 고작 서서 기다리는 것뿐이었다.

8

소여는 다시 소맷부리에 대고 말했다.

"테일러. 그레이 씨가 아파트 안으로 들어가셨습니다." 그는 움찔하고 이어폰을 잡아 귀에서 뺐다. 아마도 테일러가 엄청난 욕지거리를 퍼부은 모양이었다.

아, 안 돼. 테일러가 걱정을 하고 있다면…….

"나를 들여보내줘요." 나는 애원했다.

"죄송합니다, 스틸 양. 오래 걸리지 않을 겁니다." 소여는 두 손을 들어 방어동작을 취했다. "테일러와 다른 요원들이 이제 막 아파트로 들어섰습니다."

오, 나는 너무나 무력한 기분이었다. 꼼짝도 못하고 서서 아주 작은 소리에도 귀를 쫑긋 세웠지만 귀에 들리는 것이라고는 점차 격해지는 내 숨소리뿐이었다. 내 숨소리는 크고 얕았다. 머리가 따끔거리고, 입이 마르면서 기절할 것만 같았다. 제발, 크리스천이 무사하도록 해주세요. 나는 말없이 기도했다.

시간이 얼마나 지났는지 알 수가 없었지만 여전히 아무 소리도 들리지 않았다. 분명 아무 소리도 나지 않는 게 좋은 징조일 테지. 총소리는 나지 않았으니까. 나는 정신을 딴 데 돌리기 위해 현관에 놓인 탁자 주변을 빙빙 돌면서 벽에 걸린 그림들을 관찰했다.

이전에는 그 그림들을 자세히 본 적이 없었다. 비유적인 그림으로 전부 종교화였다. 성모와 아기 예수. 모두 다 해 열여섯 점이었다. 이상하기도 하지.

크리스천은 종교가 없었다. 있나? 큰 방에 있는 그림들은 다 추상화였다. 이 그림과는 사뭇 달랐다. 그렇지만 이 그림에 오래 정신을 팔고 있을 수 없었다. 크리스천은 어디 있지?

나는 소여를 빤히 쳐다봤지만 그는 무감하게 나를 볼 뿐이었다.

"어떻게 되고 있어요?"

"아직 아무 소식 없습니다, 스틸 양."

불현듯 손잡이가 돌아갔다. 소여가 마치 팽이처럼 빙그르르 돌더니 어깨에 멘 총집에서 총을 뽑았다.

나는 그 자리에 얼어붙었다. 크리스천이 문 앞에 나타났다.

"이상 없어." 그는 소여를 보고 얼굴을 찡그렸고 소여는 즉시 총을 치우고 뒤로 물러서 나를 안으로 들여보냈다.

"테일러가 과잉반응한 거야." 크리스천은 한 손을 내게 내밀며 투덜거렸다. 나는 입을 벌리고 서서 그를 보았다. 움직일 수도 없었고 그의 모습을 하나도 놓치지 않고 음미했다. 헝클어진 머리, 눈 주위의 긴장, 굳어진 턱, 풀어헤친 셔츠 맨 위 단추 두 개. 그 사이에 10년은 늙어버린 기분이었다. 크리스천은 걱정스레 나를 보고 얼굴을 찡그렸다. 그의 눈은 어두웠다.

"괜찮아." 그는 내게로 다가오며 나를 두 팔로 감싸고 머리카락에 키스했다. "자, 피곤하지. 침대로 가자."

"너무 걱정이 되었어요." 나는 머리를 그의 가슴에 얹은 채로 포옹을 한껏 누리고 그의 다디단 냄새를 들이마셨다.

"알아. 우리 모두 흠칫했지."

소여의 모습이 보이지 않았다. 아마도 아파트 안으로 들어간 듯했다.

"솔직히, 당신 이전 애인들은 상대하기가 아주 버겁네요. 그레이 씨." 나는 빈정대듯 말했다. 크리스천은 긴장을 풀었다.

"테일러와 요원들이 모든 옷장과 벽장을 확인했어. 그 여자가 여기 있는 것 같진 않아."

"어째서 여기 있겠어요?" 상식적으로 이해가 되지 않는 일이었다.

"정확한 지적이야."

"들어올 수가 있었어요?"

"어떻게 그럴 수 있는진 모르겠어. 하지만 테일러는 가끔 지나치게 조심하니까."

"오락실은 수색해보았어요?" 나는 속삭였다.

크리스천은 이마에 주름을 잡으며 재빨리 나를 보았다.

"그래, 잠가놓았거든. 하지만 테일러와 내가 확인했지."

나는 근심을 씻어내는 심호흡을 했다.

"술이나 뭐 마시겠어?" 크리스천이 물었다.

"아뇨." 피로가 나를 훑고 지났다. 그저 침대로 가고 싶을 뿐이었다.

"자, 침대에 눕혀주지. 기진맥진해 보여." 크리스천의 표정은 부드러웠다.

나는 얼굴을 찡그렸다. 그는 오지 않을 건가? 혼자 자고 싶은 거야?

그가 자기 침실로 이끌자 나는 안심했다. 나는 서랍장 위에 클러치 백을 놓고 내용물을 비우려 가방을 열었다. 로빈슨 부인의 편지를 슬쩍 보았다.

“자요.” 나는 그 편지를 크리스천에게 주었다. “당신이 이 편지를 읽고 싶을진 모르겠지만요. 난 무시하고 싶어요.”

편지를 재빨리 훑는 크리스천의 턱이 굳어졌다.

“그 사람이 메워줄 수 있다고 하는 공백이 뭔지 모르겠군.” 그는 무시하듯 말했다.

“테일러와 이야기를 해야겠어.” 그는 나를 내려다보았다. “지퍼를 내려주지.”

“차가 훼손된 것, 경찰에 신고할 거예요?” 나는 등을 돌리면서 물었다.

그는 머리카락을 치우고 손가락으로 부드럽게 맨 등을 쓸면서 지퍼를 내렸다.

“아니, 경찰이 개입되는 건 원치 않아. 레일라는 도움이 필요한 거지, 경찰 조사가 필요한 게 아냐. 게다가 경찰들을 여기 부르는 것도 싫고. 레일라를 찾기 위한 노력을 두 배로 강화해야만 하겠지.”

그는 몸을 숙이고 어깨에 가볍게 키스했다.

“침대로 가.” 그는 명령하더니 가버렸다.

누워서 천장을 쳐다보며 그가 돌아오기를 기다렸다. 오늘은 너무나 많은 일들이 일어났고 생각할 것이 너무나 많았다. 어디서부터 시작해야 하지?

나는 방향감각을 잃고 퍼뜩 깼다. 잠들었었나? 살짝 열린 침실 문틈으로 새어들어 오는 복도의 침침한 불빛 속에서 눈을 깜박이면서 크리스천이 옆에 없다는 것을 깨달았다. 어디에 있지? 시선을 들었다. 침대 끝에 그림자 하나가 서 있었다. 여자? 검은 옷을 입었나? 분간하기가 어려웠다.

혼란스러운 상태에서 손을 뻗어 침대맡 전등의 불을 켜고 돌아보았지만 아무도 없었다. 나는 고개를 흔들었다. 상상인 건가? 꿈?

일어서서 방 안을 둘러보았다. 막연하게 어느덧 마음을 덮친 불편함이 나를 사로잡았다. 하지만 난 완전히 혼자였다.

얼굴을 문질렀다. 몇 시나 됐지? 크리스천은 어디에 있지? 자명종 시계가 새벽 2시 15분임을 알렸다.

완전히 녹초가 되어 침대에서 빠져나온 나는 과잉반응하는 상상력 때문에 심란해져서 그를 찾으러 나섰다. 이제 사물이 분간이 되었다. 그날 밤의 극적인 사건들에 대한 반응이었으리라.

큰 방은 비어 있었고 조명이라고는 일자형 식탁 위에 걸린 진자형 전등 세 개에서 나오는 빛뿐이었다. 하지만 살짝 열린 서재 문 사이로 그가 통화하는 소리가 들렸다.

"이 시간에 어디서 전화하는지는 모르지만 할 말은 없어……. 음, 그래 지금 말해요. 전갈을 남길 필요는 없어요."

나는 문 옆에 꼼짝 않고 서서 찔끔하면서도 몰래 엿들었다. 누구에게 말하는 거지?

"아니, 들어봐요. 부탁했잖아요. 지금도 말하고 있고. 그 사람 가만히 놔둬요. 그 여자는 당신과 아무 상관도 없다고. 알겠어요?"

공격적이고 화난 어조였다. 나는 문을 두드릴까 말까 망설였다.

"당신 마음 나도 알아요. 하지만 나도 진심이에요, 엘레나. 그 여자에게 상관하지 말라고. 서면으로 작성해서 공증이라도 받아야겠어요? 내 말 듣고 있어요? 좋아요. 잘 자요."

그는 책상 위에 전화를 쿵 내려놓았다.

아, 젠장. 나는 머뭇머뭇 문을 두드렸다.

"뭐야?" 그가 으르렁거렸다. 나는 도망가 숨고 싶은 지경이었다.

그는 머리를 두 손에 묻고 책상에 앉아 있었다. 그는 시선을 들었다. 표정은 격렬했지만 나를 보자 얼굴은 즉시 부드러워졌다. 크게 뜬 눈은 조심스러웠다. 갑자기 그가 무척 지쳐 보여 내 심장이 죄어들었다.

그는 눈을 깜박였다. 그가 눈으로 내 다리와 등을 다시 쭉 훑었다. 나는 그의 티셔츠를 걸치고 있었다.

"넌 새틴이나 실크를 입어야지, 아나스타샤." 그가 나직이 말했다. "하지만 내 티셔츠를 입고도 넌 아름다워."

아, 기대하지 못했던 칭찬인데.

"당신이 그리워요. 침대로 와요."

그는 천천히 의자에서 일어났다. 아직도 하얀 셔츠와 검은 정장 바지 차림이었다. 하지만 이제 눈은 빛났고 약속으로 가득 차 있었다……. 그렇지만 슬픔의 흔적도 있었다. 그는 내 앞에 서서 나를 강렬히 쳐다보았지만 손대지는 않았다.

"네가 내게 어떤 의미인지 알아?" 그가 속삭였다. "나 때문에 네가 무슨 일이라도 당한다면……." 그는 말꼬리를 흐리며 이맛살을 찌푸렸다. 그의 얼굴을 휙 스치고 지난 고통은 거의 손에 잡힐 듯 생생했다. 그는 몹시도 연약해 보였다. 고통이 눈에 확실히 보였다.

"난 아무런 일도 당하지 않아요." 나는 위로하는 목소리로 그를 안심시켰다. 손을 뻗어 그의 얼굴을 쓰다듬으며 뺨에 돋아난 짧은 수염을 손가락으로 쓸었다. 생각과는 다르게 부드러웠다.

"턱수염이 꽤 빨리 자라네요." 나는 속삭였다. 내 앞에 서 있는 이 아름답고도 엉망진창으로 망가져버린 남자에 대한 경탄을 목소리에서 숨길 수가 없었다.

나는 그의 아랫입술을 따라 그리며 손가락으로 목 아래, 립스틱 자국이 희미하게 남아 있는 자리까지 천천히 훑으며 내려왔다. 그는 여전히 내게 손을 대지 않고서 내려다보았다. 그의 입술이 벌어졌다. 나는 집게손가락으로 선을 따라 그렸고 그는 눈을 감았다. 부드러운 숨결이 빨라졌다. 내 손가락은 그의 셔츠 가장자리에 닿았고 나는 쭉 따라 내려오다 그 다음으로 잠근 단추에 이르렀다.

"난 당신을 만지지 않을 거예요. 그저 셔츠만 벗길게요." 나는 속삭였다.

그가 눈을 휘둥그레 뜨며 경계심 어린 눈초리로 나를 보았다. 하지만 움직이지도 않았고 나를 제지하지도 않았다. 아주 서서히 나는 단추를 풀고 옷감을 그의 피부에서 떼어냈다. 머뭇머뭇 다음 단추로 내려가서 똑같은 과정을 반복했다. 천천히, 집중해서.

나는 그를 만지고 싶지 않았다. 아니, 만지고 싶었지만 그러지 않을 것이었다. 네 번째 단추에 이르렀을 때 붉은 선이 다시 나타났고 나는 수줍게 그를 올려다보며 웃었다.

"다시 고향 땅으로 돌아왔네요." 나는 마지막 단추를 끄르기 전 손가락으로 그 선을 따라 그렸다. 그의 셔츠를 열어젖힌 후 소매 단으로 옮겨가 한 번에 하나씩 반들거리는 검은 보석 커프스 링크를 벗겼다.

"당신 셔츠, 벗겨도 돼요?" 나는 낮은 목소리로 물었다.

그는 여전히 눈을 휘둥그레 뜬 채로 고개를 끄덕였다. 나는 손을 들어 그의 셔츠를 어깨에서 벗겨냈다. 그는 두 손을 빼냈고 이제 웃통을 벗은 채로 내 앞에 서 있었다. 셔츠를 벗은 그는 평정심을 회복한 듯 보였다. 그는 나를 보고 씩 웃었다.

"내 바지는 어쩔 거야?" 그는 한쪽 눈썹을 치키면서 물었다.

"침실에서요. 당신과 침대로 가고 싶어요."

"지금 그렇다고? 스틸 양, 넌 만족을 모르는군."

"이유를 알 수가 없네요." 나는 그의 손을 잡고 서재에서 끌어내 침실로 데려갔다. 방은 서늘했다.

"발코니 문 열어놨어?" 방 안에 들어서자 그가 얼굴을 찡그리며 물었다.

"아니요." 그런 기억이 없었다. 나는 깨어나서 방 안을 훑어봤던 것을 떠올렸다. 문은 분명 잠겨 있었다.

아, 이런…… 핏기가 내 얼굴에서 싹 빠져나갔고 나는 입을 떡 벌린 채로 크리스천을 응시했다.

"왜?" 그는 나를 쏘아보며 딱 잘라 물었다.

"내가 깨어났을 때…… 방 안에 누군가 있었어요." 나는 속삭였다. "그저 상상인 줄 알았는데."

"뭐?" 그는 기겁하더니 발코니 문으로 뛰어가 내다보고 다시 방 안으로 물러서 문을 잠갔다.

"확실해? 누구였어?" 그는 긴장한 목소리로 물었다.

"여자였던 것 같아요. 어두웠어요. 난 막 잠에서 깼고."

"옷을 입어." 그는 도로 들어오며 내게 소리쳤다. "당장!"

"내 옷은 다 위층에 있어요." 나는 우는 소리로 대답했다.

그는 서랍장 서랍 하나를 열더니 스웨트 팬츠 하나를 꺼냈다.

"이거 입어." 바지는 너무 컸지만 말싸움 할 상황이 아니었다.

그도 티셔츠를 꺼내 재빨리 머리 위로 뒤집어썼다. 침대 옆에 놓인 전화를 집더니 그는 버튼 두 개를 눌렀다.

"그 여자가 아직도 여기 있어, 망할." 그는 전화에 대고 씩씩댔다.

대략 3초 후, 테일러와 보안요원 한 명이 크리스천의 침실로 뛰어 들어왔다. 크리스천은 그들에게 무슨 일이 있었는지 간략하게 전했다.

"얼마나 지났죠?" 테일러가 나를 사무적으로 쳐다보면서 따져 물었다. 그는 아직도 재킷 차림이었다. 이 남자는 잠을 자긴 하나?

"10분 전쯤요." 나는 이유 모를 죄책감을 느꼈다.

"그 여잔 이 아파트를 자기 손바닥처럼 훤히 알아." 크리스천이 말했다. "아나스타샤를 대피시켜야겠어. 레일라는 여기 어디 숨어 있을 거야. 그 여자를 찾아내. 게일은 언제 돌아오지?"

"내일 저녁입니다."

"여기가 안전해질 때까지는 돌아오지 못하게 해, 알겠어?" 크리스천이 딱딱거렸다.

"네, 사장님. 벨레뷰로 가실 겁니까?"

"이 문제를 부모님에게까지 끌고 가고 싶진 않아. 다른 데를 예약해줘."

"네, 전화를 드리겠습니다."

"우리 약간 과잉반응 보이고 있는 것 같지 않아요?" 내가 물었다.

크리스천이 나를 쏘아 보았다. "그 여자는 총을 가지고 있을지도 몰라."

"크리스천, 그 여자는 침대 끝에 서 있었어요. 그러고 싶었다면 아마 그때 나를 쐈을 거예요."

크리스천은 화를 조절하려는 듯 잠시 말을 멈췄다. 위협적일

만큼 부드러운 목소리로 그가 말했다.

"난 위험을 무릅쓸 준비가 되어 있지 않아. 테일러, 아나스타샤는 신발이 필요하겠어."

크리스천은 옷장으로 사라졌고 그동안 보안요원이 나를 지켰다. 그의 이름은 기억나지 않았지만 라이언인가 그런 이름 같았다. 그는 복도로 내려갔다가 발코니 창문에 갔다 돌아오기를 반복했다. 크리스천은 2분 후 청바지와 가는 줄무늬가 있는 블레이저를 입고 가죽 메신저 백을 들고 나타났다. 그는 청재킷을 내 어깨에 둘러주었다.

"가자." 그가 내 손을 꼭 잡고 큰 방을 가로질러 성큼성큼 걸어가는 바람에 나는 그에게 끌려 뛰어가다시피 했다.

"그 여자가 여기 어디 숨을 수 있을 것 같진 않은데요." 나는 발코니 문을 내다보며 중얼거렸다.

"이 집은 커. 아직 다 보지도 못했잖아."

"그냥 한 번 불러보면 어때요? 그 여자에게 얘기하고 싶다고 말하면 되잖아요?"

"아나스타샤. 그 여자는 불안정해. 무기를 갖고 있을지도 모른다고." 그가 언짢은 듯 대답했다.

"그럼 그냥 도망가요?"

"일단은 그래."

"그 여자가 테일러를 쏘려고 하면요?"

"테일러는 무기를 잘 알고 있지." 그는 혐오스럽다는 듯 대답했다. "총이라면 그 여자보다 테일러가 빨라."

"레이 아빠도 군대에 있었어요. 내게 총 쏘는 법을 가르쳐주셨죠."

크리스천은 한쪽 눈썹을 치키더니 순간 완전히 당혹스러워하는 듯했다. "네가, 총을?" 그는 못 믿겠다는 듯 되물었다.

"그래요." 나는 모욕받은 기분이었다. "나도 총 정도는 쏴요, 그레이 씨. 그러니 조심하는 게 좋을 걸요. 당신이 걱정해야 할 사람은 그저 미친 이전 서브뿐만이 아니라고요."

"기억해두지, 스틸 양." 그는 건조하게 말했지만 슬며시 유쾌해하는 듯했다. 심지어 이렇게 우스꽝스러울 정도로 긴장된 상황에서도 내가 그를 웃길 수 있다는 걸 아니 기분이 좋았다.

테일러가 현관까지 우리를 배웅했고 내게 작은 여행가방과 내 검은 컨버스 운동화를 건넸다. 나는 그가 옷을 좀 싸왔다는 사실에 어안이 벙벙했다. 나는 고맙다는 뜻으로 그를 보고 수줍게 웃었고 그도 답례로 안심시키는 미소를 살짝 지어 보였다. 미처 자제하지 못하고 나는 그를 꼭 안아주었다. 그는 화들짝 놀란 모양으로, 내가 놓아주자 양 볼이 분홍빛으로 물들어 있었다.

"몸조심하세요." 나는 당부했다.

"그러지요, 스틸 양." 그는 당황해서 대답했다.

크리스천은 나를 보고 얼굴을 찡그리더니 미심쩍은 표정으로 테일러를 보았지만, 테일러는 아주 약간 미소를 짓고는 넥타이를 고쳐 맸다.

"어디로 가는지 나중에 알려주도록 하지." 크리스천이 말했다.

테일러가 주머니에 손을 넣어 지갑을 꺼내더니 크리스천에게 신용카드를 건넸다.

"도착하시면 이 카드를 쓰는 편이 좋을지도 모릅니다."

크리스천은 고개를 끄덕였다. "좋은 생각이야."

라이언이 나타났다. "소여와 레이놀즈는 아무것도 찾지 못했답니다." 그는 테일러에게 보고했다.

"그레이 씨와 스틸 양을 차고까지 모셔다드리게." 테일러가 명령했다.

차고는 황량했다. 뭐, 새벽 3시가 다 됐으니까. 크리스천은 나를 R8의 조수석에 태웠고 내 가방과 그의 가방은 차 앞에 있는 트렁크에 넣었다. 우리 옆의 아우디는 완전히 엉망진창이었다. 타이어는 찢기고 하얀 페인트가 온통 흩뿌려져 있었다. 으스스한 모습에 크리스천이 나를 다른 데로 대피시키는 것을 고맙게 여길 수 있게 되었다.

"대신할 차가 월요일에 올 거야." 크리스천은 내 옆자리에 앉으며 음울하게 말했다.

"이게 내 차인 줄 어떻게 알았죠?"

그는 걱정스레 나를 힐끔 보고 한숨지었다. "레일라도 아우디 A3를 가지고 있었거든. 내 서브들에게는 다 사주었지. 그게 같은 급에서는 가장 안전하니까."

아.

"그럼 딱히 졸업 선물도 아니었던 거군요."

"아나스타샤, 내가 무엇을 원했던 간에 넌 나의 서브미시브였던 적이 한 번도 없어. 그러니까 원칙적으로는 그건 졸업 선물이 맞는 거야." 그는 주차장에서 차를 빼서 속도를 높이고 출구로 나갔다.

그가 무엇을 바랐던 간에. 아, 안 돼……. 내 잠재의식은 슬프게 머리를 흔들었다. 여기가 바로 우리가 항상 되돌아오는 지점이었다.

"아직도 원해요?" 나는 속삭였다.

차 안에 내장된 전화가 울렸다.

"나야." 그가 딱딱거리는 소리로 받았다.

"페어먼트 올림픽 호텔로 가십시오. 제 이름으로 예약해두었습니다."

"고마워, 테일러. 그리고 몸조심해."

테일러는 잠깐 말을 멈췄다. "네, 알겠습니다." 그는 조용히 말했고 크리스천은 전화를 끊었다.

시애틀 거리는 황량했고 크리스천은 피프스 애비뉴를 질주해 5번 주간 고속도로로 향했다. 일단 주간 고속도로에 들어서자 그는 액셀러레이터를 밟아 북쪽으로 향했다. 어찌나 빨리 가속을 내던지 나는 잠시 몸이 뒤로 젖혀질 뻔했다.

슬쩍 그를 쳐다보았다. 그는 깊은 생각에 빠져 몹시도 시무룩하게 말하고 싶지 않다는 기운을 발산했다. 그는 내 질문에 아직 대답하지 않았다. 뒷거울을 자주 쳐다보는 것으로 보아 우리가 미행당하고 있지 않은지 확인하는 듯했다. 어쩌면 그래서 아직도 주간 고속도로에 있는지도 몰랐다. 나는 페어먼트가 시애틀 안에 있다고 알고 있었다.

창밖을 내다보며 지치고 과민한 정신을 추슬러 합리적인 추론을 하려고 해보았다. 만약 레일라가 내게 해를 가하려 했다면 침실에서 충분한 기회가 있었다.

"아니, 내가 바라는 건 아니야. 더 이상은. 그건 분명해졌다고 생각했는데." 크리스천이 부드러운 목소리로 내 깊은 생각을 방해했다.

나는 그를 보고 눈을 깜박이며 어깨에 두른 청재킷을 더 꼭 여몄다. 이 냉기가 내게서 발산되는 건지 밖에서 들어오는 건지 알 수가 없었다.

"난 걱정이 돼요. 알겠지만…… 내가 충분한지."

"넌 충분한 것 이상이야. 세상에, 아나스타샤. 내가 어떻게 해야 해?"

당신 애기를 들려줘요. 날 사랑한다고 말해요.

"플린 박사가 당신에 대해서 알아야 할 것을 다 말했다고 했을 때 어째서 내가 떠날 거라 생각했어요?"

그는 무거운 한숨을 내쉬며 눈을 감더니 한참 동안 대답하지 않았다.

"넌 내 박탈감의 깊이를 이해할 수가 없어, 아나스타샤. 또 나도 그걸 너와 공유하고 싶지도 않고."

"그래서 내가 알면 정말로 떠날 것 같아요?" 믿을 수가 없어 목소리가 높아졌다. "나를 그렇게나 가볍게 보는 거예요?"

"넌 떠날 거야." 그는 슬프게 말했다.

"크리스천…… 그건 가능성이 아주 낮은 일이에요. 난 당신 없이 사는 건 상상할 수도 없는걸요." 전혀…….

"날 한 번 떠났었잖아. 그런 경험 다시 하고 싶지 않아."

"엘레나 말로는 지난 토요일에 만났다더군요." 나는 조용히 속삭였다.

"그렇지 않아." 그는 얼굴을 찡그렸다.

"내가 떠난 후 그 여자를 만나러 가지 않았다고요?"

"가지 않았어." 그는 언짢은 듯 딱 잘라 말했다.

"그러지 않았다고 내가 말하잖아. 나는 의심받는 것 싫어한다고." 그가 비난했다. "지난 주말에 난 아무 데도 가지 않았어. 자리에 앉아서 네가 준 글라이더 모형을 만들었지. 오래도 걸리더군." 그는 조용히 덧붙였다.

내 심장이 다시 죄어들었다. 로빈슨 부인은 그를 만났다고 했는데. 만난 걸까, 아닌 걸까? 그 여자가 거짓말을 했다. 왜?

"엘레나 생각과는 정반대로 나는 내 모든 문제를 가지고 뛰어가진 않아, 아나스타샤. 난 아무에게도 뛰어가지 않는다고. 너도 그 정도는 알아차렸을 텐데. 나는 그렇게 말이 많은 사람이 아니라고."

그는 운전대를 쥔 손에 힘을 주었다.

"당신 아버님 말씀으로는 당신이 2년 동안 말을 하지 않았다던데요."

"이제 아버지도 그런 말씀을 하셨어?" 그의 입이 엄하게 한 일자로 꾹 다물어졌다.

"내가 아버님을 좀 구슬려 정보를 빼냈죠." 당황해서 나는 손가락만 쳐다보았다.

"아버지가 그것 말고 무슨 말씀을 또 하셨지?"

"당신이 병원에 실려왔을 때 진찰했던 의사가 어머님이라고 하셨어요. 아파트에서 발견된 후에."

크리스천은 여전히 무표정했지만…… 조심스러웠다.

"아버님 말로는 피아노를 배운 게 도움이 되었다고 했어요. 미아도요."

여동생의 이름이 나오자 그의 입술이 정다운 미소를 지었다. 잠시 후 그가 말했다.

"미아가 왔을 때는 6개월 정도 되었을 때였나. 난 신이 났지. 엘리엇은 별로 그렇지 못했고. 형은 이미 내가 와서 경쟁했어야 했던 경험이 있으니까. 미아는 완벽한 아기였어."

그의 목소리에 어린 달콤하고 슬픈 경이로움이 심금을 울렸다.

"물론 지금은 별로 그렇지 않지만."

그는 중얼거렸다. 나는 무도회에서 우리의 외설스러운 의도를 성공적으로 무너뜨렸던 미아의 행동들을 떠올렸다. 그 생각을 하니 웃음이 나왔다.

크리스천이 내 쪽을 곁눈질로 보았다. "이게 재미있나 봐, 스틸 양?"

"미아는 우리를 떼어놓으려고 작정한 사람 같더라고요."

그는 별로 즐거운 기색 없이 웃었다. "그래, 참 성공적이었지." 그는 손을 옆으로 뻗어 내 무릎을 꽉 쥐었다.

"하지만 우리도 마지막엔 결국 성공했잖아."

그는 다시 한 번 더 뒷거울을 힐끔 보며 미소를 지었다.

"미행당하는 것 같진 않군."

그는 5번 주간 고속도로로 들어가 시애틀 중심부로 도로 들어갔다.

"엘레나에 대해 뭐 물어봐도 돼요?"

우리는 신호등 앞에 멈춰 섰다.

그는 조심스럽게 나를 쳐다보았다.

"굳이 묻겠다면."

그가 시무룩하게 대답했지만 나는 그가 언짢아한다고 해도 별로 개의치 않았다.

"몇 년 전에 당신이 받아들일 수 있는 방식으로 그 여자가 당신을 사랑했다고 했잖아요. 그게 무슨 뜻이었어요?"

"뻔하지 않아?" 그가 되물었다.

"난 잘 모르겠어요."

"그때 난 건잡을 수 없었어. 남이 손대는 걸 참을 수가 없었지. 지금도 못 참잖아. 호르몬이 치솟는 열네 살, 열다섯 살 사춘기 소년에게는 힘든 시기였지. 그 사람은 소년이 배출할 수 있는 방식을 알려준 거야."

오.

"미아 말로는 당신이 싸움꾼이었다던데."

"젠장, 우리 식구들은 입이 참 가볍기도 하지. 아니면 정말, 너 때문인가."

우리는 좀 더 여러 번 신호 앞에 멈추었다. 그는 눈을 가늘게 떴다.

"사람들에게서 교묘하게 정보를 끌어냈군." 그는 짐짓 싫다는 듯 고개를 흔들었다.

"미아가 자진해서 줬어요. 사실 아주 단도직입적이던데요. 미아는 당신이 경매에서 날 낙찰하지 못하면 주먹다툼이라도 벌일까 봐 걱정했어요." 나는 화가 나서 대꾸했다.

"아, 그럴 위험은 없었어. 다른 사람이 너랑 춤을 추도록 내가 놔둘 리가 없었을 테니."

"플린 박사에게는 양보했잖아요."

"그 사람은 항상 예외야."

크리스천은 나무가 무성하게 자라 근사한 페어먼트 올림픽 호텔 차로로 진입해서 현관 가까이, 고색창연한 석조분수 옆에 주차했다.

"가자." 그는 차에서 나와 우리 짐을 꺼냈다. 주차요원이 깜짝 놀란 얼굴로 우리 앞으로 뛰어왔다. 아마도 이렇게 늦게 도착하는 손님이 드물기 때문이겠지. 크리스천은 그에게 차 열쇠를 던졌다.

"테일러라는 이름으로." 주차요원은 고개를 끄덕였지만 R8에 올라타 차를 몰고 갈 때는 기쁨을 억누르지 못하는 기색이 역력했다. 크리스천은 내 손을 잡고 로비 안으로 성큼성큼 걸어갔다.

안내 데스크에서 그의 옆에 서 있노라니 더할 나위 없이 어색한 기분이 들었다. 나는 시애틀의 가장 고급스러운 호텔에 너무 큰 청재킷과 너무 큰 스웨트 팬츠, 낡은 티셔츠 차림으로 이 우아한 그리스 신 같은 남자 옆에 서 있었다. 분명히 안내직원은 마치 이 등식이 맞아 떨어지지 않는다는 듯 우리를 번갈아 훑어보았다. 물론 그 여자는 크리스천에게 압도당하기도 했다. 여자가 얼굴을 새빨갛게 물들이고 더듬자 나는 눈을 흘겼다. 심지어 손까지 떠네.

"저기, 짐을 운반할 직원이 필요하신가요, 테일러 씨?"

여자는 얼굴이 다시 시뻘게져서 물었다.

"아뇨. 테일러 부인과 내가 알아서 하죠."

테일러 부인! 하지만 난 반지도 끼고 있지 않은데. 나는 두 손을 등 뒤로 감추었다.

"캐스케이드 스위트룸입니다, 테일러 씨. 11층이에요. 저희 벨보이가 가방 운반을 도와드리겠습니다."

"괜찮아요." 크리스천이 딱 잘랐다. "엘리베이터는 어디죠?"

볼 빨간 양이 방향을 가르쳐주었고 크리스천은 다시 한 번 내 손을 잡았다. 나는 폭신한 의자가 가득 놓인 장대하고 호화로운 로비를 슬쩍 둘러보았다. 편안한 소파에 앉아 테리어 강아지에게 간식을 먹이고 있는 검은 머리 여자 말고는 사람 하나 없이 한적했다. 우리가 엘리베이터로 향할 때 여자는 시선을 들어 우리를 보고 미소 지었다. 이 호텔에는 애완동물도 출입 가능해? 이렇게 큰 호텔치고는 참 이상하기도 하지!

스위트룸에는 침실 두 개와 정찬 식당이 있었고 그랜드 피아노까지 놓여 있었다. 거대한 큰 방의 벽난로에는 장작이 타올랐다. 이 스위트룸 하나가 내 아파트보다도 컸다.

"자, 테일러 부인. 너는 어떨지 모르겠지만 난 정말로 한 잔 마셔야겠어." 크리스천은 앞문을 안전하게 잠그면서 중얼거렸다.

그는 침실로 가서 네 기둥이 있는 거대한 킹사이즈 침대 발치 밑에 놓인 발걸이 의자에 우리 가방을 내려놓고 불이 환히 타고 있는 큰 방으로 나를 데려갔다. 반가운 광경이었다. 내가 그 앞에 서서 손을 데우는 동안 크리스천이 술을 두 잔 탔다.

"아르마냐크 브랜디 괜찮아?"

"주세요."

잠시 후, 그도 불 옆에 와서 서더니 내게 브랜디가 담긴 크리스털 잔을 건넸다.

"참 대단한 하루였지, 응?"

나는 고개를 끄덕였고 그는 걱정스러운 눈길로 탐색했다.

"난 괜찮아요." 나는 안심시키듯 속삭였다. "당신은 어때요?"

"뭐, 지금 당장은 이걸 마시고 나서 네가 너무 피곤하지 않다면 너를 침대로 데려가 네 안에서 나를 잊고 싶어."

"그런 조치를 취해볼 수 있을 것 같네요, 테일러 씨." 나는 그를 향해 수줍게 미소를 지었고 그는 신발과 양말을 벗었다.

"테일러 부인, 입술 그만 깨물어." 그가 속삭였다.

나는 잔을 들면서 얼굴을 붉혔다. 아르마냐크는 맛있었고 비단처럼 매끄럽게 목으로 넘어가면서 타는 듯한 온기를 남겼다. 눈을 들어 크리스천을 보았을 때 그는 브랜디를 마시면서 나를 보고 있었다. 허기진 눈은 음험했다.

"넌 정말 끊임없이 나를 놀라게 한단 말이야, 아나스타샤. 오늘 같은, 아니 어제 같은 하루를 보낸 후에도 징징 울지도 않고 비명을 지르며 도망가지도 않았지. 정말 감탄했어. 넌 아주 강하군."

"당신이라는 아주 좋은 이유가 있으니 머무를 수밖에요." 나는 나직이 대답했다. "말했잖아요, 크리스천. 난 아무 데도 가지 않아요. 당신이 이전에 무슨 일을 했다 해도. 내가 당신에게 어떤 감정인지 알잖아요."

내 말을 의심하듯 그의 입술이 비틀렸다. 그는 내가 하는 말이 듣기 고통스럽기라도 한 양 이맛살을 찌푸렸다. 오, 크리스천. 내 감정을 당신이 깨닫게 하려면 대체 어떻게 해야 하나요?

그 사람에게 널 때려도 좋다고 하든가. 내 잠재의식이 비웃었다. 나는 마음속으로 험악한 표정을 지어 보였다.

"호세가 찍은 내 사진 어디에 걸 거예요?" 나는 분위기를 가볍게 띄우려고 물었다.

"그거야 봐서." 그의 입술이 실룩였다. 분명히 이 화제가 그의 구미에 더 맞는 듯했다.

"뭘 봐서요?"

"상황을 봐야지." 그는 수수께끼처럼 말했다. "아직 전시회가 끝나지 않았잖아. 그러니 지금 당장 결정할 필욘 없지."

나는 머리를 한쪽으로 갸우뚱 기울이고 눈을 가늘게 떴다.

"넌 자기 마음대로 꽤 엄한 표정을 지을 수 있군, 테일러 부인. 그래도 난 말 안 할 거야." 그가 애를 태웠다.

"당신을 고문해서 진실을 캐낼 거예요."

그는 한쪽 눈썹을 치켰다. "정말이야, 아나스타샤? 네가 지키지 못할 약속을 해서는 안 되는 거 아냐?"

아, 세상에. 그의 생각이 그렇단 말이야? 나는 난로 선반 위에 잔을 내려놓고 손을 뻗었다. 크리스천이 놀랍게도 그의 잔을 집어 내 잔 옆에 놓았다.

"지금 어떤지 알아봐야겠네요." 나는 속삭였다. 브랜디 기운 탓이겠지만 무척 대담하게 크리스천의 손을 잡고 침실로 이끌었다. 침대 발치에서 나는 멈춰 섰다. 크리스천은 흥미를 감추려 했다.

"자, 이젠 날 여기까지 데려왔군, 아나스타샤. 이젠 어쩔 작정이지?" 그는 낮은 목소리로 약 올렸다.

"먼저 당신 옷부터 벗길 거예요. 아까 시작했던 일을 끝내고 싶네요." 나는 그의 몸에 손대지 않으려고 조심하면서 재킷 옷깃을 잡았다. 그는 움찔 물러서지는 않았지만 숨을 참고 있었다.

부드럽게 그의 재킷을 어깨 너머로 밀어버렸다. 그는 눈을 내게서 떼지 않았다. 모든 장난기가 사라졌고 타는 듯 나를 바라보는 눈이 점점 커졌다. 신중함…… 아니 욕구 때문? 그의 표정은 수만 가지로 해석이 가능했다. 무슨 생각을 하고 있을까? 나는 재킷을 팔걸이의자에 놓았다.

"자, 이제 당신 티셔츠." 나는 속삭이며 티셔츠 자락을 잡아 위로 들어올렸다. 그는 두 팔을 들고 물러서며 내가 머리 위로 더 쉽게 끌어올릴 수 있도록 협조했다. 일단 티셔츠를 벗은 후 그는 강렬한 눈빛으로 내려다보았다. 이젠 선정적으로 엉덩이에 걸친 청바지뿐이었다. 그의 팬티 허리밴드가 그 위로 보였다.

나는 그의 탄탄한 복부를 굶주린 눈길로 옆으로 훑다가 이제 희미한 얼룩으로만 남은 립스틱 자국에 이르렀다 다시 가슴으로 올라갔다. 지금 이 순간은 혀로 그 가슴 털을 핥으며 그의 맛을 음미하고 싶을 뿐이었다.

"이제 무엇을?" 그는 타는 듯한 눈으로 속삭였다.

"여기에 키스하고 싶어요." 나는 그의 배 양쪽의 좌골을 손가락으로 쭉 이었다.

그는 입술을 살짝 벌리고 날카롭게 숨을 훅 들이켰다. "말리지 않도록 하지." 그가 낮게 내뱉었다.

나는 그의 손을 잡았다. "그럼 눕는 게 좋겠어요." 나는 웅얼거리면서 네 기둥이 있는 침대 옆으로 데려갔다. 그는 당혹스러운 표정을 지었다. 누가 그를 리드한 적이 없었던 것이 아닐까 하는 생각이 마음속에 떠올랐다. 물론 그 여자 이후로는…….
안 돼. 그런 생각은 하지 말자.

이불을 들어올리고 그는 침대 가장자리에 걸터앉아 나를 올려다보며 기다렸다. 그의 표정은 조심스러웠고 진지했다. 나는 그의 앞에 서서 청재킷을 쓱 벗어 바닥에 떨어지게 놔두고 그의 스웨트 팬츠도 발을 빼서 벗었다.

그는 엄지손가락으로 다른 손가락을 문질렀다. 나를 만지고 싶어서 근질거리는 모양이었지만 그 충동을 억눌렀다. 심호흡을 하고 용기를 내서 나는 입고 있는 티셔츠 자락을 잡고 머리 위로 벗었다. 이제 나는 그의 앞에 벌거벗고 서 있었다. 그는 내게서 눈을 떼지 않았지만 침을 꿀꺽 삼키면서 입술을 살짝 벌렸다.

"넌 아프로디테야, 아나스타샤." 그는 중얼거렸다.

나는 두 손으로 그의 얼굴을 잡고 위로 들었고 허리를 굽혀 그에게 키스했다. 그는 낮게 신음했다.

내 입을 그의 입 위에 댔을 때 그가 내 엉덩이를 잡았다. 미처 깨닫기도 전에 나는 그의 몸 아래 깔려 있었다. 그가 다리로 내 다리를 벌려 그 사이에 자기 몸을 얹었다. 그는 내 입을 거칠게 탐하면서 키스를 퍼부었고 우리의 혀가 얽혔다. 그의 손이 내 허벅지를 훑고 엉덩이로 올라와 배를 지나 가슴까지 왔다. 그는 내 젖꼭지를 꼬집고 굴리고 감질나게 잡아당겼다.

나는 신음을 흘리며 나도 모르게 골반을 들어 그의 몸에 비볐다. 그의 바지 앞섶 솔기와 그 아래에서 일어나 점점 커져가는 부분이 달콤하게 내 몸에 쓸렸다. 그는 키스를 멈추고 나를 내려다보았다. 그는 넋을 잃은 듯했고 숨도 채 쉬지 못했다. 그가 엉덩이를 움직이자 그의 일어선 부분이 나를 눌러왔다. 그래요……. 바로 거기예요.

내가 눈을 감고 신음하자 그가 똑같이 반복했지만 이번에 나는 그가 대답하듯 신음하는 소리를 음미하며 제자리로 밀어냈고 그는 내게 다시 키스했다. 그는 천천히 맛있는 고문을 계속했다. 나를 문지르고, 그를 문지르고. 그가 맞았다. 그의 몸속에서 잊어버리는 것. 다른 모든 것을 밀어내는 것은 사람을 한껏 취하게 했다. 내 걱정은 다 지워졌다. 나는 여기 이 순간 그와 함께 있었다. 내 피가 혈관에서 노래를 불렀고 귓속에서 시끄럽게 쿵쿵 울리면서 우리의 헐떡이는 숨소리와 섞였다. 나는 두 손을 그의 머리카락에 묻고 그를 내 입으로 끌어당기며 한껏 들이마셨다. 내 혀는 그의 혀처럼 탐욕스러웠다. 손가락으로 그의 팔, 등 아래를 지나 청바지 허리띠까지 훑었다. 대담하고 탐욕스러운 바지 안으로 들어가 그를 자극하고 또 자극했다. 다른 모든 것은 잊었다. 우리 둘 말고는.

"내가 남자구실 못하게 할 작정이야, 아나?" 그가 갑자기 속삭이더니 내게서 휙 떨어져 나가 무릎을 꿇었다. 그는 청바지를 쓱 끌어내리고 내게 포일 포장을 건넸다.

"너, 날 원하지. 나도 죽도록 원해. 어떻게 하는지 알지?"

나는 불안하지만 능숙하게 포일을 찢고 콘돔을 꺼내 그에게 씌웠다. 그는 내려다보며 입을 벌리고 씩 웃었다. 눈은 안개가 낀 듯한 회색이었고 육체적인 약속으로 가득 차 있었다. 그는 내 위에 몸을 숙이고 눈을 감은 채로 코를 내 코에 대고 비볐다. 그는 맛있게, 천천히 내 안으로 들어왔다.

나는 그의 두 팔을 잡고 턱을 들어 그가 나를 소유하는, 절묘하도록 충만한 느낌을 누렸다. 그는 이로 내 턱을 훑었고 몸을 뺐다가 다시 내게로 미끄러져 들어왔다. 참으로 느리고, 참으로 달콤하고, 참으로 부드러웠다. 그의 몸이 내 몸을 눌렀고 팔꿈치와 손은 내 얼굴 양쪽에 놓았다.

"너랑 있으면 다른 모든 건 다 잊게 돼. 넌 가장 좋은 치료제야." 그는 숨을 내뱉으며 고통스러울 정도로 여유 있는 속도로 내 몸 하나하나를 음미했다.

"제발, 크리스천, 좀 더 빠르게요."

나는 더 원했다. 지금.

"아, 안 돼, 자기. 지금은 이렇게 천천히 해야 해." 그는 달콤하게 키스하더니 내 아랫입술을 살짝 깨물며 부드러운 신음 소리를 흡수했다.

나는 두 손을 그의 머리카락 안에 묻고 아주 천천히 그의 리듬에 항복했다. 그의 몸을 감싸고 절정에 이르렀을 때 내 몸은 점점 더 높이 올라 고원까지 다다랐다 빠르게 쿵 떨어져 내렸다.

"오, 아나." 마침내 배출구를 찾았을 때 그의 입술에 어린 내 이름은 마치 감사 기도처럼 들렸다.

그는 내 배에 머리를 대고 두 팔로 나를 감싸 안았다. 내 손가락은 그의 헝클어진 머리카락 속을 헤맸다. 얼마나 흘렀을까, 우리는 이렇게 그저 누워만 있었다. 무척 늦은 시간이었고 나는 무척이나 피곤했지만 크리스천 그레이와 사랑을 나눈 후의 조용하고 평온한 여운을 즐기고 싶을 뿐이었다. 그게 바로 우리가 한 행위니까. 부드럽고 달콤하게 사랑을 나누다.

그렇게 짧은 시간 안에 그는 먼 길을 왔고, 나도 마찬가지였다. 다 빨아들이기에는 너무나 많았다. 엉망진창으로 망가진 것들이 많아서, 그와 내가 함께한 소박하고 솔직한 여행을 놓치고 있었다.

"너를 아무리 가져도 질리지가 않아. 날 떠나지 마." 그는 중얼대면서 내 배에 키스했다.

"난 아무 데도 가지 않아요, 크리스천. 게다가 당신 배에 키스하고 싶었다는 게 이제야 기억이 나네요." 나는 졸린 목소리로 투덜거렸다.

그는 내 피부에 대고 씩 웃었다. "이제 널 말릴 건 없지."

"움직일 수 있을 것 같지가 않아요……. 너무 피곤해요."

크리스천은 한숨짓더니 마지못해 움직였다. 그는 머리를 팔꿈치로 괴고 내 옆에 모로 누워 이불을 끌어다 우리 두 사람 몸을 덮었다. 그는 사랑이 가득한 따뜻한 눈을 번득이며 나를 내려다보았다.

"이제 자, 자기." 그는 내 머리카락에 키스하고 한 팔을 내게 둘렀다. 나는 잠 속으로 떠돌며 들어갔다.

눈을 떴을 때 방 안에 빛이 가득해서 눈을 깜박였다. 수면 부족 때문에 머릿속이 온통 엉켜 있었다. 여기가 어디지? 아, 호텔이었지…….

"안녕." 크리스천이 정답게 웃으며 속삭였다. 그는 옷을 다 갖춰 입은 채로 내 옆 침대 위에 누워 있었다. 얼마나 오래 이렇게 있었을까? 나를 관찰했던 걸까? 갑작스레 나는 말할 수 없이 수줍어졌고 빤히 나를 쳐다보는 그의 눈길에 얼굴이 달아올랐다.

"안녕." 나는 웅얼대며 엎드려 누워 있었던 게 다행이라 생각했다. "얼마나 오래 날 보고 있었어요?"

"네가 자는 모습은 몇 시간 동안이나 봐도 즐거운걸, 아나스타샤. 하지만 여기 온 지 고작 5분밖에 되지 않았지." 그는 몸을 숙여 부드럽게 내게 키스했다. "그린 박사가 곧 올 거야."

"아." 크리스천의 부적절한 개입에 대해서는 까마득하게 잊고 있었다.

"잘 잤어?" 그가 온화하게 물었다. "내가 보기는 그랬던 것 같은데. 그렇게 코를 드르렁 골았던 걸 보면."

아, 장난기 넘치는 변덕쟁이 같으니.

"난 코 안 골아요!" 나는 토라져서 입을 삐죽 내밀었다.

"그래, 코 안 골더라." 그는 나를 보면서 씩 웃었다. 아직도 희미한 붉은 립스틱 자국이 목 주변에 보였다.

"샤워했어요?"

"아니. 널 기다렸어."

"아…… 그래요. 지금 몇 시죠?"

"10시 15분. 너를 더 일찍 깨울 마음이 들지 않아서."

"애초에 마음 같은 건 없다고 하지 않았나요?"

그는 슬픈 미소를 띠었으나 대답하지 않았다.

"아침 주문했어. 너는 팬케이크와 베이컨. 가자, 일어나. 여기 혼자서 외로워지던 참이었으니까."

그가 내 엉덩이를 찰싹 때리는 바람에 나는 펄쩍 뛰어 침대에서 일어났다.

흠…… 이게 크리스천 나름대로 따뜻한 애정을 보여주는 방식이겠지.

기지개를 켜니 온몸이 쑤셨다. 그럴 만도 하지. 그렇게 섹스를 하고 춤도 추고 비싼 하이힐을 신고 비틀거리고 다녔으니.

나는 비틀비틀 침대에서 내려가 호화스럽게 꾸민 욕실로 가면서 어제 있었던 사건들을 마음속으로 되새겨보았다. 욕실 밖으로 나와서는 놋쇠 옷걸이에 걸린 폭신폭신한 목욕가운 중 하나를 입었다.

레일라, 나와 닮은 여자. 머리가 불러낸 가장 놀라운 이미지였다. 그것과 크리스천의 침실에 출현했던 으스스한 모습. 그 여자는 뭘 원하는 걸까? 나? 크리스천? 뭘 하고 싶은 거지? 어째서 내 차를 망가뜨린 걸까?

크리스천은 다른 서브들처럼 내게 또 다른 아우디를 주겠다고 했었다. 그 생각은 달갑지 않았다. 그가 내게 주었던 돈을 너그럽게 참고 넘겼기 때문에 이제 와서는 내가 할 수 있는 일이 많지 않았다.

스위트룸의 큰 방로 들어갔다. 크리스천의 흔적은 보이지 않았다. 마침내 찾았을 때 그는 식당에 있었다. 나는 근사한 아침식사가 차려져 있음에 감사하며 자리에 앉았다. 크리스천은 이미 아침식사를 끝내고 일요일자 신문을 읽으며 커피를 마시고 있었다. 그는 나를 보며 미소를 지었다.

"다 먹어. 오늘은 힘이 좀 필요할 테니까." 그가 약을 올렸다.

"어째서요? 나를 침실에 가두는 게 아니었나요?"

내 안의 여신은 막 섹스해서 온통 흐트러진 표정을 한 채 갑자기 고개를 홱 쳐들었다.

"그 생각도 참 구미가 당기긴 하지만, 오늘은 나가야 할 것 같아. 신선한 공기를 마시자."

"그렇게 해도 안전해요?" 나는 순진하게 물었지만 목소리에 담긴 비꼬는 어조는 아무리 해도 숨길 수가 없었다.

크리스천의 얼굴이 어두워지더니 입이 한일자로 꾹 다물어졌다.

"우리가 가는 데는 안전해. 게다가 농담할 만한 사안도 아니고." 그는 눈을 가늘게 뜨며 엄격하게 덧붙였다.

나는 얼굴을 붉히며 아침식사를 내려다보았다. 어제 온갖 드라마를 겪고 늦은 밤까지 보낸 후에 이처럼 혼나고 싶진 않았다. 나는 토라진 기분에 말없이 아침식사를 먹었다.

내 잠재의식이 나를 보고 고개를 절레절레 저었다. 크리스천은 내 안전에 대해서는 농담하지 않는다. 그 정도는 이제 깨닫고 있어야 했다. 나는 그를 향해 눈을 흘기고 싶었지만, 참았다.

그래, 난 피곤해서 성질을 부리고 있어. 어제 하루가 너무 길었고 잠도 제대로 못 잤잖아. 그런데 오, 저 사람은 어떻게 저렇게 산뜻할 수가 있담? 인생은 공정하지가 않아.

그때 누가 문을 두드렸다.

"훌륭한 의사 선생님이 오셨군." 크리스천은 아직도 내 비꼬는 말투에 상처받은 듯 투덜거리는 목소리였다. 그는 탁자에서 일어서 나갔다.

그저 평온하고 정상적인 아침을 맞을 수는 없는 걸까? 나는 크게 한숨짓고 아침식사를 반쯤 먹다 만 채로 일어서서 피임약 박사님을 맞으러 갔다.

우리는 침실에서 진찰을 했고 그린 박사는 입을 떡 벌리고 나를 쳐다보았다. 박사의 옷차림은 지난번보다는 좀 더 편해 보였다. 캐시미어로 된 연분홍 카디건 트윈 세트와 검은 바지를 입고, 고운 금발 머리는 풀어 내렸다.

"그냥 약을 끊어버렸다고요? 그냥 그렇게?"

나는 바보 멍청이가 된 기분에 얼굴을 붉혔다.

"네." 이보다 더 작은 목소리로 말할 수 있을까?

"임신했을지도 몰라요." 박사는 사실을 전달하는 투로 말했다.

뭐라고? 세상이 내 발밑에서 떨어져 나갔다. 내 잠재의식은 바닥에 쓰러져 구역질을 했다. 나도 구역질을 할 것만 같았다. 안 돼!

"자, 여기에 소변 받아오세요." 박사는 오늘 아주 사무적이었다. 전혀 사정 봐주지 않았다.

나는 순순히 박사가 내민 플라스틱 컵을 받아들고 어질어질한 머리로 욕실로 갔다. 안 돼, 안 돼, 안 돼. 절대 그럴 수 없어……. 절대로……. 분명히 아니야, 아닐 거야.

저 변덕스러운 남자가 어떻게 나올까? 나는 얼굴이 창백해졌다. 길길이 뛰겠지.

아, 제발! 나는 말없이 기도를 올렸다.

그린 박사에게 샘플을 건네자 박사는 신중하게 작고 하얀 막대를 넣어보았다.

"마지막으로 월경한 게 언제예요?"

저 하얀 막대를 초조하게 바라보고 있을 수밖에 없는 이 와중에 그런 사소한 것까지 기억해내야 해?

"음…… 수요일이었나? 지난번 아니고 그 전번에. 6월 1일이었어요."

"그럼 약을 끊어버린 건 언제였죠?"

"일요일요. 지난 일요일."

박사는 입을 꾹 다물었다.

"괜찮을 거예요." 박사는 날카롭게 말했다. "표정을 보아하니 계획하지 않은 임신을 하면 전혀 반가워하지 않겠네요. 매일 약을 먹지 않을 거라면 비경구피임약이 더 좋겠어요."

박사는 엄격한 표정으로 나를 쳐다보았고 나는 그 권위적인 눈길에 움츠러들었다. 박사는 하얀 막대를 들어 들여다보았다.

"괜찮아요. 아직 배란을 하지 않았고 적절한 예방 조치를 취한다면 임신하지 않을 거예요. 자, 그러면 주사를 처방하고 싶은데요. 지난번에는 부작용이 있을까 봐 고려하지 않았지만 솔직히 말해서 아이라는 부작용이 훨씬 더 대대적인 영향을 끼치고 오래 가기도 하죠."

박사는 자기 농담이 재미있는지 미소를 지었지만 나는 그 기분에 맞춰줄 수가 없었다. 너무나 어안이 벙벙했다.

그린 박사는 부작용에 대해서 세세히 설명하기 시작했지만 그 말은 한 마디도 듣지 않고 그저 안도감에 마비되어 앉아 있었다. 크리스천에게 임신했을지도 모른다고 고백을 하느니 차라리 내 침대에 낯선 여자들이 줄줄이 나타나는 편이 낫겠다는 생각까지 했다.

"아나!" 그린 박사가 호통쳤다. "이걸로 합시다." 박사는 나를 망상에서 끄집어냈고 나는 기꺼이 소매를 걷었다.

박사가 나가자 크리스천은 문을 닫은 후 나를 조심스럽게 쳐다보았다.

"다 괜찮대?"

나는 말없이 고개를 끄덕였고 그는 고개를 갸우뚱하게 옆으로 기울였다. 얼굴은 걱정으로 굳어져 있었다.

"아나스타샤, 뭐야? 그린 박사가 뭐라고 했어?"

나는 고개를 저었다. "7일 후면 해도 될 거라고."

"7일?"

"그래요."

"아나, 무슨 일이야?"

난 침을 꿀꺽 삼켰다. "걱정할 건 없어요. 제발, 크리스천. 그냥 모르는 척해요."

크리스천은 내 앞에 섰다. 그는 내 턱을 잡아 고개를 뒤로 젖히고 내 공포를 해독하려는 듯 눈을 들여다보았다.

"말해." 그가 딱딱하게 을렀다.

"할 얘기는 아무것도 없어요. 옷 입을래요." 나는 턱을 그의 손에서 뺐다.

그는 한숨을 짓더니 한 손으로 머리를 훑으며 나를 보며 얼굴을 찡그렸다.

"샤워하자." 마침내 그가 입을 열었다.

"물론이죠." 나는 건성으로 대답했고 그의 입이 비틀렸다.

"이리 와." 그는 뚱하게 말하며 손을 잡고 깍지를 꼈다. 그는 욕실로 성큼성큼 걸어갔고 나는 뒤따랐다. 기분이 나쁜 건 나만이 아닌 듯했다. 샤워기를 틀고 크리스천은 재빨리 옷을 벗더니 내 쪽으로 돌았다.

"뭣 때문에 화가 난 건지, 아니면 그저 수면 부족 때문에 기분이 좋지 않은 건지 모르겠군." 그는 내 목욕가운을 풀면서 말했다. "하지만 내게 말해줬으면 좋겠어. 내 상상력이 마구 흐르기 시작하는데, 별로 마음에 안 들거든."

나는 그를 보고 눈을 흘겼고 그는 눈을 가늘게 뜨고 나를 쏘아보았다. 젠장! 좋아…… 말해버리자.

"피임약을 빼먹었다고 박사님에게 혼났어요. 임신했을지도 모른다고 하더군요."

"뭐?" 그의 얼굴이 창백해졌다. 그는 잿빛이 되어 나를 쳐다보았고 손은 그 자리에서 얼어버렸다.

"하지만 임신하진 않았어요. 박사님이 테스트를 했죠. 충격적이었고 그뿐이었어요. 내가 그렇게 멍청했다니 믿을 수가 없네요."

그가 안도하는 기색이 역력했다. "임신 아닌 게 확실해?"

"그래요."

그는 깊은 숨을 내쉬었다. "좋아, 그래. 그런 소식을 들었으면 아주 거북했겠지."

나는 얼굴을 찡그렸다. ……거북해?

"난 당신 반응이 더 걱정되었어요."

당황했는지 미간에 주름이 잡혔다.

"내 반응? 아, 당연히 안도했지. 그렇게 너를 임신시켰다면 정말 부주의와 무례의 극치였을 거야."

"그렇다면 앞으로는 절제하는 편이 좋겠네요." 나는 식식대는 소리로 대꾸했다.

그는 내가 무슨 과학 실험이라도 하는 양 영문을 모르겠다는 듯 나를 잠시 쳐다보았다.

"오늘 아침 기분이 안 좋은가 보네."

"그저 충격받은 거죠. 그뿐이에요." 나는 뾰로통하게 반복했다.

그는 내 가운 옷깃을 잡고 끌어당겨 따뜻하게 안아주더니 머리카락에 키스하며 내 머리를 자기 가슴에 기대게 했다. 나는 내 뺨을 간질이는 그의 가슴 털에 정신이 홀렸다. 아, 그의 가슴에 얼굴을 비빌 수 있다면.

"아냐, 난 이런 것에 익숙하지 않아." 그는 나직이 말했다. "본능대로 하자면 너를 때려주고 싶지만, 네가 그걸 원할지는 심히 의심이 되는군."

맙소사. "그래요, 원치 않아요. 이게 더 도움이 되네요." 나는 크리스천을 더 꼭 껴안았고 우리는 낯선 포옹을 하며 한참 동안 그렇게 서 있었다. 벌거벗은 크리스천과 목욕가운에 감싸인 나. 나는 다시 한 번 그의 솔직함에 나가 떨어졌다. 그는 관계에 대해서는 아무것도 몰랐고 나도 그에게서 배운 것 이외에 아무것도 모르기는 마찬가지였다. 그래, 믿음과 인내를 달라고 부탁했었지. 어쩌면 나도 똑같은 부탁을 해야 할지 모른다.

"가자, 샤워하게." 마침내 그는 나를 놓아주며 말했다.

그는 한 발짝 물러서며 내 가운을 벗겼고 나는 그를 따라 쏟아지는 물속으로 들어가며 고개를 들었다. 거대한 샤워기 아래엔 우리 둘 다 들어갈 자리가 충분했다. 크리스천은 샴푸를 집어 머리를 감기 시작했다. 그가 내게 샴푸를 건네자 나도 똑같이 했다.

아, 무척 좋은 느낌이었다. 눈을 감으며 나는 온몸을 씻어주는 따뜻한 물에 몸을 맡겼다. 샴푸를 씻어내자 그의 두 손이 내 몸에 다가와 비누칠을 해주는 것을 느꼈다. 내 어깨, 팔, 겨드랑이, 가슴, 등. 그는 나를 부드럽게 돌려세우더니 나를 자기 몸으로 끌어당기며 비누칠을 계속 했다. 배 위, 아래, 그의 능숙한 손가락이 다리 사이로 들어갔다. 으음…… 엉덩이까지. 오, 무척이나 느낌이 좋았고 무척이나 친밀했다. 그는 나를 다시 돌려세워 자기 얼굴을 마주보게 했다.

"자." 그는 조용히 말하며 바디워시를 내게 건넸다. "남은 립스틱 자국을 다 닦아주었으면 좋겠어."

흥분해서 나는 눈을 번쩍 뜨고 그와 재빨리 눈을 마주쳤다. 그는 흠뻑 젖은 아름다운 몸으로 나를 강렬하게 쳐다보고 있었다. 찬란하게 빛나는 회색 눈에선 아무런 감정도 읽을 수 없었다.

"선 너머 올라가면 안 돼." 그는 긴장된 목소리로 말했다.

"알았어요." 나는 그가 방금 한 부탁의 중대성을 이해하려고 하며 대답했다. 금지 구역의 경계까지 만질 수 있도록 허락한 것이었다.

나는 비누를 약간 손에 짜고 문질러 거품을 만든 다음 그의 어깨에 바르고 부드럽게 양쪽의 립스틱 자국을 씻어내기 시작했다. 그는 꼼짝하지 않고 눈을 감았다. 표정은 무감했지만 숨이 가빠졌다. 정욕 때문이 아니라 공포 때문임을 알았다. 그래서 머뭇대지 않고 바로 시작했다.

떨리는 손가락으로 가슴 양쪽의 선을 조심스럽게 따라가며 비누칠을 하고 부드럽게 문질렀다. 그는 침을 꿀꺽 삼켰고 이를 악무는 듯 턱이 굳어졌다. 아! 내 심장이 죄어들었고 목이 갑갑해졌다. 아, 안 돼. 울 것만 같아.

비누를 더 짜려고 손길을 멈추었더니 내 앞에 선 그에게서 긴장이 빠져나가는 것이 느껴졌다. 그를 올려다볼 수가 없었다. 그의 고통을 참고 볼 수가 없었다. 너무 힘들었다. 이제 침을 삼키는 것은 내 쪽이었다.

"준비됐어요?" 내 목소리에서 긴장이 크고 선명하게 울렸다.

"그래." 그는 공포가 어린 허스키한 목소리로 속삭였다.

두 손을 부드럽게 그의 가슴 양쪽에 대자 그는 다시 굳어졌다.

너무 버거웠다. 그가 내게 보여주는 신뢰에 벅차올랐다. 그의 공포에 어쩔 줄을 몰랐고 이 아름답고 타락하고 결점이 있는 남자에게 행한 가혹 행위에 어쩔 줄을 몰랐다.

눈물이 고여 얼굴을 타고 흘러내렸지만 샤워기 안에서 떨어지는 물에 씻겨나갔다. 오, 크리스천! 누가 당신에게 이렇게 했나요?

얕은 침을 삼킬 때마다 그의 가슴이 위아래로 오르내렸고 그의 몸은 뻣뻣하게 굳었다. 내가 손을 움직이며 선을 지워갈 때 긴장감이 그에게서 전파처럼 발산되었다. 아, 이처럼 그의 고통을 지워줄 수만 있다면 무슨 짓이라도 할 텐데. 보이는 흉터 하나하나마다 키스하고 싶은 생각, 학대당한 끔찍한 세월을 키스로 지워주고 싶다는 생각밖에 들지 않았다. 하지만 그럴 수 없다는 것을 알았다. 내 눈물이 제멋대로 뺨을 타고 흘러내렸다.

"아니, 그러지 마. 울지 마." 두 팔로 나를 꼭 감싸 안는 그의 목소리에는 고통이 잔뜩 묻어났다. "제발 나 때문에 울지 마." 그 말에 나는 얼굴을 그의 목에 묻으며 울음을 터뜨리고 말았다. 공포와 고통의 바다에서 길을 잃었을 작은 소년을 떠올렸다. 무시당하고 학대당하고 참을 수 있는 한계를 넘어서까지 상처 입고.

그는 내게서 몸을 떼더니 두 손으로 내 머리를 잡아 뒤로 기울였다. 그는 고개를 숙여 내게 키스했다.

"울지 마, 아나. 제발." 그는 내 입에 대고 중얼댔다. "오래전 일이야. 네가 나를 만질 수 있도록 하고 싶은 마음은 간절하지만 난 참을 수가 없어. 내겐 너무 버거워. 제발, 제발 울지 마."

"나도 당신을 만지고 싶어요. 당신이 아는 것 이상으로. 이런 모습, 아프고 두려워하는 모습을 보는 것만으로도, 크리스천…… 내 마음이 너무나 아파요. 난 당신을 정말 사랑해요."

그는 엄지손가락으로 내 아랫입술을 훑었다. "나도 알아. 알아." 그가 속삭였다.

"당신은 사랑할 수밖에 없는 사람인걸요. 그거 몰라요?"

"아니야, 난 그렇지 않아."

"당신은 그런 사람이에요. 난 당신을 사랑하고 당신 가족도 마찬가지예요. 엘레나와 레일라도. 방식이 이상하긴 해도 그 사람들도 당신을 사랑하고 있어요. 당신은 가치 있는 사람이에요."

“그만둬.” 그는 한 손가락을 내 입술에 대며 고개를 절레절레 저었다. “그런 말 듣고 싶지 않아. 난 쓰레기야, 아나스타샤. 껍데기만 남은 인간이야. 난 마음이 없어.”

“아니, 있어요. 그리고 난 그 마음을 원해요. 그 마음 전부를. 당신은 좋은 사람이에요, 크리스천. 정말로 좋은 사람. 그걸 의심하지 마요. 당신이 해온 일들을 봐요. 이제까지 이룬 것…….” 나는 흐느꼈다. “내게 해준 걸 봐요……. 나를 위해 당신이 등을 돌려야 했던 것.” 나는 속삭였다. “알아요. 난 당신이 내게 어떤 감정인지 알아요.”

그는 휘둥그레 뜬 눈에 공포를 담고 나를 내려다보았다. 우리 귀에 들리는 것이라고는 샤워기에서 연신 흘러내리는 물소리뿐이었다.

“당신도 날 사랑하잖아요.” 나는 속삭였다.

그의 눈이 한층 더 커졌고 입이 벌어졌다. 그는 마치 숨이 막히는 듯 깊이 숨을 들이쉬었다. 고문이라도 당하는 표정이었다. 연약하기 그지없었다.

“맞아.” 그는 속삭였다. “나도 그래.”

9

환희를 억누를 수 없었다. 잠재의식은 어안이 벙벙해서 아무 말 못하고 나를 보고 입을 떡 벌렸고 나는 크리스천의 고통스러운 눈을 갈망하듯 올려다보면서 함박웃음을 지었다.

부드럽고 다정한 고백은 그가 용서를 구하기라도 한 양 나의 깊고 원초적인 바닥까지 와 닿았다. 짧은 단어, 세 마디는 마치 천상에서 내려온 음식 같았다. 눈물이 다시 한 번 솟았다. 맞아, 당신도 그렇죠. 나도 알고 있었어요.

무거운 맷돌을 옆으로 치워버리기라도 한 듯 갇힌 마음을 해방시키는 깨달음이었다. 이 아름답고, 엉망진창으로 망가진 남자. 한때 나의 낭만적 영웅이라고 생각했던 강하고 고독하며 수수께끼 같은 남자는 이 모든 특성을 가지고 있었지만 또한 깨어지기 쉽고 외톨이였으며 자기혐오로 가득 차 있었다. 내 마음은 고백을 받은 기쁨과 그의 괴로움에 대한 아픔으로 부풀어 올랐다. 그리고 이 순간 내 마음 하나만도 우리 두 사람에게는 충분히 크다는 것을 알았다. 그 마음이 우리 둘 모두를 감쌀 만큼 크기만을 바랄 뿐이었다.

나는 손을 들어 그의 사랑스럽고 잘생긴 얼굴을 잡아 부드럽게 키스했다. 이 한 번의 달콤한 접합에 내 사랑을 모두 쏟아부었다. 폭포처럼 쏟아지는 뜨거운 물속에서 그를 삼켜버리고 싶었다. 크리스천은 신음하며 마치 들이마셔야 살 수 있는 공기처럼 나를 꽉 안았다.

"아, 아냐." 그는 쉰 목소리로 속삭였다. "난 당신을 원해. 하지만 여기서는 말고."

"그래요." 나는 그의 입에 대고 열렬히 속삭였다.

크리스천은 샤워기를 끄고 내 손을 잡은 후 데리고 나가 목욕 가운으로 나를 감쌌다. 그는 수건을 집어 허리에 둘렀고 더 작은 수건을 가져와 부드럽게 내 머리를 말려주기 시작했다. 그가 만족할 만큼 닦은 후 수건을 내 머리에 얹어준 덕분에 세면대 위 커다란 거울에 비친 나는 마치 너울을 쓰고 있는 듯했다. 그는 내 뒤에 섰고 거울 속에서 우리 시선이 마주쳤다. 타오르는 회색 눈과 환한 푸른 눈. 그 모습에 어떤 생각이 하나 떠올랐다.

"내가 보답해도 돼요?" 나는 물었다.

그는 고개를 끄덕였지만 이맛살을 찌푸렸다. 나는 화장대 옆에 쌓인 수많은 폭신폭신한 수건 중 하나를 집은 후 발꿈치를 들고 그의 앞에 서서 머리를 닦아주기 시작했다. 그는 더 쉽게 할 수 있도록 앞으로 고개를 숙여주었다. 수건 아래서 슬쩍슬쩍 비치는 그의 얼굴을 보니 마치 어린아이처럼 씩 웃고 있었다.

"누가 이렇게 해준 건 참 오랜만이야. 아주 오랜만이지." 그는 중얼거렸지만 곧 얼굴을 찡그렸다. "사실, 누가 내 머리를 닦아준 적이 없는 것 같은걸."

"어렸을 때 그레이스가 닦아주지 않았어요?"

그가 고개를 젓는 바람에 더 이상 닦을 수 없었다.

"아니, 어머니는 첫날부터 내 경계선을 존중했어. 괴로워하시긴 했지만. 나는 어렸을 때부터 자기 일은 자기가 알아서 했지." 그는 조용히 말했다.

아무도 돌보아주지 않았기 때문에 스스로 돌봐야 했던 구릿빛 머리카락의 소년을 생각하니 옆구리를 누가 발로 찬 듯한 통증이 일었다. 속이 메슥거릴 정도로 슬픈 생각이었다. 하지만 우울한 생각이 지금 막 꽃 핀 이 친밀한 감정을 낚아채도록 놔둘 순 없었다.

"음, 영광이네요." 나는 부드럽게 놀렸다.

"그런 거지, 스틸 양. 아니면 영광인 쪽은 나인가."

"그건 말할 필요도 없고요, 그레이 씨." 나는 애교 있게 대답했다.

나는 그의 머리를 다 말리고 작은 수건을 하나 더 집어서 그의 뒤로 돌아가서 섰다. 거울 속에서 그와 시선이 마주쳤다. 경계하며 질문하는 듯한 표정을 보고 나는 즉시 입을 열었다.

"다른 것 해봐도 돼요?"

잠시 후 그는 고개를 끄덕였다. 나는 신중하게, 살살 부드러운 천으로 그의 왼팔을 닦으며 피부에 맺힌 물방울을 닦아냈다. 시선을 들어 거울 속에 비친 그의 표정을 확인했다. 그는 타는 듯한 눈을 깜박거리며 내 눈을 바라보고 있었다.

몸을 앞으로 숙여 그의 이두박근에 키스했다. 그의 입술이 아주 약간 벌어졌다. 같은 식으로 다른 팔도 닦고 이두박근을 따라가며 키스를 했다. 가벼운 미소가 그의 입술에 떠돌았다. 나는 조심스럽게, 아직 희미하게 보이는 립스틱 선 아래 등도 닦았다. 아직 그의 등까지 다 닦을 용기는 나지 않았다.

"등 전체를 다 해도 돼." 그가 조용히 말했다. "수건을 댄다면."

그는 날카로운 숨을 들이쉬며 눈을 꼭 감았고 나는 기운차게 등의 물기도 다 닦았다. 다만 수건만 대려고 무던히도 애를 썼다.

그의 등은 참으로 매력적이었다. 떡 벌어진 조각 같은 어깨, 섬세하게 잡힌 잔 근육. 정말 몸을 잘 가꿔온 듯했다. 이 아름다운 광경이 흉터 때문에 훼손되었다.

어렵사리 그 흉터를 외면하고 하나하나 키스해주고 싶은 충동을 억눌렀다. 내가 다 마치자 그는 숨을 내쉬었고 나는 몸을 앞으로 숙여 그의 어깨에 키스했다. 내 팔을 앞으로 둘러 배를 닦아주었다. 우리의 눈이 다시 한 번 거울 안에서 마주쳤다. 그는 즐거운 표정이었지만 한편으로는 경계심도 있었다.

"이것 들어요." 나는 더 작은 얼굴 수건을 건넸고 그는 영문을 모르겠다는 듯 찡그렸다.

"조지아에서의 일 기억나요? 나에게 당신 손을 이용해서 내 몸을 만지게 했잖아요."

나는 덧붙였다.

그의 얼굴이 어두워졌다. 나는 그의 반응을 무시하고 두 팔을 그에게 둘렀다. 거울에 비친 우리 모습—아름다운 나신의 크리스천과 머리를 덮은 나—은 구약성경을 그린 옛날 바로크 회화의 인물들 같았다.

나는 그의 한 손을 잡았고, 그는 순순히 그 손을 내게 맡겼다. 그의 손을 가슴까지 올린 후 수건을 천천히 움직여 어색하지만 그가 스스로 몸을 닦게 했다. 한 번, 두 번. 그 다음에 다시. 그는 꼼짝도 하지 않았다. 긴장으로 굳어졌다. 오로지 시선만이 그의 손을 감싼 내 손을 따라 움직일 뿐이었다.

내 잠재의식은 찬성하는 표정을 지었다. 평소에는 못마땅하게 꾹 다물어져 있던 입술이 미소를 짓고 있었다. 나는 최상의 인형 조종사가 되어 있었다. 그의 걱정이 등에서 물결처럼 퍼져 나왔지만 그는 눈을 떼지 않았다. 다만 그 눈은 더 음험해지고 한층 더 치명적인…… 비밀을 드러내는 듯했다. 어쩌면.

내가 가고 싶은 곳이 거기일까? 나는 그의 악마와 맞서고 싶은 걸까?

"이제 몸이 다 마른 것 같아요." 나는 손을 내리고 속삭이며 거울에 비친 그의 눈의 심연을 들여다보았다. 그의 호흡이 더 빨라졌고 입술이 벌어졌다.

"난 네가 필요해, 아나스타샤." 그가 속삭였다.

"나도 당신이 필요해요." 그 말을 입 밖으로 내자마자 그 말의 진실성이 나를 치고 지났다. 난 이제 크리스천 없이 산다는 것을 상상도 할 수 없었다. 절대로.

"내가 널 사랑할 수 있도록 해줘." 그는 쉰 목소리로 말했다.

"그래요." 나는 대답하고 몸을 돌렸다. 그는 나를 품 안으로 끌어넣었다. 그의 입술이 나를 찾고 태우고 숭배하고 아꼈다……. 나를 사랑했다.

끝난 후 행복감에 푹 젖어 서로 마주보고 있을 때 그는 손가락으로 내 등뼈 위아래를 훑었다. 나는 베개를 껴안고 엎드린 자세로, 그는 모로 누운 자세로 나란히 누웠고 나는 그의 부드러운 손길을 즐겼다. 지금 당장 나를 만지고픈 욕구가 느껴졌다. 나는 그에게는 상처에 바르는 향유, 위안의 근원이었다. 어떻게 그를 거부할 수가 있었을까? 나도 그에게 완전히 똑같은 감정을 느끼는데.

"그래, 당신도 부드럽게 할 수가 있네요." 나는 중얼거렸다.

"으흠…… 그런 것 같군, 스틸 양."

나는 생긋 웃었다. "딱히 그렇지도 않았잖아요. 우리가 처음, 음…… 이걸 할 때는요."

"그렇지 않았다고?" 그가 히죽 웃었다. "내가 네 순결을 빼앗았을 때 말이야?"

"당신이 빼앗았다고 생각하진 않아요." 나는 오만하게 대꾸했다. 난 연약한 처녀가 아니란 말이죠. "내 순결은 자유의지로 기꺼이 당신에게 준 거에요. 나도 당신을 원했어요. 게다가 내 기억이 정확하다면 나도 약간은 즐겼던 것 같네요." 나는 아랫입술을 깨물며 수줍게 미소를 지었다.

"내 기억이 맞다면 나도 그랬던 것 같군, 스틸 양. 우리는 서로 기쁘게 해주려는 목적이 있었지." 그는 느릿느릿 말했고 그의 얼굴은 부드럽고 진지해졌다. "그럼, 이제 넌 내 것이라는 뜻이군. 완전히." 나를 바라보는 눈에서 모든 장난기가 사라졌다.

"그래요." 나는 그에게 대답했다. "나 당신에게 물어보고 싶은 게 있었어요."

"말해봐."

"친아버지 있잖아요…… 누군지 알아요?" 그 생각은 줄곧 나를 괴롭혔다.

그가 이맛살을 찌푸리며 고개를 저었다.

"몰라. 그 여자의 포주였던 그 자식은 아니었으니 그나마 다행이지."

"어떻게 알아요?"

"아버지가…… 캐릭이 해준 말이 있어."

나는 대답을 기다리면서 기대하듯 크리스천을 올려다보았다.

"정보에 몹시도 굶주렸군, 아나스타샤." 그는 고개를 절레절레 저으며 한숨지었다. "그 포주가 약쟁이 창녀의 시체를 발견하고 경찰에 전화를 했어. 하지만 그자가 신고했을 땐 이미 죽은 지 나흘이나 지났을 때였지. 그자는 나갈 때 문을 닫았어. 나를…… 나를 시체와 남겨두고."

어두운 기억에 그의 눈까지 흐려졌다.

나는 숨을 헉 들이쉬었다. 불쌍한 꼬마 소년. 얼마나 무서웠을까, 생각하기도 싫겠지.

"경찰이 나중에 그 자식을 신문했어. 나랑은 하등 관계가 없다고 펄쩍 뛰며 부인했다더군. 캐릭 말로는 나와는 전혀 닮지 않았다고 했어."

"그 사람이 어떻게 생겼는지는 기억해요?"

"아나스타샤. 난 인생의 그 부분을 자주 들여다보지 않아. 그래. 어떻게 생겼는지 기억하지. 영원히 잊지 못할 거야." 크리스천의 얼굴은 어두워지고 굳어져 좀 더 각이 졌다. 그의 눈은 분노로 얼음처럼 차가워졌다.

"다른 이야기하면 안 돼?"

"미안해요. 당신 기분을 상하게 할 생각은 아니었어요."

그는 고개를 저었다. "옛날 얘기야, 아나. 내가 생각하고 싶지 않은 이야기."

"그럼, 깜짝 선물이라는 게 뭐예요?" 그가 다시 50가지 빛깔을 가진 피프티로 변신해 온갖 변덕을 부리기 전에 화제를 바꿔야 했다. 그의 표정이 즉시 가벼워졌다.

"신선한 공기 쐬러 나가지 않을래? 보여주고 싶은 게 있어."

"좋아요."

그의 기분이 얼마나 빨리 휙휙 바뀌는지 놀라울 뿐이었다. 정말 종잡을 수가 없었다. 그는 소년같이 태평한, '난 고작 스물일곱 살이야'라는 듯한 미소를 지었고 나는 심장이 입까지 튀어나올 것 같았다. 그래, 그것이 그의 진심에 가장 가까운 것임을 알 수 있었다. 그는 장난스레 내 엉덩이를 탁 쳤다.

"옷 입어. 청바지면 될 거야. 테일러가 널 위해 뭘 주차해놓았는지 보자."

그는 일어서서 팬티를 입었다. 오, 여기 하루 종일 앉아서 그가 방 안을 돌아다니는 모습만 구경하라고 해도 할 것 같았다.

"일어서라니까." 그가 여전히 고압적으로 꾸짖었다. 나는 씩 웃으며 그를 보았다.

"그저 전망을 감상하고 있었어요."

그는 눈을 흘겼다.

옷을 입은 후, 나는 우리가 서로 잘 알게 된 두 사람처럼 딱딱 맞춰서 움직인다는 것을 깨달았다. 서로 상대방을 주의 깊게 관찰하고 존재를 의식했으며 가끔씩 수줍은 미소나 달콤한 손길을 교환했다. 내게도 새로운 일이지만 그에게도 참 새로운 경험이리라는 생각이 문득 들었다.

"머리를 말려." 일단 옷을 입자 크리스천이 명령했다.

"이전처럼 참 명령조네요." 나는 헤실헤실 웃었고 그는 몸을 숙여 내 머리에 키스했다.

"그렇다고 바뀌는 건 없어. 난 네가 아프길 원하지 않으니까."

내가 눈을 흘기자 그가 재미있다는 듯 입술을 비틀었다.

"내 손바닥이 아직도 근질거리는데, 스틸 양."

"그 소리 들으니까 반갑네요, 그레이 씨. 슬슬 당신이 날카로운 면모를 잃고 있지 않나 생각하던 참이거든요."

"그렇지 않다는 걸 기꺼이 보여줄 준비가 언제든지 되어 있지. 네가 원한다면."

크리스천은 커다랗고 헐렁한 크림색 스웨터를 가방에서 꺼내 어깨 위로 맵시 있게 걸쳤다. 하얀 티셔츠와 청바지, 근사하게 헝클어진 머리, 이 스웨터까지. 마치 고급 패션 잡지에서 막 걸어 나온 사람 같았다.

이렇게 멋지면 안 되는 것 아닐까. 그의 완벽한 외모에 잠깐 정신이 팔렸는지, 그가 나를 사랑한다는 걸 알았기 때문인지는 몰라도 그의 협박은 더 이상 두렵지 않았다. 이 남자는 50가지 빛깔을 가진 남자, 나의 피프티 셰이드였다. 이게 바로 그의 모습이었다.

헤어드라이어를 집었을 때 선명한 희망이 한 줄기 피어났다. 중간 지점을 찾을 수 있을지도 몰라. 그저 서로의 욕구를 인식하고 절충하면 돼. 나도 그 정도는 할 수 있지 않을까?

서랍장 거울에 비친 내 모습을 보았다. 테일러가 싸준 연청색 셔츠를 입고 있었다. 머리카락은 엉망이었고 얼굴은 붉어졌고 입술은 부어올랐다. 크리스천의 타오르는 키스를 생각하며 입술에 손을 댔다. 그 모습을 보면서 작은 미소가 떠오르는 것을 억누를 수 없었다. '맞아, 나도 그래.' 그는 말했었다.

"어디로 가는 거예요, 정확히?" 로비에서 주차요원을 기다리며 물었다.

크리스천은 코 옆을 톡 두드리고 음모를 꾸미듯 윙크를 했다. 기쁨을 억지로 누르려는 듯한 모습이었다. 솔직히, 전혀 그답지 않은 모습이었다.

우리가 글라이더를 타러 갔을 때와 비슷했다. 어쩌면 바로 비행을 하러 가는지도 모른다. 나는 그를 보고 환한 미소를 지었다. 그는 삐뚜름한 미소를 지을 때처럼 오만하게 코 아래로 나를 내려다보았다. 몸을 숙이고 그는 부드럽게 키스했다.

"당신 때문에 내가 얼마나 행복한지 알까?" 그가 나직이 말했다.

"알아요…… 정확히. 당신 때문에 나도 그런걸요."

함박웃음을 지은 주차요원이 크리스천의 차를 타고 나타났다. 이런, 오늘은 세상 사람이 다 행복한가 봐.

"정말 좋은 차입니다, 손님." 주차요원은 열쇠를 건넸다. 크리스천은 윙크를 하고 팁을 헤플 정도로 퍼주었다.

나는 그를 보고 얼굴을 찡그렸다. 정말 참.

차들 사이로 달려가는 동안 크리스천은 깊은 생각에 빠져 있었다. 스피커에서는 젊은 여자의 목소리가 들려왔다. 아름답고 풍부하며 감칠맛이 있는 목소리. 슬프고 소울이 가득한 여자의 목소리에 푹 빠져버렸다.

"우회로를 타야겠어. 오래 걸리지 않을 거야."

그가 건성으로 말하는 바람에 나는 노래에서 주의를 딴 데로 돌렸다.

아, 왜? 나는 깜짝 선물이 뭔지 알고 싶어서 한껏 호기심이 동한 상태였다. 내 안의 여신은 다섯 살 아이처럼 통통 튀고 있었다.

"그래요." 뭔가 이상했다. 갑자기 그는 무시무시할 만큼 결연해 보였다.

그는 커다란 자동차 판매소의 주차장으로 들어가더니 차를 세우고 신중한 표정으로 나를 향했다.

"네게 새 차를 사줘야겠어." 그의 말에 나는 입을 떡 벌렸다.

지금? 일요일에? 대체 무슨 일이지? 게다가 여기는 사브 영업소였다.

"아우디가 아니고요?" 멍청하게도 내 입에서 나온 말은 이 한 마디였다. 다행스럽게도 그는 실제로 얼굴을 약간 붉혔다.

부끄러워하는 크리스천이라니, 이것도 처음이네!

"넌 좀 다른 걸 좋아할지도 모른다고 생각했어." 그가 중얼거렸다. 그는 약간 불편한 듯 몸을 꿈지럭대고 있었다.

오, 제발…… . 무척 귀한 기회인지라 놀려주지 않을 수 없었다. 나는 생긋 웃었다. "사브요?"

"그래. A9-3. 가자."

"외국 차에 너무 약한 거 아니에요?"

"독일과 스웨덴 차가 세계에서 가장 빨라, 아나스타샤."

그런가요?

"당신이 벌써 나를 위해 아우디 A3를 주문한 줄 알았는데요."

그는 음험하게 흥미롭다는 표정을 지었다.

"그거야 취소하면 되지. 가자."

그는 차에서 내려 내 쪽으로 오더니 문을 열어주었다.

"네게 졸업 선물 빚졌잖아."

그는 한 손을 내밀었다.

"크리스천, 이럴 필요 없어요."

"없기는. 자, 가자고."

사소한 일로 시간낭비하기 싫다는 어투였다.

체념했다. 사브? 내가 사브를 바라나? 나는 아우디 서브미시브용 특별 차를 좋아했다. 아주 산뜻한 차였다.

물론 지금은 하얀 페인트를 흠뻑 뒤집어썼지만…… . 몸이 떨렸다. 그 여자가 아직도 여기 돌아다니고 있다니.

나는 크리스천의 손을 잡았고 우리는 전시장 앞으로 들어갔다.

자동차 판매원 트로이 터니안스키는 크리스천에게 찰싹 달라붙었다. 돈 냄새를 맡을 줄 아는 남자였다. 억양으로 보아 이상하게도 대서양 중부 출신 같았다. 어쩌면 영국 사람인가? 구분하기가 어려웠다.

"사브 말씀이십니까, 손님? 중고요?" 판매원은 반색하며 손바닥을 비볐다.

"새 걸로." 크리스천은 엄하게 일자로 입을 꾹 다물었다.

새 차라니!

"염두에 둔 모델이라도 있으십니까?" 지나치게 아첨하는 말투라 신경에 거슬릴 정도였다.

"9-3 2.0T 스포츠 세단으로."

"탁월한 선택이십니다."

"어떤 색이 좋아, 아나스타샤?" 크리스천이 고개를 기울였다.

"아…… 검정요?" 나는 어깨를 으쓱했다. "하지만 정말로 이럴 필요 없어요."

그는 얼굴을 찡그렸다. "검정은 밤에 잘 안 보여."

아, 맙소사. 나는 눈을 흘기고 싶은 유혹과 싸웠다. "당신도 검은 차 있잖아요."

그는 험악한 표정으로 나를 보았다.

"그럼 샛노란색으로 할게요." 나는 어깨를 으쓱했다.

크리스천은 못마땅한 표정을 지었다. 샛노란색은 분명히 그의 취향은 아닐 테니까.

"그럼 어떤 색으로 했으면 좋겠어요?" 나는 어린아이 대하듯 물었다. 여러 면에서 그는 어린아이나 다름없었다. 달갑지 않은 그 생각에 슬프기도 했지만 동시에 정신이 번쩍 들기도 했다.

"은색이나 흰색."

"그러면 은색요. 그리고 아우디로 할래요."

나는 여러 생각에 누그러져서 말했다.

트로이는 차를 못 팔지도 모른다는 생각에 창백해졌다.

"혹 사모님께는 컨버터블 쪽이 좋지 않으실까요?"

그는 열정적으로 두 손을 잡고 물었다.

내 잠재의식은 이 차를 사는 일 자체에 굴욕을 느끼고 싫증이나 꿈지럭거렸다. 하지만 내 안의 여신이 발을 걸어 잠재의식을 바닥에 눕혔다. 컨버터블? 군침 도는데!

크리스천이 얼굴을 찡그리며 나를 쳐다보았다.

"컨버터블 어때?" 그는 한쪽 눈썹을 치켰다.

나는 얼굴을 붉혔다. 그는 마치 내 안의 여신과 직통전화선이라도 연결된 것만 같았다. 물론 가지고 있겠지. 가끔은 무척이나 불편했다. 나는 두 손을 내려다보았다.

크리스천이 트로이를 향했다. "컨버터블의 안전 통계는 어떻죠?"

트로이는 크리스천의 약점을 감지하고 온갖 통계를 주워섬기며 핵심을 공략했다.

당연히 크리스천은 내가 안전하기를 원했다. 그에게는 종교나 다름없었다. 그래서 광신자처럼 그는 트로이의 청산유수 같은 수다를 열심히 들었다. 크리스천은 정말로 내 안전을 걱정했다.

맞아, 나도 그래. 오늘 아침 그가 목멘 소리로 속삭였던 말을 기억했다. 녹아내리는 빛이 따뜻한 꿀처럼 내 혈관 안을 흘렀다. 이 남자, 신이 여자에게 준 선물 같은 남자가 나를 사랑한다.

나도 모르게 그에게 멍청한 웃음을 지어 보였다. 내려다보는 그의 표정은 재미있어하는 것 같았지만 내 표정에 당황한 것 같기도 했다. 나는 내 몸을 껴안았다. 몹시도 행복했다.

"뭘 마시고 그렇게 들떴는지 몰라도, 나도 좀 마시고 싶은데, 스틸 양."

트로이가 컴퓨터로 향할 때 그가 중얼거렸다.

"당신을 마시고 들뜬 거죠, 그레이 씨."

"정말? 확실히 취한 것처럼 보이긴 해." 그가 살짝 키스했다. "차를 받아줘서 고마워. 지난번보다 훨씬 더 쉬웠군."

"뭐, 이건 아우디 A3는 아니잖아요."

그는 싱긋 웃었다. "그건 네게 어울리는 차가 아니었어."

"마음엔 들었는데."

"손님, 9-3 말씀하셨죠? 비버리 힐즈 대리점에 하나 있는데요. 이틀 안에 배달해드리겠습니다."

트로이가 의기양양해서 홍조를 띠었다.

"옵션은 최상급으로?"

"그럼요."

"좋아요." 크리스천은 신용카드를 꺼냈다. 아니면 테일러 것일까? 그 생각을 하니 심란했다. 테일러가 어떻게 지내고 있을까 생각했다. 만약 아파트에서 레일라를 찾아낸다면. 나는 이마를 문질렀다. 그래, 그것도 크리스천과 만날 때 감수해야 할 부록이지.

"여기로 오십시오. 손님……." 트로이는 명함의 이름을 보았다. "그레이 씨."

크리스천이 차 문을 열어주어 나는 조수석에 올라탔다.

"고마워요." 그가 내 옆에 앉자 인사했다.

그는 미소를 지었다.

"무슨 그런 말씀을, 아나스타샤."

크리스천이 시동을 걸자 음악이 다시 시작됐다.

"이거 누구예요?" 내가 물었다.

"에바 캐시디."

"목소리가 참 아름답네요."

"정말 그렇지. 그랬어."

"아."

"요절했거든."

"아."

"배고파? 아침도 다 안 먹었잖아." 나를 보는 얼굴에 못마땅한 기색이 떠올랐다.

어, 허. "네."

"그럼 점심부터 먹자."

크리스천은 부두로 차를 몰더니 알라스칸 웨이 고가교를 따라 북쪽으로 달렸다. 시애틀에는 화창한 날씨가 하루 더 이어졌다. 지난 몇 주간 쭉 그랬던 것처럼 날씨가 맑았다.

에바 캐시디의 달콤하고 소울 가득한 목소리를 들으며 고속도로를 달려갈 때 크리스천은 행복하고 느긋해 보였다. 이전에 그와 함께 있으면서 이처럼 편안했던 적이 있을까? 알 수 없었다.

이제 그의 기분이 변할까 하는 불안은 덜해졌다. 그가 나를 벌주지 않을 거라는 확신이 들었다. 그도 나와 함께 있으면서 편안해했다. 그는 좌회전을 하며 해안 길을 따라갔고 마침내 거대한 보트 정박장 건너편 주차장에 차를 세웠다.

"여기서 먹자. 문을 열어줄게."

그가 그런 식으로 말하면 움직이지 않는 편이 현명하다는 것을 알고 있었기 때문에 그가 차 주변을 돌아가는 모습을 바라보았다. 이런 게 익숙해지기는 할까?

우리는 팔짱을 끼고 요트 정박장 앞에 뻗어 있는 부둣가를 걸었다.

"배가 참 많네요." 나는 감탄했다. 각양각색의 보트 수백 척이 고요하고 잔잔한 수면 위에 까닥까닥 떠 있었다. 저 멀리 푸젯 사운드 위에는 수십 척의 돛단배가 바다 위에서 앞뒤로 흘러갔다. 건전하게 야외활동을 즐기는 광경들이었다. 바람이 살짝 불어와 나는 재킷을 여몄다.

"추워?" 그는 물으며 나를 더 꼭 끌어당겼다.

"아니요. 그저 풍경을 즐기고 있었어요."

"하루 종일 봐도 즐거울 것 같지. 자, 이쪽."

크리스천은 커다란 해변 술집으로 나를 이끌더니 카운터로 향했다. 실내장식은 서부 해안이라기보다도 뉴잉글랜드식이었다. 벽은 흰색과 라임색이었고 가구는 온통 연하늘색에, 보트 도구들이 사방에 걸려 있었다. 밝고 명랑한 곳이었다.

"그레이 씨!" 술집 주인이 크리스천을 따뜻하게 맞았다. "오늘 오후엔 무슨 일로 다 왕림을?"

"단테, 잘 있었어요?" 크리스천은 웃으며 인사했고 우리는 둘 다 바 의자에 걸터앉았다. "이 아름다운 숙녀는 아나스타샤 스틸."

"SP 플레이스에 오신 것을 환영합니다." 단테는 친근하게 웃어 보였다. 그는 피부가 검고 잘생긴 사람이었다. 검은 눈동자는 나를 평가하는 듯했으나 딱히 모자라는 점을 찾아낸 것 같지 않았다. 귀에 박힌 커다란 다이아몬드 귀걸이가 나를 보고 윙크했다. 금방 그가 마음에 들었다.

"뭘 마시겠어요, 아나스타샤?"

나는 크리스천을 힐끔 보았고 그는 나를 기대하듯 보고 있었다. 아, 나한테 고르라 이거지.

"그냥 아나라고 부르세요. 전 뭐든 크리스천이 마시는 걸로 주세요." 나는 단테를 보고 수줍게 웃었다. 크리스천의 와인 취향이 나보다 훨씬 더 좋으니까.

"난 맥주로 하지. 여긴 시애틀에서 유일하게 애덤스 익스플로러를 마실 수 있는 술집이야."

"맥주요?"

"그래." 크리스천이 나를 보고 씩 웃었다. "익스플로러 두 병 줘요, 단테."

단테는 고개를 끄덕이더니 맥주를 바 위에 올려놓았다.

"여긴 맛있는 해물 차우더도 팔아." 크리스천이 설명했다.

내 의향을 묻고 있는 것이었다.

"차우더와 맥주 잘 어울리겠네요." 나는 그를 보고 미소를 지었다.

"차우더 둘 드릴까요?" 단테가 물었다.

"주세요." 크리스천이 그를 보고 씩 웃었다.

우리는 처음으로 식사를 하면서 대화를 나누었다. 크리스천은 여유롭고 침착해 보였다. 어제 수많은 일들이 있었지만 오늘은 젊고 행복하고 활기에 넘쳤다. 그는 그레이 엔터프라이즈 홀딩스의 창립 역사를 설명했다. 그가 더 많은 이야기를 털어놓을수록, 문제가 있는 회사를 개선하려는 정열과 개발하고 있는 기술에 대한 희망 및 제3세계의 토지 생산성을 향상하겠다는 꿈을 훨씬 더 잘 이해할 수 있게 되었다. 나는 황홀하게 빠져서 이야기를 들었다. 그는 재미있고 영리하며 박애주의를 실천하고 아름다웠으며 나를 사랑했다.

내 차례가 되자 그는 이제 레이 아빠와 엄마, 몬테사노의 청명한 숲에서 자란 성장 과정, 텍사스와 라스베이거스에서 짧게 지낸 생활에 대한 질문을 성가시게 퍼부었다. 그는 내가 가장 좋아하는 책과 영화에 대해 알고 싶어 했고 나는 우리가 공통점이 참으로 많다는 것을 알고 놀랐다.

이야기를 하다 보니 그가 《테스》의 알렉에서 에인절로 변했다는 생각이 들었다. 그렇게 짧은 순간에 타락한 난봉꾼에서 고귀한 이상을 가진 사람으로 변하다니.

식사를 마쳤을 때는 2시가 넘었다. 크리스천은 계산을 마쳤고 단테는 우리에게 정답게 작별 인사를 했다.

"참 좋은 식당이네요. 점심 고마워요."

크리스천은 내 손을 잡았고 우리는 술집을 떠났다.

"언제 다시 오자."

부두를 따라 걸을 때 그가 말했다.

"네게 보여줄 게 있어."

"알아요……. 보고 싶어 죽겠어요. 그게 뭐든 간에."

우리는 손을 잡고 정박지를 따라 걸었다. 정말 상쾌한 오후였다. 사람들이 일요일을 즐기러 나와 있었다. 개를 산책시키는 사람, 보트를 구경하는 사람, 해안 산책로를 뛰어가는 아이를 보는 사람.

정박지 아래로 내려가니 배들이 점점 커졌다. 크리스천은 나를 부두로 데려가더니 거대한 쌍동선 앞에 섰다.

"오늘 오후에 배 타고 나가려고. 이게 내 보트야."

세상에나, 적어도 12미터, 어쩌면 15미터는 될 법한 보트였다. 미끈한 하얀 선체 둘, 갑판, 널찍한 선실이 있고 머리 위는 높다란 돛대가 솟아 있었다. 나는 보트에 대해선 아무것도 몰랐지만 이 보트가 특별하다는 것만은 알 수 있었다.

"와……." 나는 감탄했다.

"내 회사가 만든 배지." 그가 자랑스럽게 말하자 내 심장이 부풀어 올랐다. "세계 최고의 조선 기술자들이 세운 회사에서 디자인되었고 시애틀에 있는 내 조선소에서 건축되었지. 하이브리드 전기추진장치에 비대칭 소형수하용골, 위를 뭉툭 자른 사다리꼴 모양의 주돛…….”

“그런데 난 무슨 말인지 하나도 모르겠어요, 크리스천.”

그는 싱긋 웃었다.

“한 마디로 좋은 배라고.”

“정말 훌륭한 배 같네요, 그레이 씨.”

“정말 그렇지, 스틸 양.”

“이름이 뭐죠?”

그는 나를 옆으로 데려가 이름을 보여주었다. 그레이스. 놀라웠다.

“어머님 이름을 따서 붙였어요?”

“그래.” 그는 질문하듯 고개를 한쪽으로 기울였다. “그게 이상해?”

나는 어깨를 으쓱했다. 놀라웠다. 그는 항상 어머니라는 존재에 대해서 종잡을 수 없는 태도를 보였으니까.

“난 어머니를 사랑해, 아나스타샤. 그렇지 않다면 어째서 내가 보트에 어머니 이름을 붙였겠어?”

나는 얼굴을 붉혔다. “아니, 그런 게 아니에요. 그저…….” 젠장, 이런 걸 어떻게 말로 할 수 있을까?

“아나스타샤, 그레이스 트레벨리언-그레이는 내 생명을 구했어. 내 모든 건 다 어머니 덕이지.”

나는 그가 부드럽게 인정한 어머니에 대한 존경에 깊이 감동했다. 처음으로 그가 어머니를 사랑한다는 게 분명해졌다. 그렇다면 어머니에 대해서 그처럼 이상하고 긴장된 모순된 태도를 보인 이유는 뭘까?

"타보고 싶어?"

그가 들떠서 눈을 환히 빛냈다.

"네, 태워줘요." 나는 미소를 지었다.

그는 기쁜 표정을 짓더니 내 손을 잡고 작은 널판자 위를 건너 배에 태웠다. 우리는 갑판 위 빳빳한 차양 아래로 올라섰다.

한쪽에는 탁자와 연청색 가죽을 씌운 긴 의자가 놓여 있었다. 적어도 여덟 명은 앉을 만한 크기였다. 미닫이문을 통해 선실 안쪽을 슬쩍 봤다가 누군가 있는 걸 보고 깜짝 놀라 펄쩍 뛰었다. 키가 큰 금발 남자가 미닫이문을 열고 나타났다. 햇볕에 그을렸으며 고수머리에 갈색 눈을 가진 남자로 빛바랜 분홍색 반팔 폴로셔츠와 반바지, 갑판용 신발을 신고 있었다. 나이는 삼십 대 초반으로 보였다.

"맥." 크리스천이 환히 웃었다.

"그레이 씨! 다시 오셔서 반갑네요." 두 사람은 악수를 나누었다.

"아나스타샤, 이쪽은 리엄 맥코넬. 리엄, 이쪽은 내 여자 친구 아나스타샤 스틸이에요."

여자 친구라고! 내 안의 여신은 재빨리 아라베스크를 선보였다. 그녀는 아직도 컨버터블을 산 게 마음에 들어 생긋 웃고 있었다. 익숙해져야 하는 말이었다. 그가 그 말을 한 건 처음이 아니었지만, 그가 그렇게 말하는 것을 들을 때마다 전율이 일었다.

"처음 뵙겠습니다." 리엄과 나는 악수를 나누었다.

"맥이라고 부르세요." 그는 따뜻하게 말했다. 억양으로는 어디 출신인지 짐작할 수 없었다. "승선하신 걸 환영합니다, 스틸 양."

"아나라고 불러주세요." 나도 얼굴을 붉히면서 대답했다. 그의 눈은 깊은 갈색이었다.

"애 상태는 어때요, 맥?" 크리스천이 재빨리 끼어들었다. 순간 나는 그가 내 얘기를 하는 줄 알았다.

"신나게 흔들 준비가 됐습니다, 사장님." 맥이 환히 웃었다. 아, 배 얘기구나. 그레이스. 나 참, 바보 같기는.

"그럼 항해를 떠나볼까요."

"직접 가지고 나가시게요?"

"그럼요." 크리스천은 맥을 향해 짓궂은 미소를 휙 던졌다. "한 바퀴 빨리 돌아볼까, 아나스타샤?"

"네, 좋아요."

나는 그를 따라 선실 안으로 들어갔다. 'ㄴ' 자 모양의 크림색 가죽 소파가 바로 우리 앞에 있었고 그 옆에는 거대한 곡선형 창문으로 정박지의 광경이 파노라마처럼 펼쳐졌다. 왼쪽에는 부엌이 있었다. 연한 나무로 마감되어 있고 도구가 아주 잘 갖추어져 있었다.

"여기가 응접실이야. 옆에는 고물 전망대."

크리스천은 두루뭉술하게 부엌 쪽을 손으로 흔들어 가리켰다.

그는 내 손을 잡고 응접실로 이끌고 갔다. 놀랍게도 널찍했다. 바닥에는 똑같이 연한 나무가 깔려 있었다. 현대적이고 미끈했으며 조명이 하나 달려 있었다. 공기가 잘 통하는 느낌이었지만 아주 기능적으로 보였다. 그는 여기서는 별로 시간을 많이 보내지 않는 듯했다.

"욕실은 양쪽에 하나씩 있어." 크리스천은 두 개의 문을 가리키더니 바로 우리 앞에 있는 작고 이상한 모양의 문을 열고 들어갔다. 우리가 들어간 곳은 호화스러운 침실이었다. 아…….

그 안에는 킹사이즈의 선실 침대가 있었고 에스칼라에 있는 그의 침실처럼 전체에 연청색 리넨과 연한 색깔 나무가 깔려 있었다. 크리스천은 주제를 하나 정하면 그걸 고집하는 취향인 듯했다.

"여기가 선주 선실이지." 그는 빛나는 눈으로 나를 들여다보았다. "여기 들어온 여자는 네가 처음이야. 가족을 제외하고는." 그가 말했다. "그 사람들은 손님으로 칠 수 없고."

나는 그의 열띤 시선 아래서 얼굴이 붉어졌다. 심장박동이 빨라졌다. 정말? 또 한 번 처음이네. 그는 나를 자기 팔 안으로 끌어당기며 손가락으로 내 머리카락을 감더니 길고 거칠게 키스했다. 그가 몸을 뗐을 때 우리는 둘 다 숨도 쉴 수 없었다.

"이 침대에 세례를 줘야겠는데." 그가 내 입에 대고 속삭였다.

아, 바다에서!

"하지만 지금 당장은 안 돼. 자, 맥이 밧줄을 풀 거야."

나는 실망감을 무시했고 그는 내 손을 잡아 다시 응접실로 나갔다. 그는 다른 문을 가리켰다.

"여기가 사무실이야. 그리고 이 앞에는 객실이 두 개 더 있고."

"그럼 이 배 위에선 몇 명이나 잘 수 있어요?"

"모두 여섯 개의 침상이 있어. 하지만 이 배에 탄 건 오직 가족뿐이었지. 난 혼자 항해하는 것을 좋아해. 하지만 네가 여기 있을 땐 혼자 할 수 없겠지. 너한테 눈을 뗄 수 없으니까."

그는 서랍장을 뒤지더니 선명한 빨간색 구명조끼를 꺼냈다.

"자." 그는 내 머리 위에 구명조끼를 뒤집어씌우고 모든 줄을 조였다. 희미한 미소가 그의 입술에 어렸다.

"당신은 나를 묶는 걸 좋아하는군요?"

"어떤 형태든." 음란한 웃음이 그의 미소에 떠올랐다.

"변태 같으니."

“나도 알아.” 그는 눈썹을 치키며 더 활짝 웃었다.
“나의 변태 애인.” 나는 속삭였다.
“그래, 당신 거야.”
일단 다 입힌 후 그는 조끼 양쪽을 잡고 내게 키스했다. “언제나.” 그는 내뱉었고 내가 대답할 기회를 얻기도 전에 나를 놔주었다.
언제나라니! 세상에.
“가자.” 그는 내 손을 잡고 밖으로 이끌더니 계단을 올라 위의 갑판으로 갔다. 그 위에는 작은 조종석이 있고 그 안에는 커다란 조타륜과 높은 좌석이 있었다. 배의 이물에서 맥이 밧줄로 뭔가를 하고 있었다.
“여기서 당신 밧줄 기술을 다 배웠나 보죠?” 나는 짐짓 순진하게 크리스천에게 물었다.
“감아매기 매듭을 손에 익혔지.” 그는 평가하듯 나를 바라보았다. “스틸 양, 호기심이 동하는 모양인데. 네가 호기심이 있는 게 좋아. 내가 밧줄로 뭘 할 수 있는지 즐거이 시범을 보여주지.” 그는 나를 보고 히죽 웃었고 나는 그의 말에 기분이라도 상한 것처럼 무감하게 바라보았다. 그가 풀죽은 얼굴을 했다.
“속았죠.” 나는 생긋 웃었다.
그의 입이 뒤틀리더니 눈을 가늘게 떴다. “너는 나중에 처리하도록 하지. 지금 당장은 내 보트를 조종해야 해서.”
그가 조종석에 앉아 버튼을 누르자 엔진이 살아났다.
맥은 나를 보고 씩 웃으면서 보트 옆을 따라 뛰어가더니 밧줄을 풀어냈던 아래 갑판으로 풀쩍 뛰어내렸다. 어쩌면 그도 밧줄 기술을 알지 모르지. 그 생각이 내 머릿속에 달갑지 않게 떠오르자 나는 얼굴을 붉혔다.

내 잠재의식이 나를 쏘아보았다. 마음속으로 나는 어깨를 으쓱하고 크리스천을 힐끔 보았다. 다 이 남자 잘못이야. 그는 수신기를 들고 해안경비대와 통신을 했고 맥은 이제 떠날 준비가 되었다고 뒤에서 소리를 질렀다.

다시 한 번 크리스천의 전문적인 기술에 매혹되었다. 이 남자가 못하는 게 있을까? 그때 그가 금요일에 내 아파트에서 피망을 썰려고 진지하게 노력했던 장면을 떠올렸다. 그 생각을 하니 웃음이 나왔다.

서서히 크리스천이 그레이스를 정박장에서 빼내 입구로 몰고 나갔다. 우리 뒤에서는 사람들 몇몇이 부두에 모여 우리가 출발하는 것을 구경했다. 작은 아이들이 손을 흔들어 나도 함께 손을 흔들었다.

크리스천이 어깨 너머로 돌아보더니 나를 자기 다리 사이로 잡아당기고 조종석의 여러 다이얼과 기구들을 가리켰다.

"조타륜을 잡아봐." 그는 이전처럼 고압적으로 명령했고 나는 시키는 대로 했다.

"네, 네, 선장님!" 나는 깔깔 웃었다.

그는 두 손을 내 손 위에 편안히 올려놓고 배가 정박장을 빠져나가도록 이끌었다. 몇 분 안에 우리는 곧 탁 트인 바다, 푸젯사운드의 차갑고 푸른 물 위로 나갔다. 정박장의 보호벽에서 멀어지자 바람이 거세졌고 파도가 높이 일며 우리 아래에서 바다가 굴러갔다.

크리스천의 들뜬 흥분이 전염되어 나도 웃음이 절로 나왔다. 항해는 정말 즐거웠다. 우리는 커다란 커브를 그리며 나가다 바람을 등지고 올림픽 반도를 향해 서쪽으로 향했다.

"항해 시간이야." 크리스천이 들떠서 말했다. "자, 네가 배를 조종해. 이 항로를 유지해."

"뭐라고요?" 내 얼굴에 떠오른 공포에 대응하듯 그는 씩 웃었다.

"자, 이거 굉장히 쉬워. 조타륜을 꼭 잡고 뱃머리 앞의 수평선에서 눈을 떼지 마. 넌 잘해낼 거야. 항상 그랬으니까. 돛이 위로 오르면 당기는 기분을 느낄 거야. 그냥 계속 그 상태로 유지하기만 해. 내가 이렇게 신호를 줄 테니까." 그는 목을 긋는 동작을 보였다. "그러면 엔진을 꺼도 돼. 여기 버튼." 그는 커다란 검은 버튼을 가리켰다.

"알겠어?"

"알았어요." 나는 기겁하며 미친 듯 고개를 끄덕였다. 맙소사, 이런 걸 하리라고는 생각도 못했는데!

그는 재빨리 내게 키스하더니 선장 의자에서 내려가 앞쪽으로 향해 맥과 합류했다. 맥은 거기서 돛을 펼치고 밧줄 매듭을 풀고 윈치와 도르래를 조작하고 있었다. 두 사람은 서로 향해 용어를 외쳐가며 한 팀이 되어 척척 처리했다. 크리스천이 그렇게 태평한 태도로 다른 사람과 함께 있는 모습을 보니 마음이 따뜻해졌다.

어쩌면 맥은 크리스천의 친구일 수도 있었다. 크리스천은 내 보기엔 그렇게 친구가 많은 것 같진 않았지만 나도 사실 친구가 별로 없었다. 뭐, 여기 시애틀에는. 나의 유일한 친구는 휴가를 떠나 바베이도스의 서부 해안 세인트제임스에서 일광욕을 하고 있을 것이었다.

갑자기 케이트가 보고 싶어서 가슴이 찌르르했다. 케이트가 가버린 후 생각보다도 훨씬 더 그 애가 그리웠다. 케이트가 마음을 바꿔 크리스천의 형 엘리엇과 더 오래 휴가를 보내지 않고 오빠 이든과 함께 집에 와주기를 바랐다.

크리스천과 맥은 주돛을 올렸다. 바람이 탐욕스럽게 불어오자 돛은 금방 바람을 머금고 부풀어 올랐고 배가 갑자기 앞으로 휙 돌진했다. 조타륜을 통해서 그 힘이 느껴졌다. 우아!

두 사람은 앞돛을 펴기 시작했고 나는 돛이 돛대 위로 오르는 광경에 홀딱 빠져 쳐다보았다. 바람이 불어 돛이 팽팽하게 당겨졌다.

"꽉 붙들어, 자기! 엔진을 끄고!"

크리스천이 바람 위로 내게 고함을 지르며 엔진을 끄라는 수신호를 보냈다. 그의 목소리를 간신히 들었을 뿐이지만 나는 열정적으로 고개를 끄덕이며 내가 사랑하는 남자를 쳐다보았다. 그는 온통 바람을 맞아 헝클어지고 들떴으며 배의 진동에 따라 흔들리지 않으려고 몸을 지탱하고 있었다.

버튼을 누르자 포효하는 엔진 소리가 멈췄다. 그레이스 호는 마치 하늘을 날듯 물 위를 스치며 올림픽 반도로 향했다. 나는 고함과 비명과 환호성을 지르고 싶었다. 내 인생에서 가장 흥분되는 경험 중 하나가 될 듯했다. 아마도 글라이더를 탄 경험을 제외하고. 어쩌면 고통의 빨간 방에서 있었던 일을 제외하고.

우아. 이 배는 정말 제대로 움직이는구나! 나는 조타륜을 붙들고 똑바로 서서 키와 씨름했다. 다시 한 번 크리스천이 내 뒤에 서서 두 손을 내 두 손 위에 얹었다.

"어떤 것 같아?" 그는 바람과 바다 소리 위로 고함을 질렀다.

"크리스천! 정말 환상적이에요."

그의 웃음이 귀에서 귀까지 걸렸다. "스피나커(순풍용으로 앞에 다는 삼각형의 큰 돛—옮긴이)가 오를 때까지는 기다려야 해." 그는 턱으로 맥을 가리켰고, 맥은 스피나커를 펼치고 있었다.

진한 선홍색 돛이었다. 그것을 보니 오락실의 벽 색깔이 떠올랐다.

"흥미로운 색깔이네요." 나는 고함을 질렀다.

그는 늑대 같은 웃음을 보이더니 씩 웃었다. 아, 일부러 고른 거구나.

스피나커가 솟았다. 크고 기묘한 모양의 타원형 돛으로 그레이스에 속력을 붙였다. 배는 선수 방향을 잡고 만 위를 질주했다.

"비대칭 돛을 달면 속력이 붙지."

내가 묻지 않은 질문에 크리스천이 대답했다.

"정말 멋져요." 더 이상의 말을 생각해낼 수가 없었다. 배가 장엄한 올림픽 산맥과 베인브리지 섬을 향해 물 위를 스치고 지날 때 나는 우스꽝스럽기 그지없는 미소를 띠고 있었다. 뒤를 돌아보니 시애틀이 우리 뒤에서 점점 작아지고 있었고, 레이니어 산이 까마득하게 멀어졌다.

시애틀의 주변 풍경이 이처럼 아름답고 산이 많은지 예전에는 미처 몰랐었다. 청명한 신록의 커다란 온대 상록수, 여기저기 튀어나와 있는 낭떠러지. 이 찬란하게 맑은 오후에 거칠지만 평온한 아름다움을 간직하고 있는 풍경이 내 숨을 앗아갔다. 바다 위를 가르며 달려가는 우리 속도에 비하면 이 고요함은 정말 놀라울 정도로 매혹적이었다.

"지금 얼마나 빨리 달리고 있어요?"

"15노트 정도."

"그게 어느 정도인지 전혀 모르겠어요."

"시속 27킬로미터 정도 돼."

"겨우? 그보다 훨씬 빠르게 느껴지는데."

그는 미소 지으며 내 손을 꽉 쥐었다. "너 참 예쁘다, 아나스타샤. 네 얼굴에 홍조가 오른 걸 보니 참 좋은데. 부끄러워서 붉힌 게 아니라, 호세의 사진에 나오는 너처럼 보여."

나는 몸을 돌려 그에게 키스했다.

"여자를 즐겁게 해주는 방법을 잘 아네요, 그레이 씨."

"우린 서로를 기쁘게 해줄 목적이 있잖아, 스틸 양." 그는 내 머리카락을 치우더니 목덜미에 키스했다. 그 감촉에 맛있는 짜릿함이 등뼈를 타고 흘러내렸다.

"네가 행복한 걸 보니 좋다."

그는 중얼거리면서 나를 감싼 두 팔에 더 힘을 꽉 쥐었다.

드넓은 푸른 바다를 내려다보며 전생에 내가 무슨 착한 일을 했기에 운명의 여신이 내게 미소를 보내며 이 남자를 보내주었을까 생각했다.

그래, 넌 참 운도 좋은 애야. 내 잠재의식이 톡 쏘았다. 하지만 이 남자와의 문제부터 해결해야지. 이 남자가 그 바닐라 어쩌고를 영원히 원할 것 같니……? 협의를 해야 한다고. 나는 심술궂고 오만한 잠재의식의 얼굴을 마음속으로 째려보며 머리를 크리스천의 가슴에 얹었다. 마음 깊은 곳에서는 잠재의식이 맞다는 걸 알았지만 그 생각은 몰아내버렸다. 즐거운 하루를 망치고 싶지 않았다.

한 시간 후, 베인브리지 섬에서 떨어진 작고 한적한 후미에 닻을 내렸다. 맥은 작은 고무보트를 타고 해변으로 갔다. 이유는 몰랐지만 짐작이 갔다. 맥이 선체 밖에 있는 엔진 시동을 걸자마자 크리스천이 내 손을 잡고 거의 선실로 끌고 들어가다시피 했기 때문이었다. 완수해야 할 임무가 있는 남자였다.

이제 그는 내 앞에 서서 취할 것 같은 관능미를 발산하며 능숙한 손놀림으로 내 구명조끼 끈을 재빨리 풀기 시작했다. 그는 조끼를 한쪽으로 던져버리고 어둡고 동공이 커진 눈으로 나를 강렬하게 내려다보았다.

나는 벌써 정신이 나갈 정도였지만 그는 아직 내게 손도 대지 않았다. 그는 한 손을 올려 내 얼굴에 댔다. 그의 손가락이 내 턱, 목, 흉골로 내려오며 손길이 닿는 곳마다 나를 태우더니 마침내 파란 블라우스의 첫 단추까지 이르렀다.

"널 보고 싶어." 크리스천은 숨을 내쉬며 솜씨 좋게 단추를 풀었다. 그는 몸을 숙이며 살짝 벌린 내 입술에 부드럽게 입을 맞추었다. 사람을 사로잡는 그의 아름다움, 이 갑갑한 선실 안에 넘치는 원초적 관능미, 부드럽게 흔들리는 보트의 움직임이 모두 결합되어 잔뜩 흥분한 나는 숨을 헐떡였고 열망을 느꼈다. 그가 물러섰다.

"나를 위해 옷을 벗어." 그가 타는 눈으로 속삭였다.

어머나. 유감스럽지만 정말 행복한 나머지 그의 말에 순순히 따랐다. 그에게서 눈을 떼지 않으며 천천히 단추 하나를 풀면서 타는 듯한 그의 시선을 음미했다. 아, 정말 흥분되는 요구였다. 나는 그의 욕망을 볼 수 있었다. 그의 얼굴에…… 그리고 어디에나 분명히 보이는 욕망.

나는 셔츠가 바닥에 떨어지도록 놔두고는 청바지 단추에 손을 댔다.

"잠깐." 그가 명령했다. "앉아."

나는 침대 가장자리에 걸터앉았다. 한 번의 유연한 움직임으로 그는 내 앞에 무릎을 꿇더니 운동화 끈을 한 짝씩 풀어 벗기고 양말까지도 벗겨냈다. 그는 내 왼쪽 발을 들더니 엄지발가락 바닥에 가볍게 키스하고 치아로 긁었다.

"아!" 그 효과가 내 다리 사이로 미치자 나는 신음을 내질렀다. 그는 매끄러운 동작으로 휙 일어서더니 한 손을 내게 내밀어 나를 침대에서 일으켰다.

"계속해." 그는 한 발짝 물러서 나를 보았다.

나는 수월하게 청바지 지퍼를 내리고 엄지손가락을 허리밴드에 넣어 청바지를 다리 아래로 밀어냈다. 부드러운 미소가 그의 입술에 뛰놀았지만 눈은 여전히 어두웠다.

그가 오늘 아침 나와 사랑을 나누었기에, 진짜로 부드럽고 다정하게 사랑을 나누었기 때문인지, 아니면 그의 정열적인 선언—'맞아. 나도 그래'—때문인지는 알 수 없었지만 나는 전혀 부끄럽지 않았다. 나는 이 남자를 위해서 섹시해지고 싶었다. 그는 섹시한 대접을 받을 자격이 있었다. 그가 나를 섹시한 기분이 들게 만들었다. 그래, 이것 모두 내게 새로웠지만 그의 전문적 감독 아래 새롭게 배우고 있는 것이기도 했다. 그렇지만 또 그에게도 그만큼 새로운 것이기도 했다. 이건 우리 둘 사이의 균형을 약간은 맞춘다고 나는 생각했다.

나는 새 속옷을 입고 있었다. 하얀 레이스 끈 팬티에 그와 어울리는 브라. 가격표로 보아 알 수 있듯이 명품 브랜드의 속옷이었다. 청바지에서 빠져나와 그가 돈을 내고 산 란제리를 입고 그의 앞에 섰다. 하지만 내가 싸구려라는 기분은 더 이상 들지 않았다. 그의 것이라는 기분만 들었다.

뒤로 손을 돌려 브라의 후크를 풀고 끈을 팔 아래로 밀어 벗은 후 블라우스 위로 떨어뜨렸다. 천천히 팬티를 벗어 발목으로 떨어뜨린 후 걸어나왔다. 우아한 동작에 나 자신도 놀랐다.

그의 앞에 선 나는 벌거벗었지만 하나도 부끄럽지 않았다. 그가 나를 사랑한다는 것을 알기 때문이었다. 더 이상 숨길 것이 없었다. 그는 아무 말도 하지 않고 그저 나를 바라보기만 했다. 내 눈에 보이는 것은 그의 욕망, 숭배, 그리고 다른 것이었다. 깊디깊은 욕구, 나에 대한 깊은 사랑.

그는 손을 아래로 내려 크림색 스웨터 자락을 들더니 머리 위로 들어올려 벗었다. 다음으로 티셔츠를 벗으니 맨 가슴이 드러났다. 그러면서도 대담한 회색 눈을 내게서 떼지 않았다. 신발과 양말까지도 벗더니 청바지 단추에 손을 댔다.

나는 손을 뻗으며 속삭였다. "내가 할게요."

그의 입술이 '우'와 같은 모양으로 잠깐 다물어지더니 미소를 띠었다.

"좋으실 대로."

나는 그에게 다가서서 두려움을 모르는 손가락들을 청바지 허리밴드 안으로 스르르 넣고 휙 잡아당겼다. 그는 한 발짝 더 가까이 끌려왔다. 예상치 못한 나의 대담함에 그는 자기도 모르게 숨을 헉 들이쉬더니 내려다보며 미소 지었다. 나는 단추를 풀고 나서 지퍼를 내리기 전 먼저 손가락으로 그 부위를 헤매면서 부드러운 데님 위로 그의 일어선 부분을 따라 그렸다. 그는 엉덩이를 움직여 내 손바닥에 몸을 딱 붙이고 감촉을 음미하며 눈을 잠깐 감았다.

"아주 대담해졌는데, 아나. 아주 용감해."

그는 속삭이더니 양손으로 내 얼굴을 잡고 깊이 키스했다.

나는 두 손을 그의 엉덩이에 댔다. 반은 그의 차가운 피부에, 반은 낮게 걸린 청바지 허리띠에 걸쳤다.

"당신도 그렇잖아요." 나는 그의 입에 대고 중얼거리면서 두 엄지손가락으로 피부 위에 천천히 원을 그렸다. 그가 미소를 지었다.

"목표에 가까워지고 있는데."

나는 두 손을 청바지 앞으로 움직여 지퍼를 내렸다. 대담한 손가락들이 그의 음모를 헤치고 일어선 부분에 가 닿았다. 나는 그를 꽉 잡았다.

그의 목에선 낮은 소리가 흘러나왔고 부드러운 숨길이 내게 훅 끼쳐왔다. 그는 사랑을 담아 내게 다시 키스했다. 내 손이 그의 물건 위를 움직이며 감아 잡고 흔들면서 꽉 쥐자 그는 두 팔을 내게 둘렀다. 오른손을 내 등 가운데에 대고 손가락을 쫙 폈다. 왼손은 내 머리카락에 묻고 나를 그의 입으로 당겼다.

"아, 난 널 몹시도 원해." 그는 숨을 내쉬며 갑자기 한 발짝 물러서서 청바지와 팬티를 민첩한 동작으로 한 번에 내려버렸다. 옷을 입었건 벗었건 그는 멋진, 참으로 멋진 모습이었고 어느 한구석 근사하지 않은 데가 없었다.

그는 완벽했다. 그의 아름다움을 해치는 건 오직 흉터밖에 없네. 나는 슬프게 생각했다. 그 흉터는 피부 아래 깊이까지 뚫고 들어갔다.

"뭐가 잘못됐어, 아나?" 그는 주먹 쥔 손으로 부드럽게 내 뺨을 쓸었다.

"아니에요. 날 사랑해줘요, 지금."

그는 나를 자기 품 안에 끌어안고 키스를 했고 두 손을 내 머리카락 속에 감았다. 우리의 혀가 얽혔고 그는 나를 뒤로 밀어 침대까지 데려가 부드럽게 그 위에 눕혔다. 나를 따라 그도 내 옆에 누웠다.

그가 코로 내 턱 선을 쓸었고 나는 두 손을 그의 머리카락에 댔다.

"네 향기가 얼마나 좋은지 알아, 아나? 저항할 수가 없어."

그의 말은 언제나 그렇듯이 같은 효과를 일으켰다. 내 피에 불이 붙고 심장박동이 빨라졌다. 그는 코로 내 목을 따라 내려오더니 가슴을 쓸고 숭배하듯 키스했다.

"넌 참 아름다워." 그는 중얼거리며 입으로 젖꼭지 한 쪽을 물고 부드럽게 빨았다.

신음과 함께 내 몸이 침대 위에서 활처럼 휘었다.

"네 신음 소리를 들려줘, 자기."

그는 한 손을 내 허리까지 내렸고 나는 그의 손길, 피부에 닿는 피부의 느낌에 쾌락을 느꼈다. 가슴을 탐하는 그의 굶주린 입, 나를 애무하고 어루만지며 아껴주는 능숙한 긴 손가락. 손이 엉덩이를 따라 내려가 다리, 무릎에 이르기까지 그는 줄곧 키스하고 내 가슴을 빨았다.

그는 내 무릎을 잡더니 갑자기 다리를 들어 자기 엉덩이 위에 걸쳤다. 그 바람에 나는 숨을 헉 들이켰다. 내 피부에 닿은 그의 웃음은 볼 수 없었지만 느낄 수 있었다. 내가 그의 몸에 걸터앉는 자세가 되도록 그는 몸을 굴리더니 내게 포일 포장을 건넸다.

나는 뒤로 몸을 빼면서 그것을 내 두 손으로 잡았다. 이렇게 찬란한 상태의 그를 거부할 수가 없었다. 나는 몸을 숙이고 키스하며 입안에 혀를 넣어 감고 세게 빨았다. 그는 신음을 내뱉었고 내 입에 더 깊이 들어올 수 있도록 엉덩이를 움직였다.

으음…… 좋은 맛이 났다. 그가 내 안에 들어오기를 바랐다. 나는 일어나 앉으며 그를 보았다. 그는 입을 벌린 채로 숨도 못 쉬고 나를 강렬히 쳐다보고만 있었다.

서둘러 나는 포장을 찢어 콘돔을 꺼내어 그에게 뒤집어씌웠다. 그는 두 손을 내게 내밀었다. 나는 한 손을 잡고 다른 손으로는 그의 위에 자리를 잡고 서서히 그에 대한 나의 권리를 주장했다.

그는 눈을 감고 목에서 낮은 신음 소리를 냈다.

내 안에 들어온 그의 느낌…… 늘어나고…… 나를 채우고……. 나는 부드럽게 신음했다. 천상의 느낌. 그는 두 손을 내 엉덩이에 대고 나를 위로 들었다 내렸다 하며 내 안으로 밀고 들어왔다. 아…… 무척이나 좋았다.

"아, 자기." 그가 속삭였다. 갑자기 그가 몸을 일으켜 앉는 바람에 우리는 코와 코가 마주 닿는 자세가 되었다. 무척이나 특별한 감각이 밀려왔다. 몹시도 충만한 감각. 나는 숨을 헉 들이켜며 그의 팔뚝을 잡았고 그는 두 손으로 내 머리를 잡고 내 눈 안을 들여다보았다. 강렬한 회색 눈은 욕망으로 불타고 있었다.

"오, 아나. 너로 인해 어떤 느낌이 드는지." 그는 중얼거리면서 타는 듯한 열정으로 내게 키스했다. 나도 그에게 키스했다. 내 안에 깊이 묻힌 그의 맛있는 느낌 때문에 어지러웠다.

"아, 사랑해요." 나는 중얼거렸다. 그는 내 속삭임을 듣기가 고통스럽다는 듯 신음하며 우리의 소중한 접촉을 떼지 않은 채로 나와 함께 몸을 굴렸다. 나는 이제 그의 밑에 누워 있었다. 나는 다리로 그의 허리를 감았다.

그는 숭배와 경이가 섞인 눈으로 내려다보았다. 나는 그를 보는 내 표정도 똑같으리라 확신하며 손을 뻗어 그의 아름다운 얼굴을 어루만졌다. 아주 천천히 그가 움직이기 시작하면서 눈을 감고 부드러운 신음 소리를 냈다.

보트의 가벼운 흔들림과 선실의 평화와 조용한 평안을 깨는 것은 오로지 우리의 뒤섞인 숨소리뿐이었다. 그는 천천히 내 안에서 들어왔다 나갔다 했다. 무척이나 절제된 동작, 무척이나 좋았다. 천국에 오른 느낌이었다. 그는 한 팔을 내 머리 위로 들어 머리카락을 잡았고 다른 손으로는 내 얼굴을 애무하며 몸을 숙여 키스했다.

그가 천천히 넣었다 뺐다 하며 나를 음미하고 사랑할 때 나는 그에게 고치처럼 감싸여 있었다. 나는 그를 만졌다. 경계를 지키면서 그의 팔, 머리카락, 아래 등, 아름다운 엉덩이. 그의 일정한 리듬이 나를 위로, 더 위로 밀어 올릴 때 내 숨소리도 빨라졌다. 그는 내 입, 턱에 키스했고 귀를 잘근잘근 물었다. 그가 몸을 부드럽게 찔러올 때마다 스타카토로 끊기는 그의 숨소리를 들을 수 있었다.

내 몸이 떨리기 시작했다. 아…… 이제 너무도 잘 아는 느낌……. 나는 가까워졌다……. 오…….

"바로 그거야, 자기…… 나를 위해 놓아버려……. 제발…… 아나." 그는 중얼거렸고 그의 말이 신호가 되어 나는 풀어져버렸다.

"크리스천." 우리 둘이 동시에 절정에 올랐을 때 나는 그의 이름을 불렀고 그는 신음을 내뱉었다.

10

"맥이 곧 돌아올 거야." 그가 중얼거렸다.

"으음." 깜박거리며 눈을 떠보니 그의 부드러운 회색 시선과 마주쳤다. 세상에, 그의 눈은 참 놀라운 색이었다. 특히 여기 바다 위에서는. 물 위에 일렁이는 빛이 선실의 작은 선창 안으로 들어와 그의 눈에 반사되었다.

"나도 하루 종일 여기 너와 누워 있고 싶은 마음이 간절하지만, 고무보트를 묶으려면 도움이 필요할 거야."

크리스천은 몸을 숙이며 내게 다정하게 키스했다.

"아나, 지금 너 무척 아름답다. 헝클어진 모습이 섹시해. 너를 좀 더 원하게 되는데."

그는 미소를 지으며 침대에서 일어났다. 나는 엎드려 그의 모습을 감상했다.

"당신도 그렇게 나쁘지 않아요, 선장님."

나는 감탄의 뜻을 담아 입술로 쪽 소리를 내며 키스를 보냈고 그는 싱긋 웃었다.

그가 선실 주위를 돌며 옷을 입는 모습을 구경했다. 방금 나와 그렇게 달콤한 사랑을 나누었던 이 남자. 내 행운을 믿을 수가 없었다. 그가 내 것이라는 사실을 믿을 수가 없었다. 그는 내 옆에 앉아 신발을 신었다.

"선장이라고, 어?" 그가 건조하게 말했다. "음, 나는 이 배의 주인이지."

나는 머리를 한쪽으로 갸우뚱 기울였다. "당신은 내 마음의 주인이에요, 그레이 씨." 그리고 내 몸과…… 내 영혼까지도.

그는 믿을 수 없다는 듯 고개를 흔들며 허리를 굽혀 내게 키스했다.

"갑판에 가 있을게. 욕실에 샤워기 있으니까 하고 싶으면 해. 필요한 거 있어? 술이라도?"

그는 걱정하듯 물었고 나는 그를 보고 웃음 지을 수밖에 없었다. 정말 같은 남자일까? 변덕스러웠던 그 남자와 같은 사람일까?

"뭐?" 그가 내 바보 같은 웃음에 반응했다.

"당신요."

"나 뭐?"

"당신은 누구시고 크리스천은 어떻게 했어요?"

그의 입술이 슬픈 미소로 뒤틀렸다.

"그 사람은 별로 멀리 가 있지 않아." 그는 부드럽게 말했다. 목소리에서 우울함이 묻어나 나는 즉시 그런 질문을 한 것을 후회했다. 하지만 그는 곧 떨쳐버렸다.

"그 사람을 금방 다시 만나게 할걸."

그는 히죽 웃었다.

"특히, 네가 일어나지 않으면."

그는 내 엉덩이를 세게 쳤고 나는 비명과 웃음을 동시에 터뜨렸다.

"사람 걱정시키기는."

"내가?" 크리스천이 이맛살을 찌푸렸다.

"너야말로 혼란스러운 신호를 보내고 있어, 아나스타샤. 남자가 어떻게 따라갈 수 있겠어?"

그는 몸을 수그리며 다시 키스했다.

"이따가 봐, 자기."

그는 덧붙이고 눈부신 미소와 함께 일어나서 나갔다. 나는 흩어진 생각과 함께 혼자 남았다.

갑판 위로 올라가 보니 맥이 다시 배에 올라와 있었다. 하지만 응접실 문을 열었을 때는 이미 2층 갑판으로 올라가 보이지 않았다. 크리스천은 블랙베리로 통화 중이었다. 누구와 통화하는 거지? 그는 이쪽으로 다가와 나를 잡아당기고 내 머리카락에 키스했다.

"무척 좋은 소식인데……. 좋아. 그래……. 정말? 화재 비상구 계단……? 알았어……. 그래, 오늘 밤."

그는 종료 버튼을 눌렀다. 엔진 소리가 터져 나는 화들짝 놀랐다. 맥이 조종석에 있는 게 분명했다.

"돌아갈 시간이야."

크리스천은 한 번 더 키스하고 내게 구명조끼를 입혔다.

정박지로 돌아갈 때 태양은 우리 뒤 하늘에 낮게 걸렸고 나는 근사했던 오후를 되돌아보았다. 크리스천의 신중하고 인내심 있는 개인 교습에 따라 나는 이제 주돛과 앞돛, 스피나커를 올릴 수 있게 되었고, 맞 매듭, 감아매기 매듭, 줄이는 매듭을 배웠다. 이 교습을 하는 내내 그의 입술이 실룩였다.

"언젠가 당신도 묶을 수 있겠네요." 나는 심술궂게 재잘거렸다.

그의 입이 장난기로 비틀렸다. "그러자면 먼저 나를 잡아야 할걸, 스틸 양."

그 말에 그가 나를 잡으러 아파트 주위를 빙빙 돌았던 장면이 마음속에 떠올랐다. 그 전율, 그 이후의 끔찍했던 결과. 나는 얼굴을 찡그리며 몸을 떨었다. 그 이후에 그를 떠났었지.

그가 나를 사랑한다고 인정한 이 상황에 내가 다시 그를 떠나게 될까? 나는 맑은 회색 눈을 올려다보았다. 그가 무슨 짓을 하든 내가 그를 다시 떠날 수 있을까? 그처럼 그를 배신할 수 있을까? 아니, 그럴 수 있을 것 같지 않았다.

그는 아름다운 보트를 좀 더 속속들이 구경시켜주면서 온갖 혁신적인 장치와 기술, 이를 축조하기 위해 썼던 고급 재료들을 설명해주었다. 처음 그를 만났을 때의 인터뷰가 떠올랐다. 그때 그가 가진 배에 대한 정열을 감지했었다. 그땐 그의 사랑이 오로지 그의 회사가 축조한 대형 화물선에 대한 것이라고만 생각했지 이처럼 섹시하고 미끈한 쌍동선을 의미하는 것이라고는 생각하지 못했다.

물론 그는 서두르지 않고 달콤하게 나와 사랑을 나눴다. 내 몸이 그의 전문적인 손 아래서 휘고 갈망하던 기억을 떠올리며 고개를 저었다. 그는 특별한 연인이었다. 물론 비교할 만한 대상은 없었지만, 나는 확신할 수 있었다. 만약 매번 이렇다면 케이트가 좀 더 떠들어대지 않았겠는가. 세세한 부분을 숨기는 건 케이트답지 않았다.

하지만 그는 얼마나 오래 이걸로 만족할 수 있을까? 알 수 없었고 그 생각만 해도 마음이 초조했다.

이제 그가 자리에 앉았고, 나는 그의 팔 안에서 몇 시간처럼 느껴지는 시간 동안 안전하게 서 있었다. 편안하고 친근한 침묵 속에서 그레이스 호는 시애틀로 점점 더 가까이 다가갔다. 내가 조타륜을 잡았고 크리스천은 종종 위치 조정 충고만 건넸다.

"이 세계처럼 오래된 항해에 대한 시가 있었는데." 그가 내 귀에 대고 웅얼거렸다.

"어디에서 들은 인용구 같은데."

그의 웃음을 느낄 수 있었다. "그래. 앙투안 생텍쥐페리가 쓴 거야."

"아…… 난《어린 왕자》정말 좋아해요."

"나도 그래."

두 손을 여전히 내게 얹은 크리스천이 우리를 정박지 안으로 인도했을 때는 초저녁이었다. 주위의 배들이 불빛을 깜박이며 어두운 물 위를 비추었지만 아직도 빛이 남아 있었다. 온화하고 밝은 저녁이었다. 석양이 지며 장관이 펼쳐지리라는 전조였다.

크리스천이 천천히 배를 돌려 상대적으로 좁은 공간 안에 들어서자 군중이 모여들었다. 그는 아주 수월히 배를 돌리고 우리가 아까 나갔던 정박장으로 원활하게 돌아왔다. 맥이 부두 위로 펄쩍 뛰어내려 그레이스 호를 안전하게 계선주에 묶었다.

"다시 왔군." 크리스천이 나직이 말했다.

"고마워요." 나는 수줍게 인사했다. "정말 완벽한 오후였어요."

크리스천이 씩 웃었다. "나도 그렇게 생각했어. 어쩌면 너를 항해학교에 등록시켜야 할까 봐. 그럼 며칠 동안 바다에 나갈 수 있잖아. 우리 둘만."

"그거 마음에 드는데요. 그럼 그 침실에 자꾸 세례를 줄 수 있겠네요."

그는 몸을 앞으로 숙이고 귀 아래에 키스했다.

"으흠…… 기대가 되는데, 아나스타샤."

그가 속삭였다. 그 말에 내 몸에 돋은 잔털 하나까지도 쫑긋 일어섰다. 그는 어떻게 이럴 수 있는 걸까?

"자, 아파트는 이상 없어. 돌아갈 수 있다는군."

"호텔에 있는 물건들은 어쩌고요?"

"테일러가 벌써 챙겨갔어."

오! 언제?

"오늘 일찍. 보안팀과 함께 그레이스 호를 수색한 후에."

크리스천은 입 밖으로 내지도 않은 질문에 대답했다.

"그 불쌍한 분은 잠자는 시간도 없어요?"

"자긴 자." 크리스천은 당황해서 한쪽 눈썹을 치켰다. "그 사람은 그저 자기 일을 하는 거야, 아나스타샤. 본인이 잘하는 일이지. 제이슨을 찾아낸 건 정말 노다지였지."

"제이슨요?"

"제이슨 테일러."

난 테일러가 그의 이름이라고 생각했었다. 제이슨. 잘 어울렸다. 굳건하고 믿을 만한 이름. 어떤 이유에선가 미소가 나왔다.

"넌 테일러를 좋아하는군." 크리스천은 나를 찬찬히 살폈다.

"그런 것 같아요." 그의 질문에 나는 궤도를 벗어났다. 그는 얼굴을 찡그렸다.

"나 그분 그런 식으로 좋아하는 거 아니에요. 그 때문에 얼굴 찡그리는 거라면 그만둬요."

크리스천은 거의 입술을 내밀고 있었다. 뚱한 표정으로.

이런, 가끔은 아이 같다니까.

"테일러가 당신을 아주 잘 보필하는 것 같아요. 그래서 그 사람을 좋아하는 거예요. 친절하고 믿을 만하고 충성심이 강하니까요. 내게는 거의 삼촌 같은 매력이에요."

"삼촌?"

"그래요."

"그래, 삼촌이라고." 크리스천은 그 말의 뜻을 시험해보는 듯했다. 나는 웃었다.

"오, 크리스천. 어른답게 굴어요, 제발."

내가 폭발하자 크리스천은 깜짝 놀라 입을 떡 벌렸다. 하지만 그런 후에는 내 말을 곱씹듯 얼굴을 찡그렸다.

"노력하고 있어." 마침내 그는 대답했다.

"그게 바로 당신이죠. 아주 당신답네요."

나는 부드럽게 대답했지만 그를 보고 눈을 흘겼다.

"눈을 흘겼을 때 어떤 일이 있었는지 기억이 되살아나는데, 아나스타샤." 그가 씩 웃었다.

나도 그를 보고 헤실헤실 웃었다.

"뭐, 당신이 얌전하게만 행동한다면, 그 기억을 실제로 좀 되살려볼 수도 있죠."

그의 입이 장난기로 비틀렸다. "내가 얌전하게 행동해?" 그는 두 눈썹을 치켰다. "정말로, 스틸 양. 내가 그 기억을 실제로 되살리길 원한다고 생각해?"

"내가 그 말을 했을 때 당신 눈이 크리스마스 전등처럼 반짝 빛난 걸 생각하면 그럴 수도?"

"넌 이미 나를 너무 잘 아는군." 그가 건조하게 말했다.

"그보다도 더 잘 알고 싶네요."

그는 부드럽게 미소 지었다. "나도 너를 그랬으면 좋겠어, 아나스타샤."

"고마워요, 맥." 크리스천은 맥코넬과 악수하며 부두에 내려섰다.

"도와드릴 수 있다니 언제나 제가 기쁘죠, 그레이 씨. 잘 가요, 아나. 만나서 반가웠어요."

나는 수줍게 그와 악수했다. 그는 분명 자신이 해안에 간 동안 크리스천과 내가 배 위에서 무엇을 했는지 알 것이었다.

"좋은 하루 보내세요, 맥. 고맙습니다."

맥이 나를 보며 씩 웃고 윙크를 하자 나는 얼굴이 붉어졌다. 크리스천이 내 손을 잡았고 우리는 부두를 지나 정박지의 나무 산책로까지 갔다.

"맥은 어디 출신이에요?" 나는 그의 억양이 궁금해져서 물었다.

"아일랜드…… 북아일랜드 출신." 크리스천이 스스로 정정했다.

"당신 친구예요?"

"맥? 내 밑에서 일하는 거지. 그레이스 호를 만들 때 도와줬어."

"당신, 친구가 많아요?"

그는 얼굴을 찡그렸다. "딱히 그렇진 않아. 내가 하는 일을 하다 보면…… 나는 우정을 키우진 않지. 다만……." 그는 말을 멈추었다. 그가 더 깊게 찡그렸다. 로빈슨 부인 이름을 꺼내려다 멈췄다는 것을 깨달았다.

"배고파?" 그는 화제를 다른 데로 돌리려 했다.

나는 고개를 끄덕였다. 어쨌든 굶주려 있었다.

"차를 놔둔 곳에서 식사할 수 있을 거야. 가자."

SP 옆에는 비(Bee)라고 하는 작은 이탈리아 식당이 있었다. 그 식당을 보니 포틀랜드에서 갔던 곳이 생각났다. 탁자 몇 개와 칸막이 좌석, 실내장식은 아주 산뜻하고 현대적이었으며 19세기에서 20세기로 바뀌는 시기에 열렸던 축제의 대형 흑백사진들이 벽화의 역할을 하고 있었다.

크리스천과 나는 칸막이 좌석에 앉아 메뉴를 살피면서 맛있고 가벼운 프라스카티를 홀짝였다. 메뉴를 고르고 시선을 들자 크리스천이 나를 살피는 눈길로 바라보고 있었다.

"왜요?"

"너 아주 예쁘다, 아나스타샤. 야외활동이 잘 어울려."

나는 얼굴을 붉혔다.

"사실 바닷바람에 약간 탔어요. 하지만 오늘 오후 정말 즐겁게 보냈어요. 완벽한 오후예요. 고마워요."

그는 따뜻한 눈으로 미소 지었다. "천만의 말씀."

"뭐 하나 물어봐도 돼요?" 나는 진실 탐색 임무를 계속해나가기로 결심했다.

"뭐든, 아나스타샤. 알잖아." 고개를 옆으로 기울인 크리스천은 참 달콤해 보였다.

"별로 친구가 없는 것 같은데, 이유가 뭐예요?"

그는 어깨를 으쓱하며 얼굴을 찡그렸다.

"말했잖아. 별로 시간이 없었어. 사업상 동료들은 있지. 그건 우정과는 아주 다르지만. 하지만 가족이 있으니까 그걸로 충분해. 엘레나를 빼면."

나는 이 여자 괴물의 이름은 무시해버렸다.

"함께 어울리면서 스트레스를 발산할 또래 남자 친구는 없어요?"

"넌 내가 스트레스를 어떻게 발산하는지 알잖아, 아나스타샤." 크리스천의 입이 뒤틀렸다. "게다가 그동안은 줄곧 일하느라……. 사업체를 구축하고." 그는 곤혹스러운 표정이었다.

"내가 하는 건 그게 다야. 가끔 하는 항해와 비행을 제외하면."

"대학에서도요?"

"별로."

"그럼 그냥 엘레나뿐?"

그는 신중한 표정으로 고개를 끄덕였다.

"외로웠겠네요."

그의 입술이 말리며 생각에 잠긴 듯한 미소를 작게 지었다.

"뭘 먹을 거야?" 그는 다시 화제를 바꾸었다.

"리소토로 하죠."

"잘 골랐어." 크리스천은 웨이터를 불렀고 그걸로 우리 대화는 종지부를 찍었다.

주문을 한 후 나는 자리에서 불편하게 꿈지럭거리며 깍지 낀 손가락을 내려다보았다. 그가 만약 이야기할 기분이라면 이 기회를 이용해야 했다.

그의 기대에 대해서 이야기를 나눠야 했다. 그의, 음…… 욕구에 대해서.

"아나스타샤, 무슨 일이야? 말해봐."

나는 고개를 들어 그의 근심스런 얼굴을 보았다.

"말해." 그는 좀 더 강압적으로 말했고 그의 근심은 다른 감정으로 바뀌었다. 무엇? 공포? 분노?

나는 심호흡을 했다. "이것만으로는 당신이 충분히 만족하지 못할까 걱정이 되어서요. 즉, 스트레스를 발산하는 데."

그의 턱이 굳어지고 눈이 엄격해졌다.

"충분하지 않다고 내가 눈치를 준 적 있었어?"

"아니요."

"그런데 왜 그런 생각한 거야?"

"난 당신이 어떤지 아니까요. 당신이, 음…… 필요로 하는 걸 아니까." 나는 더듬거렸다.

그는 눈을 감고 긴 손가락으로 이마를 문질렀다.

"내가 어떻게 해야 해?"

그의 목소리는 화가 난 듯 불길할 정도로 부드러워서 내 심장이 쿵 내려앉았다.

"아뇨, 오해예요. 당신은 정말 잘해줬어요. 며칠뿐이라는 건 알지만, 당신에게 원래의 모습과 다른 사람이 되라고 강요한 건 아닌지 싶어서요."

"난 아직도 나야, 아나스타샤. 아직도 50가지 빛깔로 엉망진창 망가진 인간, 피프티 셰이드지. 그래, 난 통제하고자 하는 충동과 싸워야 해……. 하지만 그건 내 천성, 내가 인생을 어떻게 살아왔는가 하는 문제니까. 그래, 난 네가 어떤 식으로 행동해 주길 원해. 네가 꺼리지 않으면 도전적이기도 하고 기분전환도 될 거야. 우리는 여전히 내가 하고 싶은 걸 하고 있어. 넌 어제 터무니없는 낙찰을 한 후에 내게 엉덩이를 때릴 수 있게 해주었잖아."

그는 그 기억을 떠올리며 다정하게 웃었다.

"난 네게 벌을 주는 게 좋아. 그 충동은 영원히 사라지지 않을 거야. 하지만 난 노력하고 있어. 그건 생각만큼 그렇게 힘들지 않을 거고."

어제 그의 어린 시절 침실에서 가졌던 불온한 밀회가 떠올라 나는 몸을 꿈틀거리며 얼굴을 붉혔다.

"그건 싫지 않았어요." 나는 수줍게 미소 지으며 속삭였다.

"알아." 그의 입술이 올라가며 마지못해 미소를 지었다. "나도 그랬어. 하지만 너에게 이 말은 해두지, 아나스타샤. 이 모든 게 내겐 새롭고, 지난 며칠은 내 인생 최고의 시기였어. 난 아무것도 바꾸고 싶지 않아."

오!

"내 인생에서도 최고의 날들이었어요. 하나도 빠짐없이."

나는 나직이 말했고 그의 웃음이 더 커졌다. 내 안의 여신이 긍정의 뜻으로 미친 듯 고개를 끄덕이며 나를 팔꿈치로 쿡 찔렀다. 좋아, 좋아.

"그럼 나를 오락실로 데리고 들어가고 싶지 않은 건가요?"

그는 침을 꿀꺽 삼켰고 얼굴이 창백해졌다. 모든 장난기의 흔적이 사라졌다.

"그래, 그러고 싶지 않아."

"어째서요?" 기대했던 답이 아니었다.

그렇다면, 그걸로 끝이었다. 작은 실망감이 나를 찔렀다. 내 안의 여신은 입을 삐쭉 내밀고 발을 굴렀고 화난 어린아이처럼 팔짱을 꼈다.

"우리가 마지막으로 갔을 때, 그 이후 넌 떠났으니까." 그가 조용히 말했다. "네가 나를 다시 떠나게 할 수도 있는 일들은 피하기로 했어. 네가 떠난 후 내가 얼마나 비참했는지 설명했잖아. 그런 기분 다시 느끼고 싶지 않아. 내가 너에 대해 어떤 감정인지 말했잖아."

그의 회색 눈이 커졌고 진솔한 마음으로 강렬해졌다.

"하지만 그건 공정하지 않은 것 같아요. 그래선 당신의 긴장을 풀 수가 없잖아요. 끊임없이 내가 어떤 기분일지 신경을 쓰다니. 당신은 나를 위해서 그런 변화를 일으켰는데, 난…… 나도 어떤 식으로든 보답해야 할 것 같아요. 모르겠지만…… 어쩌면 해볼 수도 있겠죠? 어떤…… 역할극 같은 것."

나는 더듬거렸다. 내 얼굴이 오락실 벽지 색깔만큼 벌게졌다.

어째서 이런 이야기를 하기가 이처럼 힘든 걸까? 이 남자랑 온갖 변태 섹스, 몇 주 전만 해도 들어보지 못한 짓, 생각도 해보지 않았을 짓을 해놓고도 가장 어려운 건 그와 이야기를 나누는 것이었다.

"아냐, 너는 네 생각 이상으로 보답하고 있어. 제발, 제발, 이런 식으로 생각하지 마."

태평한 크리스천은 사라졌다. 그의 눈은 경계심으로 더 커졌고 그 모습을 보고 있노라니 마음이 조여왔다.

"자, 아직 일주일밖에 안 됐어." 그가 말을 이었다. "우리에게 좀 더 시간을 주자. 네가 떠나고 지난 주 내내 우리에 대해 많이 생각했어. 우린 시간이 필요해. 넌 나를 신뢰해야 하고 나 역시. 어쩌면 곧 우리는 다른 욕망에 탐닉할지 모르지만, 지금은 네 모습 그대로가 좋아. 네가 이처럼 행복한 모습을 보는 게 좋아. 이처럼 느긋하고 태평한 모습. 내가 거기 한몫했다는 걸 아니까 더 기쁘지. 난 한 번도……."

그는 말을 멈추고 손으로 머리카락을 훑었다.

"뛰기 전에 걷기부터 해야 하지 않겠어?"

갑자기 그는 씩 웃었다.

"뭐가 그렇게 웃겨요?"

"플린 박사. 항상 그렇게 말했거든. 내가 그 사람 말을 인용하게 되리란 생각은 못했는데."

"플린주의네요."

크리스천이 웃었다. "바로 그거야."

웨이터가 우리 전채 요리와 브루스게타를 가지고 오는 바람에 우리 대화는 바뀌었고 크리스천은 긴장을 풀었다.

하지만 어이없을 정도로 커다란 접시가 우리 앞에 놓였을 때 오늘 크리스천을 어떻게 생각했는지 떠올리지 않을 수가 없었다. 여유롭고 행복하며 태평한 크리스천. 적어도 이제 다시 편안하게 웃고 있다.

내가 마음속으로 안도의 한숨을 내쉬자 그는 내가 가본 곳들에 관한 질문을 퍼붓기 시작했다. 난 미국 대륙 바깥으로는 나가본 적이 없었기 때문에 할 말이 별로 없었다. 반면, 크리스천은 전 세계를 여행했다. 우리는 더 편안하고 더 행복한 대화로 스르르 빠져들며 그가 방문했던 모든 곳에 대해 이야기를 나누었다.

맛난 음식을 배부르게 먹고 나서 크리스천은 나를 에스칼라로 데려갔다. 에바 캐시디의 부드러운 달콤한 목소리가 스피커에서 흘러나왔다. 그동안 나는 평화롭게 찬찬히 생각해볼 시간이 있었다. 넋이 나갈 만한 하루였다. 그린 박사. 샤워. 크리스천의 인정. 호텔과 보트에서 사랑을 나눈 것. 차를 산 것. 크리스천도 무척이나 달라졌다. 뭔가 놓아버렸거나 새로이 재발견한 것 같았다. 어느 쪽인진 알 수 없었다.

그가 그처럼 다정해질 수 있으리라고 누가 알았을까? 그 본인이라고 생각이나 했을까?

그를 올려다보니 생각에 빠져 있는 듯했다. 그때 그가 한 번도 진정한 사춘기를 겪어본 적이 없다는 것을 깨달았다. 어쨌든 정상적인 보통의 사춘기는. 나는 고개를 저었다.

마음은 무도회와 플린 박사와 춤춘 일, 플린 박사가 모든 것을 얘기했다고 할 때 그가 보였던 공포로 다시 떠돌아 들어갔다. 크리스천은 여전히 아직도 내게 뭔가 숨기고 있다. 그가 그런 기분이라면 어떻게 앞으로 나갈 수 있단 말인가?

그는 내가 자기를 잘 안다면 떠날지도 모른다고 생각한다. 원래의 모습을 보이면 떠날지도 모른다고 생각한다. 아, 이 남자는 너무 복잡해.

그의 집에 가까이 갔을 때 그의 몸에서 발산되는 긴장감이 뚜렷했다. 그는 사방을 두리번거리면서 보도와 옆 골목을 살폈다. 레일라를 찾고 있다는 것을 알았다. 나도 찾아보기 시작했다. 젊은 갈색 머리 여자는 모두 다 용의자였지만 레일라의 모습은 보이지 않았다.

차고 안으로 들어갔을 때, 그의 입은 긴장해서 으스스하게 일자로 굳어졌다. 그렇게 신중해지고 굳어질 거라면 여기 왜 왔는지 알 수가 없었다. 순찰 중인 소여가 차고에 있었다. 훼손된 아우디는 없어졌다. 크리스천이 SUV 옆에 차를 세웠을 때 소여가 와서 문을 열었다.

"안녕하세요, 소여." 나는 작은 목소리로 인사했다.

"스틸 양." 그가 고개를 끄덕였다. "그레이 씨."

"아무 흔적 없나?" 크리스천이 물었다.

"없습니다."

크리스천은 고개를 끄덕이고 내 손을 잡은 후 엘리베이터로 향했다. 그의 머리가 과하게 돌아가고 있다는 것을 알았다. 그는 정신을 딴 데 쏟고 있었다. 일단 안으로 들어가자 그가 나를 돌아보았다.

"혼자 밖으로 나가면 안 돼. 알겠어?" 그가 엄격하게 잘라 말했다.

"알았어요." 이런, 진정 좀 해요. 하지만 그의 태도에 나는 미소를 짓고 말았다. 내 몸을 꼭 끌어안고 싶었다. 명령조에 무뚝

뚝한 이 남자. 일주일 전만 해도 그가 이런 식으로 말할 때면 아주 위협적이라고 여겼던 사실을 떠올리니 놀라웠다. 하지만 이제는 그를 훨씬 더 잘 이해할 수 있었다. 이게 그가 사태에 대처하는 방식이었다. 레일라 때문에 압박을 받고 있고, 나를 사랑하기 때문에 보호하고 싶어 했다.

"뭐가 그렇게 우스워?" 그의 표정에서 재미있어하는 기색이 슬며시 어렸다.

"당신요."

"나? 스틸 양? 내가 뭐가 우스운데?" 그는 입을 내밀었다.

입을 내미는 크리스천은…… 섹시했다.

"입 내밀지 마요."

"왜?" 그는 한층 더 재미있어했다.

"내가 이렇게 할 때 당신이 그러는 것과 똑같은 기분을 나도 느끼니까요." 나는 입술을 고의로 깨물었다.

그는 놀라는 동시에 유쾌해하면서 양 눈썹을 치켰다.

그는 다시 입을 내밀었고, 몸을 숙여 내게 가볍고도 점잖게 키스했다.

나는 입술을 들어 그의 입을 맞았다. 우리의 입술이 닿는 그 짧은 순간 키스의 본질이 변했다. 이 친밀한 접촉에 산불이 내 혈관을 타고 흘러 나를 그에게로 밀고 갔다.

갑자기, 나의 손가락이 그의 머리카락을 감았고 그가 나를 잡아 엘리베이터 벽으로 밀었다. 그의 손이 내 얼굴을 감싸 나를 자기 입술에서 떨어지지 못하도록 했고 우리의 혀는 한데 얽혔다. 갑갑한 엘리베이터 공간 때문에 모든 게 한층 더 생생하게 느껴지는지 모르지만, 그의 욕구, 걱정, 정열을 느낄 수 있었다.

젠장. 나는 그를 원했다. 여기서, 지금.

엘리베이터가 핑 소리와 함께 멈추자 문이 열렸고 크리스천은 내게서 얼굴을 뗐다. 하지만 그의 하체는 여전히 나를 벽에 못 박고 있었고 그의 일어선 부분이 내 몸을 파고들었다.

"우어." 그가 숨을 헐떡였다.

"우어." 나도 허파에서 공기를 끄집어내며 그와 같은 반응을 보였다.

그는 타는 듯한 눈으로 나를 보았다.

"네가 날 어떻게 하는지 봐, 아나."

그는 엄지손가락으로 내 아랫입술을 쓸었다.

곁눈질로 보니 테일러가 내 눈에 뜨이지 않으려고 뒤로 물러서는 게 보였다. 나는 손을 들고 아름답게 조각된 크리스천의 입꼬리에 입을 맞췄다.

"당신이 날 어떻게 하는지 봐요, 크리스천."

그는 물러서서 내 손을 잡았다. 내리깐 그의 눈은 이제 어두워졌다.

"가자." 그는 명령했다.

테일러는 아직도 현관에서 점잖게 우리를 기다리고 있었다.

"잘 있었어, 테일러?" 크리스천은 진심으로 인사했다.

"그레이 씨, 스틸 양."

"어제 저는 테일러 부인이었어요." 내가 테일러를 보고 생긋 웃자, 그는 얼굴을 붉혔다.

"어감이 좋은데요, 스틸 양." 테일러는 사무적으로 말했다.

"저도 그렇게 생각해요."

크리스천이 얼굴을 찌푸리며 내 손을 잡았다.

"두 사람 대화가 다 끝났다면, 이제 보고를 받고 싶은데."

그는 이제 불편해 보이는 테일러를 쏘아보았고 나는 안으로 움츠러들었다. 내가 도를 넘은 게 분명했다.

"미안해요." 나는 테일러에게 입 모양으로 사과했고 그는 어깨를 으쓱하더니 친절한 미소를 지었다. 나는 몸을 돌려 크리스천을 따라갔다.

"곧 따라가지. 그저 스틸 양에게 말할 게 있어서." 크리스천이 테일러에게 말했다. 난 곤란한 상황에 처했음을 직감했다.

크리스천은 나를 침실로 이끌고 문을 닫았다.

"직원들과 시시덕대지 마, 아나스타샤." 그가 꾸짖었다.

나는 입을 열어 내 변호를 하려다가 다시 다물었다. 그러다 다시 열었다.

"난 시시덕거린 게 아니에요. 그저 친하게 대한 것뿐이라고. 그건 차이가 있어요."

"직원들과 친하게 지내지도 말고 시시덕대지도 마. 내가 싫어하니까."

아, 안녕, 태평한 크리스천.

"미안해요."

나는 작은 목소리로 대답하고 손가락을 내려다보았다. 하루 종일 그는 나를 어린애 취급하지 않았었다. 그는 내 턱을 감싸고 내 머리를 들어 시선을 마주쳤다.

"내가 얼마나 질투가 심한지 알잖아." 그가 속삭였다.

"질투를 할 이유가 없어요, 크리스천. 당신은 내 몸과 영혼을 가졌으니까요."

그는 이 사실을 받아들이기가 어렵다는 듯 눈을 깜박였다. 그는 몸을 숙여 내게 재빨리 키스했지만 우리가 조금 전 엘리베이터에서 겪었던 정열은 사라지고 없었다.

"오래 걸리지 않을 거야. 편안하게 있어."

그는 퉁명스레 말하고 뒤돌아 나갔다. 나는 어지럽고 혼란스러운 마음으로 침실에 혼자 남았다.

대체 테일러를 질투할 이유가 뭐 있담? 나는 못 믿겠다는 듯 고개를 저었다.

시계를 보니 겨우 8시가 지나 있었다. 내일 출근할 때 입을 옷을 챙겨놓기로 했다. 위층 방으로 올라가서 커다란 옷장을 열었다. 옷장은 텅 비어 있었다. 모든 옷이 사라졌다. 아, 맙소사! 크리스천이 내 말을 받아들여 옷을 다 치워버렸구나.. 젠장.

내 잠재의식이 날 쏘아보고 있었다. 뭐, 그게 다 네 입이 방정인 탓이지.

어째서 그는 내 말을 받아들인 걸까? 엄마의 충고가 다시 귓가에 떠올랐다. '남자들은 말하고 속마음하고 똑같지.' 나는 텅 빈 공간을 보며 입을 삐죽였다. 어떤 옷들은 아주 예뻤는데. 무도회에 입고 갔던 은색 드레스처럼.

암담하게 침실로 들어갔다. 잠깐, 어떻게 된 거지? 아이패드가 사라졌다. 내 맥은? 아, 안 돼. 첫 번째로 든 무정한 생각은 레일라가 훔쳐갔을지도 모른다는 것이었다.

계단으로 뛰어 내려가 크리스천의 침실로 들어갔다. 침대 옆 탁자 위에 맥과 아이패드, 배낭이 있었다. 모두 여기에 있었다.

나는 커다란 옷장을 열어보았다. 내 옷이 다 거기 있었다. 모두 다 크리스천의 옷과 같은 공간에 있었다. 언제 이렇게 된 거지? 어째서 이런 일을 하면서 내게 미리 말해주지 않은 걸까?

뒤로 돌았을 때 그가 문간에 서 있었다.

"아, 다 옮겨놨군." 그는 무심하게 말했다.

"무슨 일이에요?"

그의 얼굴은 험악했다.

"테일러 생각으로는 레일라가 비상계단을 이용해서 들어왔다는 것 같다더군. 열쇠가 있었나 봐. 모든 자물쇠를 다 바꾸었어. 테일러와 보안팀이 아파트의 모든 방을 샅샅이 수색했어. 레일라는 여기 없어." 그는 말을 멈추고 한 손으로 머리카락을 훑었다.

"레일라가 어디 있는지 알았으면 좋겠어. 지금 도움이 필요한데 우리가 찾아내려는 시도를 싹싹 피하고만 있으니."

그는 얼굴을 찡그렸고 내가 아까 느꼈던 짜증은 사라졌다. 나는 두 팔을 그의 몸에 둘렀다. 나를 품 안에 끌어안으며 그는 내 머리카락에 키스했다.

"레일라를 찾으면 어떻게 할 거예요?" 나는 물었다.

"플린 박사가 적당한 곳을 알아."

"남편은요?"

"그 작자는 그 여자에게서 손을 뗐어." 크리스천의 어조에는 적의가 어렸다. "가족은 코네티컷에 있고. 레일라는 지금 혼자서 외로이 밖을 떠돌아다니고 있지."

"슬프네요."

"여기 물건을 다 갖다놓아도 괜찮아? 나랑 방을 같이 썼으면 좋겠는데." 그가 중얼거렸다.

참, 화제가 휙휙 바뀌기도 하네.

"괜찮아요."

"나랑 같이 잤으면 좋겠어. 너랑 같이 있으면 악몽을 꾸지 않으니까."

"악몽을 꿔요?"

"응."

나는 그를 안은 두 팔에 힘을 주었다. 더 많은 부록이 따라왔네. 이 남자 때문에 내 심장이 죄어들었다.

"그저 내일 출근할 옷을 챙겨놓으려던 참이었어요."

"출근한다고!" 그는 더러운 말이라도 되는 양 소리를 지르더니 나를 놓고 쏘아보았다.

"그래요, 출근." 그의 반응에 당황스러웠다.

그는 완전히 이해할 수 없다는 듯 나를 쏘아보았다.

"하지만, 레일라가 밖에 돌아다니고 있어." 그는 잠시 말을 멈췄다. "네가 출근하지 않았으면 좋겠어."

뭐라고? "그건 말도 안 돼요, 크리스천. 난 일하러 가야 해요."

"안 돼, 갈 수 없어."

"취직한 지 얼마 안 됐어요. 그 일을 좋아하고요. 당연히 출근해야죠."

저 사람 말이 무슨 뜻일까?

"아니, 갈 수 없어." 그는 강조하며 되풀이했다.

"당신이 우주의 주인으로 나가 있는 동안 나는 여기서 할 일 없이 손가락이나 빨고 있으라고요?"

"솔직히 말하자면, 그래."

아, 변덕스러운 남자 같으니. 지면 안 돼.

"크리스천, 난 출근해야 해요."

"아니, 하면 안 돼."

"아니, 할 거예요."

나는 어린이에게 말하듯 천천히 말했다.

그는 나를 보고 험악한 표정으로 얼굴을 찌푸렸다. "안전하지 않아."

"크리스천…… 나는 먹고살기 위해 일을 해야 해요. 괜찮을 거예요.”

“아니, 넌 먹고살기 위해 일을 할 필요가 없어. 게다가 괜찮을지 어떻게 알아?” 그는 고함을 지르다시피 했다.

무슨 뜻일까? 나를 먹여 살리겠다고? 아, 이건 정말 우스꽝스러운 정도를 넘네. 이 사람을 안 지 얼마나 됐더라? 5주?

그는 이제 성이 나 있었다. 폭풍 같은 눈이 번득였다. 하지만 나는 전혀 아랑곳하지 않았다.

“세상에, 크리스천. 레일라는 당신 침대의 발치에 서 있었어요. 그런데도 내게 해를 입히지 않았어요. 그리고, 나는 일을 할 필요가 있어요. 난 당신에게 신세를 지고 싶진 않다고요. 학자금 대출도 갚아야 해요.”

그의 입이 엄하게 일자로 다물어졌고 나는 양손을 허리에 댔다. 이건 절대로 양보할 수 없었다. 이 남자는 대체 자기가 뭐라도 된다고 생각하는 거야?

“난 네가 출근하지 않았으면 좋겠어.”

“나한테 이래라저래라 할 순 없어요, 크리스천. 당신이 결정할 문제가 아니라고요.”

그는 한 손으로 머리를 훑으며 나를 응시했다. 우리가 서로 쏘아보는 동안 몇 초, 몇 분이 흘렀다.

“소여가 함께 갈 거야.”

“크리스천, 그럴 필요는 없어요. 지금 행동은 비합리적이에요.”

“비합리적이라고?” 그가 으르렁댔다. “소여랑 같이 가든가, 아니면 내가 더 비합리적으로 굴며 널 가둬버리든가야.”

설마 그러진 않겠지, 그럴까?

“정확히 어떻게요?”

"아, 방법은 알아내겠지, 아나스타샤. 밀어붙이지 말라고."

"알았어요!" 나는 두 손을 들고 항복하며 그를 달랬다. 맙소사, 고압적인 크리스천이 완전히 돌아왔네.

우리는 험악한 표정으로 서로를 쏘아보며 서 있었다.

"좋아요, 당신 기분이 나아진다면 소여와 같이 갈게요." 나는 눈을 흘기며 항복했다. 크리스천은 눈을 가늘게 뜨고 위협적인 태도로 내 쪽을 향해 한 발 내디뎠다. 나는 즉시 뒤로 물러섰다. 그는 멈추고 심호흡을 하더니 눈을 감고 두 손으로 머리를 넘겼다. 아, 안 돼. 정말로 흥분했구나.

"구경시켜줄까?"

구경? 농담해?

"좋아요." 나는 조심스레 대답했다. 기분이 또 바뀌셨네. 종잡을 수 없는 남자가 다시 돌아왔어. 그가 한 손을 내밀자 나는 그 손을 잡았고 그는 내 손을 부드럽게 쥐었다.

"널 겁줄 생각은 아니었어."

"그러진 않았겠죠. 그냥 난 도망갈 준비를 하고 있었을 뿐." 나는 빈정댔다.

"도망가?" 그가 눈을 휘둥그레 떴다.

"농담이었어요!" 아, 이런.

그는 옷장 밖으로 나를 이끌었고 나는 그 틈을 타서 진정했다. 아드레날린이 여전히 몸을 타고 질주했다. 그와의 싸움은 가볍게 넘길 일이 아니었다.

그는 아파트를 돌며 여러 방을 구경시켜주었다. 위층의 오락실과 여분의 방 세 개 이외에도 테일러와 존스 부인의 별채가 있다는 게 흥미로웠다. 부엌, 넓고 큰 방, 각각 침실이 하나씩 있다고 했다. 포틀랜드의 여동생 집에 간 존스 부인은 아직도 돌아오지 않았다.

아래층에서 내 시선을 끌었던 방은 그의 서재 건너편에 있는 방이었다. 텔레비전 룸으로, 지나치게 큰 평면 텔레비전과 각종 게임 콘솔들이 있었다. 아늑해 보였다.

"엑스박스가 있긴 있네요?" 나는 씩 웃었다.

"그래, 하지만 난 정말 못해. 엘리엇에게 항상 지지. 네가 처음에 이런 방을 내 오락실이라고 생각했다니 재미있어."

그는 성을 냈던 걸 잊고 내려다보며 웃음을 지었다. 기분이 좋아져서 다행이었다.

"내가 재미있다고 생각해주니 기쁘네요, 그레이 씨." 나는 오만하게 대답했다.

"원래 그러잖아, 스틸 양. 물론 성질을 부리고 있지 않을 때는."

"당신이 비이성적으로 굴 때만 성질을 내죠."

"내가? 비이성적으로?"

"네, 그레이 씨. 언리즈너블(비이성적)을 아예 가운데 이름으로 쓰지 그래요?"

"난 가운데 이름이 없는데."

"그렇다면 언리즈너블이 딱이겠네요."

"그것도 의견 중 하나로 받아주지, 스틸 양."

"플린 박사의 전문가적 의견이 궁금하네요."

크리스천이 히죽 웃었다.

"트레벨리언이 가운데 이름인 줄 알았는데."

"아니, 그게 성이야. 트레벨리언-그레이."

"하지만 그렇게 쓰진 않잖아요."

"너무 기니까. 가자." 그가 명령했다. 나는 그를 따라 TV실을 나가 큰 방을 지났다. 긴 복도를 지나 다용도실을 지난 후 인상적으로 큰 와인 창고를 보고 테일러의 사무실로 들어갔다. 널찍하고 설비를 잘 갖추고 있었다. 6명이 앉을 만한 회의용 탁자도 있었다. 한 책상 위에는 모니터들이 주르르 놓여 있었다. 이 아파트에 CCTV가 있는지는 미처 몰랐었다. 화면에는 발코니, 계단, 고용인용 엘리베이터, 현관이 비쳤다.

"안녕, 테일러. 아나스타샤에게 구경시켜주는 중이었어."

테일러는 고개를 끄덕였지만 웃지는 않았다. 그도 크리스천에게서 쓴소리를 들었는지 궁금했다. 어째서 아직도 근무하고 있담? 내가 그를 보고 미소를 짓자, 그는 예의 바르게 고개를 끄덕였다. 크리스천은 다시 한 번 내 손을 잡고 그의 개인 도서관으로 이끌었다.

"자, 물론 여긴 벌써 와봤지만."

크리스천이 문을 열었다. 당구대의 녹색 천이 보였다.

"한판 할까요?" 나는 물었다.

크리스천은 놀라 미소를 지었다. "좋아, 이전에 해본 적은 있고?"

"몇 번요." 나는 거짓말을 했다. 그는 머리를 한쪽으로 갸우뚱 기울이고 눈을 가늘게 떴다.

"거짓말쟁이치고는 참 소질 없어, 아나스타샤. 이전에 한 번도 해본 적이 없거나……."

나는 입술을 핥았다. "나랑 시합하는 게 겁나요?"

"너 같은 꼬마 아가씨가 겁날까?" 그는 너그럽게 코웃음 쳤다.

"내기해요, 그레이 씨."

"참 자신만만하신데, 스틸 양?" 그는 재미있어하는 동시에 놀라워했다. "뭘 걸고 싶은데?"

"내가 이기면 나를 오락실로 다시 데려다 줘요."

그는 내가 지금 한 말을 제대로 알아들었는지 확인하려는 듯 나를 보았다.

"내가 이기면?"

포탄 충격 후 몇 초가 지나고 그가 물었다.

"그럼 골라요."

대답을 생각하는 그의 입술이 뒤틀렸다.

"좋아, 거래 성사." 그는 씩 웃었다. "풀? 스누커, 아니면 캐럼?"

"풀로 할게요. 다른 경기는 규칙을 모르니까."

책꽂이 아래에 있는 장 속에서 크리스천은 커다란 가죽 상자를 꺼냈다. 상자 속 벨벳 위에는 당구공들이 놓여 있었다. 그는 재빨리 능숙하게 공을 당구대 위에 놓았다. 그렇게 큰 당구대에서 쳐보기는 처음이었다. 크리스천은 내게 큐대와 초크를 건넸다.

"네가 초구 치겠어?"

그는 짐짓 예의 바른 척했다. 이 상황을 즐기는 게 확실했다. 자신이 이기리라 생각하는 모양이었다.

"좋아요." 나는 큐대에 초크를 묻히고 남은 초크 가루를 후 불었다. 눈썹 사이로 크리스천을 보았다. 나처럼 그의 눈이 어두워졌다.

나는 하얀 공을 세우고 빠르고 깔끔하게 툭 쳐서 삼각형의 가운데 공을 맞혔다. 강한 힘에 스트라이프 공이 빙글빙글 돌더니 오른쪽 위 포켓에 들어갔다. 나는 나머지 공들도 퍼뜨렸다.

"내가 스트라이프를 할래요." 나는 크리스천을 보고 짐짓 수줍게 웃으며 순진하게 말했다. 그의 입이 재미있다는 듯 뒤틀렸다.

“좋으실 대로.” 그가 예의 바르게 말했다.

나는 빠르게 연속으로 세 개의 공을 포켓에 넣었다. 마음속에서 나는 춤을 추고 있었다. 이 순간 내게 풀을 가르쳐주고 실력을 키워준 호세에게 진심으로 감사했다. 크리스천은 아무런 내색도 하지 않고 무감하게 바라만 보았지만 장난기는 서서히 물러나가는 듯했다. 나는 아슬아슬하게 녹색 스트라이프 공을 놓치고 말았다.

“알아, 아나스타샤. 난 여기 서서 네가 당구대 위에 몸을 숙여 뻗는 것만 하루 종일 봐도 질리지 않을 거야.” 그는 감상하듯 말했다.

나는 얼굴을 붉혔다. 청바지를 입은 게 다행이었다. 그는 히죽 웃었다. 내가 경기에 집중하지 못하도록 방해하는 수작이었다. 나쁜 자식. 그는 크림색 스웨터를 벗어서 의자 등받이에 휙 걸쳤다. 그리고 공을 치러 걸어가면서 나를 보고 씩 웃었다.

그는 당구대 위에 몸을 낮게 숙였다. 입이 말랐다. 그가 말한 뜻이 뭔지 알겠네. 달라붙은 청바지와 하얀 티셔츠를 입은 크리스천이 그처럼 허리를 굽히고 있으니…… 참으로 볼 만한 광경이었다. 나는 생각의 흐름을 놓쳐버렸다. 그는 솔리드 네 개를 빠르게 넣었지만 그 다음에는 하얀 공을 넣는 바람에 파울을 범하고 말았다.

“아주 초보적인 실수인데요, 그레이 씨.” 나는 놀렸다.

그는 히죽 웃었다.

“아, 스틸 양. 난 그저 어리석인 인간일 뿐. 네 차례인 것 같은데.” 그는 당구대를 가리켰다.

“일부러 지려고 하는 건 아니죠?”

"아니, 염두에 둔 상품을 타려면 이기고 싶거든, 아나스타샤." 그는 무심하게 어깨를 으쓱했다. "하지만 난 사실 언제나 이기려 하지."

나는 눈을 가늘게 떴다. 좋아, 그렇다면……. 보기 좋게 목이 파인 파란 블라우스를 입기를 잘했다고 생각했다. 나는 당구대를 돌아가 기회가 있을 때마다 몸을 숙였다. 내가 숙일 때마다 크리스천이 내 엉덩이와 가슴골을 한껏 볼 수 있도록. 손뼉도 마주쳐야 소리가 나는 거지. 나는 그를 힐끔 보았다.

"네 속셈은 잘 알아." 그는 어두운 눈으로 속삭였다.

나는 애교 있게 고개를 한쪽으로 숙이고 손을 위아래로 움직이며 큐대를 부드럽게 어루만졌다.

"아, 그저 다음은 어디로 칠까 보던 중인데."

나는 산만하게 웅얼거렸다.

몸을 앞으로 숙이며 나는 주황색 스트라이프를 좋은 위치로 쳐 넣었다. 그 다음에는 크리스천 바로 앞에 서서 당구대 아래로 나오는 나머지 공들을 받았다. 다음 샷을 준비할 때는 당구대 위에 바로 엎드렸다. 크리스천이 날카롭게 숨을 들이켜는 소리가 들렸다. 물론 빗맞혔다, 젠장.

내가 아직도 당구대 위에 엎드려 있을 때 그가 내 뒤로 돌아서더니 한 손을 내 엉덩이에 댔다. 흠…….

"나를 비웃으려고 이걸 흔들고 있는 거야, 스틸 양?"

그러면서 나를 찰싹 쳤다.

숨을 헉 들이켰다. "그래요." 사실이었기 때문에 인정했다.

"소원을 빌 때는 신중해야 한다고."

내가 엉덩이를 문지르고 있을 때 그는 당구대 다른 쪽으로 돌아가서 몸을 숙이고 공을 쳤다. 빨간 공을 맞혔고 공은 왼쪽 옆

포켓으로 휙 들어갔다. 그는 노란색 공을 위 오른쪽 포켓을 겨냥해 쳤지만, 빗나가고 말았다. 나는 생긋 웃었다.

"빨간 방아, 우리가 간다." 나는 그를 약 올렸다.

그는 그저 한쪽 눈썹만 치키더니 내게 계속하라는 손짓을 해 보였다. 녹색 스트라이프는 재빨랐고 운이 좋게도 그 공이 마지막 오렌지 스트라이프를 맞혔다.

"어느 포켓에 넣을지 말해." 그는 다른 얘기, 좀 더 어둡고 외설스러운 이야기를 하기라도 하는 말투였다.

"위 왼쪽." 나는 검은 공을 겨누며 쳤지만 놓치고 말았다. 공은 넓게 돌아갔다. 젠장.

크리스천은 짓궂은 미소를 짓더니 당구대 위에 몸을 숙이고 남은 솔리드 두 개를 재빨리 넣어버렸다. 그의 유연한 몸이 당구대 위에 길게 뻗자 나는 거의 숨을 헐떡이며 그를 보았다. 그는 일어서서 큐대에 초크를 묻히면서 타오르는 눈으로 나를 보았다.

"내가 이기면……."

아, 그래?

"네 엉덩이를 때려주지. 그런 후에는 이 당구대 위에서 너와 섹스하고."

세상에 맙소사. 내 배꼽 아래 모든 근육이 단단히 조여왔다.

"위 오른쪽." 그는 중얼거리며 검은 공을 가리킨 후 몸을 숙였다.

11

크리스천은 편안하고 우아하게 하얀 공을 툭 쳤다. 하얀 공은 탁자 위를 날아가 검은 공과 키스했고, 검은 공은 아주 천천히 굴러가 가장자리에서 뒤뚱뒤뚱 흔들리더니 당구대의 위 오른쪽 포켓으로 쏙 들어가버렸다.

젠장.

그는 일어섰다. 입은 의기양양하게 '넌 내 손바닥 안이야, 스틸'이라고 말하는 듯한 미소로 실룩였다. 그는 무심하게 내게로 느릿느릿 걸어왔다. 온통 헝클어진 머리, 청바지, 하얀 티셔츠. 사업가 같지 않았다. 빈민가에서 온 불량소년처럼 보였다. 맙소사, 죽여주게 섹시했다.

"졌다고 비겁하게 굴지 않을 거지?" 그는 치미는 웃음을 억누르지 못했다.

"날 얼마나 세게 치냐에 따라 달렸죠."

나는 몸을 지탱하기 위해 큐대에 기대며 속삭였다. 그는 내 큐대를 잡아 한쪽으로 치우고는 한손가락으로 내 셔츠를 걸어 자기 쪽으로 잡아당겼다.

"뭐, 잘못한 일을 세어보기로 할까, 스틸 양. 하나, 내 직원에게 질투하도록 한 것. 둘, 출근하는 일로 말싸움한 것. 셋, 지난

20분간 네 맛깔스러운 둔부를 내 앞에서 흔들어댄 것."

그의 눈은 흥분으로 부드러운 회색빛을 발했다. 그는 몸을 숙이며 코를 내 코에 문질러댔다.

"청바지와 이 매력적인 셔츠를 당장 벗길 원해, 지금."

그는 깃털같이 부드러운 키스를 내 입술에 남기더니 태연하게 문으로 가서 잠갔다.

뒤로 돌아 나를 보는 그의 눈은 타올랐다. 나는 완전히 좀비처럼 마비된 채로 서 있었다. 심장이 쿵쿵 뛰고, 피가 솟았다. 그렇지만 근육 하나 움직일 수가 없었다. 마음속에는 '이건 그를 위한 거야'라는 생각밖에 들지 않았다. 주문처럼 다시 또다시 반복되는 생각이었다.

"옷, 아나스타샤. 아직도 입고 있는 것 같은데. 벗어. 아니면 내가 네 대신 할 테니까."

"당신이 해요." 마침내 목소리가 돌아왔다. 낮고 열에 달뜬 목소리였다. 크리스천이 씩 웃었다.

"오, 스틸 양. 이건 자질구레한 일이지. 하지만 그 도전을 받아들이도록 할까."

"보통 대부분의 도전을 받아들이잖아요, 그레이 씨." 나는 한쪽 눈썹을 치켰고 그는 히죽거렸다.

"왜, 스틸 양. 무슨 도전을 하려고?"

그는 내게 다가오다 말고 책꽂이 안에 붙박이로 설치된 작은 책상 앞에 멈췄다. 그 위로 손을 뻗어 그는 30센티미터 플라스틱 자를 집었다. 그는 자의 양쪽 끝을 잡고 휘어보았다. 그 와중에 눈은 내게서 떼지 않았다.

맙소사, 이게 선택한 무기구나. 입이 바짝 말랐다.

갑자기 나는 뜨거워지고 심란했으며 그럴 만한 곳들이 촉촉이 젖어갔다. 표정 한 번, 자를 휘는 동작 하나로 나를 흥분시킬 수 있는 남자는 크리스천뿐이었다. 그는 자를 뒷주머니에 찔러 넣고 내게 느릿느릿 걸어왔다. 그의 눈은 어둡고 약속으로 가득 찼다. 아무 말도 하지 않고 그는 내 앞에 무릎을 꿇더니 신발 끈을 재빨리 수월하게 풀고 컨버스 운동화와 양말을 벗겨버렸다. 난 넘어지지 않도록 당구대 옆에 기댔다. 내 신발 끈을 내려다보는 이 남자에게 느끼는 감정의 깊이에 새삼 놀랐다. 나는 그를 사랑해.

그는 내 엉덩이를 잡더니 손가락을 청바지 허리밴드 속으로 찔러 넣고 단추를 풀고 지퍼를 내렸다. 그는 긴 속눈썹 사이로 나를 올려다보면서 가장 호색한 미소를 지으며 천천히 내 청바지를 끌어내렸다. 나는 청바지에서 발을 뺐다. 하얀 레이스 팬티를 입어서 다행이라고 생각했다. 그는 내 다리 뒤를 잡고 코를 내 허벅지 사이의 정점에 댔다. 나는 녹아버릴 지경이었다.

"아주 거칠게 할 거야, 아나. 심하다 싶으면 날 말려야 해." 그가 숨소리와 함께 내뱉었다.

아, 맙소사. 그는 내게 키스했다. ……거기에. 나는 부드럽게 신음했다.

"안전신호요?" 나는 중얼거렸다.

"아니, 안전신호는 없어. 그냥 멈추라고 하면 돼. 그럼 멈출 테니까. 알겠어?"

그는 내게 다시 키스하며 코를 비볐다. 아, 느낌이 너무나 좋았다. 그는 일어섰다. 눈빛이 강렬했다.

"대답해." 그는 벨벳처럼 부드러운 목소리로 명령했다.

"그래요, 알겠어요." 그의 강경한 태도에 영문을 알 수 없었다.

"하루 종일 넌 내게 말을 흘리고 헷갈리는 신호를 보냈어, 아나스타샤." 그가 말했다. "내가 날카로움을 잃었을까 걱정이 된다고 했지. 무슨 뜻으로 그렇게 말했는지는 확실히 모르겠고, 얼마나 진심인지도 모르겠지만 알아보자고. 아직 오락실에는 다시 가고 싶지 않으니까, 이걸 해보자. 마음에 들지 않으면 그렇게 말하겠다고 약속해줘."

아까의 오만했던 태도는 사라지고 근심 섞인 타오르는 강렬함이 대신 나타났다.

아. 그렇게 걱정하지 마요, 크리스천.

"말할게요. 안전신호는 아니고요." 나는 그를 안심시키기 위해 되풀이했다.

"우린 연인이야, 아나스타샤. 연인끼리는 안전신호가 필요 없는 거야." 그는 얼굴을 찡그렸다. "그렇지 않아?"

"필요 없을 것 같아요." 나는 웅얼거렸다. 내가 뭘 안다고? "약속할게요."

그는 내가 혹시 확신의 용기를 잃지 않았나 확인하려는 듯이 얼굴을 살폈고 나는 불안했지만 흥분하기도 했다. 그가 나를 사랑한다는 것을 아는 이상 이렇게 하는 것이 더 기뻤다. 내게는 아주 단순해 보였고, 지금 당장은 너무 많이 생각하고 싶지 않았다.

미소가 천천히 그의 얼굴에 퍼져갔고 그는 내 셔츠 단추를 풀기 시작했다. 능숙한 손가락들은 재빨리 일을 끝냈지만 그는 셔츠를 벗기지 않았다. 그는 몸을 숙이더니 큐대를 집었다.

아, 젠장. 저걸로 뭘 하려는 거지? 두려운 떨림이 나를 뚫고 지나갔다.

"아주 잘하던데, 스틸 양. 놀랐다는 걸 인정해야겠어. 검은 공 한 번 넣어보지."

공포는 잊은 채 나는 입을 삐죽였다. 어째서 놀랐다는 거람. 섹시하고 오만한 개자식 같으니. 내 안의 여신이 마루운동을 하며 뒤에서 몸을 풀고 있었다. 얼굴에는 함박웃음이 떠올라 있었다.

나는 하얀 공을 제자리에 놓았다. 크리스천이 당구대 뒤로 돌아와 바로 뒤에 섰고 나는 공을 치기 위해 몸을 숙였다. 그는 한 손을 내 오른 허벅지에 대고 손가락으로 다리를 위아래로 쓸었다. 그 손가락은 엉덩이로 올라왔다가 다시 돌아갔다.

"계속 이러면 빗맞힐 수밖에 없잖아요." 나는 눈을 감고 내 몸에 닿은 그의 손가락 감촉을 누렸다.

"네가 맞히든 빗맞히든 관심 없어. 그저 네가 이러는 걸 보고 싶은 거야. 옷을 약간만 입고, 내 당구대 위에 뻗어 있는 것. 이 순간 네 모습이 어떤지 알기나 해?"

나는 얼굴을 붉혔다. 내 안의 여신은 잇새에 장미를 물고 탱고를 추기 시작했다. 심호흡을 하고, 나는 그를 무시한 후 큐대를 조준했다. 불가능했다. 그는 내 엉덩이를 계속해서 어루만졌다.

"위 왼쪽." 나는 말하면서 하얀 공을 쳤다. 그는 엉덩이를 찰싹 내려쳤다.

예상치 못한 공격이었다. 나는 비명을 질렀다. 하얀 공에 맞은 검은 공이 당구대의 넓은 쪽 쿠션을 맞고 튀었다. 크리스천이 내 엉덩이를 다시 어루만졌다.

"아, 다시 해봐야 할 것 같은데." 그가 속삭였다. "집중해야겠어, 아나스타샤."

나는 이제 게임에 흥분해서 헐떡이고 있었다. 그는 당구대 끝으로 걸어가 검은 공을 다시 놓고 하얀 공을 내 쪽으로 굴려 보냈다. 검은 눈에 음란한 미소를 띤 그는 참으로 육욕적으로 보였다. 내가 어떻게 그에게 저항할 수 있었을까? 나는 공을 잡아 세운 후 다시 칠 준비를 했다.

"워워." 그가 나무랐다. "잠깐 기다려." 아, 그는 고통을 연장하는 걸 즐기는 것뿐이야. 그는 다시 내 뒤에 섰다. 나는 다시 한 번 눈을 감았고 그는 이번에는 내 왼쪽 허벅지를 쓸다가 엉덩이를 어루만졌다.

"잘 겨냥해." 그가 낮은 목소리로 속삭였다.

내 안에서 욕망이 비틀리며 돌자 솟아나는 신음을 억누를 수 없었다. 흰 공으로 검은 공 어디를 맞혀야 하는지 생각하려고 노력하고 또 노력했다. 나는 살짝 오른쪽으로 움직였고 그가 나를 따라왔다. 다시 당구대 위에 몸을 숙였다. 마지막 남은 내면의 힘 한 방울까지 짜내서 겨냥을 하고 하얀 공을 쳤다. 하지만 일단 하얀 공을 치면 무슨 일이 일어날지 알고 있었기 때문에 그 힘은 상당히 줄어들어 있었다. 그러자 크리스천이 다시 한 번 나를 찰싹 때렸다.

아야! 다시 놓쳤다. "아, 안 돼!" 나는 신음했다.

"한 번 더 해봐. 이번에도 놓치면 진짜로 그 대가를 치르게 해 줄 거야."

뭐? 뭘 치르게 한다고?

그는 검은 공을 다시 한 번 놓고 고통스러울 만큼 천천히 내게로 걸어와서 내 뒤에 섰다. 그는 다시 한 번 내 엉덩이를 어루만졌다.

"할 수 있어." 그가 살살 부추겼다.

아, 당신이 이렇게 내 정신을 흩트리지만 않으면 그렇겠죠. 나는 그의 손 안으로 엉덩이를 밀었고 그는 나를 살짝 쳤다.

"열심이네, 스틸 양?" 그가 중얼거렸다.

그래요. 당신을 원하니까요.

"자, 이건 없애버릴까." 그가 부드럽게 내 팬티를 허벅지 아래로 끌어내려 벗겨버렸다. 그가 그걸로 뭘 하는지 볼 수 없었지만 양쪽 엉덩이에 키스를 하자 나는 한없이 노출된 기분이 들었다.

"쳐봐."

나는 징징대고 싶었다. 이렇게 해서 될 것 같지 않았다. 빗나갈 것만 같았다. 나는 하얀 공을 겨누고 쳤지만 짜증스럽게도 검은 공을 완전히 놓치고 말았다. 나는 그의 손이 날아오기를 기다렸지만 찰싹 때리는 느낌은 없었다. 대신 그는 내 위로 몸을 굽히고 나를 탁자에 납작하게 엎드리게 한 후 내 손에서 큐대를 빼앗아 던지고 옆 쿠션으로 굴러가도록 놔두었다. 단단해진 그가 내 엉덩이를 누르는 것이 느껴졌다.

"빗맞혔네." 그는 내 귀에 대고 부드럽게 속삭였다. 내 볼이 당구대의 푸른 천에 배겼다. "두 손으로 탁자를 짚어."

나는 시키는 대로 했다.

"좋아, 이제 네 엉덩이를 때려줄 거야. 다음번에는 그러지 않을 수도 있으니까."

그는 몸을 움직여 내 왼쪽에 섰다. 그의 일어선 부분이 엉덩이에 느껴졌다.

나는 신음을 내뱉었다. 심장이 입안까지 튀어 올랐다. 호흡이 조각조각 끊어져 나왔고 뜨겁고 무거운 흥분이 내 혈관을 타고 흘렀다. 그는 부드럽게 내 엉덩이를 어루만졌고 다른 손으로는 내 목덜미를 감았다. 손가락이 내 목에 떨어진 머리카락을 꽉 쥐었다. 그는 팔꿈치를 내 등에 대고 나를 내리눌렀다. 나는 완전히 무력했다.

"다리를 벌려." 그가 속삭였고 나는 잠시 망설였다. 그 순간 그가 나를 찰싹 때렸다. 자로! 아픔보다 소리가 더 거세 나는 깜짝 놀랐다. 나는 숨을 헉 들이켰고 그는 나를 다시 내리쳤다.

"다리." 그가 명령했다. 나는 헐떡이며 다리를 벌렸다. 자가 다시 날아왔다. 아, 따끔했지만 실제 아픔보다는 피부에 닿는 소리가 더 요란했다.

나는 눈을 감고 고통을 흡수하려고 했다. 그렇게 심하지 않았다. 크리스천의 숨결이 더 거세졌다. 그는 나를 때리고 또 때렸고 나는 신음했다. 몇 대까지 참을 수 있을지 알 수 없었다. 하지만 그의 소리를 듣고 그가 얼마나 흥분했는지 알자 나도 점점 흥분됐고 기꺼이 계속하고 싶어졌다. 나는 있는지도 몰랐지만 이전에 오락실에서 탈리스의 음악과 함께 한 번 가본 적 있었던 영혼의 어두운 면으로 넘어갔다. 그는 나를 때리고 또 때렸다……. 다시 한 번……. 이번에는 더 강했고 나는 움찔했다.

"멈춰요." 미처 깨닫기도 전에 이 말이 나왔다. 크리스천은 즉시 자를 떨어뜨리고 나를 놓아주었다.

"충분해?" 그가 속삭였다.

"그래요."

"이제 너와 섹스할 거야." 그의 목소리는 긴장으로 팽팽했다.

"그래요." 나는 갈망으로 중얼거렸다. 그는 바지 단추를 풀었고 나는 그가 거칠게 들어오리라는 것을 알고 당구대 위에 엎드린 채로 헐떡였다.

그가 이제까지 한 일을 내가 그럭저럭 받아들일 수 있었다는 사실에 다시 한 번 놀랐다. 그래, 사실 즐기기도 했다. 무척이나 어두웠지만 또한 아주 그 사람답기도 했다.

그는 두 손가락을 내 안으로 슥 집어넣고 둥글게 움직였다.

느낌이 참으로 황홀했다. 눈을 감고 나는 그 감각을 즐겼다. 이제는 무슨 뜻인지 명확한 포일 찢는 소리가 들렸고 그는 내 뒤, 내 다리 사이에 서서 양다리를 더 넓게 벌렸다.

천천히 그는 나를 채우며 내 안에 잠겼다. 그가 순전한 쾌락으로 신음하는 소리가 들렸고 그 소리가 내 영혼을 휘저었다. 그는 내 엉덩이를 꼭 붙들고 내게서 빠져나갔다가 다시 쾅 밀고 들어왔다. 나는 비명을 질렀다. 그는 잠시 가만히 있었다.

"다시?" 그가 부드럽게 물었다.

"그래요……. 나는 괜찮아요. 당신을 잊어요……. 나를 같이 데려가줘요." 나는 숨도 못 쉬고 중얼거렸다.

그는 목에서 낮은 신음을 내더니 다시 한 번 빠져나갔다가 쿵 밀고 들어왔다. 이런 동작을 여러 번, 천천히, 일부러 반복했다. 벌을 주는 듯, 잔인한 리듬이었지만 또한 천상의 감각이기도 했다.

아, 빌어먹을……. 내 안에서 속도가 빨라지기 시작했다. 그도 그것을 느끼고 리듬을 빨리하며 나를 더 높이 더 세게 더 빠르게 밀었다. 나는 그의 몸 아래서 폭발하며 항복했다. 힘이 다 빠져나가고 영혼을 붙드는 듯한 오르가즘에 나는 완전히 소진되었다.

크리스천도 그 자신을 놓아버렸다는 것을 막연히 깨달았다. 그는 내 이름을 부르며 손가락으로 엉덩이를 꽉 붙들었다. 그런 후 그는 잠잠해졌고 내 위로 무너져 내렸다. 우리는 바닥에 주저앉았고 그는 두 팔로 나를 끌어안았다.

"고마워." 내가 얼굴을 돌리자 그는 내게 깃털처럼 가볍고 부드러운 키스를 퍼부었다. 나는 눈을 뜨고 그를 올려다보았다. 그는 나를 감싼 두 팔을 더 꽉 조였다.

"당구대에 쓸려서 볼이 붉어졌군."

그는 내 얼굴을 다정하게 문지르며 말했다.

"어땠어?" 크게 뜬 눈은 조심스러웠다.

"이를 악물도록 좋았어요." 나는 나직이 말했다. "거친 것 좋아요, 크리스천. 부드러운 것도 좋고요. 당신과 함께라면 좋아요."

크리스천은 눈을 감고 나를 더 꼭 껴안았다.

아, 피곤한데.

"넌 한 번도 실패한 적이 없어, 아나. 넌 아름답고 영리하고 도전적이고 재미있고 섹시해. 매일 신의 섭리에 감사하지. 그날 나를 인터뷰하러 온 사람이 캐서린 캐버너가 아니라 너라는 사실에."

그는 내 머리카락에 입을 맞추었다. 나는 미소를 지으면서 그의 가슴에 대고 하품했다.

"내가 네 기운을 뺐군." 그가 말을 이었다. "가자, 목욕하게. 그 다음엔 침대로."

우리는 욕조에 앉아 턱까지 차오른 거품 속에서 서로를 마주보았다. 달콤한 재스민 향기가 우리를 감쌌다. 크리스천이 한 번에 한쪽씩 나의 발을 마사지해주었다. 법에 걸릴까 싶을 정도로 기분이 참 좋았다.

"뭐 하나 부탁해도 돼요?" 나는 작은 소리로 물었다.

"물론이지. 아무거나, 아나. 알잖아."

나는 심호흡을 하고 일어나 앉았다. 약간만 움찔했다.

"내일 출근할 때 소여가 나를 사무실 현관까지만 데려다 주고 퇴근할 때 데리러 오면 안 돼요? 제발, 크리스천. 제발요." 나는 애원했다.

그의 손이 동작을 멈추었고 그의 미간에 주름이 잡혔다.

"우리가 합의한 줄 알았는데." 그가 툴툴거렸다.

"제발요." 나는 간청했다.

"점심시간은 어쩌고?"

"도시락을 싸면 돼요. 그러면 밖에 나갈 필요가 없으니까. 부탁이에요."

그는 내 발 안쪽에 키스했다.

"너한텐 거절하기가 어렵지." 그는 자신의 패배임을 감지했는지 중얼거렸다. "밖에 안 나갈 거지?"

"안 나갈게요."

"알았어."

나는 그를 보고 환히 웃었다.

"고마워요." 나는 무릎을 꿇고 몸을 일으키며 그에게 키스했다. 사방에 물이 출렁거렸다.

"천만의 말씀, 스틸 양. 엉덩이는 어때?"

"쓰려요. 하지만 그렇게 심하진 않아요. 물이 닿으니 가라앉네요."

"멈추라고 말해서 기뻐."

"내 엉덩이도 그렇겠죠."

그는 씩 웃었다.

너무 피곤한 나머지 침대 위에서 몸을 쭉 뻗었다. 아직도 10시 30분밖에 되지 않았지만 마치 새벽 3시 같은 느낌이었다. 내 평생 최고로 피곤한 주말이었다.

"액튼 양이 잠옷은 준비해두지 않았나?"

내려다보는 크리스천의 목소리에는 못마땅한 기색이 어려 있었다.

"모르겠어요. 난 당신 티셔츠 입는 게 좋은데." 나는 졸린 목소리로 웅얼거렸다.

그의 얼굴이 부드러워졌다. 그는 몸을 숙여 내 이마에 키스했다.

"난 일을 해야 해. 하지만 널 혼자 놔두긴 싫어. 네 노트북 써서 사무실 아이디로 로그인해도 될까? 내가 여기서 일하면 방해되겠어?"

"내 노트북이 아닌걸요." 나는 잠 속으로 빠져들었다.

알람이 켜지면서 교통 뉴스가 흘러나와 퍼뜩 잠에서 깼다. 크리스천은 아직도 옆에서 잠들어 있었다. 눈을 비비며 시계를 보았다. 6시 30분. 너무 일렀다.

아주 오랜만에 밖에는 비가 내리고 있었고 빛은 침침하고 부드러웠다. 이 거대한 현대식 건물 안에서 크리스천 옆에 누워 있으려니 아늑하고 편안했다. 기지개를 켜며 내 옆에 누워 있는 이 달콤한 남자 쪽으로 몸을 돌렸다. 그가 눈을 번쩍 떴고 졸린 듯 깜박거렸다.

"잘 잤어요?" 나는 미소를 지으며 그의 얼굴을 어루만진 후 몸을 숙여 그에게 키스했다.

"잘 잤어. 난 보통 알람이 켜지기 전에 일어나는데." 그가 놀라운지 중얼거렸다.

"좀 일찍 맞춰져 있었어요."

"그렇군, 스틸 양." 크리스천이 씩 웃었다. "일어나야겠어." 그는 키스를 했고 일어나서 침대에서 나갔다. 나는 몸을 뒤집어 베개에 기댔다. 우아. 평일에 크리스천 그레이 옆에서 깨어나다니. 어쩌다 이렇게 됐지? 나는 눈을 감고 졸았다.

"자, 잠꾸러기. 일어나." 크리스천이 내 위로 몸을 숙였다. 그는 면도를 했고 깨끗하고 상쾌했다. 흠, 냄새가 참 좋네. 빳빳한 흰 셔츠와 검은 정장을 입었지만 타이는 매지 않았다. CEO의 모습으로 돌아왔다.

"뭐야?"

"당신이 침대로 돌아왔으면 좋겠어요."

내 유혹에 놀라 그가 입술을 벌렸다. 그는 수줍은 듯이 미소를 띠었다.

"정말 만족을 모르는군, 스틸 양. 구미가 당기는 생각이긴 하지만, 8시 반에 회의가 있어. 그러니 곧 가야 해."

아, 한 시간 반이나 더 잤구나. 젠장. 나는 침대에서 벌떡 뛰어내렸고 크리스천은 그 모습을 재미있게 쳐다보았다.

샤워를 하고 어제 챙겨놓은 옷들을 빨리 입었다. 몸에 딱 붙는 회색 펜슬 스커트, 연회색 실크 셔츠, 검은 하이힐. 모두 새 옷장에서 꺼낸 옷들이었다. 머리를 빗고 조심스럽게 올린 후 어떻게 해야 할지 잘 몰라 큰 방으로 갔다. 어떻게 출근하지?

크리스천은 일자형 식탁에서 커피를 마시고 있었다. 존스 부인이 부엌에서 팬케이크와 베이컨을 구웠다.

"예쁘네." 그는 한 팔을 내게 감고 귀 아래 키스했다. 곁눈질로 보니 존스 부인이 미소를 짓고 있었다. 나는 얼굴을 붉혔다.

"안녕하세요, 스틸 양." 존스 부인은 팬케이크와 베이컨을 내 앞에 놓아두었다.

"아, 고맙습니다. 안녕하세요." 참, 이런 대접에 익숙해지려나?

"그레이 씨 말로는 오늘 도시락을 싸가려고 하신다면서요. 뭘 드시고 싶으세요?"

나는 크리스천을 슬쩍 쳐다보았다. 그는 웃지 않으려고 무던히 애쓰고 있었다. 나는 그를 보고 실눈을 떴다.

"샌드위치나 샐러드…… 아무거나 상관없어요."

나는 존스 부인에게 환히 웃어 보였다.

"빨리 도시락 싸드릴게요, 아가씨."

"부탁이에요, 존스 부인. 절 그냥 아나라고 부르세요."

"아나." 부인은 미소를 짓더니 등을 돌리고 내게 줄 차를 내렸다.

와…… 이것 참 멋지네.

나는 고개를 돌려 크리스천을 보고 고개를 갸우뚱해 보였다. 그에 대한 도전이었다. 어디, 존스 부인과 시시덕거렸다고 혼내 보시지.

"난 가봐야겠군. 테일러가 와서 소여와 함께 회사에 데려다 줄 거야."

"문까지만 가는 거예요."

"그래, 문까지만." 크리스천이 눈을 흘겼다. "하지만 조심해."

주위를 두리번거리니 테일러가 문간에 서 있는 것이 보였다. 크리스천은 서서 내 턱을 잡고 키스했다.

"이따가 봐, 자기."

"일 잘하고 와요." 나는 그의 뒤에서 소리쳤다. 그는 등을 돌리더니 아름다운 미소를 보낸 후 가버렸다. 존스 부인은 내게 차 한 잔을 건넸다. 갑자기 둘만 남자 어색한 기분이 들었다.

"크리스천 집에서 일한 지 얼마나 되셨어요?" 나는 뭐라도 대화를 해야 할 것 같아서 물었다.

"4년 정도요." 부인은 내 도시락을 싸면서 유쾌하게 대답했다.

"제가 해도 되는데." 부인에게 이런 일을 시키다니 부끄러운 기분이 들었다.

“아침이나 드세요, 아나. 이건 내가 해야 하는 일인걸요. 재미있기도 하고. 테일러 씨나 그레이 씨 말고 다른 사람을 돌보아줄 수 있어서 얼마나 기쁜지 몰라요.” 부인은 나를 보며 아주 다정하게 미소를 지었다.

기뻐서 볼이 빨개졌고 이 여자에게 질문을 퍼붓고 싶었다. 이 사람은 크리스천에 대해서 꽤 많은 사실을 알 테지. 따뜻하고 친근하게 굴고 있긴 하지만 부인은 또한 전문적이었다. 질문을 던졌다간 두 사람 다 민망해질 뿐임을 알았다. 그래서 나는 상식적으로 편안한 침묵 속에서 아침식사를 끝냈다. 간간이 부인이 내가 무슨 음악을 좋아하는지 물어보아 대답했을 뿐이었다.

25분 후 소여가 큰 방 입구에 나타났다. 나는 양치질을 하고 기다리고 있었다. 도시락이 담긴 갈색 종이봉투를 들고—엄마가 도시락 싸준 것도 언제인지 기억이 나지 않는데—소여와 나는 엘리베이터를 타고 1층으로 내려갔다. 그도 참 과묵했고 속내를 알 수 없었다. 테일러가 아우디를 타고 기다리고 있었다. 소여가 문을 열어주자 나는 뒷좌석에 탔다.

“안녕하세요, 테일러.” 나는 명랑하게 인사했다.

“스틸 양.” 그는 미소를 지었다.

“테일러, 어제 일과 상황에 안 맞게 이상한 말 해서 죄송해요. 저 때문에 곤란하진 않으셨는지 모르겠어요.”

테일러는 뒷거울로 영문 모르겠다는 듯 얼굴을 찡그리며 시애틀을 흘러가는 자동차들 속으로 섞여 들었다.

“스틸 양, 전 별로 곤란을 겪은 일이 없습니다.”

아, 그렇지. 크리스천이 별로 쓴소리 안 했을 거야. 나만 잡는 거지. 나는 뾰로통하게 생각했다.

"그렇게 말씀하시니 다행이네요." 나는 미소를 띠었다.

내가 자리로 갈 때 잭은 내 외모를 평가하듯 바라보았다.
"안녕, 아나. 좋은 주말 보냈어요?"
"네, 고맙습니다. 잭은요?"
"좋았죠. 자리에 앉아요. 시킬 일이 있으니까."
나는 고개를 끄덕이며 컴퓨터 옆에 앉았다. 직장에서 일을 한 지 수년은 지난 기분이었다. 컴퓨터 전원을 켜고 이메일 프로그램을 열었다. 물론 크리스천이 보낸 메일이 와 있었다.

보낸 사람: 크리스천 그레이
제목: 직장 상사
날짜: 2011년 6월 13일 08:24
받는 사람: 아나스타샤 스틸

안녕, 스틸 양.
온갖 드라마가 있었지만 멋진 주말 함께 보내줘서 고맙다는 말 하려고 썼어.
네가 떠나질 않길 바라. 언제까지나.
잊지 말라고 하는 말인데, SIP 소식은 4주 동안은 공개 금지야.
이 이메일은 읽는 즉시 지워.
이만.

크리스천 그레이
CEO, 그레이 엔터프라이즈 홀딩스, Inc. & 너의 상사의 상사의 상사

떠나지 않길 바란다고? 내가 들어와 살길 바라는 거야? 맙소사……. 나는 이 남자를 잘 알지도 못하는데. 삭제를 눌렀다.

보낸 사람: 아나스타샤 스틸

제목: 고압적이긴

날짜: 2011년 6월 13일 09:03

받는 사람: 크리스천 그레이

친애하는 그레이 씨에게,

지금 들어와서 같이 살자고 부탁하는 건가요? 물론 그레이 씨의 전설적인 스토킹 능력의 증거를 앞으로 4주 동안은 발설하지 말아야 한다는 것은 잘 기억하고 있습니다. 수표를 함께 대처하기 본부 앞으로 써야 하나요, 아니면 당신 아버님 앞으로 써야 하나요? 이 이메일은 삭제하지 마시기를. 부디 답장해주시기를.

ㅅㄹㅎㅇ XXX

아나스타샤 스틸

편집자 잭 하이드의 비서, SIP

"아나!" 잭이 부르는 바람에 나는 펄쩍 뛰었다.

"네." 나는 얼굴을 붉혔고 잭은 나를 보고 얼굴을 찡그렸다.

"별일 없어요?"

"그럼요." 나는 서둘러 일어서며 수첩을 들고 그의 사무실로 들어갔다.

"좋아요. 기억하고 있겠지만, 목요일에 뉴욕에서 열리는 소설 심포지엄에 참석하기로 되어 있어요. 예약은 다 해놨는데,

아나가 같이 가주었으면 해서."

"뉴욕으로요?"

"그래요. 수요일에 가서 하룻밤 자고 와야 해요. 아나에게도 아주 교육적 경험이 될 듯한데."

이 말을 하는 그의 눈이 음험해졌지만 미소는 정중했다.

"필요한 여행 준비를 해줄 수 있겠어요? 내가 묵는 호텔에 방 하나를 더 예약하고? 내 이전 개인 비서였던 사브리나가 준비 내역을 쉽게 볼 수 있도록 어딘가 놔두었을 듯한데."

"알겠습니다." 나는 힘없이 미소를 띠었다.

젠장. 내 자리로 돌아갔다. 크리스천이 기꺼이 받아들일 만한 소식이 아닌데. 하지만 사실 난 가고 싶었다. 진짜 기회 같았고, 잭의 궁극적인 동기가 다른 데 있다고 해도 그를 멀찍이 떨어뜨려놓을 수 있을 것 같았다. 자리에 돌아오니 크리스천이 보낸 답장이 있었다.

보낸 사람: 크리스천 그레이
제목: 내가, 고압적?
날짜: 2011년 6월 13일 09:07
받는 사람: 아나스타샤 스틸

그래, 그렇게 해줘.

크리스천 그레이
CEO, 그레이 엔터프라이즈 홀딩스, Inc.

그는 나와 같이 살기를 정말로 바랐다. 오, 크리스천. 너무 급

해요. 두 손에 머리를 묻고 제정신을 차리려고 했다. 특별한 주말을 보낸 후에 내게 필요한 건 이뿐이었다. 지난 이틀 동안은 그간 겪고 발견했던 모든 일들을 찬찬히 생각하고 이해할 겨를이 없었다.

보낸 사람: 아나스타샤 스틸
제목: 플린주의
날짜: 2011년 6월 13일 09:20
받는 사람: 크리스천 그레이

크리스천,
뛰기 전에 걷기로 한 건 어떻게 됐어요?
오늘 밤 얘기할 수 있을 까요?
목요일에 뉴욕에서 열리는 회의에 가라는 지시를 받았어요.
수요일 밤에 하룻밤 자고 와야 한다는 뜻이에요.
알려줘야 할 것 같아서요.
A x

아나스타샤 스틸
편집자 잭 하이드의 비서, SIP

보낸 사람: 크리스천 그레이
제목: **뭐?**
날짜: 2011년 6월 13일 09:21
받는 사람: 아나스타샤 스틸

그래, 오늘 밤 이야기하자.

혼자 가?

크리스천 그레이

CEO, 그레이 엔터프라이즈 홀딩스, Inc.

보낸 사람: 아나스타샤 스틸

제목: 월요일 아침부터 굵은 글씨로 소리치지 마요!

날짜: 2011년 6월 13일 09:30

받는 사람: 크리스천 그레이

이 이야기도 오늘 밤 할 수 있어요?

A x

아나스타샤 스틸

편집자 잭 하이드의 비서, SIP

보낸 사람: 크리스천 그레이

제목: 아직 소리치는 걸 제대로 못 봤군

날짜: 2011년 6월 13일 09:35

받는 사람: 아나스타샤 스틸

대답해.

만약 같이 일하는 재수 없는 녀석이랑 같이 가는 거라면, 대답은 절대 안 된다는 거야. 내 눈에 흙이 들어가기 전엔.

크리스천 그레이

CEO, 그레이 엔터프라이즈 홀딩스, Inc.

심장이 쿵 내려앉았다. 거 참, 아빠처럼 굴다니.

보낸 사람: 아나스타샤 스틸

제목: **당신이야말로** 아직 소리치는 걸 못 봤네요

날짜: 2011년 6월 13일 09:46

받는 사람: 크리스천 그레이

그래요, 잭이랑 가요.

가고 싶어요. 내겐 아주 신 나는 기회예요.

게다가 뉴욕은 아직 한 번도 못 가봤고.

괜히 쌍지팡이 짚고 나서지 마요.

아나스타샤 스틸

편집자 잭 하이드의 비서, SIP

보낸 사람: 크리스천 그레이

제목: 아니, **너야말로** 못 본 거지

날짜: 2011년 6월 13일 09:50

받는 사람: 아나스타샤 스틸

아나스타샤,

망할 쌍지팡이든 뭐든 내가 지금 걱정하는 건 그게 아냐.

대답은 **안 된다는 거야.**

크리스천 그레이

CEO, 그레이 엔터프라이즈 홀딩스, Inc.

말도 안 돼! 컴퓨터에 대고 소리치는 바람에 온 사무실 사람들이 동작을 멈추고 나를 보았다. 잭이 사무실에서 얼굴을 내밀었다.

"괜찮아요, 아나?"

"네, 죄송합니다. 저장해놓지 않은 문서를 날려서요."

부끄러워서 얼굴이 새빨개졌다. 그는 나를 보고 미소를 지었지만 영문을 모르겠다는 표정이었다. 나는 호흡을 몇 번 들이마시고 재빨리 답장을 쳤다. 엄청나게 화가 났다.

보낸 사람: 아나스타샤 스틸

제목: 피프티 셰이드

날짜: 2011년 6월 13일 09:55

받는 사람: 크리스천 그레이

크리스천,

정신 좀 차려요.

난 잭이랑 자러 가는 게 **아니에요.** 백만금을 준대도 그런 일은 없어요.

난 당신을 **사랑해요.** 그런 건 사람들이 서로 사랑할 때나 일어나는 일이에요.

사람들은 서로 **신뢰한다고요.**

난 당신이 다른 사람이랑 **자거나 엉덩이를 때리거나 섹스하고 채찍을 휘두를** 거라고 생각 안 해요. 난 **믿음**과 **신뢰**가 있어요.

부디 내게도 똑같은 호의를 베풀기 바라요.

아나

아나스타샤 스틸

편집자 잭 하이드의 비서, SIP

앉아서 그의 응답을 기다렸다. 아무것도 오지 않았다. 항공사에 전화해서 잭과 같은 항공편을 확인한 후 내 몫의 표를 샀다. 새 메일이 들어오는 소리가 핑 울렸다.

보낸 사람: 엘레나 링컨

제목: 점심 약속

날짜: 2011년 6월 13일 10:15

받는 사람: 아나스타샤 스틸

친애하는 아나스타샤,

점심을 같이하고 싶은데요. 우리가 첫 단추는 잘못 끼웠지만 바로잡고 싶네요. 이번 주에 한가한 시간 있어요?

엘레나 링컨

맙소사, 로빈슨 부인이! 대체 어떻게 내 이메일 주소를 알아낸 걸까? 나는 두 손에 머리를 묻었다. 일진이 이보다 더 나쁠 수가 있을까?

전화가 울리자 나는 피곤하게 머리를 들어 대답하며 시계를 보았다. 아직 10시 20분밖에 되지 않았는데, 벌써 크리스천의 침대에서 나오지 말걸 하는 후회가 들었다.

"잭 하이드 사무실, 아나 스틸입니다."

고통스러울 정도로 익숙한 목소리가 내게 으르렁댔다.

"내게 마지막으로 보낸 이메일 당장 지우고 직장에서 쓰는 이메일에는 말을 좀 더 고심해서 쓰지 못하겠어? 말했잖아. 메일은 검열당하고 있다고. 나도 이쪽에서 피해 최소화 대책을 강구하기 위해 노력할 테니까."

그는 전화를 끊었다.

망할……. 앉아서 전화를 들여다보았다. 크리스천이 일방적으로 전화를 끊어버리다니. 갓 피어나려고 하는 내 직장 생활을 짓밟아놓고 전화를 자기 마음대로 끊어버려? 나는 수화기를 쏘아보았다. 전화기는 마치 무생물이 아닌 것처럼 내 이글이글하는 시선에 두려워 시들어버릴 것만 같았다.

이메일을 열고 그에게 보낸 메일을 삭제했다. 그 정도로 심한 내용은 아니었다. 그저 엉덩이 때리는 정도밖에 얘기 안 했잖아. 음, 채찍도 하긴 했네. 그렇게 부끄럽다면 그런 짓 안 하면 될 것 아냐. 나는 블랙베리를 들어 그에게 전화했다.

"뭐야?" 그가 딱딱거렸다.

"당신이 좋아하든 안 하든 뉴욕에 가겠어요." 나는 식식댔다.

"그런 생각……."

그가 말하는 도중에 전화를 끊어버렸다. 아드레날린이 온몸을 훑고 지났다. 자, 그러면 알겠지. 내가 화났다는 것을.

심호흡을 하며 침착함을 되찾으려고 했다. 눈을 감고 행복했던 공간에 있던 때를 상상하려 했다. 음…… 크리스천과 함께 있었던 보트의 선실. 고개를 저어 그 영상을 떨쳐버리려 했다. 지금 당장은 크리스천에게 너무 화가 났기 때문에 행복한 곳 근처에도 갈 수 없었다.

눈을 뜨고 침착하게 수첩을 집어 할 일을 세심하게 훑어보았다. 길게 숨을 들이마시자 평정심이 되돌아왔다.

"아나!" 잭이 부르는 바람에 나는 화들짝 놀랐다. "비행기 예약하지 마요!"

"아, 너무 늦었는데요. 벌써 했어요." 내가 대답을 하는데 그가 사무실에서 성큼성큼 걸어나왔다. 성난 표정이었다.

"봐요. 무슨 일이 생겼어. 어떤 영문인진 모르지만 갑자기 모든 직원들의 출장 경비는 고위 경영진의 허가를 받아야 한다는군. 위에서 바로 내려온 명령이라고. 로치를 만나러 가보겠어. 분명, 지출 유예 조치가 실시 중인 것 같으니. 이유를 모르겠네."

잭은 콧등을 꼬집으며 눈을 감았다.

얼굴에서 피가 빠져나갔고 위장이 뒤틀리는 듯했다. 크리스천!

"내 전화받아요. 로치가 뭐라고 하는지 알아보고 올 테니."

잭은 윙크를 하더니 그의 상사를 만나러 갔다. 그 상사의 상사가 아니라.

빌어먹을. 크리스천 그레이……. 내 피가 다시 끓기 시작했다.

보낸 사람: 아나스타샤 스틸

제목: 무슨 짓을 한 거예요?

날짜: 2011년 6월 13일 10:43

받는 사람: 크리스천 그레이

내 일에 관여하지 않겠다고 말해요.
정말로 이 회의에 가고 싶다고요.
애초에 당신에게 부탁할 필요도 없는 일이에요.
거슬리는 이메일은 지웠어요.

아나스타샤 스틸
편집자 잭 하이드의 비서, SIP

보낸 사람: 크리스천 그레이
제목: 무슨 짓을 한 거예요?
날짜: 2011년 6월 13일 10:46
받는 사람: 아나스타샤 스틸

난 그냥 내 것을 지키고 있는 거야.
네가 그렇게 무모하게 보낸 이메일은 이제 SIP 서버에서 지웠어. 내가 보낸 이메일도 마찬가지고.
그건 그렇고 난 너를 절대적으로 믿어. 내가 안 믿는 건 그 자식이지.

크리스천 그레이
CEO, 그레이 엔터프라이즈 홀딩스, Inc.

그의 이메일이 아직도 있는지 확인해보았더니 사라지고 없었다. 이 남자의 영향력은 그야말로 끝 간 데를 몰랐다. 어떻게 그렇게 한 걸까? 그가 아는 누가 SIP의 서버에 몰래 침투해 들어와 이메일을 지운 걸까? 정말 내 수준에 걸맞지 않는 상황이었다.

보낸 사람: 아나스타샤 스틸
제목: 어른답게 굴어요
날짜: 2011년 6월 13일 10:48
받는 사람: 크리스천 그레이

크리스천,
난 상사에게서 보호받아야 할 필요가 없어요.
그 사람이 내게 접근한다 쳐도 나는 싫다고 할 거예요.
당신이 개입할 순 없어요. 그건 여러 면으로 옳지도 않고 지나친 통제예요.

아나스타샤 스틸
편집자 잭 하이드의 비서, SIP

보낸 사람: 크리스천 그레이
제목: **안 된다고** 했어
날짜: 2011년 6월 13일 10:50
받는 사람: 아나스타샤 스틸

아나, 난 네가 원치 않은 관심을 받으면 얼마나 '효율적으로' 잘 대처하는지 봤거든. 그러다가 내가 너와 첫날밤을 함께 누리는 기

뺨을 누렸던 것 아냐. 적어도 그 사진작가는 너를 좋아하는 마음이 나 있었지. 반면 이 재수 없는 자식은 그렇지도 않아. 여자 꽁무니나 계속 쫓아다니는 녀석이고 널 유혹하려 할 거야. 이전 개인 비서와 그 이전 비서가 어떻게 되었는지 그 자식에게 물어보든가.

이 일 때문에 너와 싸우고 싶진 않아.

네가 뉴욕에 가고 싶다면 내가 데려갈게. 이번 주말에 가자. 거기 아파트도 있으니까.

크리스천 그레이

CEO, 그레이 엔터프라이즈 홀딩스, Inc.

아, 크리스천! 그게 요점이 아니잖아. 그는 정말 사람 짜증나게 할 정도로 구제불능이었다. 물론 거기 아파트도 있겠지. 거기 없으면 어디다 부동산을 샀겠어? 호세 얘기를 또 끄집어내다니. 그 일을 앞으로 씻을 수나 있을까? 그때는 술에 취했지. 잭과는 취하도록 마시지 않을 거야.

컴퓨터 화면을 보면서 고개를 저었지만 이메일로 계속 싸울 수 있을지 알 수 없었다. 오늘 저녁까지 시간을 두고 기다려야 했다. 시계를 확인했다. 잭은 로치를 만나러 가서 아직 돌아오지 않았고 엘레나도 처리해야 했다. 다시 한 번 이메일을 읽고는 가장 좋은 대처방법은 크리스천에게 보내는 것이라고 결정했다. 나보다는 이 여자에게 집중하도록 하자.

보낸 사람: 아나스타샤 스틸

제목: FW: 점심 약속, 혹은 짜증나는 부록

날짜: 2011년 6월 13일 11:15

받는 사람: 크리스천 그레이

크리스천,

당신이 내 직장에 참견하고 내 부주의한 메일 때문에 생긴 곤란을 처리하느라 분주했던 동안 나는 링컨 부인에게 저런 메일을 받았어요. 난 그 여자 만나고 싶은 생각 조금도 없어요. 있다고 치더라도 이 건물을 떠나도 된다는 허락을 못 받았잖아요. 그 여자가 어떻게 내 이메일 주소를 알아냈는지 모르겠네요. 내가 어떻게 했으면 좋겠어요? 여기 이메일 첨부해요.

> 친애하는 아나스타샤.
> 점심을 같이하고 싶은데요. 우리가 첫 단추는 잘못 끼웠지만 바로잡고 싶네요. 이번 주에 한가한 시간 있어요?
>
> 엘레나 링컨

아나스타샤 스틸
편집자 잭 하이드의 비서, SIP

보낸 사람: 크리스천 그레이
제목: 짜증나는 부록
날짜: 2011년 6월 13일 11:23
받는 사람: 아나스타샤 스틸

나한테 화내지 마. 난 진심으로 너를 위해서 이러는 거니까.

네게 무슨 일이라도 생긴다면 나 자신을 용서하지 못할 거야.
링컨 부인은 내가 처리하지.

크리스천 그레이
CEO, 그레이 엔터프라이즈 홀딩스, Inc.

보낸 사람: 아나스타샤 스틸
제목: 이따가
날짜: 2011년 6월 13일 11:32
받는 사람: 크리스천 그레이

오늘 밤에 의논할 수 있겠어요?

난 일을 해야 하는데 끊임없이 방해하는 바람에 집중을 할 수가 없네요.

아나스타샤 스틸
편집자 잭 하이드의 비서, SIP

잭은 정오가 지나 돌아왔고 자기는 가지만 나는 뉴욕에 갈 수가 없게 되었다고 알렸다. 경영진의 정책을 바꾸기 위해서 할 수 있는 일이 없다고 했다. 그는 화가 머리끝까지 오른 것이 분명한 얼굴로 사무실로 들어가더니 문을 쾅 닫았다. 어째서 저렇게 화가 났을까.

마음 깊은 곳에서는 그의 의도가 그렇게 고상한 것이 아니리라는 것을 알았지만 그는 내 손으로 다룰 수 있다는 확신이 있었다. 크리스천이 잭의 과거 개인 비서들에 대해 뭘 아는지 궁금했다. 이런 생각은 일단 멈춰두고 일을 계속 했지만 크리스천을 설득해서 마음을 돌리게 하겠다고 굳게 결심했다. 물론 전망은 불투명했지만.

1시가 되자 잭은 사무실에서 머리를 삐쭉 내밀었다.

"아나, 가서 점심 좀 사다주겠어요?"

"네. 뭘 사다드릴까요?"

"호밀 빵에 파스트라미 햄. 머스터드 발라서. 돌아오면 돈은 주지."

"마실 건요?"

"콜라로. 고마워요, 아나." 그는 다시 사무실 안으로 들어갔고 나는 가방을 집었다.

이런. 크리스천에게 나가지 않겠다고 약속했잖아. 나는 한숨을 지었다. 크리스천이 알 리가 없지. 빨리 갔다 오면 되니까.

클레어가 밖에 폭우가 쏟아지고 있다면서 우산을 빌려주었다. 문으로 향하면서 재킷을 여미고 지나치게 큰 골프 우산 아래에서 양쪽을 쓱 살폈다. 이상한 건 없었다. 유령 여자의 흔적은 없었다.

나는 씩씩하게 걸었다. 눈에 띄지 않게 같은 블록 아래에 있는 가게까지 가길 바랐다. 하지만 가게에 가까이 갈수록 감시당하고 있는 듯한 느낌이 들어 소름이 끼쳤다. 편집증이 심해진 건지 현실인지 알 수 없었다. 젠장, 총을 든 레일라만 아니었으면.

그냥 네 상상이야. 잠재의식이 딱딱거렸다. 대체 누가 널 쏘려고 하겠어?

15분 만에 돌아왔다. 안전하고 온전하게. 한편으론 안심했다. 크리스천의 과한 편집증과 과보호적인 경계심이 옮기 시작한

게 아닌가 하는 생각이 들었다.

잭의 점심을 가져다주러 들어가자 그가 전화에서 시선을 들었다.

"아나, 고마워요. 출장을 갈 수 없으니까 오늘 야근을 했으면 좋겠는데. 이 서류를 준비해야 하거든. 다른 약속 없어야 할 텐데." 그가 따뜻하게 미소 짓자 나는 얼굴을 붉혔다.

"아니, 괜찮아요." 환히 웃기는 했지만 심장이 쿵 내려앉았다. 잘 넘어갈 리가 없었다. 크리스천이 불같이 화를 낼 게 분명했다.

자리로 돌아왔지만 즉시 이야기하지 않기로 결심했다. 미리 얘기해버리면 어떤 식으로든 방해할 시간적 여유가 있으니까. 나는 자리에 앉아서 존스 부인이 만들어준 치킨 샌드위치를 먹었다. 맛있었다. 부인은 정말로 근사한 샌드위치를 만들어주었다.

물론 내가 크리스천 집에서 같이 살게 되면 부인이 매일 도시락을 싸줄 수도 있겠지. 그 생각을 하니 마음이 불편했다. 나는 불편할 정도로 부자가 되고 온갖 화려한 부의 상징들을 얻는 꿈을 꾼 적이 없었다. 오직 사랑만을 꿈꿨다. 나를 사랑하되 내 움직임 하나하나를 통제하려 들지 않는 사람. 전화가 울렸다.

"잭 하이드 사무실입니다."

"안 나가겠다고 나한테 다짐했잖아." 크리스천이 차갑고 엄한 목소리로 내 말을 끊었다.

오늘 백만 번째로 심장이 쿵 내려앉았다. 젠장, 대체 어떻게 알았지?

"잭이 점심 심부름을 보냈어요. 갈 수 없다고 할 수 없었어요. 나에게 감시 붙였어요?"

그 생각을 하니 머리가 쭈뼛했다. 그렇게 편집증에 시달리는 것도 당연하지. 누군가 정말로 나를 보고 있었으니까. 그 생각을 하니 화가 났다.

"그래서 출근하지 못하게 한 거야." 크리스천이 딱딱댔다.

"크리스천, 제발요. 당신 지금 너무……." 종잡을 수 없는 변덕을 부리고 있죠. "사람 숨통을 막고 있어요."

"숨통을 막는다고?" 그가 놀란 목소리로 속삭였다.

"그래요. 이거 그만둬요. 오늘 저녁에 얘기할게요. 안됐지만 오늘 야근해야 할 것 같아요. 뉴욕에 못 가게 됐으니까요."

"아나스타샤, 난 네 숨통을 막고 싶지 않아." 그는 경악하며 조용히 말했다.

"뭐, 하지만 지금 그러고 있잖아요. 난 일해야 해요. 나중에 얘기해요." 나는 진이 다 빠지고 막연히 의기소침한 기분을 느꼈다.

멋진 주말을 함께 보냈지만 이제 현실이 강타했다. 이보다 더 도망가고 싶은 생각이 든 적 없었다. 조용한 은신처에 숨어서 이 남자에 대해서 생각해보고 싶었다. 그가 어떤 사람인지, 그를 어떻게 대해야 할지. 어떤 면에선 나는 그가 망가졌다는 걸 알았다. 이젠 똑똑히 볼 수 있었다. 마음 아프고 기운 빠지는 일이었다. 그가 인생에 관해서 말해주었던, 작지만 귀중한 정보 덕분에 그 이유를 알 수 있었다. 사랑받지 못한 아이. 추악하도록 가혹했던 환경. 보호해주지 않았던 엄마. 보호할 수 없었던 엄마. 그리고 눈앞에서 죽어버린 엄마.

몸이 떨려왔다. 불쌍한 피프티. 나는 그의 것이었지만 황금 새장에 갇힐 순 없었다. 어떻게 그에게 이 사실을 이해시킬까?

무거운 마음으로 잭이 요약하라고 한 원고 중 한 권을 무릎 위에 끌어다놓고 읽기 시작했다. 엉망진창으로 망가진 크리스천이 모든 걸 통제하려고 해서 생긴 문제를 쉽게 해결할 수 있는 방안이 떠오르지 않았다. 나중에 얼굴을 마주보고 얘기해야만 했다.

30분 후 잭이 서류 하나를 이메일로 보내주며 정리해서 교정하고 회의에 맞춰 시간 내에 깨끗이 인쇄해서 가지고 오라고 했다. 그 작업을 하려면 남은 오후 시간뿐만 아니라 저녁에도 한참 일해야 할 것 같았다. 작업에 착수했다.

고개를 드니 7시가 넘었고 사무실은 황량했다. 하지만 잭의 사무실 전등은 아직도 켜져 있었다. 다른 직원들이 퇴근했는지도 미처 몰랐지만 작업은 얼추 마쳤다. 잭에게 확인해달라고 이메일을 보내고 받은 편지함을 열었다. 크리스천이 보낸 새 메일이 없기에 재빨리 블랙베리를 보았다. 그때 전화가 울려 화들짝 놀랐다. 크리스천이었다.

"여보세요."

"안녕. 언제 끝나?"

"7시 30분쯤요."

"밖에서 기다릴게."

"알았어요."

그는 조용하고 심지어 불안한 목소리였다. 왜? 내 반응을 조심하는 건가?

"난 아직도 화 안 풀렸어요. 하지만 그게 다예요." 나는 속삭였다. "할 얘기가 많아요."

"알아. 7시 30분에 보자."

잭이 사무실에서 나왔다.

"끊어야겠어요. 나중에 봐요." 나는 전화를 끊었다.

나는 무심하게 내 쪽으로 다가오는 잭을 올려다보았다.

"두어 군데 수정해야 할 것 같은데. 서류는 이메일로 다시 보냈어요."

내가 문서를 여는 동안 그는 내게 몸을 숙였다. 약간, 불편할 정도로 가까웠다. 그의 팔이 내 팔에 스쳤다. 우연일까? 나는 움찔했지만 그는 눈치채지 못한 듯했다. 다른 팔은 내 의자 등받이에 대고 있어 내 등에 닿았다. 나는 등받이에 기대지 않도록 똑바로 앉았다.

"16쪽과 23쪽. 그건 이렇게 해야 할 것 같은데." 그의 입이 내 귀에 가까워졌다.

그가 바로 옆에 있자 피부에 오소소 소름이 돋았지만 무시하기로 했다. 파일을 열고 떨리는 손으로 수정했다. 그는 아직도 내 위로 몸을 숙이고 있었고 내 모든 감각은 과민해졌다. 마음이 산란했고 어색했다. 마음속에서 나는 비명을 질렀다. 물러나!

"일단 다 끝내면 인쇄할 준비가 된 거니까, 내일 하도록 해요. 늦게까지 야근해줘서 고마워요, 아나."

상처받은 동물에게 말을 걸듯 그의 목소리는 매끄럽고 상냥했다. 내 위가 뒤틀렸다.

"적어도 아나에게 상으로 가볍게 술 한잔 사줘야 할 것 같은데. 그럴 만한 일을 했으니."

그는 머리끈에서 빠져나온 내 머리카락 하나를 귀 뒤에 넘겨주면서 귓불을 가볍게 어루만졌다.

나는 움츠러들었고 이를 악물면서 머리를 휙 치웠다. 젠장! 크리스천 말이 맞았다. 나한테 손대지 마.

"오늘 저녁은 안 되겠네요." 다른 저녁이라고 될 줄 알아, 잭.

"그냥 가볍게 한잔하는 건데?" 그가 살살 구슬리려 했다.

"아니, 안 돼요. 하지만 고맙네요."

잭은 책상 끝에 걸터앉아 얼굴을 찡그렸다. 머릿속에서 경보 장치가 시끄럽게 울렸다. 사무실에는 나 혼자뿐이었다. 나갈 수도 없었다. 불안하게 시계를 보았다. 5분만 있으면 크리스천이 올 것 같았다.

"아나, 우리는 아주 좋은 팀이 될 거라 생각해요. 이 뉴욕 출장 밀고 나가지 못해서 미안한데. 아나가 없으면 똑같지 않겠지."

그럴 리가 없겠죠. 달리 할 말이 생각나지 않아 그를 올려다보며 마지못해 미소를 지었다. 온종일 처음으로 가지 않아도 된다는 데 작은 안도감을 느꼈다.

"그래, 주말 잘 보냈어요?" 그가 싹싹하게 물었다.

"네, 고마워요." 대체 무슨 얘기를 하려는 거람?

"남자 친구 만났나?"

"네."

"직업이 뭐지?"

네 앞가림이나 잘해……. "사업해요."

"흥미로운데. 무슨 사업?"

"아, 여러 가지 손대고 있어요."

그는 머리를 한쪽으로 기울이며 내 쪽으로 몸을 숙이면서 내 개인 공간을 다시 침범했다.

"뭘 그렇게 숨기는 게 많나, 아나."

"음, 원격통신과 제조, 농업요."

잭이 눈썹을 치켰다. "많이도 하네. 누구 회사에서 일하지?"

"자기 회사에서 일해요. 서류가 마음에 드신다면 전 이제 퇴근할게요. 괜찮을까요?"

그는 몸을 뒤로 젖혔다. 내 개인 공간은 다시 안전해졌다.

"물론. 미안해요. 붙잡아놓을 생각은 아니었는데." 그는 의뭉스럽게 말했다.

"건물은 몇 시에 문 닫죠?"

"보안팀은 11시까지 있어요."

"잘됐네요."

내 잠재의식은 이 건물에 우리 둘만 있는 게 아님을 알고 안심해서 팔걸이의자에 털썩 주저앉았다. 나는 가방을 들고 일어서서 나갈 준비를 했다.

"그럼 그 사람을 좋아하는 건가? 남자 친구?"

"사랑해요." 나는 잭을 똑바로 보았다.

"알겠군." 잭은 얼굴을 찡그리더니 내 책상에서 일어섰다.

"이름이 뭐더라?"

나는 얼굴을 붉혔다.

"그레이. 크리스천 그레이예요."

잭이 입을 떡 벌렸다. "시애틀에서 가장 부자라는 독신남? 그 그레이?"

"네. 그 사람요." 네, 그 크리스천 그레이죠. 만약 당신이 내 개인 공간을 다시 한 번만 침범하면 아침식사로 잡아먹어버릴 미래의 상사.

"어디서 본 것 같더라니." 그는 어둡게 말하더니 다시 이맛살을 찌푸렸다. "뭐, 운도 좋은 사람이군."

나는 눈을 깜박였다. 이런 말에 뭐라고 대답한담?

"좋은 저녁 보내요, 아나." 잭이 미소를 지었지만 눈은 웃고 있지 않았다. 그는 뒤도 한 번 돌아보지 않고 뻣뻣하게 사무실로 들어갔다.

나는 깊은 안도의 한숨을 내쉬었다. 뭐, 문제는 해결된 것 같군. 크리스천이 다시 마술을 부렸어. 그의 이름만으로 부적이 되다니. 이 남자가 꼬리를 말고 낑낑대며 물러가버렸잖아. 나는 살짝 의기양양한 미소를 띠었다. 봤어요, 크리스천? 이름만으로도 나를 지켜주네요. 굳이 돈 들여 단속하고 다닐 수고를 할 필요도 없었다고요. 책상을 정리하고 시계를 보았다. 크리스천이 밖에 있을 시간이었다.

아우디는 보도 옆에 서 있었고 테일러가 밖으로 나와 뒷좌석 문을 열어주었다. 그가 이렇게 반가웠던 적은 처음이었다. 나는 빗속에서 나와 차 안으로 올라탔다.

크리스천이 뒷좌석에서 나를 보고 있었다. 크게 뜬 눈은 조심스러웠다. 내가 화낼 것을 대비해서 마음의 준비를 한 모양이었다. 그의 턱이 딱딱하게 굳어졌다.

"안녕." 나는 나직이 인사했다.

"안녕." 그가 조심스레 대답했다. 그는 조심스레 손을 내밀어 내 손을 꼭 쥐었다. 심장이 약간 녹았다. 무척이나 혼란스러웠다. 그에게 뭐라고 해야 할지 그 말도 아직 다 생각해놓지 않았는데.

"아직도 화 안 풀렸어?" 그가 물었다.

"모르겠어요."

그는 내 손을 들어 손가락 관절 하나하나에 가벼운 나비처럼 입맞춤을 했다.

"거지 같은 날이었어."

"네, 그랬죠."

하지만 그가 오늘 아침 출근한 이후 처음으로 나는 안도했다. 그저 그가 옆에 있는 것만으로도 진정 연고가 되었다. 잭의 수작, 심술궂은 이메일 교환, 엘레나라는 민폐까지 뒤로 스러져갔다. 차 뒷좌석에는 오로지 나와 나의 통제광 남자 친구뿐이었다.

"네가 여기 있으니 더 낫군."

테일러가 퇴근 행렬 사이를 누비며 차를 모는 동안 우리는 말없이 앉아 있었다. 우리 둘 다 깊은 생각에 잠겼지만 크리스천이 내 옆에서 천천히 마음을 가라앉히는 게 느껴졌다. 그 또한 느긋하게 긴장을 풀며 엄지손가락으로 내 손가락 관절을 부드럽고 위로하는 리듬으로 쓰다듬었다.

테일러는 우리를 아파트 건물 바깥에 내려주었고 우리 둘은 고개를 수그리고 빗속으로 뛰어나갔다. 엘리베이터가 오기를 기다리는 동안 크리스천은 내 손을 잡았다. 눈으로는 건물 앞쪽을 훑고 있었다.

"아직 레일라를 못 찾았나 봐요."

"못 찾았어. 웰치가 아직도 찾고 있어." 그는 의기소침하게 대답했다.

엘리베이터가 도착하자 우리는 올라탔다. 크리스천은 읽을 수 없는 눈으로 나를 내려다보았다. 아, 그는 그저 눈부셨다. 헝클어진 머리카락, 하얀 셔츠, 검은 정장. 갑자기 뜬금없이 그 감정이 나타났다. 맙소사, 갈망, 욕정, 전류. 마치 눈에 보이기라도 하는 것처럼 강렬한 푸른 아우라가 되어 우리 주위에 퍼졌다. 무척이나 강한 감정이었다. 나를 바라보는 그의 입술이 살짝 벌어졌다.

"느껴져?"

"그래요."

"아, 아나." 그는 신음하더니 나를 잡고 두 팔을 내게 휘감았다. 한 팔을 목덜미에 대고 내 머리를 뒤로 젖히면서 입술로는 내 입술을 찾았다. 내 손가락은 그의 머리카락을 감으며 볼을 어루만졌다. 그는 나를 다시 엘리베이터 벽으로 밀어붙였다.

"너랑 말싸움하기 싫어." 그는 다시 한 번 내 입에 대고 속삭였다. 그의 키스에는 필사적이고 정열적인 면이 있었다. 내 감정이 고스란히 반영되어 있었다. 욕망이 내 몸 안에서 폭발했다. 하루의 긴장이 배출구를 찾았지만 그의 몸에 부딪쳐 다시 굳어지며 나갈 곳을 찾아 헤맸다. 우리는 온통 혀와 숨과 손, 감촉, 달콤하고 달콤한 감각뿐이었다. 그가 손을 내 엉덩이에 대더니 갑자기 내 치마를 걷어 올렸다. 그의 손가락이 내 엉덩이를 쓸었다.

"맙소사, 스타킹을 신었군."

그는 찬탄하듯 신음하며 엄지손가락으로 스타킹 위의 살을 어루만졌다. "이걸 보고 싶어." 그는 내 치마를 더 위로 올리고 허벅지 맨 위를 드러냈다.

뒤로 물러서며 그는 정지 버튼을 눌렀다. 엘리베이터가 22층과 23층 사이에서 부드럽게 멈춰 섰다. 그의 눈은 어두웠고 입술은 벌어졌다. 그는 나처럼 거세게 숨을 몰아쉬었다. 우리는 손을 대지 않고 서로를 마주 보았다. 이 아름다운 남자가 관능적이고 육욕적인 평가의 눈길로 나를 적시는 동안 나를 받쳐줄 벽이 있다는 것이 고마웠다.

"머리 풀어." 허스키한 목소리로 그가 명령했다. 나는 손을 올려 머리끈을 풀고 머리를 내렸다. 머리카락은 짙은 구름처럼 어깨를 타고 가슴까지 흘러내렸다.

"셔츠 맨 위 단추 두 개 풀어봐." 그는 눈은 이제 한층 더 야성적으로 변했다.

그 때문에 나는 무척이나 음란한 기분이 들었다. 나는 단추를 하나씩 풀었다. 아프도록 천천히. 가슴 윗부분을 감질나도록 드러냈다.

그는 침을 삼켰다.

"네가 지금 얼마나 유혹적인지 알아?"

아주 고의적으로 나는 입술을 깨물며 고개를 저었다. 그는 눈을 잠깐 감았다. 다시 떴을 때 그 눈은 타오르고 있었다. 그는 앞으로 한 발 나서더니 두 손을 내 머리 양쪽의 엘리베이터 벽에 댔다. 그는 내게 손을 대지 않은 상태에서 최대한 가까이 서 있었다.

나는 고개를 들어 그의 시선을 맞았다. 그는 서서히 몸을 숙이며 코로 내 코를 쓸었다. 우리의 접촉은 그게 유일했다. 그와 함께 갑갑한 엘리베이터 안에 갇혀 있다는 생각에 나는 무척이나 달아올랐다. 나는 그를 원했다. 지금.

"너도 아는 것 같은데, 스틸 양. 넌 나를 미치게 하는 걸 좋아하잖아."

"내가 미치게 해요?"

"무엇보다도 아나스타샤, 넌 세이렌 요정이야. 여신이야."

그는 내 무릎 위를 잡더니 자기 허리로 휙 올려 감았다. 나는 그의 몸에 기댄 채 한 다리로 선 자세가 되었다. 나는 내 몸에 닿은 그를 느낄 수 있었다. 그가 입술로 내 목을 따라 훑을 때 내 허벅지 사이 정점에서 그가 딱딱해져서 나를 갈망한다는 것을 느낄 수 있었다. 나는 신음하며 그의 목에 팔을 감았다.

"이제 널 가질 거야." 그가 속삭였고 나는 대답 대신 등을 활처럼 휘었다. 그의 몸을 맞비비고 싶어 내 몸을 그의 몸에 바짝 밀어붙였다. 그는 목 뒤에서 더 깊고 낮은 신음을 내며 나를 더 높이 들어올리면서 바지 단추를 풀었다.

"꼭 잡아." 그는 마술처럼 포일 포장을 꺼내더니 내 입 앞에 갖다 댔다. 내가 잇새로 물자 그는 휙 잡아당겼고 우리 둘은 포장을 찢어낼 수 있었다.

"잘했어." 그는 잠깐 뒤로 물러나며 콘돔을 끼웠다.

"맙소사, 앞으로 엿새를 어떻게 참지." 그는 신음하며 내리깐 눈으로 나를 보았다. "아끼는 팬티가 아니었으면 좋겠는데."

그는 능숙한 손가락으로 팬티를 꽉 잡아 찢었고 팬티는 그의 손 안에서 찢겨나갔다. 내 피가 혈관을 쿵쿵 질주했다. 나는 욕구로 헐떡이고 있었다.

그의 말은 사람을 취하게 했고 그날 있었던 모든 분노는 잊혀졌다. 오로지 그와 나 둘이서, 우리가 가장 잘하는 일을 하고 있었다. 시선을 내게서 떼지 않고 그는 천천히 내 안으로 가라앉았다. 내 몸이 뒤로 휘었다. 고개를 젖히고 눈을 감으면서 내 안에 차오르는 그의 느낌을 만끽했다. 그는 몸을 뺐다가 다시 한 번 아주 천천히, 아주 달콤하게 내 안으로 들어왔다. 나는 신음했다.

"넌 내 거야. 아나스타샤." 그는 목에 대고 속삭였다.

"그래요, 당신 거예요. 언제쯤 그 사실을 받아들일 거예요?" 나는 헐떡였다. 그는 신음하면서 움직이기 시작했다. 이번에는 정말로 움직였다. 나는 그의 가차 없는 리듬에 항복하며 밀고 당기는 느낌, 헐떡이는 숨소리, 내 욕망이 고스란히 반영된 그의 욕구를 음미했다.

강해진 기분, 남이 나를 원하고 사랑받는 기분을 느꼈다. 이 매혹적이고 복잡한 남자에게 사랑받는 기분. 그 보답으로 나도 이 남자를 온 마음을 다해 사랑했다. 그는 점점 세게 밀어붙였다. 숨이 토막토막 끊겼다. 내가 그 안에서 나를 잊었듯 그도 내 안에서 자기를 잊었다.

"아, 자기." 크리스천은 혀로 내 턱을 쓸면서 신음했다. 나는 그의 몸 아래서 절정을 느꼈다. 그는 동작을 멈추더니 나를 붙잡고 내 이름을 속삭이며 똑같이 절정에 올랐다.

기운을 다 소진하고 침착해진 크리스천은 내가 부드럽게 키스하는 동안 숨을 골랐다. 그는 내가 똑바로 설 수 있도록 엘리베이터 벽에 나를 기대 지탱했다. 우리의 이마가 서로 닿았다. 내 몸은 젤리처럼 흐물흐물했지만 절정으로 인해 만족스럽게 충만해졌다.

"아, 아나. 네가 너무도 필요해."

그는 내 이마에 키스했다.

"나도요, 크리스천."

그는 나를 놓아주며 내 치마를 펴고 셔츠 단추 두 개를 채운 후 키패드 비밀번호를 눌러 다시 조작했다. 엘리베이터가 덜커덕거리며 오르는 바람에 나는 그의 두 팔을 잡았다.

"우리가 어디 있는지 테일러가 궁금해하겠군." 그가 외설적인 미소를 지었다.

"오, 맙소사." 나는 방금 섹스한 듯한 모습을 정리해보고자 하는 헛된 소망에 손가락으로 머리를 넘겼지만 포기하고 그냥 포니테일로 묶었다.

"그만하면 됐어." 그는 바지 단추를 채우고 콘돔을 주머니에 넣으면서 히죽 웃었다.

다시 한 번 그는 미국 사업가의 화신 같은 모습이 되었다. 애초에 그는 막 섹스한 듯한 머리 모양이었기 때문에 별로 다르지 않았다. 다만 느긋하게 미소를 짓고 있다는 것만이 다를 뿐이었다. 그의 눈은 소년 같은 매력으로 반짝였다. 모든 남자들을 달래기가 이처럼 쉬운 걸까?

문이 열리자 테일러가 기다리고 있었다.

"엘리베이터에 문제가 있어서." 우리가 밖으로 나갈 때 크리스천이 중얼거렸고 나는 차마 두 사람 얼굴을 볼 수가 없었다. 나는 새 속옷을 찾기 위해 서둘러 크리스천의 침실로 이어지는 여닫이문으로 들어갔다.

돌아왔을 때 크리스천은 재킷을 벗고 일자형 식탁에 앉아 존스 부인과 잡담을 나누고 있었다. 부인은 나를 보고 친절하게 웃더니 뜨거운 요리 두 접시를 내왔다. 음, 맛있는 냄새가 났다. 잘못 보지 않았다면 코코뱅(닭고기를 와인에 담가 조리한 프랑스 요리—옮긴이)인 듯했다. 나는 몹시 배가 고팠다.

"맛있게 드세요, 그레이 씨. 아나." 부인은 우리 둘이 먹도록 놔두고 자리를 떴다.

크리스천이 냉장고에서 와인 한 병을 꺼내왔고 우리는 자리에 앉아서 음식을 먹었다. 그는 태양열 전지로 작동하는 휴대전화 개발에 얼마나 가까이 갔는지 설명해주었다. 전체 프로젝트를 설명하는 그는 참 활기에 넘치고 흥분에 들떠서 그가 완전히 거지 같은 하루를 보낸 것만은 아님을 알 수 있었다.

그에게 재산에 대해 물어보았다. 알고 보니 그는 뉴욕과 아스펜, 에스칼라에만 아파트를 가지고 있었다. 식사를 다 마치자 나는 접시를 모아 개수대에 넣었다.

"가만 놔둬. 게일이 할 테니까."

뒤를 돌아보자 그는 나를 강렬히 쳐다보고 있었다. 내가 먹은 것을 다른 사람이 치우는 일에 익숙해질 수 있을까?

"음, 네가 좀 더 온순해졌으니 이제 이야기를 나눌 수 있을까, 스틸 양?"

"좀 더 온순해진 사람은 당신인 것 같은데요. 내가 당신을 아주 잘 길들인 것 같네요."

"날 길들여?" 그는 재미있어하며 코웃음을 쳤다. 내가 고개를 끄덕이자 그는 내 말을 되새기듯 얼굴을 찡그렸다.

"그래, 어쩌면 그랬는지도 모르지, 아나스타샤."

"잭에 대해선 당신 말이 맞았어요."

나는 이제 좀 더 진지해졌다. 일자형 식탁 위로 몸을 숙이면서 그의 반응을 가늠했다. 크리스천의 얼굴이 어두워졌고 눈이 엄해졌다.

"그가 무슨 짓이라도 하려고 했어?" 그의 목소리는 무시무시할 정도로 차가웠다.

그를 안심시키려고 고개를 저었다.

"안 했고 안 할 거예요, 크리스천. 오늘 내가 당신 여자 친구라고 말하니까 물러났어요."

"확실해? 그 자식 해고할 수도 있어." 크리스천이 험악한 얼굴로 을렀다.

와인을 한 잔 들이켠 탓에 대담해져서 나는 한숨을 지었다.

"내 싸움은 내가 알아서 하게 놔둬요. 끊임없이 나보다 앞서서 지레짐작하고 보호하려고 하지 마요. 그거 숨 막혀요, 크리스천. 당신이 끊임없이 개입하면, 난 절대 성장할 수 없어요. 난 자유가 필요해요. 나도 당신 일에 끼어들려는 꿈도 안 꿀 거고."

그는 눈을 깜박였다. "그저 널 안전하게 지키려는 거야, 아나스타샤. 네게 무슨 일이라도 생기면, 난……."

"알아요. 어째서 나를 보호하려는 충동을 느끼는지도 잘 알고요. 한편으로는 그 점이 좋아요. 내가 당신을 필요로 하면 거기 있어줄 거라는 걸 알아요. 나도 그럴 테니까. 하지만 우리가 미래를 함께하고자 하는 희망을 가지려면 나를 믿고 내 판단을 믿어야 해요. 그래요, 가끔 나도 잘못할 때가 있죠. 앞으로도 실수를 하겠지만 거기서 교훈을 배울 거예요."

그의 불안한 표정에 나는 그가 앉아 있는 반대편으로 돌아가서 다리 사이에 섰다. 그의 손을 잡아 내 몸을 두르게 한 후 두 손을 그의 팔에 댔다.

"내 일을 방해할 순 없어요. 그건 잘못된 일이니까. 당신이 백기사처럼 내가 곤경에 빠질 때마다 구하러 오는 역할을 맡을 필요는 없어요. 당신이 무슨 일이든 통제하고 싶어 하는 건 알고 이유도 알지만 그럴 순 없어요. 그건 불가능한 목표예요. 그냥 놔주는 법도 배워야죠."

나는 그의 얼굴을 쓰다듬었고 그는 눈을 크게 뜨고 내려다보았다.

"당신이 그렇게 할 수 있다면, 그런다고 약속한다면, 이사 와서 같이 살게요."

나는 부드럽게 덧붙였다.

그는 놀라 날카로운 숨을 들이쉬었다.

"그럴 거야?"

"그래요."

"하지만 날 모르잖아."

그는 얼굴을 찡그렸다. 갑자기 목이 막히고 충격을 받은 목소리였다. 종잡을 수 없는 크리스천답지 않았다.

"충분히 알 만큼 알아요, 크리스천. 당신이 무슨 말을 해도 놀라서 도망가는 일은 없을 거예요." 나는 부드럽게 주먹으로 그의 뺨을 쓸었다. 그의 표정이 근심에서 의심으로 바뀌었다.

"하지만 날 좀 편하게 풀어줄 수 있다는 전제 하에."

"노력은 해보지, 아나스타샤. 그저 뒷짐지고 물러나서 네가 그 재수 없는 자식과 뉴욕에 가도록 할 순 없었어. 그 자식 평판이 너무 안 좋아. 세 달 이상 버틴 비서가 없고 회사에 남아 있는 사람도 없었어. 너한테도 그런 일이 생기길 바라지 않아." 그는 한숨지었다. "네게 어떤 일이 생기는 것도 원하지 않아. 네가 상처받는 것…… 그 생각을 하면 두려움이 마음에 가득 차지. 방해하지 않겠다고 약속할 수 없어. 네가 위험으로 향해 간다고 생각하면 그럴 수 없지."

그는 말을 멈추고 심호흡을 했다.

"난 널 사랑해, 아나스타샤. 널 보호하기 위해서는 내 힘을 다해 무슨 짓이든 할 거야. 너 없는 삶은 상상도 할 수 없어."

맙소사. 내 안의 여신, 내 잠재의식, 나, 모두 충격을 받아 입을 떡 벌리고 크리스천을 바라보았다.

이 작은 세 단어. 내 세계는 멈췄다가 기우뚱했다가 새 축 위에서 돌았다. 나는 그의 성실하고 아름다운 회색 눈을 들여다보며 그 순간을 음미했다.

"나도 당신을 사랑해요, 크리스천." 나는 몸을 숙이고 그에게 키스했다. 키스가 깊어졌다.

보지 못한 새 들어온 테일러가 헛기침을 했다. 크리스천이 몸을 떼고 강렬한 눈으로 나를 보았다. 그는 내 허리에 한 팔을 감고 일어섰다.

"무슨 일이지?"

"링컨 부인이 올라오고 계십니다, 사장님."

"뭐?"

테일러는 사과하듯 어깨를 으쓱했다. 크리스천은 무겁게 한숨을 내쉬고 고개를 저었다.

"음, 이것 참 흥미롭겠군." 그는 체념한 양 삐뚜름한 미소를 지었다.

망할! 이 못된 여자는 대체 왜 우리를 가만 놔두지 않는 걸까?

《50가지 그림자, 심연》 2권으로 이어집니다.

옮긴이 박은서

전문 번역가. 자율학습시간에 할리퀸 소설을 교과서에 몰래 끼워 넣어 읽으면서 영어와 로맨스를 함께 공부했다. 무엇이든 편견 없이 읽어낼 수 있는 다방면적 독서 취향을 기르고자 노력 중. 스마트폰과 온라인 대형 서점으로 종이책이 설 자리를 잃어가는 시대에도 사람들에게 읽히는 소설을 우리말로 소개하고 옮기고 싶은 희망이 있다.

50가지 그림자 심연 1

Fifty Shades Darker

2012년 8월 16일 초판 1쇄 발행
2017년 1월 18일 초판 13쇄 발행

지은이 | E L 제임스
옮긴이 | 박은서
발행인 | 이원주
책임편집 | 박윤희
책임마케팅 | 임슬기

발행처 | (주)시공사
출판등록 | 1989년 5월 10일(제3-248호)

주소 | 서울시 서초구 사임당로 82(우편번호 06641)
전화 | 편집(02)2046-2852·마케팅(02)2046-2800
팩스 | 편집·마케팅(02)585-1755
홈페이지 | www.sigongsa.com

ISBN 978-89-527-6646-5(04840)
978-89-527-6643-4(set)

50가지
그림자
심연
사이드북

twitter: @E_L_James
Facebook: /ELJamesAuthor

차례

그레이의 시각으로 다시 쓴
《50가지 그림자, 심연》

* 《50가지 그림자, 심연》1권 21~32쪽을
그레이의 시점으로 작가가 재집필한 것입니다.

2011년 6월 9일 목요일

나는 앉아 있었다. 기다리면서. 심장이 쿵쿵 뛰었다. 5시 36분이 되었고 나는 아우디의 짙은 유리 너머 그녀의 건물 현관을 응시한다. 약속 시각보다 일찍 왔다는 건 알지만, 종일 이 순간만을 손꼽아 기다렸다.

이제 그녀를 만나게 되겠지.

차 뒷자리에서 앉은 자세를 바꿨다. 공기가 숨 막힐 듯 갑갑하게 느껴지고 침착하려 노력해보아도 기대감과 걱정에 위가 뒤틀리고 가슴이 갑갑하다. 운전석에 앉은 테일러는 말없이 정면만 응시하며 평소처럼 차분했지만 나는 숨도 제대로 쉴 수 없다. 그 기분이 거슬렸다.

망할. 그녀는 어디 있지?

그녀는 안에 있다. 시애틀 독립 출판(Seattle Independent Publishing) 회사 안에. 넓고 탁 트인 도로 너머에 쑥 들어가 있는 건물은 초라하고 개축이 시급하다. 회사명이 유리에 엉성하게 새겨졌고, 창문에 입힌 뿌연 필름은 벗겨져 있다. 이 닫힌 문 너머에 있는 사업체는 보험회사라고 해도, 회계 사무소라고 해도 무방하다. 판매 상품이 전시되어 있지 않다. 뭐, 내가 전권을 잡으면 바로잡을 수 있는 거니까. 에스아이피(SIP)는 내 것이다. 거의. 합의 각서에 서명은 했으니.

테일러가 헛기침을 하더니 백미러를 통해 내 쪽으로 시선을 던졌다. "저는 바깥에서 기다리겠습니다, 사장님." 그의 말에 나는 놀랐다. 그는 내가 말리기도 전에 차에서 내렸다.

생각보다 더 내 긴장에 영향을 받은 모양이군. 그렇게 티가 나나? 어쩌면 저 친구도 긴장한 건지 모르지. 하지만 왜? 지난주 내내 들쑥날쑥한 내 기분을 받아주느라 힘들었다는 사실을 빼고는. 나도 내가 그렇게 편하게 굴지 않았다는 건 알지만.

하지만 오늘은 달랐다. 희망찼다. 그녀가 나를 떠난 이후로 처음 맞는 생산적인 날이었다. 아니, 그렇게 느껴졌다. 열정적으로 회의하는 내내 낙천적인 기분이 끓어올랐다. 그 열정은 연신 시계를 확인하느라 가끔씩 끊기긴 했지만. 그녀를 만나기까지 10시간. 9시간. 8, 7……. 시계가 똑딱거리며 아나스타샤 스틸 양과의 재회에 가까워질수록, 인내심은 시험당했다.

그리고 지금 여기, 홀로 앉아 기다리고 있으려니, 종일 기분 좋게 느꼈던 결심과 자신감이 증발하고 있었다.

어쩌면 그녀가 마음을 바꿨는지도.

이렇게 해서 우리가 다시 만날 수 있을까? 아니면 포틀랜드까지 공짜로 차를 태워주는 것에 불과한가?

나는 다시 시계를 확인했다.

5시 38분.

제길. 시간은 어째서 이리도 느리게 흐르는 거지?

내가 밖에 있다고 이메일을 보내 알려줄까도 생각해보았지만, 전화를 더듬더듬 찾는 동안 현관에서 눈을 떼고 싶지 않다는 내 마음을 새삼 깨달았다. 좌석에 등을 기대며, 그녀가 최근에 보낸 이메일을 마음속으로 훑어보았다. 그 메일을 외워버렸다. 모든 문장이 친절하고 간결했지만, 나를 보고 싶어 한다는 티는 조금도 나지 않았다.

어쩌면 나는 그냥 공짜 차편일지도 모른다니까.

그런 생각은 떨쳐버리고, 그녀가 나타나라고 마음으로 신호를 보내며 문을 응시했다.

아나스타샤 스틸, 내가 기다리고 있다고.

문이 열리자, 심장이 휙 솟구치며 속도를 내려 하다가 곧 실망감으로 덜덜거렸다. 그녀가 아니었다.

망할.

그녀는 언제나 나를 기다리게 했지. 즐겁지 않은 미소가 떠올라 입꼬리가 당겨졌다. 클레이튼 공구점에서도, 사진 촬영 후 히스먼 호텔에서도, 그리고 또 토머스 하디 책을 보냈을 때도 기다렸다.

《테스》…….

아직도 그 책들을 갖고 있을까. 그녀는 내게 책을 돌려주려 했었다. 자선 단체에 기부하려고 했다.

"당신을 떠올리게 할 것은 아무것도 원하지 않아요."

아나가 떠나는 광경이 마음의 눈 속에서 떠올랐다. 상처와 혼란을 겪고 슬픔에 젖은 잿빛 얼굴. 달갑지 않은 기억이었다. 고통스러웠다.

내가 그녀를 그만큼 비참하게 했다. 모든 걸 너무 심하게 밀어붙였다. 너무 빨리. 마음이 후회로 차올랐다. 그녀가 떠난 후 좌절은 너무 익숙해져버렸다. 눈을 감고 나 자신의 중심을 잡으려 하지만, 참으로 깊고 어두운 공포와 맞서야만 했다. 그녀가 다른 사람을 만났을지도 모르지. 그 작고 하얀 침대와 아름다운 육체를 어떤 얼굴 모를 개자식과 나누었을지도 몰라.

망할. 긍정적으로 생각해, 그레이.

거기까지는 가지 마. 아직 다 잃어버린 건 아니야. 조금 있으면 그녀를 볼 거잖아. 네 계획은 제대로 굴러가고 있어. 그녀를 도로 되찾을 거야. 나는 눈을 뜨고 아우디의 짙은 유리 너머로 현관을 응시했다. 유리엔 이제 나의 음울한 분위기가 비친다. 점점 더 많은 사람들이 건물을 나섰다. 하지만 아직 아나는 없다.

어디에 있는 거지?

테일러가 바깥에서 서성거리며 현관을 흘끔거렸다. 저런, 나만큼이나 초조해 보이는군. 대체 이 친구에게 이게 뭐라고?

내 시계가 5시 43분을 가리켰다. 그녀는 곧 나올 것이었다. 나는 심호흡을 하고, 커프스를 잡아당기고 타이를 고쳐 매려 했지만 아예 매지 않았다는 사실을 깨달았다. 젠장. 젠장. 한 손으로 머리를 넘기면서 의심을 떨치려 했지만, 의혹은 계속 내 마음을 괴롭혔다. 나는 공짜로 차를 태워주는 사람일 뿐인가? 그녀가 나를 그리워하기는 할까? 나를 다시 만나고 싶어 할까? 다른 사람이 있을까? 알 수 없다. 마블 바에서 그녀를 기다렸던 때보다 더 나빴다. 그 역설은 이해하지 못할 것도 아니었다. 그때 나는 그녀와 일생일대의 거래를 협의할 거라고 생각했었다. 나는 얼굴을 찡그렸다. 그건 내 기대대로 되지 않았다. 아나스타샤 스틸 양에 대해서는 그 무엇도 내 기대대로 되지 않는다. 다시 한 번 공포로 속이 뒤틀렸다. 오늘, 나는 더 엄청난 거래를 협의하게 될 테니까.

나는 그녀를 다시 찾고 싶다.

그녀는 나를 사랑한다고 말했지…….

아드레날린이 몸속에 흘러넘치며 심장박동이 치솟았다.

아니, 아니야. 그건 생각하지 마. 그녀가 나에게 그런 감정을 느낄 리가 없어.

침착해, 그레이. 집중하라고.

나는 다시 한 번 시애틀 독립 출판의 정문 입구를 보았다. 그녀가 거기 있었다. 내게 걸어오고 있었다.

빌어먹을.

아나.

명치를 한 대 걷어차인 듯, 충격으로 몸에서 숨이 쑥 빠져나갔다. 아나는 검은 재킷 아래 내가 제일 좋아하는 옷, 자주색 원피스를 입고 검은 하이힐 부츠를 신었다. 초저녁 햇빛을 받아 윤기가 도는 머리카락이 움직일 때마다 산들바람에 살랑거렸다. 하지만 내 관심을 끈 것은 그녀의 옷이나 머리카락이 아니었다. 그녀의 얼굴은 창백해서 거의 투명해 보였다. 눈 아래에는 그늘이 졌고, 좀 더 말랐다.

마르다니.

고통과 죄책감이 나를 찔렀다.

맙소사.

그녀도 괴로워했던 거군.

그녀의 모습을 보고 들었던 근심은 분노로 바뀌었다.

아니, 격노했다.

끼니를 걸렀던 거야. 지난 며칠 동안 뭐, 2~3킬로그램은 빠졌을까? 그녀는 뒤에 있는 어떤 녀석을 쳐다보고, 그 녀석은 그녀를 향해 환한 미소를 지어 보인다. 꽤 잘생긴 놈이고, 자신감으로 가득 차 있다. 그들의 스스럼없는 인사는 내 화에 불을 지를 뿐이다. 그녀가 차를 향해 걸어올 때, 놈은 사내놈들 특유의 눈빛으로 그녀를 감상하듯이 뻔뻔히 바라본다. 그녀가 걸음을 뗄 때마다 나의 분노가 점점 커진다.

테일러가 문을 열어주고 한 손으로 그녀를 잡아 차 안으로 타도록 도와주었다. 그리고 갑자기 그녀가 내 옆에 앉아 있었다.

"마지막으로 식사한 게 언제야?" 나는 성질을 억누르려 안간힘을 썼다. 그녀의 푸른 눈이 나를 올려다보자, 나는 가면이 벗겨진 기분이었다. 그녀를 처음 만났을 때 그랬던 것처럼 나는 발가벗겨지고 날것 그대로의 모습으로 남겨졌다.

"안녕, 크리스천. 네. 나도 만나서 반가워요."

뭐. 라. 고.

"네 똑똑한 말대꾸는 지금 듣고 싶지 않아." 나는 으르렁거렸다. "내 질문에나 대답해."

그녀는 내가 무슨 생각을 하는지 알 수 없도록 무릎 위에 놓인 두 손을 내려다보며, 요거트 하나와 바나나 한 개를 먹었다는 한심한 변명을 늘어놓았다.

그건 식사가 아니잖아!

나는 노력했다, 정말로. 성질을, 솟구치는 짜증을 억누르려 노력했다.

"제대로 된 식사를 마지막으로 한 게 언제냐고?" 나는 압박하며 물었지만, 그녀는 나를 무시하고 창밖만 내다보았다. 테일러가 차를 출발시킬 때, 아나는 건물 밖까지 따라 나왔던 녀석에게 손을 흔들었다.

"저건 또 누구야?"

"상사예요."

그럼 저 자식이 잭 하이드로군. 나는 오늘 아침 후루룩 넘겨 보았던 직원 신상명세서를 떠올렸다. 디트로이트 출신, 프린스턴에서 장학금, 뉴욕의 출판사에서 근무했지만 몇 년마다 회사를 옮기며 전국을 돌아다녔다. 그는 비서를 오래 두는 법이 없다. 석 달 이상 버틴 비서는 없다. 그를 나의 요주의 감시 목록에 올려두었으니 웰치가 더 조사할 것이었다.

지금은 당면한 문제에 집중해, 그레이.

"그래? 마지막으로 식사한 건 언제라고?"

"크리스천, 그건 정말로 당신이 상관할 바가 아니에요." 그녀가 속삭이는 목소리로 대꾸했다.

그러자 나는 허공에서 추락하고 말았다.

나는 공짜 차편일 뿐인가.

"네가 하는 일은 뭐든 내가 상관할 바야. 말해." 나를 쓸모없다고 내버리지 마, 아나스타샤. 제발.

그녀는 못마땅하다는 듯 한숨을 내쉬더니 내 화를 돋우려고 눈을 흘겼다. 하지만 나는 보았다. 그녀의 입가에 어린 부드러운 미소. 그녀는 나를 비웃지 않으려고 애쓰고 있었다. 가슴앓이가 심했지만, 그 미소가 내 분노를 뚫고 들어온다는 것은 신선한 기분이었다. 너무나 아나다웠다. 어느새인가 그녀를 거울처럼 따라 하는 나 자신을 발견하고 웃음을 감추려 애썼다.

"응?"

한층 더 부드러운 말투로 물었다.

"지난 금요일에 먹은 파스타 알라 봉골레요."

그녀의 목소리가 가라앉았다.

세상에, 우리가 함께한 마지막 식사 이후로는 아무것도 먹지 않았다니! 나는 그녀를, 지금 당장, 여기 SUV의 뒷좌석에서 끌어당겨 내 무릎 위에 앉히고 싶었다. 하지만 이제 다시 그녀를 그렇게 만져서는 안 된다는 것을 안다.

그녀를 어찌하면 좋을까?

그녀는 눈을 내리깔고 자기 손을 살피고 있었다. 얼굴은 이전보다도 더 창백하고 슬퍼 보였다. 나는 그녀의 모습을 한껏 음미하며 어떻게 해야 할지 가늠해보았다. 불쾌한 감정이 가슴속에서 피어나 위협적으로 나를 덮치려 했다. 이 감정을 무시하고 그녀를 바라보고 있으려니, 내가 느끼는 가장 큰 공포는 아무런 근거가 없다는 것이 가슴 아프도록 선명해졌다. 그녀의 지금 모습을 보면서, 나는 그녀가 홀로 있었다는 것을 깨달았다. 침대에 틀어박혀, 심장이 무너지도록 울면서. 그 생각에 나는 안도가 되는 동시에,

괴로웠다. 그녀의 비참한 상태에 책임이 있는 사람은 나였다.

나.

나는 괴물이다. 내가 그녀에게 이런 짓을 저질렀다. 어떻게 하면 그녀를 되찾을 수 있을까?

"그렇군." 나는 감정을 죽이려고 애썼다. "적어도 2킬로그램은 빠진 것처럼 보여. 그 이후에는 더 빠졌을지도 모르지. 부탁인데, 잘 좀 챙겨 먹어, 아나스타샤." 나는 무력했다. 이 소중한 여자가 좀 더 잘 먹게 하려면 다른 무슨 말을 해야 할까?

그녀가 나를 바라보지 않았으므로 옆얼굴을 관찰할 시간이 있었다. 그녀는 요정처럼 작고 달콤하며, 내 기억만큼 아름다웠다. 나는 손을 뻗어 그녀의 뺨을 쓰다듬고 싶었다. 그 피부가 얼마나 부드러운지 느끼고…… 그녀가 진짜라는 것을 확인하고. 만지고 싶어 근질근질한 나의 몸을 그녀에게 돌렸다.

"어떻게 지냈어?" 내가 물었다. 그저 그녀의 목소리가 듣고 싶어서.

"잘 지냈다고 말하면 거짓말이겠죠."

젠장. 내 생각이 맞았다. 그녀는 괴로워하며 지냈다. 그리고 모두 나의 잘못이었다. 하지만 그녀의 말에 실낱같은 희망이 생겼다. 어쩌면 그녀도 나를 그리워했을지도. 어쩌면? 나는 필사적으로 그 생각에 매달렸다.

"나도 그래. 보고 싶었어." 나는 고백해버렸다. 그리고 그녀를 만지지 않고서는 더는 한순간도 버틸 수 없어서 그녀의 손을 잡고 말았다. 내 손의 온기에 감싸인 그녀의 손은 작고 얼음처럼 차가웠다.

"크리스천, 난……." 그녀는 목소리가 갈라져 말을 잇지 못했지만, 내 손에 잡힌 손을 빼지는 않았다.

"아나, 제발. 얘기로 풀자."

"크리스천, 난…… 부탁인데…… 그동안 많이 울었어요." 그녀가 속삭였다. 그녀의 말, 눈물을 참으려 애쓰는 모습이 내 심장에 남아 있던 것을 관통했다.

"아, 안 되지, 그러면 안 돼." 나는 그녀의 손을 잡아당기며, 그녀가 무어라 항의하기도 전에 내 무릎 위로 끌어 앉히고 두 팔을 그녀의 몸에 둘렀다.

아, 그녀의 느낌.

그녀가 너무도 가볍고 너무 연약해서, 나는 좌절감으로 소리를 지르고 싶었다. 하지만 대신 그녀의 머리카락에 코를 묻고 취할 것 같은 아나의 향기에 압도당하고 말았다. 더 행복했던 시간의 추억이 밀려들었다. 가을의 과수원. 집 안의 웃음소리. 유머와 장난기, 그리고…… 욕망이 가득한 빛나는 눈. 내 달콤하고 달콤한 아나.

나의 것.

처음에 그녀는 뻣뻣이 앉아 저항했으나, 금방 내 품 안에서 긴장을 풀고 머리를 내 어깨에 기댔다. 나는 용기를 얻어 모험을 강행했다. 눈을 감고, 그녀의 머리카락에 키스했다. 그녀는 내 품 안에서 빠져나가려 발버둥 치지 않았고 그것만은 안심이었다. 그동안 이 여자를 계속 갈망했었다. 하지만 주의를 기울여야 한다. 그녀가 다시 튀어나가도록 놔둘 순 없었다. 나는 그녀를 꼭 안으며, 내 품 안에 느껴지는 그녀의 감촉, 그리고 이 소박하고 평온한 순간을 즐겼다.

하지만 그것은 짧은 간주곡일 뿐이었다. 테일러가 기록을 깰 만큼 빨리 시애틀 시내의 헬리콥터 기착장에 도착해버린 것이었다.

"자." 나는 마지못해 그녀를 무릎에서 내렸다. "다 왔어."

당황스러운 눈이 내 눈을 살폈다.

"헬리콥터 기착장이야. 이 건물 꼭대기." 나는 설명했다. 우리가 포틀랜드까지 어떻게 갈 거라고 생각한 건가? 차로 가면 적어도 세 시간은 걸린다. 테일러가 그녀의 차문을 열어주었고, 나는 내 쪽에서 내렸다.

"손수건 돌려드렸어야 하는 건데." 그녀가 수줍은 미소를 지으며 테일러에게 말했다.

"그냥 두십시오, 스틸 양. 제 성의니 돌려주시지 않으셔도 됩니다."

두 사람 사이에 무슨 일이 있는 거야?

"9시?" 내가 끼어들었다. 테일러에게 몇 시에 포틀랜드에서 데리러 올지 알려주고 싶었을 뿐 아니라 그와 아나가 말을 나누는 것을 끊고 싶었다.

"네, 사장님." 그는 조용히 대답했다.

제길, 그래. 그녀는 내 여자야. 손수건을 건네는 것도 내 일이라고. 그의 일이 아니라.

그녀가 땅에 토하고, 내가 그녀의 머리카락을 잡아주던 광경이 머릿속을 휙 스쳤다. 그때 나는 그녀에게 손수건을 건네주었다. 그날 밤, 시간이 흐른 후 그녀가 내 옆에서 잠든 모습을 바라보았었지.

그만해, 지금은. 그레이.

그녀의 손을 잡고—냉기는 사라졌지만, 그녀의 손은 여전히 차가웠다—건물 안으로 이끌었다. 엘리베이터에 다다랐을 때, 히스먼 호텔에서의 만남을 떠올렸다. 그 첫 키스를.

그래, 그 첫 키스.

그 생각이 내 몸을 깨웠다.

하지만 문이 열리는 바람에 정신이 산란해졌고, 나는 그녀를 안으로 안내하기 위해 손을 놓아야 했다.

엘리베이터는 작고, 우리는 더는 닿아 있지 않았다. 하지만 나는 그녀를 감각할 수 있었다. 그녀의 모든 것을. 여기에서.

지금.

망할. 나는 침을 삼켰다.

그녀가 너무 가까이에 있기 때문일까? 어두워진 눈이 나를 올려다보았다.

오, 아나.

그녀가 가까이 있다는 사실이 나를 자극하고 있었다. 그녀는 날카롭게 숨을 들이쉬며 바닥을 내려다보았다.

"나도 느껴." 나는 속삭이며 다시 한 번 그녀의 손을 잡아 엄지손가락으로 그녀의 손가락 관절을 쓰다듬었다. 그녀가 고개를 들어 나를 바라보았다. 깊이를 알 수 없는 푸른 눈은 욕망으로 흐려졌다.

망할, 난 그녀를 원해.

그녀는 입술을 깨물었다.

"입술 깨물지 마, 아나스타샤." 내 목소리는 나직했고, 갈망이 가득했다. 그녀와 함께 있으면 언제나 이렇게 되는 걸까? 나는 그녀에게 키스하고 싶었다. 우리 첫 번째 키스에서 그랬던 것처럼 엘리베이터 벽에 밀어붙이고 싶었다. 그녀와 섹스하고 싶었다, 여기서. 그리고 그녀를 다시 내 것으로 만들고 싶었다. 그녀는 눈을 깜박였고, 입술이 부드럽게 벌어졌다. 나는 신음을 억눌렀다. 어떻게 이러는 거지? 눈길 한 번만으로도 나를 정상적인 궤도에서 끌어내고 만다. 나는 통제에 익숙했다. 그런데도 그녀가 입술을 깨물고 있다는 것만으로도 그녀를 향해 침을 뚝뚝 흘리고 있다.

"네가 그러면 내가 어떻게 되는지 알잖아." 나는 웅얼거렸다. 그리고 지금 바로, 자기, 이 엘리베이터에서 너를 갖고 싶어. 하지만 네가 허락하지 않겠지.

문이 스르르 열리며 밀려든 차가운 공기에 나는 다시 현재로 돌아왔다. 우리는 옥상에 있었다. 날은 따뜻했지만, 바람이 거세졌다. 아나스타샤는 내 옆에서 떨고 있었다. 나는 한 팔로 그녀를 감쌌고, 그녀는 움츠리며 내 옆에 꼭 붙었다. 내 몸에 닿은 그녀는 또한 연약하게 느껴졌지만, 그녀의 자그마한 체구는 내 팔 안에 딱 맞았다.

봤지? 우리는 서로 이렇게 잘 맞는다고, 아나.

우리는 기착장에 선 찰리 탱고를 향해 나아갔다. 회전날개가 부드럽게 돌고 있었다. 찰리 탱고는 이륙할 준비가 되었다. 내 파일럿인 스테판이 우리를 향해 뛰어왔다. 우리는 악수를 나누었지만, 나는 여전히 아나스타샤를 팔 아래 끼고 놓지 않았다.

"준비 다 됐습니다, 사장님. 이제 타셔도 됩니다!" 요란한 헬리콥터 소리에 묻히지 않으려 그는 큰 소리를 질렀다. "점검은 다 했나?"

"예."

"8시 30분에 가지러 올 거지?"

"네, 사장님."

"테일러가 앞에서 기다리고 있네."

"고맙습니다, 사장님. 포틀랜드까지 안전 비행하십시오. 아가씨도 안녕히 가십시오." 그는 아나스타샤에게 경례하고 대기 중인 엘리베이터로 향했다. 우리는 회전날개 아래로 몸을 수그리며 걸어갔고, 나는 문을 열고 그녀의 손을 잡아 올라타도록 했다.

내가 그녀의 안전띠를 채워주자 그녀의 숨소리가 높아졌다.

나는 끈을 필요 이상으로 조이며, 그녀에 대한 내 육체적 반응은 무시하려 애썼다.

"이렇게 하면 제자리에서 움직이지 않겠지." 나는 웅얼거렸다. "너에게 안전띠 매어주는 일이 즐겁더라고. 아무것도 만지지 마."

그녀는 얼굴을 붉혔다. 마침내, 창백한 얼굴에 색깔이 물들었다. 그러면 나는 저항할 수가 없다. 나는 집게손가락 뒷면으로 그녀의 뺨을 쓸며 붉은 홍조를 따라 그렸다.

이런, 난 이 여자를 원해.

그녀는 얼굴을 찡그렸고, 나는 그녀가 움직일 수 없기 때문이라는 것을 알았다. 나는 그녀에게 헤드폰을 건네주고 내 자리에 앉아 안전띠를 맸다.

나는 사전점검을 실행했다. 경고등이 들어온 것 없이 모든 기기가 파란불이었다. 나는 스로틀을 '비행'에 놓고 무선응답기 코드를 맞춘 후, 충돌방지등이 들어온 것을 확인했다. 모두 이상 없었다. 나는 헤드폰을 쓰고 라디오를 켠 후, 회전날개의 분당회전수를 점검했다.

아나를 돌아보자 그녀는 나를 빤히 쳐다보고 있었다. "준비됐어?”

“네.”

그녀는 눈을 크게 뜨고 들뜬 표정을 지었다. 나는 늑대 같은 웃음을 억누르지 못하면서 관제탑에서 맑은 정신으로 듣고 있는지 확인하려고 신호를 주고받았다.

이륙 허가를 받자, 나는 오일 온도와 그 밖의 계기판을 확인했다. 모두 정상 작동 범위에 있었다. 그래서 나는 레버를 올렸고, 찰리 탱고는 한 마리 우아한 새처럼 허공으로 두둥실 떠올랐다.

내가 사랑하는 감각.

고도를 높이면서 나는 좀 더 자신감을 얻어 내 옆에 앉은 스틸양을 흘끔 보았다.

그녀를 매혹시킬 시간이다. 쇼타임이야, 그레이.

“저번에는 새벽을 쫓아갔었는데 이젠 황혼을 쫓아가는군, 아나스타샤.” 나는 미소를 띠었다. 그리고 그녀의 얼굴을 환히 빛내는 수줍은 미소로 보답을 받았다. 그녀의 표정에 가슴속에서 희망이 일었다. 모든 것을 잃었다고 생각했지만 이제 그녀가 여기, 내 옆에 있다. 그녀는 즐거워하는 듯했고, 사무실에서 막 나왔을 때보다도 행복해 보였다. 나는 그저 공짜 차편일지도 모르지만, 그녀와 함께하는 이 비행 일분일초를 죽도록 즐겨볼 작정이었다.

플린 박사가 자랑스러워하겠군.

나는 지금 이 순간에 충실하다. 그리고 낙관적이다.

나는 해낼 수 있다. 그녀를 되찾을 것이다.

차근차근히 해, 그레이. 앞서가지 말라고.

"저녁 해는 물론, 이번엔 볼 게 더 많을 거야." 나는 말했다. "에스칼라가 저기 있군. 저기 위를 지나면 스페이스 니들(시애틀의 명물인 전망대—옮긴이)이 보일 거야."

그녀는 언제나처럼 호기심을 내비치며 밖을 내다보려고 가는 목을 쭉 뺐다. "한 번도 못 가봤는데." 그녀가 말했다.

"내가 데려가줄게. 저기서 식사도 할 수 있지."

"크리스천, 우린 헤어진 사이예요." 그녀는 목소리에 괴로움을 담아 말했다.

내가 듣고 싶은 말은 아니었지만 과잉반응하지 않으려 했다. "알아. 그래도 널 데려가서 밥 정도는 사줄 수 있잖아." 나는 그녀를 쏘아보았고, 그녀는 사랑스러운 흰 연분홍 장미처럼 얼굴을 붉혔다.

"여기 위는 참 아름답네요. 고마워요." 그녀의 말에 나는 그녀가 화제를 바꾸었다는 것을 알았다.

"인상적이지 않아?" 아무리 봐도 질리지 않는 경치였다.

"당신이 이렇게 할 수 있다는 게 인상적이죠." 그녀의 칭찬에 나는 놀랐다.

"스틸 양이 웬일로 아부를 다? 하지만 나야 다재다능하니까." 나는 놀림조로 말했다.

"저도 익히 알고 있는 바랍니다, 그레이 씨." 그녀가 톡 쏘아붙였다. 그녀가 무엇을 가리키는지 상상할 수 있었다. 나는 히죽 떠오르는 웃음을 억눌렀다. 바로 내가 그리웠던 것이었다. 그녀의 건방진 태도는 매번 나의 무장을 해제시킨다.

그녀에게 계속 말을 시켜, 그레이.

"새 직장은 어때?"

"좋아요. 재밌어요."

"상사는 어떤데?"

"아, 괜찮은 사람이에요." 잭 하이드에 대해서 말할 때는 열의가 떨어지는 어조였다. 불안한 전율이 내 몸을 스쳤다. 그 자식, 벌써 이 여자에게 뭔가 시도한 건가?

"뭐, 문제 있어?" 내가 물었다. 알고 싶었다. 그 녀석이 수작이라도 걸었나? 그랬다면 그 녀석, 쓴맛을 보게 해주지.

"뻔한 문제 말고는, 별로 없어요."

"뻔한 문제?"

"아, 크리스천. 당신은 가끔 너무 둔하다니까요." 그녀는 재미있어하면서도 무시하는 표정으로 나를 흘겨보았다.

"둔하다고? 내가? 게다가 네 말투가 별로 마음에 들지 않는데, 스틸 양."

"뭐, 그럼 계속 그러시든가요." 그녀는 혼자 흐뭇해하며 빈정댔고, 그 모습에 나는 웃음을 지을 수밖에 없었다. 그녀가 나를 비웃고 놀리는 것이 좋았다. 그녀는 눈길 한 번, 웃음 하나로 나를 줄어들게 할 수도 있고 커다랗게 키울 수도 있었다. 그건 신선한 느낌이었고 이전에 맛보았던 그 어떤 기분과도 달랐다.

"말대꾸 잘하는 똑똑한 입도 그리웠지, 아나스타샤." 내 앞에서 무릎 꿇고 있는 그녀의 이미지가 불쑥 떠올라, 나는 앉은 자세를 잠깐 바꾸었다.

망할. 집중해, 그레이, 제발. 그녀는 미소를 감추려 시선을 돌리고 지나가는 교외 마을을 내려다보았고, 나는 그동안 방위를 조절했다. 모두 순조로웠다. 우리는 포틀랜드로 향하는 항로 위에 있었다.

그녀는 말이 없었고, 나는 이따금 그녀를 슬쩍 훔쳐보았다. 지나가는 풍경과 오팔 빛의 하늘을 내다보는 그녀의 얼굴은 호기심과 경이로 빛났다. 저녁 빛을 받은 그녀의 뺨은 부드럽게 빛을 발했다. 낯빛이 창백했고 눈 아래에 그늘이 져 있기는 했어도—내가 가져다준 고통의 증거—그녀는 황홀하게 아름다웠다. 어떻게 그녀가 내 인생에서 빠져나가도록 놔둘 수 있었을까? 난 무슨 생각이었던 거지?

하늘 높이 우리만의 거품 방울 안에 감싸인 채로 구름 위로 달려가는 동안 낙관적인 기분은 점점 자라났고 지난주의 동요는 물러났다. 천천히, 나는 긴장을 풀고 그녀가 떠난 후에는 느끼지 못했던 평정을 즐겼다. 이제 그녀가 나와 함께 있으니까.

하지만 목적지에 가까워질수록 자신감이 수그러들었다. 내 계획이 먹히기를 신께 빌었다. 그녀를 어딘가 사적인 장소로 데려가야 했다. 저녁 식사라면 어떨까. 망할. 예약을 해두었어야 하는 건데.

그녀를 잘 먹여야 했다. 그녀를 식사 자리에 데려갈 수 있다면, 그다음에는 제대로 말만 하면 될 것이었다. 지난 며칠을 보내며 나는 내게 누군가가 필요하다는 사실을 여실히 깨달았다. 그녀가 필요하다. 그녀를 원한다. 하지만 그녀가 허락해줄까? 그녀가 내게 두 번째 기회를 줄 수 있게 내가 확신을 줄 수 있을까?

시간이 지나면 알게 될 거야, 그레이. 그냥 편하게 해. 다시는 그녀에게 겁을 줘서 쫓아버려선 안 돼.

15분 후, 우리는 포틀랜드의 유일한 헬리콥터 기착장에 착륙했다. 찰리 탱고의 엔진을 멈춘 후, 응답기와 연료 장치, 라디오의 스위치를 껐다. 그녀를 되찾겠다고 결심한 이후로 느꼈던 불확실한 감정이 수면 위로 다시 떠올랐다. 그녀에게 내 기분이 어떤지 말해야 하지만, 힘든 일이 될 것만 같았다. 그녀에 대한 내 감정을 나도 이해하지 못했으니까. 그녀가 그리웠다는 것, 그녀 없이는 내가 비참하다는 것, 그녀의 방식으로 관계를 맺도록 노력해보겠다는 것은 안다. 하지만 그녀에게는 그것만으로 충분할까? 내게는 충분할까?

시간이 지나면 알게 되겠지, 그레이.

먼저 내 안전띠를 풀고 그녀 것을 풀기 위해 몸을 기울이다가 달콤한 향기의 흔적을 맡았다. 그녀에게서는 좋은 냄새가 났다. 그녀의 냄새는 항상 좋았다. 짧고, 은밀한 눈길 속에서 그녀와 시선이 마주쳤다. 마치 그녀는 이상한 생각을 하고 있었던 것 같았다. 그리고 평소처럼 나는 그녀가 무슨 생각을 하는지 알고 싶었다.

"여행 즐거웠어, 스틸 양?" 나는 그녀의 시선을 무시하고 물었다.

"네. 고마워요, 그레이 씨."

"음, 그럼 그 친구 사진 보러 가볼까." 나는 문을 열고 뛰어내렸고 그녀가 내릴 수 있도록 한 손을 내밀었다.

기착장 관리인인 조가 대기하고 있다가 우리를 맞았다. 그는 인간문화재 같은 사람이었다. 한국전쟁 참전용사지만 50대의 남자처럼 정정하고 명민했다. 밝은 눈으로 뭐 하나 놓치는 법이 없었다. 그가 시원하게 웃자 두 눈이 환히 빛났다.

"조, 스테판이 가지러 올 테니 그때까지 잘 봐줘요. 8시나 9시쯤 가지러 올 테니까."

"그렇게 하죠, 그레이 씨. 아가씨. 차가 아래층에 대기하고 있습니다. 아, 참. 엘리베이터가 고장 났습니다. 계단을 이용하셔야 할 겁니다."

"고마워요, 조."

비상계단으로 향하면서, 나는 아나스타샤의 하이힐을 눈여겨보고 그녀가 위풍당당하지 못하게 내 사무실로 들어오다가 넘어졌던 기억을 떠올렸다.

"그나마 여기가 3층이라는 게 다행이야. 그렇게 굽이 높은 구두를 신고." 나는 미소를 감추었다.

"이 부츠가 마음에 안 들어요?" 그녀는 발을 내려다보며 물었다. 그 발이 내 어깨 위에 걸쳐진 즐거운 장면이 마음속에 퍼뜩 떠올랐다.

"사실 아주 마음에 들지, 아나스타샤." 나는 음란한 생각이 표정으로 배어나오지 않았길 바라며 웅얼거렸다. "가자, 천천히 내려가야지. 네가 넘어져 목이 부러지면 안 되니까."

한 팔을 그녀의 허리에 두르면서 엘리베이터가 고장 났다는 것에 감사했다. 그 덕에 그녀를 안을 그럴듯한 구실이 생겼다. 나는 그녀를 내 옆구리로 끌어당겼고 우리는 계단을 내려갔다.

화랑으로 가는 차 안에서는 나의 걱정이 두 배로 늘어났다. 우리는 그녀의 친구라고 하는 자의 전시를 보러 가는 중이었다. 내가 지난번에 보았을 때 그 남자는 자기 혀를 그녀의 입안으로 밀어 넣으려던 중이었다. 어쩌면 지난 며칠 동안 두 사람이 이야기를 나누었는지도 모르지. 어쩌면 이건 두 사람이 오래 고대해왔던 만남인지도 몰랐다.

제길, 미처 생각해보지 못했던 점이다. 나는 그러지 않기를 간절히 바랐다.

"호세는 그냥 친구일 뿐이에요." 아나가 부드럽게 말했다.

뭐라고? 내가 무슨 생각하는지 아는 거야? 그렇게도 티가 났나? 언제부터?

그녀가 내 갑옷을 다 벗겨버린 후부터겠지. 그녀가 필요하다는 걸 내가 깨달은 후부터.

그녀가 나를 응시하자 내 뱃속이 조였다. "예쁜 눈이 퀭하군, 아나스타샤. 부탁인데, 앞으로는 잘 챙겨 먹겠다고 해."

"그래요, 크리스천. 잘 먹고 다닐게요." 그녀는 좌절감이 어린 목소리로 대답했다.

"난 진심인데."

"지금도 그래요?" 그 말투는 냉소적이었고, 나는 하마터면 이 기회를 그저 흘려 넘길 뻔했다. 이젠 내 입장을 분명히 해둘 때였다.

"너랑 싸우고 싶지 않아, 아나스타샤. 널 다시 찾고 싶어. 네가 건강했으면 좋겠고." 그녀가 충격을 받아 눈이 둥그레지자 나는 의기양양한 기분이 들었다.

"하지만 아무것도 변한 건 없어요." 그녀가 얼굴을 찡그리며 말했다.

오, 아냐. 바뀌었어. 내게서는 땅이 흔들릴 만큼 큰 변화였지. 우리가 탄 차가 화랑 앞에 섰고, 전시 전에는 설명할 시간이 없었다.

"가는 길에 얘기하자. 지금은 다 왔으니까."

그녀가 관심 없다는 말을 하기도 전에, 나는 차에서 내려 그녀가 앉은 쪽으로 돌아가 문을 열었다. 그녀는 몹시 분통 터진다는 얼굴로 내렸다.

"왜 그러는 거예요?" 그녀가 버럭 화를 내며 말했다.

"뭘 그래?" 젠장, 이건 뭐지?

"그런 말을 하다가 마는 거요."

그거였군. 그래서 화가 난 거로군?

"아나스타샤. 이제 다 왔어. 네가 오고 싶어 하는 곳에. 이것부터 해치우고 그다음에 이야기하자. 게다가 난 대로에서 소란 피우는 게 특히 싫어."

그녀는 심통이 난 듯 꾹 다문 입술을 내밀더니 떨떠름한 말투로 말했다.

"알았어요."

그녀의 손을 잡고 나는 재빨리 화랑 안으로 들어갔고, 그녀는 총총걸음으로 내 뒤를 따랐다.

작가의 말

자신의 말과 생각이 영화로 살아 숨 쉬는 것을 볼 수 있다는 건 크나큰 영광입니다. 특히 직접 참여할 수 있기까지 하다면 더 큰 영광이지요. 《50가지 그림자, 심연》과 《50가지 그림자, 해방》을 영화화하는 작업은 잊을 수 없는 경험이었습니다. 제임스 폴리처럼 소재를 포용하고 스크린에 충실하게 옮기는 것을 사명으로 삼는 노련한 제작자 집단과 함께 일하는 것은 기쁨이었지요. 이 프로젝트에 그가 품은 열정은 전염병처럼 우리에게도 퍼져, 차갑고 축축한 밴쿠버의 겨울부터 프랑스 남부의 타오르는 태양에 이르기까지 벌(!)을 받듯 힘들었던 6개월을 잘 버텨나갈 수 있었습니다.

제임스 폴리의 귀중한 재능 중 하나는 본인만큼이나 이 프로젝트에 열정을 품은 특별한 남녀들로 제작진을 구성하는 능력이었습니다. 존 슈워츠먼 촬영감독과 그 팀, 넬슨 코츠 프로덕션 디자이너와 그와 함께 일하는 사람들, 우리의 의상 디자이너 셰이 컨리프와 그 팀 등 관련자들 모두가 근사한 작업을 해냈습니다. 정말 훌륭한 영화가 나왔어요. 풍부하고, 우아하며 에로틱하죠.

나는 그 과정 내내 이렇게 말하곤 했습니다. "영화 한 편을 만들려면 마을 하나가 필요하다." 참여해주신 스태프들 한 분 한 분씩 이름을 부르려면 아예 별개의 장으로 덧붙여야 할 것입니다. 유니버설 스튜디오 팀부터 현지의 식당 직원들까지, 제작 보조들, 제작진들과 배우들은 정말 훌륭하게 일했고, 모든 분들께 감사를 드립니다.

하지만 제 마지막 찬사와 감사는 주연배우인 다코타 존슨과 제이미 도넌에게 바칩니다. 오늘날에도 여성 팬들은 종종 언저리로 밀리거나 무시당하고 있지만, 두 분은 이 팬들을 위한 이야기에서 도전적인 역할을 용감히 맡아주셨습니다.

그리고 모든 팬분들에게……. 여기 있는 현장 사진은 (흔들린 사진들도 있으니 양해해주세요) 모두 여러분을 위한 것입니다.

E L

2016년 12월

영화 〈50가지 그림자: 심연〉을 담은 사진들

영화의 이 부분은 상쾌하고 신선한 봄날에 촬영했습니다. 그 전에는 비가 쏟아졌는데 (밴쿠버에서는 참도 드문 일, 도 아니죠!) 결국에는 하늘이 밝아져서 만발한 벚나무와 함께 제가 여섯 달 동안 집이라고 불렀던 이 도시는 황홀할 만큼 아름다웠습니다. 이 장면에서 다코타 존슨이 연기하는 아나스타샤 스틸은 점심 시간에 공원 벤치에 앉아 첫 직장인 출판사 SIP의 원고를 읽고 있습니다. 아나는 쓸쓸해하고 크리스천을 그리워하기는 하지만, 자기 일에 빠져 있죠. 다코타와 함께 화면에 잡힌 사람은 붐맨(붐 마이크를 담당하는 스태프—옮긴이)인 토니 와이먼과 우리 제1 조감독인 폴 배리입니다.

이 프로젝트의 미술 부서는 탁월했습니다. 세트 장식을 담당하는 칼 룩스와 그 팀은 우리 소품 담당자 데이비드 다울링의 팀과 합심해서 잭 하이드의 사무실을 대대적으로 지어냈습니다. 이런 과정에서 전문가들이 세심한 부분까지 주의를 기울이는 것을 보면 저는 늘 깊은 감명을 받습니다. 잭의 책상은 아수라장이에요. 끝마치지 못한 프로젝트들이 높이 쌓여 있고, 잭이 일하는 동안에도 갖고 노는 정교한 장난감들이 여기저기 놓여 있습니다. 이렇게 섬세한 손길이 더해져서 잭의 캐릭터는 물론, 영화의 구조와 내러티브를 들여다볼 수 있죠.

포틀랜드 화랑 시퀀스는 책에서는 활기차게 짜인 장면이므로 우리가 그것에 생명을 불어넣어 스크린에 옮길 수 있다는 데 저는 스릴을 느꼈습니다. 아나의 친구인 호세 로드리게즈가 아나를 자신의 첫 번째 사진 전시회에 초대했고, 아나는 자신의 거대한 초상 사진들이 걸려 있는 것을 보고 깜짝 놀라죠. 다코타 존슨의 아름다운 사진들은 우리 현장 스틸 사진가인 도언 그레고리가 촬영했습니다. 그는 또한 독자적으로도 성공을 거둔 무척 재능 있는 예술가입니다. 기실, 화랑 안에 전시된 모든 사진들이 그레고리가 직접 촬영한 것이고, 그의 작품은 이후에도 영화에 또 나옵니다. 아나스타샤와 케이트의 시애틀 아파트와 그레이 저택에 걸리게 되죠.

저는 프로듀서 중 한 명으로서 대부분 장면에서 오가는 대화를 들을 수 있었습니다. 아쉽게도 이 장면에서 다코타가 크리스천 그레이를 연기하는 제이미 도넌에게 무어라고 했는지 그 말은 기억이 나지 않지만, 다코타를 잘 아는 제가 볼 때는 뭔가 부적절하면서도 재치 있는 말이 아니었을까 싶네요. 또한 이 장면에는 우리 소품 담당 조수인 스펜서 루티트와 어떤 모르는 남자가 있는데……. 아니, 잠깐요, 이 사람 제 동료 프로듀서인 데이나 부르네티잖아요.

제일 좋아하는 사진 중 하나입니다. 세트 위 중이층에서 연기자들을 바라봤던 기억이 나네요. 다코타에게 촬영 사이에 위를 올려다보라고 했었죠. 다코타가 고개를 들자, 저는 그 장면을 포착했습니다. 참 사랑스럽게 나왔죠. 로케이션 장소는 에스클라바, 엘레나 링컨의 미용실입니다. 이 사진에서 다코타 존슨 및 제이미 도넌과 함께 있는 사람은 카메라 오퍼레이터 이언 폭스와 (물론 카메라 뒤에 있는 사람이죠) 의상 세트 감독 셸리 쇼가 있네요. 그 외 다른 사람으로는 현장 스틸 사진가 도언 그레고리, 다코타의 대역 배우인 레아 코바크, 배경 미술을 담당하는 폴라 엘르, 제2 촬영팀 조수인 로드리고 카르카모 파르가, 제1 촬영팀 조수 더그 라벤더, 달리 그립(수레처럼 바퀴가 달려서 이동할 수 있는 카메라 장치를 조절하는 사람—옮긴이) 잭 크뤽생크, 붐맨 토니 와이먼, 비디오 보조 기사 제프리 뵈르궁, 그리고 우리 조감독 중 한 명인 마이클 콜린스가 있습니다.

권좌 앞에 선 저의 사진이에요. 크리스천 그레이라면 이 자리를 그렇게 부를지도 모르겠네요. 이 세트는 에스칼라의 펜트하우스에 있는 크리스천의 집 안 서재의 일부분입니다. 잭 하이드의 책상과 얼마나 대조되는지 보세요. 또 한 번, 세트 장식 감독들은 크리스천의 환경을 꼼꼼하게 구성하여 캐릭터를 구축했습니다. 벽에 걸린 황량한 그림, 중립적 느낌을 주는 차가운 색, 통제광답게 강박적으로 깔끔히 정리한 책상이 있죠.

멋진 남자이고 훌륭한 배우인 맥스 마티니입니다. 영화 내내 금욕적인 경호원 테일러로 등장하며 과묵한 존재감을 과시하는 그는 크리스천의 삶에 위기와 위험이 있다는 것을 암시합니다. 여기, 크리스천의 도서관에 앉아 있네요.

우리 크레인 견습 기사, 제이미 도넌. 솔직히 연기를 계속하고 본업을 포기하지 않는 편이 좋을 것 같아요. 여기에는 크레인 자체와 그것을 조종하는 스태프는 보이지 않지만, 크레인을 조작하는 데만도 대여섯 명이 필요하다고 하더군요. 옮기거나 할 때는 도와줄 사람이 더 필요하죠. 이 촬영에서는 테크노크레인이 두 대 있었습니다. 작은 건 9미터까지 늘어나고, 더 큰 건 훨씬 더 멀리까지 뻗습니다. 크레인 기사들은 정말 대단해요. 우리가 촬영하는 동안 카메라가 한 바퀴 훑으며 머리 위에 떠 있는 광경은 언제 봐도 재미있죠. 이 사진에서 제이미가 조작하는 크레인을 응시하는 사람은 우리 달리 그립인 잭 크뤽생크입니다.

프로덕션 디자이너인 넬슨 코츠와 의상 디자이너 셰이 컨리프는 '함께 대처하기' 행사를 후원하는 그레이가의 가면무도회를 위해 전력을 다해주었습니다. 제가 책을 쓸 때 머릿속으로 그려보았던 장면 그대로는 아니었지만 세세한 것 모두 마음에 들었어요. 그 시퀀스는 호화롭고, 에로틱했으며, 볼거리가 화려했죠. 그 화려한 장면의 취향을 보여주는 자그마한 예로 재능 넘치는 배우 마샤 게이 하든이 했던 머리 장식이 바로 이것입니다. 마샤는 그레이스 트레벨리언-그레이 박사 역을 맡아 열연했죠. 그레이의 어머니로서 무도회 드레스를 입은 그녀는 매력적이고 부유하며 아름다웠습니다. 의상 부서가 선택한 배우들의 옷은 이야기 진행에서 필수적인 부분을 차지합니다.

제이미 도넌이 그레이 저택의 계단에 서서 가상의 가족사진을 응시하는 장면을 포착했습니다. 사진은 이 장면을 위해 특별히 촬영한 것이죠. 그레이 가족이 살아 움직이는 것을 바라보고 있으면 무척 편안해집니다. 따뜻하고, 재미있고, 재능 있는 개인 다섯 명이 서로 편안하게 함께 있는 모습이니까요.

세트 설치 사이, 카메라 스태프들이 조명과 장치를 재배치하고 세트 담당자들이 다음 앵글을 위해 소품과 장식을 준비하는 동안, 배우들은 세트에서 벗어나 잠깐 휴식을 취합니다. 아나스타샤가 케이트와 함께 사는 아파트에서 다코타 존슨, 제이미 도넌, 벨라 히스코트가 잡담을 나누고 그동안 맥스 마티니는 전화를 확인합니다. (제이미는 뭘 먹고 있네요, 언제나처럼……. 대체 그렇게 들어간 게 다 어디로 가죠?)

아니면 가끔 배우들은 미용을 위해 잠깐 눈을 붙이기도 합니다. 크리스천의 여동생 미아 역을 연기하는 리타 오라는 그럴 필요가 없지만요.

어느 뜨거운 여름날 밴쿠버에서 우리는 크리스천의 헬리콥터, 찰리 탱고가 등장하는 극적인 시퀀스를 촬영했습니다. 조종석의 클로즈업 장면은 바깥에 설치한 그린스크린에 대고 촬영해서, 제이미 도넌과 로빈 리(크리스천의 업무 집행 담당 최고 책임자인 로스 베일리 역)는 헬리콥터의 좁은 기내에 틀어박혀 하루 대부분을 보냈습니다. 세트장이 어찌나 덥던지 아이스크림 트럭을 현장으로 불렀죠. 불쌍한 제이미와 로빈이 조종석 안에 묶여서 통구이가 되는 동안 주위의 스태프 전원은 아이스크림을 먹어치웠다는 얘기입니다……. 제이미가 여기서 손을 흔드는 건지, 제발 내보내달라고 비는 건지 잘 모르겠는데요.

아나의 상사인 잭 하이드를 연기한 에릭 존슨은 여기서는 무척 지저분한 모습인데요……. 끊임없이 내리는 태평양 북서부의 비 때문일까요, 아니면 무슨 싸움이라도 벌인 걸까요? 우리 캐나다 쪽 분장 부서를 이끄는 로살리나 다 실바가 예술적 재능을 발휘해 에릭이 엄청 두들겨 맞은 것처럼 보이게 하는 작업을 훌륭히 해냈습니다!

두 제이미 이야기. 우리 주연배우와 감독은 공교롭게도 이름이 똑같아서 세트장에서 끊임없이 혼란이 일어날 것만 같았습니다. 그래서 한 사람은 제이미라는 이름을 계속 쓰지만, 다른 사람은 그저 폴리로, 혹은 폴리 씨라고 부르기로 했죠. 두 제이미가 소개가 필요 없는 바로 그 '방'에 있는 소파에 같이 앉아 있네요.

그레이 저택의 풀하우스에서 크리스천은 마침내 아나에게 "심장과 꽃"을 바칩니다. 프로덕션 디자이너 넬슨 코츠는 (말 그대로) 심장에 와 닿도록 이 연출을 해냅니다. 저는 수영장 옆에만 가면 겁이 나는 경우가 많았고(왜냐고는 묻지 마세요, 배수구 철창이랑 수문, 휘돌아가며 빠지는 물과 관련이 있지 않나 싶은데요), 풀하우스 현장도 예외는 아니었어요. 넬슨이 이곳을 바꾸어놓기 전까지는요……. 다음 순간, 이곳이 그저 마술 같이 보이더군요. 뒤편에 있는 사람은 카메라 오퍼레이터 이언 폭스와 조감독 폴 배리입니다.

옮긴이 박은서

전문 번역가. 자율학습시간에 할리퀸 소설을 교과서에 몰래 끼워 넣어 읽으면서 영어와 로맨스를 함께 공부했다. 무엇이든 편견 없이 읽어낼 수 있는 다방면적 독서 취향을 기르고자 노력 중. 스마트폰과 온라인 대형 서점으로 종이책이 설 자리를 잃어가는 시대에도 사람들에게 읽히는 소설을 우리말로 소개하고 옮기고 싶은 희망이 있다. '50가지 그림자' 시리즈를 모두 번역했다.

50가지 그림자 심연

사이드북

2017년 1월 23일 초판 1쇄 인쇄
2017년 1월 26일 초판 1쇄 발행

지은이 | E L 제임스
옮긴이 | 박은서
발행인 | 이원주
책임편집 | 박윤희
책임마케팅 | 임슬기

발행처 | (주)시공사
출판등록 | 1989년 5월 10일(제3-248호)

주소 | 서울시 서초구 사임당로 82(우편번호 06641)
전화 | 편집(02)2046-2852·마케팅(02)2046-2800
팩스 | 편집·마케팅(02)585-1755
홈페이지 | www.sigongsa.com